유정의
사랑

유정의 사랑

초판 1쇄 발행 | 2018년 5월 14일

지은이 전상국
발행인 이대식

주간 이지형 **편집** 김화영 나은심 손성원 김자윤
마케팅 배성진 박상준 **관리** 이영혜
디자인 모리스

주소 서울시 종로구 평창길 329(우편번호 03003)
문의전화 02-394-1037(편집) 02-394-1047(마케팅)
팩스 02-394-1029
홈페이지 www.saeumbook.co.kr
전자우편 saeum98@hanmail.net
블로그 blog.naver.com/saeumpub
페이스북 facebook.com/saeumbooks
인스타그램 instagram.com/saeumbooks

발행처 (주)새움출판사
출판등록 1998년 8월 28일(제10-1633호)

ⓒ 전상국, 2018
ISBN 979-11-87192-97-8 03810

• 잘못된 책은 바꾸어 드립니다.
• 책값은 뒤표지에 있습니다.

유정의
사랑

전상국 장편소설

새휴

 2018년 김유정 탄생 110주년에 즈음하여, 25년 전 출간한 『유정의 사랑』을 고치고 보완하여 독자 앞에 새로이 내놓는다.

 만 스물아홉에 요절한 작가 김유정의 짧은 생애를 관통한 병적 열정의 그 섬광 같은 예술혼의 형상화를 위해 전기, 혹은 평전의 상투적 일대기 기술이 아닌 좀 독특한 구조의 소설 작품을 쓰고 싶었다.

 전혀 별개일 수 있는 두 이야기를 나란히 늘어놓는, 이중주 서술 방식으로 소설 쓰는 신명을 얻고자 했다. 그 시대 김유정이 그러했 듯 자기 구제의 길 위에서 방황하고 있는 오늘의 젊은 남녀 두 사람의 치기 어린 사랑의 열정 그 톤을 주조로 하여 그 사이 사이에 김유정 관련 자료를 열거함으로써 독자들 스스로 한 작가의 생애와 작품 세계를 더듬어 만지는 즐거움에 이르게 하자는 바람이었다.

 모두 10장으로 나누어진 소설 『유정의 사랑』은 홀수 장이 비교 적 객관적 자료 섭렵과 진술의 다양성 확보를 위한 작가의 육성까지를 직접 곁들이는 3인칭 시점이라면 짝수 장은 화자인 '하리'의 자유분방한 1인칭 주인공 시점으로 이야기의 입체성과 생동감을 얻고자 했다.

특히 전통적 소설 양식 위에 문학 장르가 보여줄 수 있는 갖가지 서술 양식을 다양하게 삽입한다든가 작품의 시공간 배경은 물론 등장인물들 대부분을 실제의 그것과 일치시킴으로써 이야기의 사실성을 강조하고 싶었다.

김유정의 화신과 다르지 않은 '유정'과 '하리'의 그 열정으로, 자연과 교접하는 애니미즘으로, 머리가 아닌 가슴으로 이 소설이 쓰였다는 것을 독자들과 함께 느끼고 싶다.

이 소설의 시간적 배경은 1990년대 초다. 세월의 흐름 속에 작품의 공간적 배경인 김유정의 고향 마을도 많이 바뀌었다. '신남역'이 '김유정역'으로 바뀐 것처럼 휴대폰도 없던 작품 속 그 시절 여러 상황들이 오늘날 어떻게 달라졌는지 확인해 보는 일도 이 소설을 읽는 색다른 재미가 될 것이다.

'새움'의 소설 『유정의 사랑』이 오늘도 우리의 영원한 청년 작가 김유정으로 하여 곳곳에 피어나는 이야기꽃, 그 향기로 널리 퍼지기를 기대한다.

2018년 봄, 금병산 자락에서
전상국

1

들판의 딸 하리, 여름 산행에서 그 여자를 만났다. 금병산 중 턱 조금 후미진 산등성이의 솔밭 속이다.

나의 고향은 저 강원도 산골이다. 춘천읍에서 한 이십 리가량 산을 끼고 꼬불꼬불 돌아 들어가면 내닷는 조고마한 마을이다. 앞뒤 좌우에 굵찍굵찍한 산들이 빽 둘러섯고 그 속에 묻친 안 윽한 마을이다. 그 산에 묻친 모양이 마치 옴푹한 떡시루 같다 하야 동명을 실레라 부른다.

—김유정, 〈오월의 산골작이〉《조광》, 1936. 5.)

실레 마을에서 시작해 정족리와 학곡리까지를 병풍처럼 둘러 치며 춘천 분지의 동쪽 대룡산 줄기와 교접할 기세로 헌걸차게 뻗어 오른 산이 금병산이다. 그러나 그 산맥들이 시나브로 맞닿 는 한가운데를 춘천에서 홍천으로 통하는 43번 국도가 굽이굽 이 가로지르고 있다. 원창고개다. 그 고개턱에서 대룡산과 금병산은 새로 뚫리는 중앙고속도로에 의해 다시 한 번 절단된다.

실레 마을 사람들과 달리, 원창고개 밑 김유정의 외가인 청송 심씨네가 살던 학곡리 두룸실 마을 사람들은 금병산을 진병산으로 부른다. 마을 뒷산이 임진왜란과 구한말 의병 봉기 때 군사들이 진을 쳐 싸웠던 곳이라고 그렇게 부른다.

그는 고갯마루에서 차를 내려 고속도로 공사 현장을 뒤로하고 이제 막 안개가 걷히기 시작한 금병산으로 들어섰던 것이다. 고갯마루 부근 농원 길을 택한 것은 중복의 그 찌는 더위에다 시간이 너무 늦은 때문이다.

'불편하면 편하게 한다'는 그의 편의주의가 그 여자와 만날 수 있는 인연이 된 셈이다. 외계인처럼 느닷없이 눈앞에 나타난 그 여자를 발견하기에 앞서 그는 산 중턱 비탈길에서 산딸기를 따서 입에 넣는 일로 산행의 첫 의식을 가졌다. 산딸기 맛은 새콤달착지근했다. 그것은 의식이라기보다 버릇이었다. 그는 산을 오를 때마다 그 산 초입에서 풀잎이나 그 줄기를 뜯어 씹었다. 낯선 산길에 들어서는 막연한 경외심 같은 것이다.

떡갈나무숲이 끝나 솔밭이 막 시작되는 지점에 두어 포기의 산나리가 눈길을 끌었다. 버들잎 모양의 길쭉한 줄기를 가진 산나리는 적갈색 반점이 있는 흰 꽃을 단 채 으스대는 꼴로 피어 있었다. 조금 더 올라가자 경사 심한 비탈에 역시 백합과인 원추리꽃이 보였다. 산에서 종 모양의 등황색 그 원추리꽃을 볼 때마다 그는 왠지 그 꽃이 산속 정취에 어울리지 않는다는 생각이 들곤 했다.

사물이 놓인 자리의 그런 부조화의 어색함과 이질감은 그가 빠져 헤어나지 못하는 늪이었다. 사람들과의 만남에서 그는 늘 자신이 그 자리에 어울리지 않는다는 생각으로 좌불안석이 되곤 했다. 실상 그의 대인관계는 원만하지 못한 편이었다. 그는 사람들을 좋아하지 않았다. 사람을 사랑하기 위한 최소한의 믿음을 갖지 못했다는 말이 맞는지도 모른다. 사람을 만나는 일이 항상 두려웠다.

열등감이었다. 그는 초등학교 저학년 때 남들 앞에서 거품을 물고 넘어지곤 했다. 물론 그것은 심한 뇌염을 앓고 나서 생긴 증후성 간질이라 얼마 가지 않아 완전히 치유되었다. 실상 그의 가족들조차도 그가 발작을 했던 일들을 거의 잊고 있었다. 문제는 그가 어릴 때의 그 발작을 잊지 않고 있다는 데 있었다. 그의 경우 그 발작의 조짐은 아주 미세했지만 그것이 빗나간 적은 단한 번도 없었다. 사람들이 자신의 얼굴을 쳐다보고 있다는, 아주 묘하게 얼굴 근육이 땅기는 그런 느낌과 함께 손을 어느 곳에 두어야 할는지 몰라 허둥거리는 가운데 발작이 시작되었다. 대부분의 간질 환자는 자신이 발작으로 넘어져 있었던 그 일을 전혀 기억하지 못한다고 한다. 그러나 그의 경우는 달랐다. 그는 큰 한숨소리를 내며 쓰러지는 순간 자신의 엄지손가락을 안으로 한 채 주먹을 꽉 움켜쥐고 몸을 떨며 입으로 게거품을 내뿜는 모습은 물론, 자신을 내려다보고 서 있는 사람들의 그 연민 어린 눈길도 똑똑히 기억했다. 의식을 완전히 잃은 상태에서의 발작 상태를 본인이 본다거나 기억한다는 것은 있을 수 없는 일이었지만 그는 자신의 발작을 생생히 기억하고 있다고 믿고 있었다. 그러나 그는 그 사실을 누구에게도 발설하지 않았다. 자신의 발작을 보았으면서도 아무 일도 일어나지 않은 것처럼 시치미를 떼고 있는 사람들에 대한 적개심 같은 것이었다.

사람들과의 거리 두기를 통해 그는 비로소 자유로울 수 있었다. 자기 자신을 철저하게 소외시킴으로써 얻어내는 그 굴욕적인 자유. 사람들이 여럿 있는 데서 얼굴 근육이 땅기고 손을 어느 곳에 두어야 할는지 몰라 허둥거리는 버릇도 그런 자유를 박탈당하지 않으려는 안간힘 같은 것이었다.

사람! 사람!
그 사람이 무엇인지 알기가 극히 어렵습니다.
　　　　　　　　　　　—김유정, 〈병상의 생각〉(《조광》, 1937. 3.)

그는 요즘 만 스물아홉 살에 생의 괄호가 닫힌 삼십 년대 작가 김유정에게 깊이 빠져 있었다. 먼저 그 연대기를 정리하는 일로 작가 김유정의 생애와 작품 세계를 두루 살펴보고 싶었다.

김유정(金裕貞) : 1908년 2월 12일(음 1월 11일) 강원도 춘천군 신동면 증리(실레 마을) 427번지에서 출생.

김유정의 출생지는 서울 종로구 운니동(진골)이라는 설도 있다. 춘천 의병이 봉기하던 구한말 한일합방을 앞둔 뒤숭숭한 세상에 춘천 실레 부자가 신상에 어떤 위험을 느껴 서울에 옮겨 살 때 그곳에서 출생했을 수도 있다.

중요한 것은 김유정이 자신의 고향을 춘천으로 알고 있다는 사실이다. 그 출생지가 어딘가 하는 것과는 상관없이 대부분의 사람들은 자기 근원을 더듬을 수 있는 부모의 고향을 자신의 것으로 쉽게 받아들인다. 그네들의 정신적 성장이 그 고향과 결코 무관할 수 없기 때문일 것이다. 특히 김유정에게 있어 춘천 실레 마을은 그의 정서적 본향이며 그가 그처럼 되찾고 싶었던 건강과 사람다운 생활을 누릴 수 있는 구원의 안식처였음이 분명하다.

김유정은 아버지 청풍 김씨 김춘식과 어머니 청송 심씨 사이에서 8남매 중 둘째 아들로 태어난다. 청풍 김씨 24세손. 맨 위로 아들이 하나, 그 밑으로 딸만 내리 다섯이나 낳던 끝에 태어난 둘째 아들이라 김유정에 대한 집안 식구들의 관심이 어떠했는가는 짐작할 만하다. 김유정이 세 살 무렵 이사를 간, 시골 천석꾼의 백여 칸 되는 서울 집에는 30여 명의 많은 식솔이 살았다. 특히 집안에 여자들이 많아 김유정은 그네들의 눈길과 손길에서 잠시라도 놓여날 때가 없었다.

그때 집안에서는 김유정을 먹설이라고 불렀다. 먹서리(곡식을 담는 데 쓰는, 짚으로 만든 그릇) 속에 곡식이 가득 담기듯 재산을 많이 모으란 뜻에서 그런 아명을 주었을 것이다. 먹설이는 집안의 많은 여자들의 얼굴 속에서 자신의 마음을 줄 대상을 찾아 두리번거렸다. 김유정 밑으로 또 딸 하나를 낳은 뒤 몸이 좋지 않아 늘 병석에 누워 있는 어머니를 온전히 자기 것으로 차지하

11

지 못하는 갈급증이었다. 유모의 극진한 사랑에도 그는 늘 어머니의 사랑을 그리워했다.

1915년(7세) 3월 18일, 어머니 청송 심씨 45세로 사망.
1917년(9세) 5월 23일, 아버지 김춘식 44세로 사망.

유모, 우리 어머니 왜 집에 안 와요? 일곱 살의 김유정은 어느날 어머니 모습이 보이지 않는 걸 이상하게 생각했다. 상제로서 어머니 상을 치르고서도 그것이 어머니와의 영별이라는 것을 몰랐던 것이다. 유모는 도련님 어머니가 돌아가셨다고, 다시는 이세상에서 그 얼굴을 볼 수 없는 것이 죽음이라는 것을 어린 김유정에게 알려 준다. 그 충격으로 그날부터 김유정은 말을 더듬는다. 자신이 말더듬이라는 것을 알게 된 일이, 김유정이 가졌던 최초의 열등감이었을 것이다.

핏기가 없는 '멱설이'는 말을 더듬었습니다. 말을 하려면 입을 벌리고 한동안 힘을 들이다가 하곤 했습니다. 이것은 휘문고보 2학년 때 눌언교정소에서 고쳐서 그 후는 흥분하는 외에는 말을 더듬지 않았습니다.
—김영수, 〈김유정의 생애〉(《김유정전집》, 현대문학사, 1968.)

어머니가 돌아가신 지 2년 뒤 다시 아버지를 잃은 김유정의 충격은 어떠했을까.

내가 만일 이때에 나의 청춘과 나의 행복이 아버지의 시체를 따라갈 줄을 미리 알았드면 나는 그를 붙들고 한 달이고 두 달이고 나려 울었으리라.

—김유정, 〈형〉(《광업조선》, 1939. 11.)

아직 죽음의 의미가 제대로 잡힐 나이가 아닌 때에 부모를 모두 잃은 김유정은 그 두 죽음을 슬퍼할 겨를도 없었다. 누이들을 비롯한 집안의 많은 여자들은 그를 연민의 손길로 에워쌌다. 그는 그 또래 아이들의 투정이나 심술을 부려 볼 수도 없었다. 마음대로 울 수도 없었다. 부모의 죽음도 그냥 아끼던 물건을 잃은 상실감 이상으로 오지 않았다. 자신이 혼자 남겨졌다는 그 현실이 도저히 실감나지 않았던 것이다. 그는 다만 여러 사람에게 둘러싸일 때마다 가슴이 답답했다. 그럴 때 그는 횟배를 고치기 위해 아버지한테 배운 담배를 피워 물었다. 그가 칼표 궐련만 빼어 물면 사람들이 원숭이 구경하듯 모여들었기 때문에 혼자 숨어서 담배를 피웠다. 그렇게 혼자 담배를 피우는 시간이 그에게는 유일한 자유였다.

아버지가 죽던 해 형의 뜻에 따라 서울 진골에서 관철동으로 이사했다. 김유정은 '우미관' 나팔소리에 홀려 네 살 난 조카 영수를 데리고 영화 구경을 자주 다녔다. 김유정은 1916년부터 1919년 봄까지 4년간 이웃 글방에 다니며 천자문, 계몽편, 통감 등을 배웠다.

새로 이사한 숭인동 집 주변에는 손병희 저택 '상춘원'과 박영

효의 집이 있어 그 당시 내로라하는 사람들의 얼굴 보기가 쉬웠다. 더구나 집 곁의 과수원에 꽃이 피기 시작하는 봄이면 그 경치가 대단했다.

그러나 김유정은 외로웠다. 개처럼 심심했다. 심심할 때마다 어머니가 죽기 2년 전인가 함께 갔던 고향 춘천읍 실레 마을을 생각했다. 두름실(학곡리) 외가를 다녀오는 길에 어머니는 정족리 고개에서 실레 마을 쪽을 내려다보며 말했다.

저기서 널 뱄다. 느 할아버지가 돌아가시자 이상하게 느 아버지가 서울 이사를 서두르시더구나. 난 서울 가기가 싫었다. 널 예서 나서 예서 키우고 싶었다.

그때 어머니는 병색이 완연했고, 40대 초반의 여자가 갖는 여자로서의 아름다움도 이미 사라져 버린 지친 얼굴이었다. 유정은 유월의 짙은 녹음 속에서 어머니의 실심해하던 그 모습을 기억했다.

어머니의 장사를 치른 그 봄을 그는 잊을 수가 없었다. 사람들이 접근을 막아 어머니가 앓는 병석에도 몇 번 가보지 못했다. 어느 날 아침 김유정은 잠을 깨면서 사람들이 분주하게 움직이는 속에서 누님들의 통곡을 들었다. 그때까지도 그는 그것이 어머니의 죽음인 것을 모르고 있었다. 그냥 집안이 소란하고 울음이 쏟아지고, 그러다가 잠잠히 가라앉으면 모든 것이 정상으로 돌아갈 것이라고 그렇게 생각됐을 뿐이다.

형님은 왜 안 오시나요?

오일장으로 치러지는 어머니의 장삿날에 형은 나타나지 않았다. 춘천으로 부고를 가지고 달려간 사람도 돌아오고 그곳 실레 마을 사람들도 여럿 문상을 왔지만 집안의 맏아들은 나타나지 않았던 것이다. 장지는 경기도 덕소였다.

농사일로 내려갔으니 곧장 장지로 올 모양인 게여.

아, 부고 가지고 갔던 김 서방이 그러는데 유근이 코빼기도 못 봤다는 게여.

강원도 땅 절반이 다 김 참봉 집 거여. 농사일로 내려갔다니까 조선 천지만큼 넓은 데 어디 박혔는지 누가 알 거여.

김 참봉은 아들이 나타나지 않은 일에 대해 일절 어떤 내색도 하지 않았다. 그러나 심기가 매우 불편한 것은 분명해 보였다. 일곱 살 난 둘째 아들이 상제 노릇을 곧잘 해내는 것이 대견한 듯 가끔 눈길을 보내는 것이 고작이었다.

장사를 치르고 나서도 아버지는 그 문제로 맏아들을 나무라지 않았다. 불안한 것은 집안 식구들이었다. 어린 김유정도 아버지와 형의 눈치를 보면서 제발 집안에 아무 일도 일어나지 않기만을 바랐다.

열다섯에 혼인을 한 형이 형수를 서울 집에 둔 채 자꾸 밖으로 배도는 것을 김유정도 집 사람들을 통해 눈치채고 있었던 것이다. 그는 혼자 멍청하니 뒤뜰에 서 있는 형수를 여러 번 보았다.

그때 형은 열다섯에 결혼한 아내를 돌보지 않은 채 다른 집 규수를 아내로 맞을 궁리를 하고 있었던 것이다. 그러나 김춘식은 그러한 맏아들의 외도를 용서하지 않았다. 발 달린 짐승이 제 발로 나도는 것이야 어찌 일일이 쫓아다니며 말릴 수는 없었

15

지만 아들의 외도를 막기 위해 김춘식은 아들에게 돈을 주지 않았다. 아들은 돈이 필요했다. 아버지와 김유근의 갈등은 그렇게 생겼다.

부모 생존 시부터 방탕해 마지않던 형은 그해 8월 관철동으로 이사를 하자 본격적인 난봉을 피우기 시작했습니다. ……생략……

조실부모에서 오는 외로움과 앞뒤를 헤아리지 않는 형의 난봉으로 해서 그는 점차 내성적 성격을 띠게 되었습니다.

—김영수, 〈김유정의 생애〉《《김유정전집》, 현대문학사, 1968.)

외계인의 출현이 아마 그럴 것이다. 산속에서 그 여자를 본 순간 그는 움찔했다. 어릴 때 그 발작 조짐과 같은 얼굴 근육의 땅김이었다. 그것은 여름 산속에 혼자 있다는 그 충만감에서 깨어나게 하는 어떤 이질적인 것에 대한 적대감 같은 것이기도 했다. 그는 걸음을 멈추며 숨을 죽였다. 다행히 여자는 이쪽의 낌새를 전혀 눈치채지 못한 것 같았다.

산을 오르는 그 여자의 걸음은 결코 빠르지 않았다. 그러나 그 느슨한 걸음이 어느 순간에는 새처럼 가벼운 움직임으로 바뀌곤 했다. 날렵했다. 여자는 상체를 약간 앞으로 내민 몸자세로 두 손을 크게 휘저으며 산을 오르고 있었다. 헐렁해 보이는 청바지에 풀빛 잠바를 입고 베개덩이만 한 배낭을 등에 지고 있었다.

그 여자가 보이지 않게 되고도 꽤 오랫동안 그는 움직일 수가 없었다. 마치 간질 발작으로 쓰러져 의식을 잃었다가 깨어나 자신을 내려다보고 있는 사람들의 이상한 눈길을 느낄 때의 그런 기분이었다. 그네의 모습을 본 순간이 매우 길었던 것도 같고 그냥 꿈결처럼 잠깐 스쳐 지나갔다는 느낌이기도 했다. 어쩌면 눈앞을 후룩 스쳐간 작은 새 한 마리를 본 것이 아닐까 하는 생각도 들었다.

이런 한적한 산속에 웬 등산객일까. 그것도 여자 혼자. 그네는 분명 등산객 차림이었다. 그렇다면 이 산에 등산객들이 왔단 말인가. 아래에서 올라오면서 사람들의 소리나 어떤 흔적도 볼 수 없었다. 더구나 오늘은 어느 산이고 등산객들이 찾지 않는 월요일이 아닌가.

그는 자신이 산속에 있다는 것을 잊은 채 그냥 망연히 걷고 있었다. 그가 산을 잊은 것이 아니라 산이 그를 외면하고 있었는지 모른다. 조금 전 원창 고갯마루 농원 입구에서 버스를 내려 산을 쳐다보았을 때 그 울울한 숲의 짙푸른 그늘은 차라리 슬픔이었다. 실제로 그는 여름 산행 중 짙은 녹음 속을 걸으면서 운 적도 있었다. 햇빛이 투사하지 못하는 그 푸른 그늘 속에서 그는 그렇게도 슬펐다.

그러나 그는 남들 앞에서 자신의 엷은 감상막을 내비치는 일을 치욕으로 생각했다. 이 세상 누구도 자신의 그 느낌 속에 동참시킬 수 없다는 단절감이었다. 그는 자신의 감정을 감추는 일에 철저했다.

1920년(12세) 재동공립보통학교 입학, 다음 해 3학년으로 월반.

1923년(15세) 재동공립보통학교 4학년 졸업.

4월 9일, 휘문고등보통학교에 검정으로 입학. 이름을 김나이 (金羅伊)로 개명했으나 3학년부터는 다시 본이름 김유정을 사용. 안회남과 같은 반으로 매우 친하게 지냄. 관철동에서 숭인동 80번지로 이사.

노는 돈에는 난봉나기가 책경 쉬운 일이다. 형님은 난봉이 났다. 난봉이라면 천한 것도 사랑이라 부르면 좀 고결하다. 그를 위하여 사랑이라 하여 두자. 열여덟, 열아홉 그맘때 그는 지각 없는 사랑에 빠지고 말았다. 장가는 열다섯에 들었으나 부모가 얻어준 안해일뿐더러 그 얼굴이 마음에 안 들었다. 사랑에서 한문을 읽을 적이었다. 낮에는 방에 들어앉아서 아버지의 엄명이라 무서워서라도 공부를 하는 체하고 건성 왱왱거리다간 밤이 깊으면 슬멋이 빠져나갔다. 그리고 새벽에 몰래 들어와 자고 하였다. 물론 돈은 평소시 어른 주머니에서 조곰씩 따끔질해 두었다 뭉텡이 돈을 만들어 쓰고쓰고 하는 것이었다. 아버지는 도끼날같이 무서운 어른이었다. 이 기미를 눈치채고 아들을 붙잡아 놓고는 벼룻돌, 목침, 단소 할 거 없이 들어서는 거이 혼도 할 만치 뚜들겨 팼다.

—김유정, 〈형〉(《광업조선》, 1939. 11.)

그는 김유정이 자전적인 문투로 나이 차이가 많은 자신의 형 김유근을 그려낸 작품에 흥미를 가졌다. 김유근은 한때 어린 동생한테 매우 자상한 사랑을 줌으로써 다정다감한 일면도 보인다. 아주 잠깐이지만 죽어가는 아버지한테 지극한 효성을 보이기도 한다. 그러나 그의 난폭성은 작품 여러 곳에 리얼하게 그려진다. 그는 때로 교활하고 때로 많이 모자라는 사람으로 그려지기도 한다. 변덕이 심하고 절제를 모르는 성격, 드디어는 성격 파탄의 폐인으로 나타난다. 한마디로 악역에 아주 제격인 인물이다.

그러나 김유정과 친했던 월북 작가 안회남은 자신이 여러 번 만나 본 김유근이 결단코 악인은 아니며 다만 맛이 좀 간, 정신에 이상이 있는 사람이 아닌가 하는 의견을 말하고 있다.

어떻든 김유근은 보통 사람은 아니었다. 자기 아버지 대에 모은 그 엄청난 재산을 자기 당대에, 접시를 비우듯 아주 깨끗이 다 날려 버린 것이 어디 보통 일이겠는가. 그가 재산에 전혀 욕심을 두지 않았다는, 가치관의 문제로 그를 이해할 수도 있을 것이다.

그에게는 형님이 한분 있었다. 주색에 잠기어 밤낮을 모르고 남봉군이었다. 그리고 자기 일신을 위하얀 열사람의 가족이 희생을 하라는 무지한 폭군이었다. 그는 아무 교양도 없었고 지식도 없었다. 다만 그의 앞에는 수십만의 철량이 있어 그 폭행을 조장할 뿐이었다. ……생략……

그(형)는 한달식 두달식 곡기도 끊고 주야로 술을 마시었다. 그리고 집안으로 기생들을 홀몰아 드리어 가족 앞에 들어내 놓고 음탕한 작난을 하였다. 한집으로 첩을 두셋식 끌어드리어 풍파도 일으켰다. 물론 그럴 돈이 없는 것은 아니나 치가를 하고 어쩌고 하기가 성이가신 까닭이었다. 그는 오로지 술을 마시고 계집과 가치 누었다. 그것밖에는 아무것도 귀치 않았다.

—김유정, 《생의 반려》(《중앙》, 조선중앙일보사, 1936. 8. 9, 2회 연재)

아버지가 형님에게 칼을 던진 것이 정통을 때렸으면 그 자리에 엎떠질 것을 요행 뜻밖에 몸을 비켜서 땅에 떨어질 제 나는 다르르 떨었다. 이것이 십오 성상을 지난 묵은 기억이다마는 그 인상은 언제나 나의 가슴에 새로웠다. 내가 슬플 때, 고적할 때, 눈물이 흐를 때, 혹은 내가 자라난 그 가정을 저주할 때, 제일 먼저 나의 몸을 쏘아드는 화살이 이것이다. 이제로는 과거의 일이나 열 살이 채 못 된 어린 몸으로 목도하였을 제 나는 그 얼마나 간담을 조렸든가. 말뚝같이 그 옆에 서 있든 나는 이내 울음을 터치고 말았다. 극도의 놀냄과 아울러 애원을 표현하기에 나의 재조는 거기에 넘지 못하였든 까닭이다.

—김유정, 〈형〉(《광업조선》, 1939. 11.)

1924년(16세) 눌언교정소에 다님.
1926년(18세) 휘문고보 3학년 때 1년 휴학. 음악에 취미가 많아 바이올린, 하모니카 등에 재미를 붙임.

유정은 우리 집에 와서 항용 궁둥이가 무거웠다. 그때 유정의 가정은 몰락해 가면서도 근 삼십 간이나 되는 집에 들어 있었는데, 습하고 음침한 냉기가 도는 그의 집을 나는 우선 외양부터 좋아하지 않았지만, 유정은 그것뿐만 아니라 내면적으로 더욱 우울한 사정이 있었던 모양이다.

"밥 먹구 가거라."

하면 유정은 우리 집 안식구들을 꺼려서 그랬던지 질색을 하며 펄쩍 일어나 나갔다. 그러나 지금 생각하면 그는 분명히 그때 자기 집엘 돌아가기 싫어하였다. 속으로는 권하는 대로 그냥 우리 집에 앉아서 얼마나 평화스럽게 가치 저녁을 먹고 싶어 했었으랴—.

—안회남, 〈겸허〉(《문장》, 1939. 10.)

그 여자를 다시 본 것은 산 정상을 얼마 남기지 않은 지점으로 솔밭이 끝나면서 굴참나무숲이 시작되는 산마루였다. 들판의 딸. 그 작은 새가 날렵한 움직임을 멈춘 채 뭔가 몰래 훔쳐보는 형상으로 고부장하니 서 있었다.

등산길에서 두어 걸음 들어간 풀숲이었다. 그 여자는 이쪽의 인기척에 잠깐 고개를 돌렸을 뿐 숙인 몸 그 자세를 흩트리지 않은 채 뭔가 열심히 내려다보고 있었다. 어쩌면 전혀 돌아다보지 않았다고 해도 좋을, 그런 일별이었다.

그가 여자 가까이 갈 때까지도 그 여자는 이쪽에 관심을 보이지 않았다. 그네는 허리를 굽혀 뭔가 손으로 헤집고 있는 중이었다. 그 옆을 막 지나치는 순간이었다.

"이 은방울꽃 말이에요, 꽃이 폈을 땐 대단했겠어요."

탄력 있고 거침없는 목소리였다. 그는 그 여자의 말을 또렷이 알아들었다. 결코 혼잣소리가 아니었기 때문이다.

그는 멈춰 서며 그 여자가 내려다보고 있는 것에 눈길을 주었다. 이미 꽃이 진 장구나물이 한 포기가 보였고 그 곁으로 시원스레 길둥근 잎이 쭉쭉 뻗은 은방울꽃이 군락을 이루고 있었다. 그가 은방울꽃을 인상 깊게 본 것은 양구 대암산에서였다. 높은 산이라 유월 중순까지도 방울 모양의 자잘한 흰 꽃이 쪼르르 매달려 있었다. 그러나 이런 야산에서 보는 잎이 무성한 은방울꽃 군락은 또 그런대로 이채로웠다.

여자가 이쪽으로 고개도 돌리지 않은 채 다시 말했다.

"이 꽃을 불란서 사람들은 뮈게라고 불러요. 뮈게 축제도 있다던데요."

그때까지도 그는 어리벙벙한 상태로 대답할 말을 찾지 못하고 있었다. 사실은 무슨 말을 할 그런 겨를도 없었다. 여자가 이미 저만큼 산으로 오르고 있었기 때문이다. 물론 그네는 이쪽을 돌아보지도 않았다. 그 여자가 방금 자기 앞에 있었다는 사실이 믿어지지 않았다. 여자의 모습은 참나무숲 아래 등산로를 따라 아치를 이룬 흰색 진달래나무숲에 가려져 더 이상 보이지 않았다. 그는 말 그대로 닭 쫓던 개 모양 한참이나 망연히 서 있었다.

……키 1미터 60, 몸무게 50킬로그램, 나이 스물예닐곱, 엷은 갈색을 띤 커다란 눈, 완강한 느낌의 턱, 건강미를 주는 가무잡잡한 살갗, 고집스러워 보이는 다갈색의 좀 가늘게 보이는 머리칼.

망연히 혼자 서서 고작 그런 것이나 어림잡고 있었다. 그 여자

22

가 남긴 인상이 그만큼 강했던 것이다. 아름답다. 예쁘다. 잘생겼다는 말은 그 여자를 예찬하는 말로는 적절하지 않았다. 그런 말들은 대상을 어느 정도 뜯어볼 수 있는 여유가 있을 때 가능한 것이다. 그 여자는 그냥 눈에 확 띄었을 뿐이다. 그리고 흘깃 스친 그 짧은 눈길에 의해 이쪽의 모든 것이 다 들통이 나고 말았다는 낭패감. 그 무례 방자한 눈빛에 의해 자신의 영혼이 가리가리 헝클어졌다는 느낌이었다.

당돌하구나. 첫인상이 그랬다. 세상에! 산속에서 사람을 처음 만나는 여자의 표정이 너무 뜻밖이었다. 이쪽에 대해 전혀 관심이 없어 보이는 것도 그렇지만 산속에서 사내와 단둘이 마주쳐 어떻게 그리 태연할 수가 있단 말인가. 산에서 사람을 만나면 겁도 나지만 금방 친근감을 갖고 길을 묻는 등 말을 건네게 마련이다. 그러나 조금 전 그 여자의 그 행동은 그런 산속 만남의 의례적 관행을 여지없이 깨부쉈던 것이다.

'들판의 작은 새'. 문득 인디언식 이름 짓기로 그 말이 떠올랐다. 뭇 것에 관심 없이 표연히 날아오르는 들새들의 그 날렵한 움직임을 떠올렸던 것이다. 산 정상에는 여기저기 작전용 참호가 파져 있었다. 그런 구덩이를 볼 때마다 그는 마음이 편치 않았다. 대룡산 꼭대기의 미군기지며 이름 있는 산꼭대기의 레이더를 쳐다볼 때도 마찬가지였다. 그는 석사장교로 단기에 군대를 때웠다. 그 짧은 군대 생활 중 그가 가장 괴로웠던 것은 자신의 생체 조직이 획일적 사고에 전혀 적응하지 못하는 이기적 성향이라는 것과 다른 나라와의 운동 경기를 볼 때 흔히 확인되는 그런 식의 나라 사랑의 마음마저 우러나지 않는다는 것이었다. 그는 그 자괴심을 평화주의자가 감수해야 할 자기반성의 자학쯤으로 자위했다.

그는 산 정상에서 배낭을 풀어 토마토 한 개를 꺼내 먹었다. 땀을 많이 흘렸지만 갈증은 별로 느껴지지 않았다. 652미터 금병산 정상에서 내려다보는 춘천 시가지는 아직 안개 속에 있었다. 안개가 아니라도 무성한 나뭇잎에 가려 아무것도 볼 수 없을 것이다.

정상을 조금 내려간 지점 두 곳에 있는 헬리콥터 착륙장을 지나자 갈참나무와 상수리가 빽빽이 우거진 팔부능선 한가운데 십자로가 나타났다. 그는 언젠가 바른쪽 길로 들어섰다가 곧바로 깎아지른 벼랑에 이르러 더 이상 내려갈 수가 없어 산을 되돌아 오르는 매우 낭패스러운 일을 겪은 적이 있었다.

그는 잠시 그 자리에 서서 머뭇거렸다. 그러나 그네의 향방을 어림할 수 있는 흔적은 어디에도 남아 있지 않았다.

1927년(19세) 휘문고보 4학년에 복학.
1928년(20세) 가산을 탕진한 김유근이 동생 유정과 아들 영수만 서울 봉익동 삼촌집에 맡기고 춘천 실레 마을로 낙향.

이듬해 봄인가 확실히는 기억하지 못하나 '단성사' 개관 몇 주년 기념 행사 때 그는 모닝을 입고 '단성사' 무대 위에 섰읍니다. 스물한 살의 그의 얼굴은 너무나 해사했고 주체 못하는 정

24

열이 넘쳐 흘렀읍니다. 그는 하모니카 독주를 했던 것입니다. 그래서 관중들의 박수를 받고 흥분하기도 했읍니다.

—김영수, 〈김유정의 생애〉(《김유정전집》, 현대문학사, 1968.)

김유정과 그의 조카가 잠시 얹혀 산 봉익동의 삼촌은 의사였다. 삼촌은 김유정이 하모니카를 즐겨 부는 일을 가문 망신이라고 못마땅하게 생각했다. 육자배기와 강원도 아리랑을 즐겨 부르던 김유정은 그 뒤 삼촌 말을 어렵게 받아들여 하모니카 부는 일을 그만두었다.

아아, 나는 영광이다. 영광이다. 오늘 학교에서 호강나게(투포환)를 하며 신체를 단련했다. 그런데 나도 모르는 사이에 호강이 나의 가슴 위에 와서 떨어졌다. 잠깐 아찔했다. 그러나 그것뿐으로 나는 쇳덩이로 가슴을 맞았는데도 아무렇지도 않았다. 나의 몸은 아버님의 피요, 어머님의 살이요, 우리 조상의 뼈다. 나는 건강하다. 호강으로 가슴을 맞고도 아무렇지 않다. 아아, 영광이다. 영광이다.

—안회남의 〈겸허〉에 소개된 김유정의 중 2 때의 일기

휘문고보 5학년 때 신체검사표에 나타난 김유정의 신장은 5척 6치. 당시 1미터 70 정도의 키면 꽤 큰 키라고 할 수 있다. 몸무게는 14.6관, 약 55킬로그램이니 매우 이상적인 체격이다. 그러나 어린 시절 쇳덩이에 가슴을 맞고도 끄덕이 없던 그의 건강에

25

이상이 오기 시작한 것은 휘문고보에 다닐 때부터였다. 그가 휴학을 했던 것도 건강이 좋지 않았기 때문일 것으로 생각된다.

병마가 본격적으로 김유정을 공략하기 시작한 것은 1929년이다. 어느 자리에 눌러앉으면 좀처럼 일어날 줄 모르는 그에게 치질이 생긴 것이다. 몸이 아파도 누구에게 아프다는 말을 해서 위로받을 데가 없는 김유정이 자신의 치질을 하소연한 것은 병이 상당히 악화돼 그 고통을 참기 어려운 단계에 왔을 때였다. 형이 생활비도 제대로 보내 주지 않아 삼촌집 눈칫밥을 먹고 있는 처지에 그런 병까지 생겨 그로서는 실로 비참하기 이를 데 없었다. 마침 외과 의사인 삼촌이 근무하고 있는 적십자병원에서 수술을 받을 수 있었다. 그러나 그 수술이 그의 병을 치명적으로 악화시키는 계기가 되리라곤 아무도 짐작할 수 없었던 것이다.

치질 외에도 김유정은 가끔 가슴이 뜨끔뜨끔 아프다고, 깜둥이라는 별명의 휘문고보 단짝 친구 필승(안회남의 본명)에게 하소연했다.

그의 방 안엘 들어가 보면, 이부자리도 걷지 않고 있는 때가 예사요, 책, 신문지, 장기판, 담뱃갑, 재떨이 등으로 지저분하고 어디서 그렇게 큼직한 요강을 구하였는지 어떻든지 간에 그놈을 방 한가운데다 놓아두고는, 이따금씩 '칵' '칵' 하며 가래를 뱉는 것은 물론 오줌을 누고 나서도 내 앞에서는 그것을 구석으로 밀어놓는 일 없이 태연하였다. 게다가 동쪽으로 난 단 하나의 들창을 그렇게까지 햇볕이 싫었는지 검정 보재기로 들씌워

서 방 안을 어둠침침하게 만들어 놓은 후 인제는 또 담배만 들
구피어 연기가 하나 자욱한 것이다.

—안회남, 〈겸허〉(《문장》, 1939. 10.)

그는 김유정의 연보를 고등학교 국어 선생인 사촌 동생과 함
께 작성했다. 사촌 동생은 지방대학 사대를 나오고 8년간 시골
학교로만 돌다가 지난해 시내 학교로 들어왔다. 그는 사촌 동생
의 교육자적 열의에 늘 감동받곤 했다. 나는 불평분자예요. 사
촌 동생은 철학이 없는 파행적 교육 행정에 대해 늘 분노했다. 그
런 면에서 그는 전교조 선생들과 뜻을 같이했지만 그 길을 가는
방법의 차이를 내세워 합류하기를 끝내 거부했다. 양비론자를
자처하는 그 사촌 동생을 통해 그는 이 시대 진정한 용기가 무엇
인가에 대해 생각하곤 했다.

형은 정말 김유정 귀신이 붙은 거유?

건 또 무슨 소리야?

귀신이 붙지 않고서야 자기 전공하고도 관련이 전혀 없는 일
에 그렇게 달라붙을 수가 없다는 거유.

사촌 동생과 네 살 차이라곤 하지만 어렸을 때부터 한집에서
함께 어울려 컸기 때문에 서로에 대해 너무 잘 알았다.

네가 김유정한테 갖는 관심과 다를 거 하나두 없다.

나야 국어 선생이니까 향토 작가에 대해 뭘 좀 알아야 할 거
아니우. 언어학 전공인 형이 김유정에 대해 갖는 관심하군 사정
이 많이 다르잖수. 그렇다고 형이 소설을 쓸 것도 아니잖아요?

능력이 없어서 그렇지, 나두 소설을 쓰고 싶다.

형은 시는 쓸 수 있을지 몰라도 소설은 못 쓸 거유. 소설은 형처럼 감성이 눅신하게 젖어 있는 사람은 쓰기 어렵다던데요. 소설가만큼 이지적인 사람이 없다잖수. 게다가 형은 소설 따위에 심취해선 안 된다고 나를 구박하던 사람이 아니우.

지금두 그런 생각들은 때로 유효하다.

내가 다 알구 있수. 형이 김유정에 대해 갖는 관심은 요절한 한 작가의 생애에 대한 호기심이 아닌가요? 내가 김유정 소설을 좋아하는 건 그 작품성에 대한 가치 매김이지요. 그러나 형은 그 작품을 쓴 작가의 불우한 환경과 그 콤플렉스가 어떻게 창조적 에너지로 극복되는가 하는 것에만 관심이 있는 거 아니유.

네가 김유정 소설을 높이 평가하는 만큼 나도 좋은 소설에 대해서는 그 가치를 높이 둔다.

아무튼 형의 김유정에 대한 관심은 알아줘야 한다구. 작가 연구를 하는 사람두 아마 형만큼은 작가에 대해 속속들이 파헤치지 못할 거라구. 형이 지금까지 만난 사람만 해두 얼마유.

만나면 뭘 해. 새로운 걸 밝힌 게 하나두 없는걸.

오히려 새 사실이 드러나지 않았다는 게 다행이라고 생각해요. 초기의 증언들에 대한 신빙성이라고 볼 수 있기 때문이지요.

네 말이 맞다. 내가 모교 조교로 있을 때 국문과 학생들하고 설화 취재를 갔을 때다. 삼척 인남리에 남근을 숭배하는 서낭이 있는데 그 설화를 취재하는데 구전돼 오는 얘기가 많이 각색된 것 같아 자꾸 따져 물었더니, 어느 TV에서 그 서낭당 얘기가 방

영됐는데 자기가 지금까지 알고 있던 얘기를 방송에 나온 그 얘기와 믹스를 한 거였다. 자기 기억의 수정이 곧 원형 파괴를 가져온다는 거다. 또 어느 마을에서는 노인을 서너 명 모셔 놓고 얘길 들었는데 나중에 다 얘기하고 나선, 이거 얘기책에 다 있어. 나두 우리 손주놈이 보는 얘기책에서 본 거야, 하더라구.

그는 사람들이 재생해 내는 과거 기억들을 무조건 수용하지 않았다. 사람들의 기억은 수시로 그 원형을 깨뜨려 새로움을 가지려고 부단히 노력하고 있다는 것을 알기 때문이다. 그리하여 그들의 기억은 수시로 모습을 바꾼다. 게다가 기억이란 대체로 인상적인 어느 하나 정도만 입력해 뒀을 뿐 나머지들은 필요에 따라 나중에 적당히 만들어지게 마련이다.

김유정 얘기만 해도 그렇잖아요. 사람들이 자꾸 찾아가고 필요 이상 이것저것 문제를 삼아 물으니까, 증언하는 그 사람은 자신의 역할을 과대평가해 없는 얘기를 마구 만들어 낼 게 당연할 거 아니유. 우선 김유정의 제자라는 어떤 노인은 김유정의 키가 구 척에다 힘이 얼마나 셌는지 이십여 명을 한꺼번에 때려뉘였다든가 큰 개울을 건너는데 발을 적시지 않으려고 물구나무를 서서 그 개울을 다 건넜다고도 했다면서요?

그 정도는 그래두 괜찮은 편이다. 김유정이 몇 달간 어느 광산에 가 있었던 적이 있었지. 그 매형 되는 사람이 자기 곁에서 떼어놓으려고 그 광산에 경리나 보는 그런 위치로 권고해 내려보냈던 것인데, 문학사전이나 백과사전에는 "일확천금을 꿈꾸고 금광에 들어갔다"라고 나와 있는 거야. 또 어떤 김유정 평전은 김유정의 가문을 너무 미화한 데다가 김유정의 출생을 마치 어느 성인의 탄생만큼이나 장황하게 미화하고 있다는 거다. 이런 뼈대 있는 가문, 이런 상서로운 출생을 한 김유정이니 어찌 그런 좋은 소설을 안 남길 수가 있느냔 건데 그건 작가와 작품에 대한 편견을 낳게 되는 결과를 가져올 뿐이지.

결국 형이 이렇게 연보를 작성해 보는 것도 잘못 알려진 부분을 바로잡자는 거 아니우.

바로잡자는 것보다 한 작가의 생애와 그 작품 세계를 제대로 이해하고 싶어서다.

형이 이해하고자 하는 게 도대체 뭐유? 김유정의 뭐가 그렇게 형을 사로잡느냐 그거유.

그래, 네 말대로 뭔가 사로잡는 게 있긴 한가 본데 나도 그걸 모른다. 그걸 알게 되는 순간 김유정한테서 멀어질는지도 모르지.

형, 아무래두 김유정 영혼이 형한테 덮씌워진 거 같수. 난 형을 볼 때마다 김유정이 병석에서 죽어갈 때의 그 암울한 상황이 떠오르거든. 내가 생각해두 이상해. 형이니까 막 하는 얘기지만 형만 만나면 그런 절망적인 상황이 자꾸 느껴진다니까. 이거 누구 문제유?

내가 학위를 못 따는 그 일을 두고 하는 얘기냐?

못 따는 게 아니라 안 하려구 하니까 그러는 거 아니우. 얘기가 나왔으니 말인데, 정말 전임을 포기한 거유?

그래, 완전히 포기했다.

원래 형의 그 변덕은 유명한 거지만 그래도 학위 문제만은 다르잖수. 도대체 이유가 뭐유?

내 지도교수님도 박사가 아닌데 내가 어떻게 박사가 되겠냐.

그런 분이야 자기 분야에 그만한 권위를 가지고 있으니까 그러는 거 아니겠수. 더구나 그분은 학위가 없어두 엄연히 인정받는 교수잖수.

남들이 보따리장수라고 우습게 생각해서 그렇지 나두 엄연히 대학강사다.

학위 따기가 정말 그렇게 힘든 거유?

그 유혹, 그 욕심을 버리는 게 더 힘들었다.

1929년(21세) 휘문고보(5년제) 졸업(제7회, 통산 21회).

형 유근이 여섯 칸짜리 기와집을 사직동(227번지)에 사주어 시집에서 뛰쳐나온 둘째 누이 유형과 살게 되다.

두 내외의 잠자리를 감시하여 아들을 며느리 방에 들지 못하게 하는 시어머니의 시기심과 박대에 못 이기어서 시집을 뛰쳐나온 그녀는 소격동에 있는 피복공장에 다녔읍니다. 그리고 공장살이와 살아가는 데 많은 근심과 불만 때문에 신경질이 대단했읍니다.

— 김영수, 〈김유정의 생애〉(《김유정전집》, 현대문학사, 1968.)

출가여는 외인이라, 유정 누님은 친가가 아직 부잣집 이름을 들을 때부터서도 고생을 했던 모양이다. 시가에서 나와 혈혈

단신 여자의 섬약한 몸으로 상경하여 가지고는 별별 고생을 다 했고, 어느 피복공장엘 십여 년이나 다녔다. 이러한 생활을 해서 그런지, 몹시 '히쓰테릭'하였다.

—안회남, 〈겸허〉(《문장》, 1939. 10.)

누님은 날이면 날마다 동생을 들볶았다. 아무 트집도 없이 의레히 할 걸로 알고 그대로 들볶았다. 그리고 나서 한숨을 후유, 하고 돌리고는 마음을 진정하고 하는 것이다.

그러니까 동생은, 말하자면 그 밥을 얻어먹고 그의 분풀이로 사용되는 한 노동자에 지나지 않았다.

—김유정, 《생의 반려》(《중앙》, 조선중앙일보사, 1936. 8. 9. 2회 연재)

억새밭이었다. 그 억새밭에 여자가 풍경으로 서 있었다.

"아니, 이쪽으로 내려오는 길을 어떻게 알았습니까?"

반가웠다. 그 반가움이 느닷없이 그렇게 말을 걸게 했을 것이다. 어떻든 팔부능선의 십자 갈림길에서 분명 바른쪽 길로 들어섰으리란 추측은 맞지 않았다. 그 바른쪽 길은 한때 벌목을 하느라 다른 데보다 훤하게 트여 대부분 그 길로 들어섰다가 되돌아 올라오게 마련이다.

"이 산에 오신 게 처음이 아니신가 보죠?"

여자가 잠깐 고개를 돌리는가 싶었다. 그리고 그뿐이었다.

그네는 무엇엔가 홀려 있는 그런 표정이었다. 사람 키를 넘는 억새숲이 여름 햇살 속에 영원처럼 고요히 정지해 있었다. 시골

학교 운동장만 한 넓이로 비스듬히 펼쳐진 억새숲이었다. 그것은 원시적 신비였다. 그 억새숲 사이사이 굵직한 참싸리나무가 홍자색 꽃을 달고 있었다.

그 여자가 무엇엔가 홀린 것처럼 느껴진 것은 아주 잠깐이었다. 외계인과의 교신이라도 하듯 여자는 손가락 두 개를 편 손을 쳐들어 한 곳을 가리켜 보였다.

"이 길이 맞는가 모르겠어요. 신남역 있는 데로 내려갈 거거든요."

여자가 정면으로 몸을 돌려 그를 바라보고 서 있었다. 햇살은 그네의 정수리에서 이글거렸다. 그는 황황히 눈길을 피했다. 감당하기 어려운 어떤 강렬한 것이 그의 내부를 뚫고 지나가는 느낌이었다. 칠부능선의 그 환한 억새숲과 그 억새숲을 빽빽이 둘러친 솔밭이 자아내는 원시적 신비 때문이었을 것이다. 그는 자연을 이루는 모든 잡다한 것들이, 그리고 그 자연 속에 서 있는 그 여자의 모습이 정말 잘 어울린다고 생각했다.

"네, 그리로 내려가시면 됩니다. 조금 더 내려가시면 또 십자갈랫길이 나올 겁니다. 거기서는 오른쪽으로 내려가세요. 왼쪽은 새술막으로 내려가는 길이지요."

"새술막이라고 하셨어요? 새술막. 마을 이름이 참 좋은데요."

"새술막 막국수집 촌두부가 참 맛있습니다."

"아, 네에!"

"그러나 그리 가시면 신남역하곤 영 다른 방향이지요."

"고맙습니다."

일방적이었다. 그 여자는 그 억새숲에 오래 머물렀던 사람답지 않게 훌훌 솔밭 속으로 사라졌다. 그 여자의 움직임 어디에도 자신이 남기고 떠나는 것에 대한 미련 같은 건 보이지 않았다.

외계인. 그래 정말 외계인 같구나. 홀연히 사라져 버린 그네의 뒷모습을 더듬으며 그는 혼잣소리로 중얼거렸다.

여자가 헤치고 지나간 억새숲 한가운데 휑하니 길이 나 있었다.

도전이다! 느닷없이 그런 생각이 들었다. 어떻게 그럴 수가 있는가.

그는 억새숲을 벗어난 솔밭에 앉아 다시 그 여자를 생각했다. 그러나 그 여자를 산에서 만났다는 것이 실감으로 오지 않았다. 그러한 비현실감은 그의 어린 시절 간질 발작에서 깨어났을 때와 비슷했다. 우선 자신을 내려다보고 있는 사람들의 그 표정이 낯설었다. 마치 전생에서 마주친 적이 있는 사람들을 다시 보는 것 같은 그런 비현실감이었다.

자신이 조금 전 여자에게 일러 준 십자로가 나타났다. 신남역 쪽으로 내려가려면 저수지가 나오는 바른쪽 길로 접어들어야 한다. 그러나 언젠가 길을 잘 몰라 왼쪽 길로 들어섰다가 뜻하지 않게 새술막까지 간 적이 있었다.

그는 어쩔까 잠시 머뭇거리다 끌리듯 왼쪽 길로 들어섰다. 청개구리 심사가 생각났다. 어쩌면 그 당돌한 여자가 새술막 쪽으로 들어섰을는지 모른다는 생각을 한 것이다. 그는 걸음을 서둘렀다. 숨바꼭질하는 기분이었다. 신남역 광장에 세워 둔 차 생각을 했지만 그는 새술막 쪽 하산길을 그대로 걷고 있었다.

산 중턱 남향받이 산비탈에 드넓은 묵밭이 나타났다. 한때 화전민들이 일구었든가 아니면 고랭지 채소 재배를 시도하다 버려둔 밭일 것이다. 그 묵밭은 온통 개망초로 뒤덮여 있었다. 드문드문 보랏빛 도라지꽃도 보였다.

그 묵밭 망초꽃 덤불 속에서 불쑥 그 여자가 나타났다. 정말 들새 같군. 먼저 만났을 때 보지 못했던 긴 챙 달린 모자를 쓴 그 여자가 산 정상을 향해 올라오고 있었다.

여자가 그의 앞을 지나치며 눈을 얌전스레 내리깔아 목인사를 했다. 이런 면도 있었구나. 그는 가슴이 떨렸다.

"새술막으로 내려가시는 거예요? 전 아무래도 안 되겠어요. 그냥 좌회전 한 번 해봤는데 시간이 너무 걸릴 거 같아서요."

여자가 곁을 지나치며 말했다. 전혀 어색한 것이 느껴지지 않았다. 그 여자는 자신이 내려온 그 길로 빠른 걸음으로 치닫고 있었다.

"내가 안내하겠습니다. 나도 차를 신남역에 뒀거든요."

"네, 그러시군요."

두 사람의 동행이 시작된 것이다. 그네가 앞장을 섰다. 가까이서 눈어림한 그네의 키는 생각보다 컸다. 낯선 사내와 함께 걸으면서도 그네의 몸 움직임에 스스러운 구석이 전혀 없었다.

여자가 모자를 벗어 웨이브가 심한 머리채를 손으로 치켜 올렸다. 그가 온통 땀에 젖어 있는 것과는 달리 그네는 얼굴만 약간 상기돼 보일 뿐 살갗이 보송해 보였다.

"산이 보기보다 험하네요."

"산에 많이 다니시는 모양이지요."

산에 자주 다니냔. 산속에서의 그 물음은 어쩐지 어색했다. 그러나 그 여자의 대답은 엉뚱했다.

"신의 권능 중 가장 뛰어난 건 예술적 감각일 거예요. 그런 뜻에서 신은 예술가예요."

산이 그런 신의 예술적 감각을 만끽하게 해준다는 말을 하고 싶었는지 모른다. 그러나 그 여자는 더 이상 덧붙이는 말 없이 그냥 휘휘 팔을 휘둘러 대며 치닫고 있었다. 갈참나무와 상수리나무가 빽빽이 들어선 능선이었다. 그는 잠시 걸음을 멈춰 깊이 숨을 들이켰다.

"오늘은 날씨가 괜찮아 산림욕을 제대로 하는데요."

그의 말이 끝나자 그 여자가 무슨 생각을 했는지 짧게 푸푸, 웃었다.

"혹시 산림욕은 옷 다 벗구 맨몸으로 하는 거 아닌가요? 전 산림욕이란 말이 처음 나왔을 때부터 그게 늘 궁금했거든요."

"그렇게 할 수만 있다면 그 이상 좋은 게 없겠지요. 그러나 이렇게 산속을 그냥 걷기만 해두 충분할 겁니다. 가만, 무슨 향기가 나지 않습니까?"

"이 공기 냄새 말이에요?"

"역시 맡고 계셨군요. 이게 바로 수풀에서 나는 건데 피톤치드라고 한답니다. 피톤은 식물이고 치드는 다른 생물을 죽인다는 뜻인데 이 두 말의 합성어가 피톤치드라는 거지요. 곤충이나 동물들은 냄새를 남기거나 나무 등에 흠을 냄으로써 자기 영역을

36

표시하며 살다가 더 강한 적이 나타나면 도망칠 수도 있지만 식물은 그게 안 되지 않습니까. 일단 땅에 뿌리를 내리면 적들이 잎을 갉아먹거나 병원균이 공격해도 피할 수가 없다는 거지요. 그래서 식물은 자기 보호를 위해 병균을 죽이는 물질을 발산한다는, 그런 얘깁니다. 즉 다른 식물들의 생장을 저해하는 물질을 발산함으로써 자기 영역을 지키며 살아갈 수 있다는 겁니다. 피톤치드는 이러한 여러 가지 효능을 살리기 위해 방향물질, 즉 테르펜을 포함하고 있다더군요. 숲에서 나는 이 향기가 바로 테르펜이랍니다. 그러니까 숲속에 떠도는 이러한 방향물질이 우리의 정신적 육체적 건강에 좋을 수밖에 없다는 것이지요."

그는 문득 자신이 너무 장황하게 늘어놓고 있다고 느꼈다.

"이거 다 식물학이 전공인 친구한테 들은 겁니다."

그러나 그의 말을 듣는 여자의 표정은 진지했다. 그네는 장난스러운 몸동작으로 심호흡까지 하면서도 눈은 그의 얼굴에 고정시키고 있었던 것이다.

"녹색탱크란 말도 있잖아요. 원시림에서는 그 테르펜이 대단하겠네요."

"그럼요. 산림 속에선 그뿐이 아니라 마이너스 전기를 띤 공기 이온이 아주 작은 입자로 떠다니고 있답니다. 그게 신경 긴장을 풀어주는 효과가 있다는 것이지요. 그래서 계곡을 끼고 하산할 때 몸과 맘이 쇄락해지는 것 아닐까요."

"쇄락, 지금 쇄락이라고 하셨어요?"

"그래요. 난 그 말을 자주 씁니다. 마음이 아주 상쾌할 때 쓰는 말이지요."

"한자어 같은데 청각적 효과까지 있고, 아주 좋은 말인데요."

"중복 더위데도 오늘 산행은 아주 기분이 쇄락한데요."

여자가 거침없이 하하, 웃으며 말했다.

"저두요!"

1930년(22세) 4월 6일 연희전문학교 문과에 입학했으나 6월 24일 학칙 제 26조에 의거 제명당함.

학교에서 제명당할 즈음, 춘천 실레 마을로 내려가 산골 정취에 취해 다소 무절제한 생활을 하다.

그해 가을에 늑막염 발병.

둘째 누이의 둘째 남편 정 씨의 부추김을 받아 유산 상속 문제로 형을 고발했다가 취하.

김유정이 연희전문 문과에 입학했다기 꼭 두 딜 18일 만에 제적이 된 사실은 학적 기록에 의해 확인된다. 당시 연희전문 학칙 26조 퇴학에 해당하는 사항은 다음과 같다.

1. 성행 불량으로 개선의 정이 없다고 인정되는 자. 2. 학력 열등으로 성적에 희망이 없다고 인정되는 자. 3. 연속 1년 이상 결석하는 자. 4. 정당한 사유 없이 1개월 이상 결석하는 자.

지금과 달리 1년을 3학기로 나눴던 때라 김유정이 제적된 것은 그 첫 학기가 된다. 그의 첫 짝사랑인 명창 박록주에 대한 구애 사건이 장안에 널리 알려졌던 때라 그것의 1항 성행 불량과 관련도 무시할 수 없지만 그의 지병인 치질에다 기생에게 밤새워 편지를 써야 했던 당시의 그 열정 등이 학교에 나가는 일을 제대로 했을 리가 없어 4항 1개월 이상의 결석이 제명 사유로 가장 합당하지 않을까 싶다.

> 시험은 급하고 과정낙제나 면할가 하야 눈을 까뒤집고 책을 뒤지자니 그렇게 똑똑하든 글짜가 어느듯 먹줄로 변하니 글렀고, 게다 아련히 나타나는 옥화의 얼골은 보면 볼수록 속만 탈 뿐이다. 몇 번 고개를 흔들어 정신을 바루 잡아가지고 드려다보나 아무 효과가 없음에는 이건 공부가 아니라, ……생략……
>
> ─김유정, 〈두꺼비〉(《시와 소설》, 1936. 3.)

어떻든 연희전문에서 제명을 다한 김유정은 1930년 여름을 고향에 내려가 보낸다.

> 각가지 나무들은 사방에 잎이 욱었고 땡볕에 그 잎을 펴들고 너훌너훌 바람과 아울러 산골의 향기를 자랑한다.
> 그 공중에 나르는 꾀꼬리가 어여쁘고─노란 날개를 팔닥이고 이가지 저가지로 옮아앉으며 흥에 겨운 행복을 노래 부른다.
> ─고─이! 고이고─이!
>
> ─김유정, 〈산골〉(《조선문학》, 1935. 7.)

김유정의 귀향은 여러 면에서 의미를 갖는다. 우선 남은 재산을 고향에서 마지막으로 탕진하고 있는, 스무 살 연상인 형을 상대로 한 재산 분배를 주장하는 소송 사건이다. 형에게 병 치료비와 생활비를 요구한 것이 제대로 이루어지지 않자 그런 소송을 냈던 것이다. 물론 그 소송은 둘째 누이와 함께 동거 생활을 하고 있는 자칭 광업소 기사인 정 씨의 사주에 의한 것이었다.

이것은 분명 정씨의 꾀임 ……생략…… 집안꼴 되어가는 품과 박 모 기생과의 일이 ……생략…… 형은 번둥번둥 놀며 지내는 정씨가 말할 수 없이 미웠읍니다. ……생략…… 시골에 내려온 그는 안방에서 그의 형과 마주 앉았읍니다. ……생략…… 형은 동생이 말을 하면 할수록 엇나가고 말았읍니다. 끝내는 형은 불이 이글이글한 화로를 방바닥에 엎어뜨렸읍니다. 이후로 그는 형에게 입을 다물고 말았읍니다. 형은 그대로 동생과 사이가 뜨고 만 것입니다.

—김영수, 〈김유정의 생애〉(《김유정전집》, 현대문학사, 1968.)

김유정의 귀향은 자연으로의 회귀였다. 그가 항상 잊지 못하고 살아온 고향의 그 산골 정취가 다분히 감성적인 그를 완전히 사로잡았을 것이 분명하다. 또한 김유정은 고향의 산골 마을에서 똥구멍 째지게 가난한 그 시대 농민들의 생활과 만나게 된다. 가난하지만 순박한 그네들의 삶을 통해 그는 구원받는 느낌이었을 것이다. 우선 그는 시골 농민들의 척박한 삶을 통해 이제까지 관심 밖이었던 부조리한 현실에 눈뜨게 됨으로써 짓눌리고 있던 자기 문제로부터 어느 정도 도망칠 수 있었지 않았나 싶다.

주위가 이렇게 시적이니만치 그들의 생활도 어데인가 시적이다. 어수룩하고 꾸물꾸물 일만 하는 그들을 대하면 딴 세상 사람을 보는 듯하다. ……생략…… 물론 궁한 생활이 아닌 것은 아니나 그러나 그들은 아즉 악착한 행동을 모른다.

—김유정, 〈오월의 산골작이〉(《조광》, 1936. 5.)

가혹한 도지다. 입쌀석섬, 버리, 콩, 두포의 소출은 근근댓섬, 논아먹기도 못된다. 번듸 밧이 아니다. 고목느티나무그늘에 가리어 여름날 오고가는 농군이 쉬든 정자터이다. 그것을 지주가 무리로 갈아 도지를 노아먹는다.

—김유정, 〈총각과 맹꽁이〉(《신여성》, 1933. 9.)

꼭두새벽부터 엣, 엣, 하며 괴로움을 모른다. 그러나 캄캄하도록 털고 나서 지주에게 도지를 제하고, 장리쌀을 제하고 색초를 제하고 보니 남는 것은 등줄기를 흐르는 식은땀이 잇을 따름. 그것은 슬프다 하니보다 끗업시 브끄러웠다. 가치 털어주는 동무들이 뻔히 보고 섯는데 빈 지게로 덜렁거리며 집으로 들어오는 건 진정 열쩍기 짝이 업는 노릇이었다.

—김유정, 〈만무방〉(《조선일보》, 1935. 7.)

그 이유가 어떠한 것이었든 연희전문에 입학한 지 불과 두 달여 만에 제명을 당했다는 것은 충격이 아닐 수 없었을 것이다. 또한 박록주를 향한 그 병적 집착에 따른 절망으로부터의 탈출구를 고향 사람들 속에서 찾았다는 것을 짐작해 볼 수 있다.

김유정의 짧은 생애에서 들병이는 매우 중요한 역할을 한다. 이른바 이동 작부인 들병이들과의 만남이 바로 그것이다. 물론 박록주에 대한 집착은 그다음 해까지 계속되지만 그가 다시 고향의 그 들병이들 곁으로 돌아오는 과정이 그것을 입증하고 있다.

안해를 내놋코 그리고 먹는 것이다. 애교를 판다는 것도 근자에 이르러서는 완전히 노동화하엿다. 노동하야 생활하는 여기에는 아무도 이의가 업슬 것이다. 이것이 즉 들병이다. ……생략…… 안해의 등에 자식을 업혀가지고 이러케 남편이 데리고 나간다. 산을 넘어도 조코 강을 멋식 건너도 조타. 밥 잇는 곳이면 산골이고 버덩을 불구하고 발길 닷는 대로 유랑하는 섯이다.

—김유정, 〈조선의 집시―들병이 철학〉(《매일신보》, 1935. 10.)

술집은 코다리찌개에 막걸리를 먹느라고 아래 웃칸이 떠들석했읍니다. 빽빽이 들어앉은 사람 사이를 오르내리며 새로 왔다는 들병이가 술을 따라 놓고 아리랑타령을 구성지게 불렀읍니다. ……생략…… 그는 그날 이후로 들병이를 따라 이곳저곳으로 술자리를 옮기며 달포를 지냈읍니다. 이제는 이름도 모르는 들병이. 그녀는 돌쟁이 아이가 있어 틈틈히 젖을 빨렸으며 그림자처럼 따라다니는 노름쟁이 남편이 있었읍니다. 그녀의 치마와 몸에서 풍기는 젖내가 그로 하여금 어머니에 대한 향념을 일으키게 한을 보면 박 모 기생 다음으로 그에게 큰 영향을 주었읍니다.

—김영수, 〈김유정의 생애〉《김유정전집》, 현대문학사, 1968.)

그네들이 내려오는 계곡 오른쪽 산은 수령 삼십 년이 넘는 잣나무밭이었고 경사가 더 급한 왼쪽 산비탈은 낙엽송밭이다.

"난 나무 중에서 낙엽송을 가장 좋아합니다. 무엇보다 신록기의 연초록에서부터 가을 단풍까지 다른 나무들에서 볼 수 없는 빛깔의 신비를 느낄 수 있기 때문이죠."

"전제제도를 좋아하시는가 봐요."

"전제제도라뇨?"

"나무의 키 자람을 그런 식으로 생각해 본 거예요. 낙엽송이나 은행나무, 잣나무처럼 위로 곧게 자라는 나무의 키 자람을 전제제도로, 그리고 그 반대로 옆으로 가지를 뻗기 위해 치열한 각축전을 벌이는 느티나무, 벚나무, 층층나무 같은 건 공화제도로 자랐다고 본 거예요."

"그거 재미있군요. 사람도 나무처럼 두 가지로 자라는 거 아닐까요. 나 같은 경우는 완전히 전제제도 아래서 자란 것 같은데요. 외아들이라 고집이 세고 나 외엔 아무것도 없는 줄 알았거든요. 그래서 대인관계가 원만하지 못해요. 상쾌하게 남들 위로만 올라갈 생각만 했지 옆의 사람들 입장을 한 번도 생각지 않았거

43

든요."

"그 정도의 반성이면 버릇없이 자란 공화제도보다 훨씬 낫겠는데요. 적어도 남의 영역을 침범하기 위해 악착같이 싸우진 않았을 거니까요."

"어느 제도로 크셨습니까?"

"저는 느티나무를 좋아해요. 품위가 느껴져요. 실핏줄처럼 섬세하게 뻗는 실가지도 좋구요. 제가 가지지 못한 걸 느티나무가 모두 가지고 있어요."

수하리골로 내려가는 하산길. 그는 키를 넘는 숲을 헤치면서 마치 먼 꿈속을 걷는 것 같았다. 눈앞의 산과 그 숲이 실감으로 다가오지 않았다. 그가 그처럼 심취했던 자연이 이제 더 이상 아무것도 보여 주지 않았던 것이다. 낙엽송 숲을 가리켜 보였던 것은 그냥 여유를 찾기 위해서였을 뿐이다. 그 여자가 무슨 말인가 했지만 그는 그 말소리와 말 내용을 따로 듣고 있는 느낌이었다. 홀린 상태였다. 가슴이 뛰었다. 두어 번 무심히 마주친 여자의 눈빛이 그렇게 강렬했다. 눈빛이 강하다는 말은 적절한 표현이 아니다. 그것은 결코 강하지 않았다. 그러나 그는 그 눈빛과 맞바로 부딪치지 못했다.

여자는 걸으면서 손으로 코앞을 부채질하듯 자주 내저었다.

"날파리들이 빛을 좋아하나 봐요."

물론 그의 눈에도 날파리들이 날아들었지만 손을 내저어 쫓을 정도는 아니었다. 그러나 햇빛을 되쏘는 그 여자의 커다란 눈을 향해 여러 마리의 날파리들이 죽자 사자 달려들고 있었다.

"이게 김유정 소설 〈동백꽃〉에 나오는 동백나무죠."

그는 팔뚝 굵기의 동백나무 한 그루를 본 순간 김유정 생각을 했다. 어쩌면 김유정 생각을 했기 때문에 그 나무가 눈에 띄었는지 모른다.

"그래 그래 인젠 안 그럴 테야!"

"닭 죽은 건 염녀 마라 내 안 이를 테니."

그리고 뭣에 떠다밀렸는지 나의 어깨를 짚은 채 그대로 픽 쓰러졌다. 그 바람에 나의 몸둥이도 겹쳐서 쓰러지면서 한창 피여 퍼드러진 노란 동백꽃 속으로 폭 파묻혀 버렸다.

알싸한 그리고 향긋한 그 내움새에 나는 땅이 꺼지는 듯이 왼정신이 고만 아찔하였다.

—김유정, 〈동백꽃〉(《여성》, 1936. 5.)

아주까리 동백아 흐내지 마라

산골의 큰 애기 떼난봉난다

동백꽃이 필라치면 한 겨울동안 방에 가쳐 있든 처녀들이 하나둘 나물을 나옵니다.

—김유정, 〈강원도 여성〉(《여성》, 1937. 1.)

"바로 이 금병산이 〈동백꽃〉의 작품 무대일 겁니다. 봄이면 정말 노란 동백꽃이 많이 피지요. 꽃이나 나뭇가지를 꺾으면 말 그대로 알싸한 향기가 납니다. 그런데 대부분의 사람들은 김유정

소설의 동백꽃에 대해 잘못 알고 있습니다. 즉 제주도나 남해안에서 흔히 볼 수 있는 차나무과인 상록 교목에 피는 그 꽃으로 생각하는 거지요. 늦겨울부터 이른 봄에 가지 끝에 붉은 꽃 몽우리가 생겨 붉게 피는, 이미자의 〈동백아가씨〉의 그 꽃이 아니지요. 1953년 서울 왕문사라는 출판사에서 펴낸 소설집 《동백꽃》의 표지를 보면 한복 입은 처녀가 왼쪽 손에 빨간 동백꽃을 들고 있지요. 등 뒤에도 역시 꽃이 크게 그려져 있는데 그 꽃이 바로 남쪽에서 볼 수 있는 동백나무 꽃이지요. 그러나 여기 강원도 사람들은 나무에 잎이 나기 전 노란 꽃이 먼저 피는 동백을 모르는 사람이 없지요. 옛날에는 이 동백 열매를 따 머릿기름을 내 썼다고 하더군요."

누가 먼저랄 것도 없이 두 사람이 자연스레 쉴 자리를 찾았다. 그 여자는 볼품 있게 자란 노송에 기대섰다. 날파리를 피하기 위함인가 햇빛을 등진 상태였다. 그는 낙엽이 쌓인 땅바닥에 아무렇게나 주저앉았다.

"오늘 많은 공부를 하네요. 학교 다닐 때 〈동백꽃〉이란 작품을 읽긴 했지만 거기 그런 꽃이 나오는 것도 잘 몰랐는걸요. 그런데 저 나무가 동백나무라는 건가요?"

"그렇습니다. 개동백이라고도 하지요. 그런데 학명은 다른 걸로 알고 있는데 지금 잘 생각이 안 나는군요."

"혹시 생강나무 아닌가요?"

"아, 알고 계셨구면요. 그 알싸한 냄새가 바로 생강 냄새 같대서 그런 이름이 붙여졌다더군요."

그는 신음처럼 혼잣소릴 한 다음 거침없이 감탄했다. 여자가 별 쑥스러워하는 기색 없이 말했다.

"김유정 소설을 좋아하시는가 보죠?"

"우리 고장 작가니까요. 삼십 년대 작가지만 지금 읽어도 문학성이 높습니다."

"저는 김유정 소설을 읽은 게 고작 〈동백꽃〉과 〈봄·봄〉, 두 편뿐이에요. 그것두 고등학교 때 읽은 거니 여북하겠어요."

"우정 시간을 내서 다시 한 번 읽어 보십시오. 다 해야 소설이 고작 서른한 편에 불과하니까요. 읽으시면 후회하지 않으실 겁니다."

"김유정 고향이 여기라는 것도 오늘 첨 알았어요."

"소설을 좋아하지 않으시는가 보죠?"

"좋아하지 않는다기보다 별로 가치를 두지 않았을 거예요."

그가 할 말을 찾지 못하고 머뭇거리자 그 여자가 다시 말했다.

"소설 쓰는 분이세요?"

"아, 아닙니다. 그냥 작가 김유정을 좋아할 뿐입니다."

"무엇을 좋아한다고 뚜렷이 선택해 말할 수 있다는 건 대단한 거예요."

"무얼 좋아하십니까?"

"무취미, 무관심, 무가당, 무뚝뚝…… 온통 무 자 돌림이지요. 저를 아는 사람들한테서 그런 말을 많이 들어요."

"제대로 알게 되면 오히려 그 반대가 아닐까요?"

얼핏 뒤돌아보았을 때 그 여자는 싱그레 웃고 있었다.

대화는 그쯤에서 다시 끊겼다. 여자가 기대고 섰던 소나무에서 몸을 일으켜 다시 걷기 시작한 것이다. 계곡으로 들어서면서 바람이 조금씩 일었다.

"물이 전혀 없는 산으로 생각했는데 골짜기가 깊은데요. 전 이리로 내려가겠어요."

그 여자는 이쪽의 동의 같은 것은 아랑곳없이 우거진 수풀 길을 벗어나 물길로 내려서고 있었다. 그것은 어쩌면 혼자 가겠다는 의사 표시처럼 단호했다. 그는 어정쩡히 걸음을 멈춘 채 그 여자가 돌과 돌 사이를 징검다리 삼아 풀풀 날렵하게 건너뛰어 사라지는 모습을 바라보고만 서 있었다.

그는 차마 그 여자가 택한 길을 따라갈 수가 없었다. 물길 옆으로 길이 있음직한 그 수풀을 그냥 헤쳐 걸으면서 그는 허망했다. 문득 그 여자와 다시는 못 만날는지 모른다는 생각이 들었다. 조바심이 일었다. 뭔가 자신의 안에서 허물어져 내리는 느낌이었다. 여자가 눈앞에서 표연히 사라지는 순간부터 그는 허둥거리고 있었던 것이다. 그 여자가 그렇게 사라져도 할 말은 없었다. 산에서 그냥 우연히 만났을 뿐이다. 그리고 잠시 동행…… 그 이상 무엇이 있었단 말인가. 그러나 마음 초조하기는 매한가지였다.

다시 만나야 한다. 그는 서둘러 숲을 헤쳤다. 먼저 왔던 기억에 의하면 계곡 밑에 저수지가 있을 것이다. 이 걸음이면 그 저수지까지 그네보다 더 빨리 갈 수 있으리란 계산이었다.

저수지까지 내려가기 전에 묵은 밭이 나왔다. 밭이 아니라 애초에는 논으로 만들었으나 벌써 오래전부터 버려둔 땅이라 논두렁조차 구별하기 어려울 정도로 잡초가 우거졌다. 언젠가 산에 함께 왔던 조카가 그 묵은 논을 보고 김유정의 〈만무방〉에 나오는 응오가 자기 논의 벼를 자신이 훔치는, 응고개 너머 그 깊은 산골짜기 논 같다고 했다. 버려진 그 논에 개망초가 오후 햇살에 눈부셨다. 망초밭 그 안쪽으로 지붕이 다 날아간 폐가 하나가 보였다. 집 앞에 고목이 된 대추나무도 두 그루가 서 있었다.

길을 질러 여자보다 먼저 왔다고 생각한 것은 잘못이었다. 여자가 그 폐가 뒤에서 나오고 있었던 것이다.

"이런 데서 통나무집을 본다는 게 참 신기해요. 저 산자락이 그전에는 모두 화전밭이었나 봐요."

그 여자가 가리켜 보이는 바른쪽 산비탈은 조림한 지 얼마 되지 않은 잣나무가 죽죽 줄을 맞춰 심어져 있었다. 그는 할 말이 떠오르지 않았다. 허둥허둥 숲을 헤치고 내려온 자신의 꼴이 쑥스러웠던 것이다. 그러나 그 여자는 전혀 스스럼없는 얼굴로 다시 말했다.

"이런 빈집을 산속에서 보면 기분이 좋아요. 자연의 묵묵한 승리, 그리고 자연의 위력 앞에 순응한 사람들의 착한 얼굴이 떠오르거든요."

"나는 가끔 자연을 파괴하고 싶은 충동을 느낍니다. 나무를 마구 꺾고 땅을 파헤치고, 산불이 난 것을 볼 때 그런 자연 파괴의 극치를 체험하게 됩니다. 이거, 문제 아닙니까?"

느닷없이 왜 그런 말이 나오게 됐는지 모른다. 그는 그때 그런 자연 파괴의 충동으로 몸이 끓는 느낌이었다.

"그건 일종의 경외심일 거예요. 항상 의연하게 원상복귀되는 자연의 위대함에 대한 경외심. 그런 뜻으로 이해가 되는데요. 저는 자연과 인간의 관계를 동화라기보다 천적의 이질관계로 봐요. 흔히 자연과 가장 친밀하게 살아가는 듯이 보이는 시골 마을에서, 자연에 대한 인간들의 무분별한 파괴를 보게 되지요. 그저 후려치고 꺾고 순식간에 산을 태워 먹을 것을 가꾸잖아요. 그런데 그런 무분별한 파괴에서 진정 자연을 알고 그것을 아끼는 자연인의 모습을 보게 되지요. 그건 시골 사람들이 자연을 자연으로 볼 뿐 교육받은 사람들처럼 제 것만으로 하려는 자연에 대한 욕심이 없기 때문일 거예요. 욕심 없는 사람들의 자연 파괴는 진정한 자연 사랑이라는 생각이지요. 두릅은 이제 싹이 돋을까, 고사리는 쇠지 않았을까, 그런 생각을 한다는 것은 자기 먹이를 위한 것도 되지만 자연인의 자연에 대한 관심이라고 봐요."

"나도 결국 자연을 사랑하는 사람 축에 들 수 있다는 말 같아 퍽 고무적입니다."

여자가 웃는 얼굴을 돌려 폐가 앞 대추나무를 쳐다보았다.

"대추나무에 대추가 하나도 안 달렸네요. 공해 심한 서울 도심에도 대추가 많이 열렸던데."

그는 그 여자와의 커뮤니케이션을 위해 애써 한 가지 생각을 물어냈다.

"고목이 돼서 그런가 봅니다. 그리고 과실나무는 대개 해거리를 하잖아요. 게다가 대추나무는 사람이 없는 데서는 대추가 열리지 않는다는 어른들 얘기를 들은 거 같네요. 사람들이 쳐다봐야 대추가 열린다는 겁니다. 땅에 거름기 하나 없는 길가에 대추나무가 얼마나 잘 열립니까. 게다가 서울 같은 데 대추가 잘 열리는 걸 보면 어른들 그 말이 아주 허황된 것만은 아닌 것 같아요."

"다른 나무보다 이산화탄소를 더 많이 먹는 나문가 보네요."

그네는 망초밭을 휘휘 가로지르고 있었다.

"이게 쥐꼬리망초 아닌가요?"

그네는 서로 마주 난 잎이 긴 타원형을 이루다가 끝이 뾰족하게 뻗은 망초 줄기 하나를 손으로 잡고 들여다보며 물었다.

"난 시골 살면서도 식물에 대해 문외한입니다. 그게 그냥 망초라는 것밖에는 몰라요."

"망초가 어떤 풀인지도 모르는 사람도 많은데요, 뭐. 저도 확실히는 모르지만 이건 우리나라 어디에도 흔한 북미 원산의 귀화식물인 망초나 개망초하곤 다른 거 같은데요. 우선 이 줄기 잎이 서로 어긋맞게 나는 망초하곤 달리 이렇게 마주 나는 거부터 다르잖아요. 잎 모양도 달라요. 이건 망초처럼 엉거시과가 아니고 쥐꼬리망초과에 속할 거예요. 망초는 월년초인데 이건 일년초라는 것도 다르지요. 쥐꼬리망초는 아마 재래종일 거예요."

"식물 채집을 나오셨습니까?"

"아뇨. 그냥 관심이 있을 뿐이에요."

"그냥 관심 정도가 아니신 것 같은데요."

"그렇지요. 남들이 그냥 지나치는 걸 이렇게 관심 두니까 이상하게 보일 수밖에요."

"나도 관심은 있는데 늘 포기하고 체념하는 편입니다. 자연한 테 압도당하기 때문일 겁니다."

"제가 꽃이나 나무에 대해 갖는 관심은 남들의 그것하곤 다를 거예요. 자연을 좋아하고 그것에 빠져드는 그런 게 아니니까요. 저는 그냥 나무 이름을 알고 싶고 그 갈래를 따지고 싶은 그런 호기심이 강한가 봐요. 사물의 이치를 캐고 싶은 그런 본능이 겠지요. 나무 이름이 뭔가 알 필요도 없이 그냥 좋아 보이는 그것이 감성 쪽 관심이라면 제 경우는 그 반대라고 할 수 있을 거예요. 이지적이랄까, 어떻든 자연에 대한 감성은 빈약해요. 저 꽃은 참 아름답다는 생각으로 꽃에 접근한 적이 별로 없으니까요."

"인식의 방법이 다를 뿐 자연에 대한 사랑은 마찬가질 겁니다. 사물의 이미지보다 그 의미를 더 중시하시는 것 같군요. 혹시 전공이……?"

"전공하곤 무관한 거예요. 저는 그냥 처음 보는 나무를 보면 그 나무 이름을 알고 싶어요. 이름을 안 다음에는 그것의 생태가 알고 싶어지지요. 어릴 때부터 다른 애들보다 궁금증이 많아 어른들이 귀찮아했대요. 궁금증이 많다는 건 감성이 부족하다는 것과 같을 거예요."

두 사람은 그 망초밭에 마주서서 한 시간 이상을 얘기했다. 주로 여자가 많이 얘기했다. 그러나 여자는 상대의 말을 듣는 일에도 자신이 말하는 것처럼 열중했다. 그네들은 얘기에 취했다. 그러나 그 얘기 속에 그들은 들어 있지 않았다. 그처럼 서로를 의식하지 않았다. 그 여자가 그렇게 보였기 때문에 그도 애써 상대를 의식하지 않으려 노력했다. 그 여자와 얘기를 나누는 동안 그는 자신을 덮씌우고 있던 껍질들이 우득우득 떨어져 가는 느낌이었다. 어떤 가식도 계산도 필요하지 않았던 것이다.

그가 움직이지 않았으면 그렇게 마주 선 대화는 몇 시간이고 계속 됐을 것이다. 그네들은 계곡 밑의 저수지에 이르렀다. 가뭄이라 저수지는 물이 많지 않았다. 이 저수량으로 얼마나 많은 논에 물을 댈 수 있는지 모르지만 계곡의 자연 미관이 저수지를 만들기 위해 수로를 넓히고 벽을 세우는 과정에 의해 많이 망가져 있었다.

그네들은 개천가 시멘트로 덮인 길을 걸었다. 산을 내려오자 지열이 훅 끼쳐 들었다. 마을은 조용했다.

"여기가 실레 수하리골인데 김유정이 자주 오던 뎁니다. 저 건물 있는 데가 얼마 전까지 면사무소였는데, 바로 저기가 김유정이 동아일보의 브나로드 운동 취지를 살려 야학을 열었던 금병의숙이 있던 자리죠."

"그런데 저건 예식장이네요. 그런 의미 있는 곳에 예식장은 어울리지 않는데요."

"그렇군요. 옛날 금병의숙의 뜻을 기리자는 의미의 마을회관 같은 건데 예식장 간판이 너무 요란하군요."

위압적인 그 예식장 건물로 해서 그는 좀 머쓱한 느낌이었다. 뭔가 잃어버린 것같이 허전했던 것이다.

그는 그 예식장 마당 한켠에 세워진 커다란 자연석 조형물 앞으로 다가갔다. 산 모양의 커다란 자연석에는 '金裕貞紀蹟碑(김유정기적비'란 글이 음각되어 있고 그 자연석을 떠받든 시멘트 사각 받침대 동판에는 김유정이 쓴 수필 〈오월의 산골작이〉 첫 부분이 새겨져 있었다. 그는 이곳에 올 때마다 자연석에 새겨진 비석 이름에 대해 불만스러웠다. 사촌 동생도 그와 같은 생각이 었다. '기적비'란 흔치 않은 말을 비석 이름으로 한 것이 못마땅 했던 것이다. 국어사전에도 없는 기적(紀蹟)이란 말을 왜 썼을까. 사람들이 잠시 머물기도 힘든 의암호수 절벽길에 김유정 문인비를 세운 것도 그렇지만 야학을 열었던 김유정의 고향 마을에 그런 괴상하고 생소한 이름의 기념비를 세웠다는 것이 이해하기 힘들었던 것이다.

여자는 그의 말을 긍정하는 투로 고개를 끄덕이면서 눈은 기념비 옆의 느티나무를 쳐다보고 있었다. 그 고목 느티나무는 밑동에서 세 가닥을 이뤄 뻗어 올라 정자나무다운 품위를 보였다.

"그 느티나무가 여기 사람들 말로는 김유정이 야학을 열 때 직접 심은 거라고 합니다. 그러나 어떤 사람은 그 나무 수령이 백 년도 훨씬 넘었기 때문에 김유정이 심었다는 건 맞지 않는다고 하더군요."

"정말 백 년은 넘은 거 같아요."

그 고목 느티나무 탓인가, 그는 문득 그 느티나무를 쳐다보는 여자의 표정이 그렇게 경건해 보일 수가 없다는 생각을 했다. 그가 불쑥 말했다.

"공화국 왕자 앞에 구애하고 서 있는 들판의 딸 같은데요. 잘 어울려요."

머리에 떠오른 대로 아무렇게나 말해 놓고 쑥스러워하는 그를 향해 여자가 웃어 보였다. 잘면서도 건강해 뵈는 이를 활짝 드러내자 지금까지의 그 얼굴에 보이던 이지적 이미지가 싹 가시면서 전혀 다른 표정이 되었다. 예쁘구나, 그는 속으로 절망처럼 중얼거렸다.

"저건 떼찔레꽃 나무가 아닌가요. 그리고 이건 산수유나무지요. 그런데 이런 기념비가 있다면 생강나무도 몇 그루 있었으면 좋았을 텐데요."

그 여자는 기념비 옆에 심어진 꽤 오래된 찔레나무 한 그루와 그 옆의 산수유나무를 가리키며 말했다.

"그러게 말입니다. 동백나무가 안 보이는군요. 그전에는 저 개천 쪽에 몇 그루 심어져 있던 걸로 봤는데 아마 개천 복개 공사를 하느라 뽑아 버린 모양입니다."

"저기 있는데요. 두 그루나 있어요."

그네는 눈이 빨랐다. 물론 그 나무가 있는 쪽으로 다가가지도 않았다. 그네가 쳐다보고 있는 예식장 건물 그늘에 가려진 한쪽 구석에 배리배리하게 가느다란 생강나무 두 그루가 보였다.

그네는 큰길 쪽을 향해 걷기 시작했다. 그곳에서 큰길까지는 불과 이백여 미터, 그는 초조해졌다. 해야 할 말이 있을 것 같은데 그것이 덥석 잡히지 않았던 것이다. 그는 무슨 말이고 꺼내 그네의 발걸음을 잡아야 했다.

"저기 야채밭이 있잖습니까? 〈봄·봄〉에 나오는 봉필이 영감 집이 바로 저기 있었다고 하더군요. 그러니까 그 작품은 실제 인물을 모델로 한 실화라고 할 수 있겠지요."

왜 그럴까. 여름 오후 햇살 속에서 그는 자신의 말이 휑하니 되돌아오는 느낌이었다. 역시 그네는 이쪽 말에 대꾸하는 대신, 또 다른 질문을 해왔다.

"지금 몇 시쯤 됐어요?"

그 여자의 손목에 시계가 없다는 것을 그때서야 알았다.

"네 시 십오 분입니다."

그러고 보니 무려 네 시간을 함께 한 산행이었다.

그네의 걸음이 큰길 쪽을 향해 빨라지고 있었다. 그도 서둘렀다.

"신남역에 내 차가 있습니다. 어디까지 가시는지……"

"아니에요. 시내서 들어오는 택시도 있고, 시내버스도 있다고 하던데요."

여자는 이미 저만큼 멀어지고 있었다.

그는 뛰다시피 가는 그 여자를 향해 내지르듯 말했다.

"다음 주 월요일 검봉 등산을 갈 생각입니다. 강촌 뒷산이지요. 열한 시에 강촌역에서 기다리겠습니다."

그것이 무슨 용기였는지 모른다. 그는 어떤 커다란 힘에 속수무책으로 떠밀리듯 그렇게 냅다 말해 버렸던 것이다.

그 여자가 아주 짧게 뒤돌아보았다. 뒤돌아보았다고 그렇게 느꼈을 뿐이다. 그는 잰걸음 쳐 사라지는 그 여자를 바라보다가 무너지듯 걸음을 멈췄다. 이제 그 무례 방자한 여자의 모습은 더 이상 보이지 않았던 것이다.

2

홀긋, 그를 본 순간 내 머리에 스친 생각은 '떠도는 영혼'이었다. 어쩌면 방랑자 혹은 보헤미안이란 말로 설명될 수 있는 그런 것이었는지도 모르겠다. 좀더 구체적으로 그것은 죽은 사람의 영혼이 그의 얼굴에 덮씌워져 있다는 느낌 같은 것이었다.

첫인상이 그랬다. 그렇다고 그의 얼굴에 그늘 같은 게 서려 있던 것은 아니다. 오히려 그의 얼굴은 맑고 투명했다.

빌어므! 그를 이런 식으로 미화할 생각은 추호도 없었다. 나는 다만 산에서 그를 만났을 뿐이다. 소나무숲 아래 떼 지어 빽빽이 자란 은방울꽃을 보고 있었다. 그래, 그를 보기 전에 이미 떠도는 영혼이란 말을 생각하고 있었을 것이다. 그 은방울꽃 군락이 그런 생각을 불러일으켰을 터. 어느 해 봄인가 보았던 그 애잔한 은방울꽃 군락. ……그리고 인기척에 놀라 돌아본 거기 그가 서 있었을 뿐이다. 떠도는 영혼이 그의 얼굴 위에 어른거리고 있었다.

그는 주로 죽은 사람에 대해 말했다. 작가 김유정이 그를 끌고 다니고 있었다. 나는 죽은 사람 얘기는 별로 취미가 없었다. 사람들이 역사 속의 인물을 말할 때 나는 감동할 줄 몰랐다. 보이지 않고 만져지지 않는 것은 없는 것이나 마찬가지다. 어머니는 곧잘 죽은 사람들 얘기를 하면서 울먹였다. 어머니가 잊지 않고 있기 때문에 그네들은 아직 저세상으로 온전히 돌아간 것이 아닌 생각이 들었다. 어쩌면 사람의 영혼은 육신의 죽음과 동시에 산 사람들 속으로 재빨리 분산되어 들어가는 것이 아닌가 하는 생각을 한 적도 있었다. 산 사람들의 기억 속에 죽은 사람들이 살아 있다는 그런 생각을 할 때마다 나는 몸서리쳤다. 혹시 내 기억 속에 죽은 사람의 영혼이 들어 있지 않나 하는 두려움 같은 것이었다.

어떻든 나는 죽은 사람들과 친하지 못했다. 그러면, 누가 죽었는가. 아무도 없었다. 잊지 못할 그런 사람의 죽음과 그 영혼이 내 기억 속에 남아 있지 않았던 것이다.

한 사람 있기는 했다. 할아버지였다. 내 가족들이 할아버지를 살려내 내 속에 집어넣었다. 넌 꼭 돌아가신 할아버지를 닮았다. 내가 별난 아이라는 것을 입증하기 위해 죽은 이를 자주 살려냈던 것이다. 내가 닷새 동안 옻닭 다섯 마리를 하루에 하나씩 옴질옴질 다 먹었을 때도, 저 미련, 즈 할아버지 안 닮았달까 봐. 어느 여름, 밖에 나가기가 싫어 앉은 자리에서 옴짝달싹도 않고 털 스웨터 하나를 다 떠냈을 때도 식구들은 할아버지를 들먹였다. 식구들은 내가 좀 엉뚱한 짓을 벌였다 하면 여지없이 죽은 할아버지를 살려내곤 했다.

그러나 정작 내 기억 속에 살아 있는 할아버지는 그게 아니었다. 할아버지는 당신 대에 재산을 많이 모았던 것으로 알려졌다. 당신의 노력과 능력에 의해서 엄청난 치부를 했던 것이다. 그리고 그 돈을 당신 스스로 아무렇지도 않게 다 날려 버렸다. 돈 욕심을 부려서는 안 되지. 돈을 가질 만큼 가졌던 이가 하는 소리라 식구들은 할아버지가 다 날려 버린 재산에 대해 불만을 보일 수가 없었다. 할아버지는 돈보다 다른 것에 욕심을 많이 가졌던 분 같다. 그 욕심을 채우기 위해서 돈이 필요했을 것이고 그런 돈을 만든 다음에는 평소에 욕심냈던 것을 마음껏 누렸을 것이다. 한 마디로 할아버지는 돈을 쓸 줄 알았다는 얘기다. 모았던 돈을 당신 대에 다 날리고 나서도 궁색스러운 변명 한 번 늘어놓지 않은 것으로 보아 할아버지는 분명 대범한 어른이었다는 생각이다. 할아버지는 돈보다 사람을 좋아했다. 사람들한테 그 많은 재산을 다 빼앗기면서도 그 사람들을 원망하지 않았던 것이다.

할아버지는 나를 좋아했다. 두 언니나 남동생한테 늘 양보만 하고 뒷전으로 도는 나를 그윽이 바라보시던 할아버지의 그 눈길을 나는 늘 의식하고 있었다. 할아버지의 그런 인정을 받기 위해서 나는 언니들과 남동생한테 모든 것을 양보하고 있었는지 모른다.

애는 보통 애가 아니다. 애, 기를 꺾지 않도록 해라. 유학을 간다면 유학까지 보내야 한다. 할아버지는 뭔가 나한테서 싹수를 본 것 같았다. 할아버지의 그 편애가 나를 오만한 아이로 만들고 그 오만을 싫어하는 아버지에 의해서 나는 갇힌 상태에서 사육되었다.

내 고향은 밤이면 늑대 울음소리가 요란하던 '경북 선산군 고
아면 관심동'이다. 호야불 깜박이는 밤이 되면 우리는 늑대 울
음소리에 겁을 먹고 밤을 나가지 못했다. 어느 봄날 소나무 아
래서 놀던 동네 소년애가 늑대에 채여 간 적이 있고 여름밤 멍
석 위에서 자던 사내아이가 물려 가서 얼마 후에야 다리 한쪽
만 산허리 밭 사이에서 찾아낸 적도 있다. ……생략……

내가 이 세상에 난 것은 1905년 1월 25일이었다. ……생략……
두 번이나 아이를 실패한 부모님은 나를 낳자 전전긍긍했다. 우
선 소망은 딸이지만 먼저의 두 애들같이 죽지 않고 잘 컸으면
하는 것이었다. 그 희망은 저버림받지 않아 나는 남자 못지않게
튼튼하게 컸다. ……생략…… 억척스러움 가운데 최고는 동네
머슴애들 두들겨 주는 일이다. 같이 놀다가도 마음에 뒤틀리면
벼락같이 달려들어서 때려 주곤 했다. 하긴 동네 애들을 때린
데는 남자 동생을 때린 때문이기도 했다. ……생략…… 그러던
중 나는 인생 항로를 가르는 큰일을 당했다. 평소 내 목소리가
쟁쟁한 것을 아시는 아버님이 나를 '나라 제일의 명창으로 만들
고 싶다'는 각오를 하실 일이 생겼던 것이다.

—박록주, 〈나의 이력서〉 ①(한국일보, 1974. 1. 5.)

아버지도 할아버지처럼 돈에 대한 욕심은 없었지만 돈 욕심
이 없는 그 이상으로 매사에 욕심이 없고 소극적이었다. 공무원

으로 정년퇴직을 하기까지 단 한 건의 불미스러운 일을 만들지 않았을 만큼 청렴하고 정확한 사람이었다. 그러나 아버지는 할아버지와 달리 사람을 좋아하지 않았다. 물론 아버지는 사람들을 정중히 대했지만 사람과 사람 사이에 통하는 그런 따뜻한 것이 느껴지지 않았다. 아버지는 사람들과의 관계를 의식적으로 피했던 것으로 생각된다. 어머니의 손이 크고 마음 씀씀이가 넓었기 때문에 아버지의 그 염인증이 두드러져 보였는지도 모른다. 내가 사람들 속에 있기를 두려워하는 것도 아버지를 닮았기 때문이 아닌가 싶다.

아버지는 선량하고, 착실하며, 깨끗이 살아왔고 가정적이었다. 당신 자신이 생각해도 그리 잘못 살고 있다고는 생각지 않을 만큼 정확한 삶을 사는 분이다. 그러나 나는 아버지를 좋아하지 않았다. 아버지가 숨 쉬고 사는 공기가 너무 메말랐다. 비인간적!

후후, 내가 아버지를 막 얘기하고 있구나. 그러나 사실이 그렇지 않은가. 온전히 사랑받고 존경받는 아버지가 세상에 어디 그리 흔할 것인가.

나는 남자보다 여자가 좋다.(ㅎㅎ, 이거 다분히 동성애 기질이 있는 게 아닌가.) 여자는 남자보다 복잡하고 약하고, 때로 남자보다 몇 배 내성이 강하고, 어떤 때는 처절하고 또 어떤 때는 한없이 경박하고, 그런 점이 다 좋다. 이 얼마나 풍성한가.

내 어머니에게서 그런 여자의 풍성함을 본다. 어머니는 부족하고 모순되는 대로 둥근 모습으로 항상 넘쳐 나는 느낌이었고 아버지는 모판에서 자란 정갈한 모나 잘 전지한 나무처럼 생각됐다.

가족들은 나를 폭발물 대하듯 한다. 아버지도 예외는 아니어서 내 혼사 문제를 꺼낼 때는 절대 언성을 높이는 법이 없다. 들을 때마다 절실한 내용으로 전해지긴 해도 그 말을 하는 아버지는 언제나 여유가 있다.

여자 나이 삼십이면 결코 적은 게 아니다.

예, 아버지.

내 대답은 언제나 공손하다. 그러나 나는 잠시 다른 생각을 하면서, 아버지의 모습을 보고 있다. 키 크고 깡마른 등허리와 가느다란 목덜미.

다시 묻겠다. 사람이 있느냐?

없습니다.

먼저 본 그 사람이 퍽 마음이 있어 하던가 본데……. 이번에도 아니냐?

아버지가 정해 주시면 그대로 따르겠습니다.

내가 하는 결혼이 아니잖느냐?

이쯤에서 아버지는 매우 교훈적인 말을 띄엄띄엄 풀어 놓기 시작한다. 아버지의 인내는 놀랍다. 그런데 아버지의 말은 나한테 감동을 주지 못한다. 아버지의 말은 매우 논리적이지만 어떤 깊은 울림이 없다. 나는 언제부터 아무런 회의 없이 '아버지'라고 부르게 되었는가, 그 이전에는 왜 아버지란 소리가 내 마음에 들지 않았을까. 이 뿌리 깊은 죄의식으로 해서 '너는 모든 다른 일엔 활동적이고 적극적인 것 같은데 그 문제만은 그렇지 못한 것 같으니 그게 이상하구나'라는 아버지의 결론처럼, 나는 모든 남자들에게 적극적이지 못했던 것은 아닐까. 그러나 어딘가 모순되고 폭력적이고 자유분방한 사람을 아버지로 가졌다면 나는 처절하게 싸웠을 것이다. 다행이다. 소심하고 분명한 아버지로 해서 우리 가정의 화평은 한 번도 깨진 적이 없었기 때문이다. 그것이 내게는 숨 막히는 사실이지만 어떠하든 평화는 좋은 것이 아니겠는가.

다시 아버지의 얘기로 돌아가자. 아버지의 그 소심하고 온유한 성격 뒤에 비굴하고 비열한 잔인함이 들어 있는 것은 아닐까. 자라면서 아버지로부터 단 한 번도 큰소리를 들어 본 적이 없지만 가끔 나는, 날이 선 비수 같은 냉랭함이 아버지의 그 조용한 어투 속에 비치고 있음을 느끼지 않을 수 없었다.

아버지는 다툼이 없는 평화로운 외길을 걸어왔지만 넓은 천지 유한한 생에 있어 바로 그 안일함이 내겐 불만이었다.

나는 정말 못된 딸이다. 아버지, 당신은 새 땅 개척하여 호령 크게 한 적 없고 방탕한 적은 더욱 없어, 진 데를 밟은 적도 없는데 왜 나는 당신의 비밀스러운 굴헝을 후벼 파려고만 하는가.

그러나 아버지에 대해서 이해가 안 가는 것은 그 비밀스러운 구렁이라고 해야 옳을는지 모르겠다. 오히려 막된 세상을 놓고 볼 때 정말 내놓고 자랑해야 할 것인데도 왜 아버지는 자식들 앞에 큰소리 한 번 못 치고 산단 말인가. 그것이 내가 이해할 수 없는 아버지의 구렁이다. 그렇게 떳떳하고 성실하게 살아왔는데 도대체 왜 자식들을 호령하여 굴복시키지 못한단 말인가.

술도, 잡기도 능하지 못하고 비밀스러운 방 한 칸 없는데, 아버지는 어떻게 세상살이의 그 숱한 앙금을 삭이었을까. 아버지의 그 구렁에는, 온갖 음모와 잔인함과 비인간적인 것, 상처받은 것들이 하나도 삭지 않고 고여서 독풀로 자라고 있는 것은 아닐는지. 그것들은 끝내 그 어둔 굴속을 빠져나가지 못하고 말겠지만, 그것들이 바로 당신의 몸에 혼으로 붙어서 기생하며 당신의 살을 다 갉아먹고 있는 것은 아닐는지. 그리하여 당신은 결국 마지막에 이르러 '세상은 살 만하다'는 말도 남기지 못하고 그 순간에 철저히 혼자가 되어 이승을 영원히 떠나가게 되리라. 세상과 끝내 화해하지 못했기에 다시 이 땅에 환생하지 못할 것이고.

이러한 아버지를 가졌기 때문에 나는 광활한 개척의 땅 위에서 순탄하게 사는 방법을 아예 포기하고 있는 것이다. 오오, 이런, 못된 딸 같으니라구.

그날부터 우리는 선생과 한집에 머무르면서 소리를 배웠다.
선생의 이름은 박기홍 씨로 당시 우리나라서 유명한 명창이었다. 소리가 우렁찬 동편조로 특히 절벽가에 능했다. ……생략…… 소리 공부는 정말 어려웠다. 호야에 불을 켜고도 기름이 다 닳도록 소리를 했다. 기름이 다해 호야불이 깜박깜박할 때가 되면 첫 홰가 운다. 닭 우는 소리를 듣고서야 선생은 잠을 자라고 했다. 소리하는 자세도 엄했다. 무릎을 세우고 허리와 목을 꼿꼿이 세운 자세로 소리를 뽑아야 한다. 보통 어려운 일이 아니다. ……생략…… 정말 간난의 세월이었다. 이제 뼈도 굳지 않은 열두 살에 그것을 견뎌냈다는 것만도 천만다행이었다. 두 달을 배우는 동안 음식도 무척 사려서 참기름만을 연신 먹었다.

선생은 춘향가 외에 심청가를 조금 가르친 뒤 선산을 떠나갔다. 천생의 방랑객인 박기홍 선생은 "좀더 가르쳐서 국창으로 만들었으면 좋겠지만……." 하면서 아쉬워하며 작별인사를 했다.

훤칠한 키에 하얀 한복을 너풀대며 사라진 선생을 나는 그 후 다시 만나지 못했다.

—박록주, 〈나의 이력서〉 ②(한국일보, 1974. 1. 8.)

아버지의 얘기가 길어진 것은 산에서 만난 그 사람 때문이다. 그는 아버지와 전연 다른 분위기를 가졌다고 느껴졌다. 아버지처럼 조용히 정좌하고 있는 것이 아니라 부단히 떠도는, 그래 떠도는 영혼의 그 역동적 에너지.

이상한 일이었다. 그 남자와 함께했던 그 서너 시간의 산행에서 나는 할아버지와 만나고 있는 느낌이었다. 할아버지의 남성다운 풍모, 결코 음침하지 않은 얼굴 표정의, 항상 철철 넘쳐흐르는 감성, 그런 것이었다.

맙소사. 산에서 그렇게 사람과 느닷없이 마주쳐 놀랐던 일이 어디 한두 번이었던가. 그런데 나는 왜 그 남자를 이런 식으로 미화하고 있는가.

그 사람은 달랐다. 표현하기 어렵지만, 좀더 구체적으로 말해 나는 그 사람을 남자로 느꼈던 것이다. 한 치도 비집고 들 그런 여유가 없이 꽉 찬 사람이 아니라 나사가 헐렁하게 풀어져 있어 이쪽에서 긴장하지 않아도 좋을 그런 편한 남자.

어떤 선입견에 의한 경계심을 풀고 남자를 바라볼 수 있다는 것은 결코 쉽지 않은 일이다. 편했다. 아무렇게나 대해도 될 것 같은 그런 느낌이었다. 나는 마음 놓고 그 남자를 쳐다보았다. 아무런 경계도 저항도 없이, 신도 성인도 아닌, 한 사람의 남자를.

너는 언제고 사람을 맞바로 쳐다봐선 안 된다.

어머니는 항상 나한테 그런 주의를 주었다. 눈이 큰 데다 그 눈빛이 너무 강하기 때문에 상대한테 좋은 인상을 얻기 어렵다는 것이다. 대학 다닐 때 교양 과정의 어느 젊은 교수 한 사람은 강의가 끝난 뒤 나를 불러 강의 중에 자기를 그렇게 맞바로 바라보지 말라고 화난 얼굴로 말했다. 그는 또한 내게 되도록 발언을 하지 말라고도 했다. 나는 평소 말이 없는 애로 통했다. 아주 이따금 다른 아이들이 교수의 질문에 대답하지 못해 강의 분위기가 좀 빽빽하다고 느낄 때 나는 불쑥 나서곤 했을 뿐이었다. 그럴 때마다 아이들이 술렁거렸다. 내가 자신들이 맞히지 못한 문제의 답을 절묘하게 찾아낸 데 대한 감탄과 아울러 내 어투를 재미있어 하는 그런 반응이었다. 그 교수는 나로 인해 자신이 끌고 가는 강의 분위기를 잡친다고 생각하고 있었는지 모른다. 나는 그 시간 이후 그 강의에 들어가지 않았다. 그러나 그 젊은 교수는 꽤 후한 학점을 주었다.

사람을 볼 땐 반드시 그 사람 가슴께 단추를 다소곳이 쳐다봐야 한다.

어머니의 주문은 늘 그런 것이었다. 눈이 많이 올라가야 상대의 콧잔등 이상을 넘어서는 안 된다는 것이었다. 사람을 맞바로 쳐다보지 않는 버릇은 그런 어머니의 집요한 교육에 의해 이루어졌다.

그러나 나는 그날 금병산에서 그 남자를 맞바로 쳐다볼 수 있었다. 나는 비로소 남들 앞에 평범하지 않은 괴짜로서의 '연기자'가 아닌, 편안히 '바라보는 눈'으로 사람을 바라볼 수 있었던 것이다.

그 당시 나는 너무나 어려서인지 잔칫집에 가면 요란하게 차려져 있는 음식을 무척이나 먹고 싶어 했다. 그러나 소리를 하기 전에는 먹을 수 없는 일. 창을 한 뒤에 먹을 요량으로 한바탕 소리를 하고 나면 소리배가 불러 음식은 손에 대지도 못했다. 노래를 힘차게 많이 부르면 위에 바람이 꽉 차서 아무것도 먹지 못한다. 열세 살 나던 해 가을이었다. ……생략…… 그러다 보니 승무를 추기로 한 시간이 좀 늦었다. 부랴부랴 밖으로 나오자 무서운 아버지가 기다리고 있었다. "너 누구와 정분났냐?" 아버지는 대뜸 내 목덜미를 잡더니 가까이 있는 여관으로 끌고 간다. 그러고는 자초지종을 묻지도 않고 마구 때렸다. 아버지는 어린 내가 누구와 정을 나눈 것으로 오인한 것이다. 그때는 연애니 사랑이니 하는 말은 거의 사용하지 않았다. ……생략…… 그날 밤 나는 어린 나의 뼈를 깎아 아버지만 한량 노릇을 한다는 생각을 하자 갑자기 죽어 버리고 싶은 생각이 났다. 나는 철로에 누워 기차에 깔려 죽을 생각을 했다.

—박록주, 〈나의 이력서〉③(한국일보, 1974. 1. 9.)

글씨가 동글동글 예뻐지는 것은 기분이 괜찮다는 것이다.

나는 어릴 때부터 어떤 문제, 어느 순간의 상황에 대해 정의 내리길 좋아했다. 그것은 항상 외톨이로 배도는 아이의 외로움 극복의 한 방법이었으며 그 나이에 겪는 숱한 회의와 갈등으로 부터 벗어나 잠시 휴식과 안정을 얻기 위함이었다. 내 단안과 결론을 통해 나는 자기 도취되곤 했던 것이다.

고등학교 시절엔 소설책 한 권 제대로 읽지 못했다. 소설책이나 그와 비슷한 문학 서적을 읽지 못한 것은 아버지 탓이었다. 그런 것을 읽지 못하게 했다. 그런 달콤한 내용에 현혹되어서는 안 된다는, 플라톤적 우려는 자식을 사랑하는 아버지로서 너무나 당연한 것이었다. 불쌍하게도 나는 아버지의 논리에 마음속으로는 거센 항의를 하고 있었지만 언동으로는 순종하는 쪽을 선택하고 있었다. 아버지가 가치를 두지 않는 것은 집안 식구 누구도 가치를 두고 기웃거려서는 안 된다는 식구들의 묵계에 동참하는 것이 평화를 위한 길이라고 믿었기 때문이다.

그러나 대학에 들어가자 나는 그런 문학 서적을 읽지 못한 내 자신에 대해 매우 안타까워하는 내용을 일기에 담기 시작했다. 설문도 그런 일기의 하나였을 것이다.

대학 1학년을 어정쩡히 보낸 그해 겨울, 나는 일기에 다음과 같은 설문을 스스로 만들고 거기에 열심히 답한 기록을 가지고 있다. 내 스무 살의 기록은 다음과 같은 잠언으로 시작된다.

— 분명한 이유와 분명한 대상이 있고, 분명한 감정이 지배하는 삶은 결코 무의미하지 않다.

— 인간이 위대하다면 그 이유는 : 약육강식에서 벗어나려는 노력으로의 희생과 자살이 있기 때문.

— 인간의 멸망을 좌우하는 것은 : 과학도 문화도 아닌 휴머니즘.

— 세상에서 가장 큰 단어는 : 사랑. (희로애락, 미, 꿈, 상상, 환상, 질투, 증오, 선, 악, 전쟁, 평화, 타락 등 모든 것을 포괄하고 있기 때문.)

— 인간에게 가장 위대한 단어는 : 망각.

— 사랑은 영원한 것인가 : 결코 영원하지 않다. (소유했다는 착각과 환상 상태의 지속일 뿐이다.)

— 사랑하고 싶은 것은 : 신선하고 깨어 있고 정체되어 있지 않은 것들. 누구도 소유할 수 없는 성격을 띤 것. 완전히 개발되지 않고 아직 탐구해야 할 신비성을 가지고 있는 것들.

— 내 소원은 : 신으로부터 선택을 받았다고 느끼는 것.

— 내 성격은 : 엉뚱하다. (꿈과 현실을 융화시키지 못하기 때문.) 고집이 세고 조금 대담한 편. (순간 판단을 많이 한다.) 바둥거리기보다는 아예 체념하는 편. 극과 극이다. 남의 연애

69

얘기 듣는 것을 싫어한다.

— 원하는 남성 : 나와 결혼하는 여자는 참 행복할 것이다, 라고 자신하는 남자.

— 사랑하는 마음은 어떤 때 생기는가 : 사랑의 그늘을 능히 감수할 자신이 있을 때.

— 남녀 헤어짐의 차이는 : 남자는 다음 단계를 위한 발판 하나 세우는 일이고 여자는 자신이 쌓아 놓은 발판 하나가 무너져 내리는 일.

— 결혼 전 연애 경험에 대해서는 : 남녀 모두 필요하다.

— 이성 간 사랑의 감정이란 : 상대의 볼을 만지고 싶은 당기는 인력.

— 이성 간 사랑의 불행은 : 두 사람이 각각 사랑하는 양과 질의 차이가 날 때.

— 사랑 지속의 방법은 : 상대의 눈에서 눈길 떼지 않기. (가식과 위선을 버려야 가능하다는 것.)

부끄럽다. 그러나 십 년 전의 나를 다시 본다는 것은 즐겁다.

그 즐거움은 십 년 전과 오늘의 내가 달라진 것이 별로 없다는 것이다. 나는 아직도 엉뚱하고, 쨍쨍 대낮 그 햇빛 속에서도 맞바로 쳐다보며 '사랑한다'는 말을 해줄 그런 남자를 만나지 못하고 있기 때문이다. 또한 이 깊은 추락으로부터 벗어날 길이 아득하다는 사실. 나는 아직 나다.

(명창 김창환 선생에게서 소리 배우기를 그만두고) 두 달 만에 선산에 돌아와서 며칠 있은 뒤 나는 또 아버지와 함께 대구로 갔다. 이번에는 노래를 배우러 가는 게 아니라 권번에 들어가 기생수업을 받기 위해서였다. 무심한 아버지는 달성공원 앞에 사는 어느 할머니에게 나를 양딸로 맡기는 대신 돈 2백 원을 받아갔다. 3년간 내 몸은 그 할머니의 소유가 돼버린 것이다. 나는 그 당시 유명한 앵모라는 행수기생이 거느리는 권번에 다니며 기생수업을 받기 시작했다.

—박록주, 〈나의 이력서〉④(한국일보, 1974. 1. 11.)

나는 엉뚱하다. 일을 순간적으로 결정하는 버릇부터가 그렇다. 그날도 그랬다. 나는 일행에서 떨어져 나와 좌회전했다. 좌회전, 그래 좌회전이란 말이 그날 마음에 들었던 모양이다. 초면의 그 남자에게 그 말을 썼던 것이 기억된다. 정상적인 궤도로부터 벗어나는 것을 나는 '좌회전'이란 말로 표현한 것이다. 산다는 게 그런 거 아닐까. 정신없이 직진하다가 느닷없이 깜박이를 켜고 좌회전하기, 혹은 오던 길 되돌아가 보는 것. 그건 남들이 쉽게 엄두 내지 못하는 낯선 길이게 마련이다. 그러나 낯선 길에 섰을 때 나는 비로소 자유롭다.

그날 나는 한양산악회 회원들과의 삼악산 산행을 피해 금병산에 올랐던 것이다. 즉흥적인 결정이었다. 한양산악회는 주로 서로 연관이 있는 학원 강사들끼리의 친목 모임이다. 대부분 전직 교사들이 학연·지연 등을 따져 먹이사슬을 이루는 그런 관계라고 할 수 있었다. 그네들은 한 달에 한 번 정도 주중에 산을 찾았다. 보따리 장사의 그 스트레스를 풀기 위해 산행이 가장 적격이라는 생각을 가진 사람들의 모임이라 별 부담이 없어 좋았다. 그러나 참가하는 수가 매번 줄어 처음 모임 때의 그런 상호 친목의 의미가 많이 탈색했다는 것이 초창기 멤버들이 아쉬워하는 바였다. 시간을 맞추기 어렵다는 것이 불참하는 이유지만 알고 보면 모두 산행보다 더 칠칠한 재미를 찾고 있기 때문이라고들 입을 모았다. 골프를 치러 다니는 사람이 늘고, 이제는 3박 4일 정도의 동남아 여행도 심심치 않게 나갈 만큼 생활의 여유도 생겼다는 것이다.

문 선생은 현직 교사 생활이 맞을 텐데 왜 그만뒀어요?

빡빡한 시간 생활을 하는 곳이 학원이라 서로 부딪쳐 노닥거릴 시간이 없어 남의 사생활에 대한 관심도 적은 편이지만 가끔 만나는 사람들은 내가 공립학교를 뛰쳐나온 일에 대해 모두 호기심을 부렸다. 나는 그냥 웃어주는 것으로 대답을 대신할 수밖에 없었다. 내가 사표를 낸 것이 충동적인 것이 아닌 것만은 분명했다. 그렇다고 그럴 만한 뚜렷한 이유를 대기도 어려웠다. 물론 내 비위에 거슬리는 학교 내의 부조리에 맞서 교장과 부딪치는 과정에 꼭지 덜 떨어진 어떤 동료 교사에게 치욕적인 욕을 먹은 것이 직접적인 원인이 되었다. 동료 교사인 그 허접쓰레기를 도저히 용서할 수 없어 학교를 떠나기로 작심했던 것이다. 이왕이면 명분 있는 쪽을 택하란, 전교조 쪽의 의견도 무시했다. 조직 속의 한 개인이 얼마나 보잘것없는 존재인가 하는 것을 뼈저리게 실감하며 사표를 썼을 뿐이다.

평생을 공직으로 산 아버지의 충격은 컸을 것이다. 그러나 직장을 끝까지 고수하겠다는 고집으로 몇 건의 맞선 행사를 그르친 나기 때문에 내가 직장을 그만둔 것이 아버지로선 한시름 놓은 일이 됐을는지도 몰랐다.

그러나 취직은 생각보다 쉽게 되었다. 일류 대학 수학과 출신이라는 간판이 그 학원에 필요했던 것이다. 학원 강사 초년생인 나는 열심히 그네들에게 길들여지기 위해 노력했다. 산행도 그런 적응의 하나였다.

그날 차 뒷자리에서 누군가 금병산 얘기를 했다. 어느 학원 국어과 선생이었을 것이다. 김유정이 태어난 마을 앞산이 금병산인데, 원창고개까지 시내버스를 타고 가 그 정상부터 올라갔다가 신남역 쪽으로 내려오는 그 하산길이 좋다는 말을, 자신이 이 근방 산은 안 가 본 데가 없다는 식의, 자기과시를 위해 열심히 떠벌리는 얘기였다. 솔직히 그때 나는 김유정이 소설가라는 것도 생각해 내지 못했다. 그리고 금병산에 대한 남다른 호기심이 생긴 것도 아니었다. 그저 사람들과 함께 몇 번씩 가 본 삼악산을 다시 오른다는 것이 싫었을 뿐이다. 나는 그날 혼자 있고 싶었다. 낯선 길 위에 혼자 던져지고 싶은 그런 엉뚱한 충동이었다.

그러던 어느 날 대구서 유명한 이 모라는 한량이 내가 처량히 우는 모습을 보았다.

"아가야, 왜 우느냐?"

그는 유명한 오입장이였지만 도량도 커서 나의 신세타령을 듣
고는 선뜻 2백 원을 내줬다. 수양어머니는 이제 이름이 난 나를
보내고 싶지 않아 안달을 했다. 그러나 연락을 받고 달려온 아
버지 손을 잡고 권번의 세계서 일단 도망쳐 나왔다.

—박록주, 〈나의 이력서〉⑥(한국일보, 1974. 1. 12.)

그날 일행으로부터 떨어져 나오는 일은 어렵지 않았다. 나는
외떨어져 혼자 남는 일에 익숙했다. 남의 눈을 의식해 생각도 없
는 일에 얼러방치고 싶지 않았다. 버릴 것이라고 결정이 되면 미
련 떠는 일 없이 단호히 버렸다.

그런데, 이상하다. 왜 스무 살 그 기록에는 잘 버리는 내 버릇
이 들어 있지 않은가. 아직 버릴 것이 없던 때여서 그랬는가.

나는 잘 버린다. 그렇다고 무엇이나 잘 버린다는 얘기는 결코
아니다. 내가 잘 버리는 것과 못 버리고 미련 두는 것은 엄격히
구별된다. 우선 내 주변에서 쉽게 버려신 것들과 연연해서 잘 못
버리는 것을 나눠 생각해 보자.

집에서 자랄 때는 버리는 것이 내 몫이 아니었다. 청소를 도맡
아 하는 것은 언제나 어머니와 두 언니였기 때문이다. 버리는 일
은 그네들 권한 중 하나였다. 살림을 살아 본 사람만이 버리는
일에 익숙하게 마련이다. 나는 원래 필기구는 물론이고 헌 공책
하나도 마음대로 버리지 못할 만큼 소심했다. 그런 것을 버릴 권
한이 없었다는 것이 맞을 것이다. 그만큼 집안 살림에 관여를 하
지 않았다는 얘기인데, 그러한 무관심은 어떤 것을 선택해야 할

경우 곤란한 일이 많이 생겼다. 나는 물건을 살 때 늘 절절맨다. 선택이 쉽지 않기 때문이다. 적록 색약의 내 눈도 거기에 한몫을 했다.

나는 어머니와 언니들이 버리는 것을 볼 때마다, 저렇게 쓸 만한 것을 버리다니, 하며 한숨 쉬곤 했다. 그러나 차츰 집 안 정리 차원에서도 좀 버려야 할 것들이 많다는 것을 터득하기 시작했다. 깔끔 떠는 그 반비례로 언니들은 더 잘 버렸다. 잘 버린다고 해서 과소비로 이해해서는 안 된다. 잘 버리는 일과는 달리 우리 가족들은 몹시 알뜰했다. 물건 아껴 쓰기로는 아버지를 따르지 못한다. 컴퍼스, 각도기, 자, 지우개, 실핀이 필요하다고 우리가 돈을 요구하면 아버지는 당신의 정돈된 서랍 속에서 그런 것들을 꺼내 놓곤 했다.

그러고 보면 우리 식구들이 쓰던 물건에 대한 무관심으로 혹은 부주의로 그것들을 버리는 것이 아님은 분명했다.

버리는 습관은 내가 집을 떠나 서울 생활을 시작한 대학교 때부터였다. 신림동에서 작은언니와 나는 방 하나를 얻어 자취 생활을 했고 그때부터 내 권한으로 버려지는 물건들이 많아졌다. 언니가 대학 재학 중 결혼을 해 내 곁에서 떠나자 나는 더 과감하게 버렸다. 언니의 경우 예쁜 포장지는 접어 두었다가 시간이 흐른 얼마 뒤, 버리자 하고 버리는 것을 나는 접어 두는 그 과정도 없이 금방 버렸던 것이다. 향초롱, 향기가 나는 전등, 사탕부케, 인형 등 이런 것들이 가장 먼저 버려졌다. 그렇게 버린 날이면 주인집 아주머니가 그것들을 주워 들고 나를 찾곤 했다. 아주머니도 나중에는 내 취향을 이해했고, 나 또한 버릴 것을 아주머니네 마루에 정리해 놓곤 했다. 나는 남들로부터 선물 받은 물건도 크게 의미가 없다 싶으면 쉽게 버렸다. 학교 선생이 되고 나서도 학생들에게 은근슬쩍 선물을 좋아하지 않는다는 것을 비쳤다. 아이들은 내 뜻을 받아들여 꽃이나 잡다한 액세서리, 또는 인형 같은 것을 갖고 오지 않았다. 얼마나 다행한 일인가. 자연히 선물은 거의 받지 않는 선생으로 소문이 났다. 어쩌다 꽃을 선물로 받으면 아무에게나 줘 버렸다. 나는 방에 꽃을 꽂지 않았다. 산소를 먹기 위해 꽃과 서로 경쟁하는 것이 벅차기 때문이다. 그리하여 내 방엔 내가 만든 것 외엔 아무것도 장식되지 않았다. 나는 책도 잘 버린다. 언니가 내 메마른 정서를 위해 매달 보내 주는 여성지도 필요한 부분만 오려 내고(목차를 보고 필요한 기사만 잘라 낸다.) 그 당장에 버린다. 그 집에 세 들어 사는 젊은 여자들이 항상 내 눈치를 보며 그 버려진 책들을 집어 갔다. 책은 생필품이 아니기 때문에 쉽게 버릴 수 있었다. 언세부턴가 나는 책을 그냥 버리기 아까워 공중전화 부스에 놓고 나오는 방법을 썼다.

장식품이나 책 같은 것을 잘 버리는 것과는 달리 나는 볼펜 하나를 완전히 다 쓸 때까지는 결코 버리지 못한다. 돈은 아끼지 못해도 물건은 아끼는 편이다. 듣기에 얼마나 모순되는 것일까. 그러나 잘 버리는 것과 아껴 쓰는 것, 그것은 생필품인 것과 그렇지 않은 것으로 구별된다. 나는 그릇을 잘 깨뜨리지 않는다. 나는 아직도 작은언니와 서울 올라올 때 장만한 살림살이를 그대로 고스란히 쓰고 있다. 낡은 전기밥솥, 커피포트, 수저, 공기, 접시……, 집에서 가지고 온 TV 받침대, 비키니 옷장……. 언니가 산 구식의 빨간 전화기도 그때 그것이다. 쓰던 물건을 함부로 못 버린다.

그런데 사람들은 내가 무엇이나 잘 버리는 사람으로 알고 있다. 내 낭비벽을 걱정해 주는 사람도 많았다. 심지어는 집 식구들마저 내 알뜰함을 전연 몰라주기 때문에 기가 칵 막힌다. 우리 집 식구들은 내가 엄청 무능하고 멍청하다는 쪽으로 생각을 굳혀 놓고 있다. 심지어 알뜰한 아버지조차 나를 보면 아래위를 훑어보고는 대뜸, "옷 맞춰 입어라" 하질 않나, 언니도, "구두 사 줄게 가자"라고 끌어댄다. 그들은 자기들이 나를 챙겨 주기 전에는 내가 새것을 살 줄 모르는 걸로 안다. 그러고 보니 난 물건을 사기보다 집에서 버릴 것 같은, 좀 못한 것을 내가 가져다 쓰고 있는 것이 대부분이다. 그것들은 나 때문에 아직 버려지지 않고 있는 것이다.

쓰던 물건에는 눈이 있어서, 그 눈 감기 전에는 버리기가 참 힘들다.

사람에 대해서 말하자. 사람도 잘 버릴 것이라고 나를 조금 아는 사람들은 말한다. 그건 오해다. 나는 사람을 버리지 못한다. 버리지 못하기 때문에 절제해 왔을 것이다. 그래서 나한테는 친구도 없다. 중학교 때 세 친구가 있었고, 고등학교 때도 몇은 있었다. 그런데 그 친구들을 잘 건사하기 힘들다는 것을 알았기 때문에 다 버렸다. 아니 애초에 깊이 사귀지 않았다. 버리지 못

할 것이 두려워 사귀지 않은 것이다.

사랑? 이것 역시 못 버릴 것이 무서워 안 했다. 한번 간 신뢰는 오래갈 것이다. 그러나 이왕 끝났다고 생각되는 인간관계는 과감히 버렸다. 얼마나 많은 사람들이 이미 마음으로는 다 끝나 버린 관계를 타성에 젖어 미련을 떨며 질질 끌고 있는가.

믿음이 없다고 생각되거나 정녕 마음이 움직이지 않는다고 생각되면 장난치지 말고 냉정하게 절제해야 할 일이다.

내가 버리지 못하는 것은 또 있다. 빈 종이. 낙서할 수 있는 이런 여백이 있는 빈 종이를 나는 쉽게 버리지 못한다. 무게도 부피도 다른 어떤 물건보다도 간수하기가 간편하지 않은가. 한때 화가를 꿈꾸었던 것도 이런 빈 종이, 백지가 좋았기 때문일 것이다.

아버지는 내가 그림 그리는 일을 한사코 반대했다. 여자가 환쟁이가 되는 것은 용서할 수 없다는 확고한 의지 앞에 나는 별이의 없이 순종했다. 내 순종이 믿어지지 않아 아버지는 적록 색약인, 치명적인 내 콤플렉스까지 들먹었다. 중고등학교 때 내 미술 점수는 늘 형편없이 나왔다. 집안의 평화를 위해서 나는 그림 그리는 일을 그렇게 미련 없이 버렸던 것이다.

그 무렵 나는 대구에서는 모르는 사람이 없을 정도로 유명해져서 하룻밤 초청돼 가면 그때 돈 10원을 받았다. 그때 대구에는 나보다 한 살 위인 김초향이 명창으로 가장 유명했다. 그다음으로는 내가 소리로 이름이 났었다. 그러나 나는 아직 머리를 얹지 않은 처녀였다. 기생이라면 동기를 면해야 더 인기를 끈다.

그렇다고 무턱대고 아무한테나 머리를 얹을 수는 없었다. 그 당시 풍습에 '화초머리' 얹는 게 있었다. 머리를 얹는 것은 낭군을 맞는다는 것을 말하는데, 화초머리란 낭군을 맞지는 않고 그저 머리만 얹는 풍습이다. 따라서 화초머리는 얹어 주는 사람이 유명하거나 아니면 부자 양반이어야 했다. 동기가 커서 유명해지면 그때 가서 보답을 하면 됐다.

나도 이 화초머리를 얹게 됐다. 내 머리를 얹어준 사람은 변씨라는 충청도 부자였다. ……생략…… 그때가 바로 열여섯 살 가을. 댕기 가져간 변씨는 하룻밤도 같이 안 했기에 얼굴 모습도 기억에 희미하다. 그때 풍습대로 그는 세간살이 등 모든 것을 사준 고마운 분이다.

—박록주, 〈나의 이력서〉 ⑦(한국일보, 1974. 1. 16.)

나는 춘천 금병산에서 그 남자를 만난 뒤 김유정 소설을 읽기 시작했다. 되도록 발표 당시의 원전으로 작품을 읽고 싶어 남산도서관을 찾았다. 다행히 1987년 한림대학 출판부에서 나온 《원본 김유정 전집》(전신재 편)을 찾아냈다.

김유정에 대한 연구 논문도 많았고 작가 평전과 작품을 이해하기 위한 여러 책들이 있었으나 나는 그런 것에 관심을 두지 않기로 했다. 작품을 제대로 읽기 위해서는 일체의 선입견을 버려야 한다는 고등학교 때 국어 선생님 말을 신봉하고 있었기 때문이다. 나는 좀더 자유로운 독서 여행을 떠나고 싶었던 것이다.

내 독서 습관은 좀 색다르다. 책을 읽으면서 그때그때 느낀 것을 메모하는 것이다. 다소 산만하고 부분에 치중하는 경향이 있지만 읽는 그 순간의 느낌을 생생히 잡아 내 나름의 정의와 결론에 도달하는 재미가 크다. 편견의 늪에 빠질 우려가 크지만 나는 항상 더 좋은 종합을 위해서 부분 부분을 조각내는 내 독법을 고수하고 있다. 습관이다.

어떻든 나는 김유정이 세상에 남긴 글을 열심히 읽었다. 그 남자를 다시 만나게 될 경우 그를 질질 끌고 다니는 그 떠도는 영혼 속으로 함께 여행할 수도 있으리란 기대가 나를 다소 설레게 했다.

그 책은 다행히 장르별 작품 발표순으로 되어 있어 그것이 발표된 시기의 시대상까지 가늠할 수 있는 이점도 있었다. 제1부 소설의 경우 다음과 같은 31편의 작품이 작품 발표 연대순으로 실려 있었다.

〈산ㅅ골나그네〉〈총각과 맹꽁이〉〈소낙비〉〈노다지〉〈金따는 콩밧〉〈금〉〈떡〉〈만무방〉〈신 골〉〈솟〉〈봄·봄〉〈안해〉〈심청〉〈봄과 따라지〉〈가을〉〈두꺼비〉〈봄밤〉〈이런 음악회〉〈동백꽃〉〈야앵〉〈옥토끼〉〈생의 반려〉〈정조〉〈슬픈 이야기〉〈따라지〉〈땡볕〉〈연기〉〈정분〉〈두포전〉〈형〉〈애기〉

〈산ㅅ골나그네〉: 1933년 3월《제일선》(개벽사)에 발표된 것으로 김유정의 처녀작인 듯

놀랍다. 삼십 년대 우리나라 작가들이 이 정도로 잘 썼단 말인가.

산골의 가을밤. 오직 방 하나 딸린 주막집에 한 아낙네가 찾아든다. 산골의 밤 분위기 묘사가 대단하다. 메주 뜨는 쾨쾨한 냄새로 방 안이 괴괴하다. 고. 아들 이름이 덕돌인가 보다. 그 산골 나그네를 보고 찾아온 술꾼들의 작태. 이거 재미있구먼. 아하. 그 아낙네를 며느리로 맞기 위한 '그'(당시는 여성을 나타내는 대명사가 없었던 모양)의 생각이 설득력 있네. 이런. 아들은 한 수 더 뜬다. 대충 치르는 결혼식의 국수 먹는 장면도 실감난다. 은비녀를 풀어 놓고 아낙네가 도망가는 장면부터는 '그'의 시점이 아니군. 이런 걸 작가 전지적 시점이라고 하는 건가. 소설 공부 좀 해야 하겠다. 병든 거지 남편을 물레방앗간에 두고 거짓 결혼을 했던 그 아낙네가 다시 돌아와 훔쳐 온 옷으로 남편을 호사시킨 뒤 줄행랑치는 그 밤의 정경이 눈에 삼삼.

수은빛 같은 물방울. 물결은 산벽에 부딪치고. 어데선지 지정치 못할 늑대 소리는 이 산 저 산에서 와글와글 굴러다닌다……

독자를 속여 넘긴 다음 얘기 매듭을 짓는 수법도 기막히네. 더 놀라운 발견은 이 작가의 여인네를 보는 눈이 참으로 따뜻하다는 점이다. 다른 작품에서도 그럴까.

이야기 짜임과 그 흐름이 단순·단조롭지만 담백하고 감칠맛 난다.

숨웅우, 백두고개, 안말, 거문관이, 신연강 등의 지명이 보인다.

정말 놀라운 것은 구어체로 된 그 소설 문장에 보이는 김유정의 언어감각이다. 당대 밑바닥 인생들의 사투리 속어 등 생활 용어가 생생하다. 작품 속에 한자어가 하나도 나타나지 않는 이유가 바로 그것일 터. 낙엽 대신 '떨닢', 얼굴이란 표준어도 있지만 대체로 당시 밑바닥 인생들이 쓰던 '낯짝' '낯판대기', 추수한다는 말을 '가을하다'로! 놀랍고 재밌다.

〈총각과 맹꽁이〉: 1933년 9월 《신여성》에 발표된 작품

문장이 살아 있다. 낱말들이 펄펄 살아 리드미컬하게 뛰어다니는군.

여기서도 결혼 못한 총각이 나오네. 덕만이. 우습다. 등장인물들은 자신들이 바보스러운 짓을 하는지도 모르고 있는데 읽는 사람은 바보가 아니니까 바보들이 벌이는 그 꼴이 우스워 낄낄거린다. 이게 김유정의 해학인가. 긴장된다. 이런 식의 웃음이 바로 우리의 전통적 해학에서 비롯된 것은 아닐는지.

뚝건달 뭉태의 등장이라. 악인형인가. 뭉태가 들병이의 출현을 알린다. 들병이? 국어사진에 보니, 들병이는 들병장수를 하는 계집을 속되게 이르는 말이라고. 들병장수는 병술을 받아서 파는 떠돌이 술장수. 매력 있는 계층이 등장하는군. 덕만이가 들병이한테 자기 신고를 한다.

— "저는 강원두춘천군신남면증리아랫말에 사는 김덕만입니다. 우라버지가 승이 광산김갑니다." "어머니허구 단두식굽니다. 하지못한 사람을 차저주서서 너무 고맙습니다. 저는 설흔넷인데 두 총각입니다." —

농촌 총각 장가 못 가는 건 옛날에도 매한가지였구나. 역시 어수룩한 덕만이가 뭉태한테 당하는 결말. 끝부분에 두 군데나 '차간칠행략(此間七行略)'이 있다. 들병이와 수작하는 장면이 책에 게재되는 과정에 생략된 모양이다. 묘사가 지나쳐 검열에라도 걸린 듯. 내가 재생해 볼까. 들병이와 뭉태가 콩밭에 엉겨 있는 것을 보고 돌을 집어 들었다가 그냥 골창으로 집어 던지는 덕만이. 슬픈 장면인데, 웃음이 난다. 그게 아니라, 우습다가 슬그머니 슬퍼진다고 해야 맞는 건가.

삼십 년대 그 시절, 지금의 우리 농촌처럼 결혼하지 못한 남자들이 많았다는 것을 이 작품을 통해 알게 된다.

〈소낙비〉: 1935년 1월 조선일보 신춘문예 일등 당선작

신춘문예가 왜 1월에 발표되느냐고 직장 국어 선생한테 물은 적이 있다. 작가 지망생인 그 국어 선생은 그냥 껄껄 웃는 것으로 대답을 대신했다. 사실 나는 신춘문예가 막연히 무엇이라는 것만 알고 있었지 그것이 한겨울에 벌어지는 행사라는 것은 깜깜 모르고 있었던 것이다. "문 선생과 얘기를 하다 보면 어떤 땐 외계인과 만나고 있는 느낌이라구요." 그날 국어 선생이 내 무식을 그런 식으로 일깨워 주었다. 신문을 거의 읽지 않기 때문에 그런 무식이 종종 드러난다.

야, 이건 정말 놀라운데. 내가 왜 이러지. 웬만한 일에 감동할 줄 모르는 이 무덤덤이가 왜 자꾸 이러는 걸까.

이 작가는 재능이 철철 넘치는군. 억지로 만든 소설이 아니다. 흘러넘치는 재능으로 쓴 작품이다. '저녁으로 매일 감자를 썼고 있는 안해'를 '노려보고' 있는 남편 춘호의 사람됨이 심상치 않다. 뭐, 이년아, 기집 조타는 게 뭐여? 남편의 근심도 덜어 주어야지 끼고 자자는 기집이여? 돈 이 원을 구해 오라는 남편의 매질을 못 이겨 '도아동리의 부자양반 리주사'와 배가 맞아 속곳이 세 벌이나 되는 쇠돌 엄마를 찾아가는 아내. 소나기가 쏟아지면서 이야기가 제 골을 찾아가는군. 이 작품도 여자가 몸을 밑천 삼는 매춘을 모티프로 했다. 가난과, 무능하기 때문에 비인간적인 남편, 이런 것이 어느덧 여자들로 하여금 사람 구실을 내팽개치게끔 한다.

부조리에 피는 꽃은 여자다. 여자는 금세 부조리에 친화력을 갖고 부패를 드러내게 마련이다. 그 부조리의 현상 뒤에는 부조리의 뼈대를 이루고 있는 남성 구조가 있어서 부조리를 조종하고 있다. 이런 식으로 남녀 문제를 사회 문제로 연결하는 것은 김유정 소설을 지나치게 단순화시킬 우려가 있지만 내친걸음, 한번 그렇게 해보자.

— 아무러한 욕을 보드라도 나날이 심해 가는 남편의 무지한 매보다는 그래도 헐할 게다. —

이 정도면 동물이나 다름없다. 가난 때문이다. 그러나 동물적 경지까지 이르게 하는 정신은 남성의 것이고, 그러한 동물적 경지에서도 여자는 몸과 마음이 다르게 나뉘어 대처한다. 여자는 상황에 이처럼 기민하게 대응하지 않으면 살아남을 수 없다는 것을 시사하는 이 작가의 작품은 결코 삼십 년대 소설 수준에 머물지 않는다. 지금의 현실과 얼마나 많이 일치하고 있는가. 다르다면, 당시의 신분 구분 때문에 다소 체념적인 해학 풍자라면 요즈음에는 혁명적인 냄새를 풍긴다는 것이 다르다고나 할까. 팔십 년대 후반부터의 인신매매단 성황이란 그 사회 문제 이면에는 여자들이 자발적으로 술집 접대부로 대거 진출하던 시대 풍조가 무시될 수 없다는 것이 암시되어 있다. 고학력 접대부가 서울 중심부에 오십 퍼센트가 넘는다는 통계도 그런 면에서 음미할 만하다. 사회가 최소한, 사람의 고깃덩어리와 힘으로도 정당하게 매겨지지 못할 때, 남자는 무너지고, 여자는 힘도(노동) 능력도 아닌, 매춘의 방법을 아무렇지 않게 선택하게 될 것이다.

부패한 남자는 소모하고 부패한 여자는 벌어들인다! 그리하여 '부패한 남자는 숨고 부패한 여자는 버려진다'는 우리의 사회 관습을 낳게 마련이 아닌가.

돈이 있어야 부부간 사랑도 있다? 사람 구실할 물질이 있어야 사람답게 살 수가 있다는 말이렷다. 아내를 모양내는 춘호. 기가 막히는 이야기지만, 남편이 그 부조리를 조종하는 상황에서는 성 모럴 같은 것은 아무것도 아니다? 성 모럴의 부재? 그 상황에 깊이 동감해 보려고 한참 생각했다. 누이 좋고 매부 좋고, 그런 장사를 하는 유랑 농민 부부. 이해할 만했다. 부조리의 세상 그물에 아주 예쁘게 걸린 부조리의 한 쌍. 이런 일들이 실제로 많았을 것이다. 옛날 양반들이나 죽을 지경에 이르더라도 반드시 지켜야 할 엄격한 도덕이 있었지(지켜보는 가문이다. 위신이다. 뭐 그런 따위 감시의 눈이 무서웠을 테니까), 평민들이나 상것들이야 벗어던질 사람 구실이랄 게 뭐가 있었겠나.

어떠하든, 김유정, 이 작가 마음에 드네. 고상한 이야기를 얼마든지 쓸 수도 있었을 텐데, 이렇게 구석구석 리얼하게 파헤쳐 그려낸, 그 껍질 벗기기의 자세가 정말 마음에 든다. 그 시대에는 이 정도면 참 대단한 혁명이었을 테지. 어디선가 얼핏 듣기에 병고에 시달리며 이 작품을 썼다는데 그 섬약한 신경이 이렇게 대담하게 껍질이 벗겨질 때는 얼마나 쓰리고 아팠을까. 참 사랑스러운 사람이다. 이제부터 소설 쓰는 사람을 달리 봐야 할 것 같다.

이 작가의 어휘 구사력 중 빼어난 것은 의성·의태어의 자연스러운 구사다. 생동감 있는 문체가 바로 이 의성·의태어에 힘입은 바 큰 것 같다. 송깃송깃, 껍죽거리는, 한들대는, 간들대는, 끙끙, 쭉쭉, 끼죽거렸다. 귀축축하다. 쿨렁쿨렁.

〈노다지〉: 1935년 3월 조선중앙일보 신춘문예 가작 입선 작품

같은 해 두 신문에 각각 다른 작품이 입상할 정도니 역시 재능이 있는 사람. 노다지라는 낱말을 작품 제목으로 쓴 것이 마음에 든다. 이 소설 때문에 노다지라는 말이 널리 유행된 것은 아닐까. 꽁보와 더펄이가 휴광 중인 금점에 금을 캐러 숨어들었다가 노다지를 움켜쥔 상태에서 더펄이가 비참하게 죽는 과정이 처절하게 그려졌다. 시집가 잘살고 있는 누이를 더펄이에게 주겠다고 약속했던 꽁보의 심리 반전이 무섭다. 이 작품에서는 해학이 느껴지지 않는다. 매춘보다 더한 인간애의 실종을 본다.

— 모진 바람은 뺀질 불어나린다. 붕하고 능글차게 낙엽을 불

어나리다는 뺑하고 되알지게 기를 복 쓴다. ─

역시 문장에 리듬이 느껴진다.

〈금따는 콩밧〉: 1935년 3월 《개벽》에 발표된 작품

우직한 영식의 그 일확천금 꿈이 무너져 내리는 것을 그냥 웃으면서 넘겨야 할 것인가. 작품의 끝부분, 부부가 분통을 터뜨리다가 다시 기뻐하는 전환 부분의 묘사가 재미있다. 다시 한 번 김유정의 어휘력에 감탄한다. 그냥 술술 나오는 대로 쓴 문장이다. 구어체가 이런 것인가. 이 작가의 소설은 토속어 혹은 방언 사전이다. 구수하고 당차다. 때로 감칠맛 나고. 분명 판소리와 한 맥락으로 생각된다.

어휘력 없음에 대해, 내 무지에 대해 새삼 반성하지 않겠다. 반성하지 않는 것은 이 작가의 어휘력 구사에 온전한 찬사를 보내기 위함이다.

더럭 겁이 난다. 지금 우리는 그 좋은 어휘들을 잃어버리고, 좁게, 죽은 언어들만 사용하고 있는 것은 아닐까. 말을 좁게(수직으로 볼 때) 쓰고, 우리말을 사장시키는 것은 세속화·통속화·획일화의 길에 들어서고 있음을 의미한다. 겁난다. 그런 말의 고갈, 우리말의 실종으로 해서 곳곳에 전쟁이 길러지는 것이 아닌가 싶어 겁난다. 정치 언어, 군사 언어, 행정 언어, 개그맨들의 말장난만 발달해서는 안 될 터. 좋은 언어를 잃어버리고, 정작 필요한 언어를 써야 할 때 찾아 쓰지 못할 때는, 괜스레 가까이 있는 언어를 변형·파생·축소시켜 사용하게 되는 경우도 많으리라.

언어 혼란, 언어의 왜곡도 겁난다.

그런데 이런 기세를 돋구어서 일부 언어학자들은 툭하면 맞춤법 개정, 표준어 개정을 서둘러 말을 가둔다. 좀 진득하니 앉아서 여유 있게 언어를 방목하지 못하고 그저 온상 재배만 서둘러 댄다. 언어보다 더 빨리 돌연변이하는 사람들의 작은 머리와 그 하찮은 논리의 벽 쌓기.

언어를 방목할 일이다. 이따금 잘못 쓰이는 것만을 고쳐 줄 일이다. 방송, 신문 등 언론매체들도 반성해야 한다. 영원한 외국어인 외래어, 흔적 없이 사라질 유행어 쓰기에 왜 그리 급급한가.

그러나 믿을 만한 사람들이 있다. 문학가들. 삼십 년대 김유정이 이러할진대 반세기 더 지난 오늘의 작가·시인들은 얼마나 우리말을 빛내고 있을까. 이러다간 내가 시도 읽을는지 모르겠네.

〈금〉: 작품 끝에 탈고 일자가 1935년 1월 10일로 밝혀져 있다고

〈노다지〉와 같은 계열의 작품. 금을 쫓는 가난한 사람들의 이야기가 세 편이나 되네. 작가 체험과 어떤 관계가 있을까. 철저하게 바라보는 입장의 리얼한 묘사로 보아 그쪽 생활을 조금은 한 듯싶구먼.

이 작품은 해학도 없다. 김유정은 왜 이렇게 밑구멍 째지게 가난한 사람들 얘기만 많이 썼나. 그러나 가난을 이기기 위해서 나쁜 궁리만 하는 등장인물에 대해 독자들은 인간애를 담뿍 쏟지 않을 수 없을 터. 금을 얻기 위해 병신을 각오한 자기 발뼈 부수기의 자해 행위. "아이구!" 정말 참혹한 비명이다.

그러나 요즘 세상엔 돈 버는 행위로서의 그 자해 행위가 더 조직적이고 가해적이다. 더 악랄한 방법으로 바뀐 것이다. 동정 대신 증오를 느낀다. 비인간적!

〈떡〉: 1935년 6월 《중앙》에 발표

떡이 사람을 먹은 얘기라고? 하하, 이 작가, 첫머리부터 독자를 황당하게 만드네.

구술 혹은 구연체 문장이 이런 것이렷다. 화자가 '나'로 되어 있는데 이거 작가 개입 같아 별로 안 좋구먼. 어린아이가 주인공이다. 옆에 누운 아내의 치맛자락을 끌어당겨, 쓱쓱 얼굴을 닦는 남편의 '마른세수'라. 이거야말로 정말 밑구멍 째지게 가난한 민초들 얘기로구나. 그러나 이건 생활이 아니라, 생존의 그 밑바닥 얘기다.

이 작가의 능청은 얼마나 잔인한가. 그는 참으로 냉정하게 빈틈없이 계획하고 거리를 유지하고 앉아 관찰한다. '정확한 실험을 위해서!' 핀셋으로 인간을 해부한다. 그 해부하는 과정이 그의 소설이다. 가난을 고문틀 삼아 조정해 가면서 인간들이 얼마나 물리적인 고문(가난) 앞에서 비정해 가는가를 파헤치고 있다. 잔인하지 않은가. 신체적인 고문만큼 비정한 게 어디 있는가. 인간의 신경 올올이, 터지려는 정─. 딸 옥이가 자기 아비 덕희를 두고 하는 얘기다. 옥이는 살기를 띤 도둑괭이마냥 먹이를 위해 아비의 귀가를 기다리는 것이다. 먹이를 축내는 딸을 증오하는 그 아비에 대한 적개심은 당연한 일. 나리네 생신날 옥이를 가지고 노는 아낙네들과 작은아씨의 행실은 얼마나 소름이 끼치는가.

얼마나 솔직한 작가인가. 그러나 얼마나 허망했을까. 이 얼마나 하잘것없는 존재들인가 하고 슬퍼하지는 않았을까. 김유정은. 섬기던 인간, 도의, 위대한 인간 정신의 무너짐. 그러나 마지막에 그는 신뢰했을까.

신이여, 그러고도 인간에게 인간이게 하는 그 무엇이 남아 있습니까? 그렇다면 그걸 위해 기꺼이 이 한 몸도 바치겠나이다, 하고 김유정은 부르짖었을까. 고행하는 수도자같이.

우리 일행이 강릉을 떠나 원산으로 갈 때도 나는 자전거를 타고 갔다. 이때 탄 자전거는 강릉의 어느 젊은이가 나에게 반해서 사준 것이다. ……생략……

공연 다음 날 나는 잘 알지 못하는 사람으로부터 초청을 받았다. 남백우라는 독립운동가이자 원산 부자였다. ……생략……

원산바다에 나의 이름이 금세 퍼져 갔다. 원산 권번은 요즘말로 나를 스카웃하려고 성화가 대단했다. 곧 우리 일행은 원산을 떠나갔다. 그러나 나는 남씨의 권유에 의해 혼자 남았다. 남씨는 수시로 나의 여관에 찾아왔다. 그는 나이가 나보다 스물두 살이 연상이었으나 그때 한창 때라 풍채도 좋고 퍽 인자한 편이었다.

"녹주, 자네는 우리나라의 국창이 될 사람이야. 내가 소홀히 할 수는 없지. 무엇을 원하는가." ……생략……

원산의 큰 집에 들어서자 어머니는 "내 팔자도 이럴 때가 있는

가. 내가 저승에 온 게 아닌가, 혹 꿈이 아냐." 하며 어리둥절해
하셨다.

이 무렵(내 나이 열일곱 살)이 아마도 내 인생의 제2막의 시작이
아닌가 생각된다. 남백우 씨는 바로 나의 첫 남편이었다.

―박록주, 〈나의 이력서〉 ⑧(한국일보, 1974. 1. 17.)

나는 요즘 김유정의 소설을 톡톡히 즐기고 있는 셈이다. 일곱
편쯤 읽고 쉰다. 소화불량에 걸리지 않도록 읽으면서 계속 잡소
리로 속을 비우고, 다시 뭔가 기대하며 책을 든다.

김유정, 이 사람 도대체 어떤 사람이었나. 슬그머니 궁금해지
기 시작하네.

〈만무방〉 : 조선일보 1935년 7월 17일 ~ 30일

만무방, 낯선 말이면서도 '노다지'라는 말처럼 묘한 친화력으
로 다가든다. 역시! 순우리말이다.

만무방 : ① 예의와 염치가 도무지 없는 사람. ② 막돼먹은 사
람.

앞부분 자연 묘사가 참으로 생생하다. 지금까지 읽은 작품이
다 그랬듯 그는 자연을 의인화시키는 명수다. 자연이 리드미컬하
게 살아 있어 그 흥겨움이 배가 된다. 천하의 자유인 '응칠'과 그
반대 성향의 동생 '응오'. 그러나 기실은 동생이 형을 아프게 한
다. 동생은 자신의 비참한 현실에 대해 형한테 분풀이를 하고 있
는 것처럼 보인다. 묵묵히 동생의 계정부림을 받아 주는 '응칠'의

의연함이 마음에 든다. '응칠' 부부의 빚 청산 방법이 기막히군.

— 독이 세 개, 호미가 둘, 낫이 하나, 로부터 밥사발, 젓가락 집이 석 단까지 그담에는 제가 빚을 엇어온데, 그 사람들의 이름을 쭉 적어 노았다. 금액은 제각기 그 알에다 달아 노코, 그 엽으론 조금 사이를 떼어 역시 조선문으로 나의 소유는 이것박게 업노라. 나는 오십사 원을 갑흘길이 업스매 죄진 몸이라 도망하니 그대들은 아예 싸울 게 아니겟고 서로 의논하야 어굴치 안토록 분배하야 가기 바라노라 하는 의미의 성명서를 벽에 남기자 안으로 문을 걸어닷고 울타리 밋구멍으로 세 식구 빠져나왓다. —

급기야 '안해의 말대로' 아내와도 갈라서서 홀홀이 혼자 되어 걱정거리가 없어졌다는데 그 없어진 걱정거리란 내용들이 또한 기막히다. 이게 바로 해학이다! 봉이 김선달 격이로군. 그러나 이런 자유인을 사회가 그냥 내버려 두는가. 사회는 법 바깥을 돌 그런 자유도 주지 않는다.

아내가 먼저 남편에게 헤어지자고 말한 이런 소설, 정말 놀랍지 않은가.

'응칠'과 '성팔이'가 길에서 만나 서로 주고받는 짤막하게 축약된 대화가 인상적이다. 말이란 게 참 듣기 나름이다. 서로가 서로를 위한다는 투로 말한다는 것이 도리어 자신들을 도적인 것처럼 오해를 시키고 있으니 말이다. 이 작가는 우리말의 요런 재미를 십분 활용하고 있고, 행동 묘사도 이중적이다.

이 작품이 김유정의 대표작으로 알려지지 않은 것이 이상하다. 아니면 내가 몰라서 그런가. 이만한 현실 인식의 사회성을 작품으로 형상화하기도 힘들 것이다. 뿌리 뽑힌 유랑 농민들의 삶의 비애가 다른 작품들과 달리 해학의 뭉클한 감동으로 결말이 지어졌다. 우리 소설을 별로 읽지 못해 잘 모르긴 하지만 이 정도의 작품이면 요즘에 발표돼도 단연 빼어난 작품이 되지 않을까.

극도로 피폐한 삼십 년대 우리 농촌에 출몰하던 그런 도둑과 오늘 우리들 주변의, 돈 몇 푼 때문에 사람을 잔인하게 해치는 강도들을 비교해 본다. 질이 다르다. '응칠'이 자신의 도적질 얘기를 듣는 사람들의 반응에서 그렇게 느꼈듯, 이 소설을 읽는 독자들은 황폐한 시대에 의적이 바로 '응칠'이 아니었을까 생각하게 될 것이다. 낭만적인 대도둑. 자유롭고, 대범하고, 의리 있고, 인간적인 너무나 인간적인 그 막돼먹은 생활!

누가 이 소설을 썼는가.

〈산골〉:《조선문단》 1935년 7월

'산' '마을' '돌' '물' '길' 등 다섯 개의 소제목으로 나누어 서술되고 있다. 각각 그 단락 앞부분은 시와 같은 행 배열로 되어 있다. 시다. '이쁜이' '도련님' '석숭이'가 등장하는 산골 정취가 그대로 서정시. 이쁜이가 도련님의 간청에 못 이기는 척 몸을 허락하고, 도련님은 서울로 떠나 버린다. 사랑하는 그 도련님을 산속에서 기다리는 이쁜이에게 어머니는 석숭이한테 시집을 가란다. 석숭이도 이쁜이 일을 도와주며 구애한다. 이쁜이와 석숭이의 밉지 않은 말다툼. 산속 물가 잣나무 밑에서 도련님과 사랑

하던 일을 생각하며 눈물 흘리는 이쁜이. 드디어 이쁜이는 도련
님에게 보내는 편지를 석숭이에게 쓰게 하여 부친 뒤 답장 오기
만을 기다린다. 마님의 몸종의 딸 이쁜이의 달달 뜨겁게 불타는
이 애절한 사랑, 어쩌나.

며칠 전 금병산 '산 중툭으로 거츨은 수풍 속을 기여나리'다
가 '험악한 석벽틈에 맑은 물은 웅성 깊이 충충 고인' 물웅덩이
를 보았다. 이쁜이가 도련님에게 그 물가에서 몸을 허락한 뒤 황
홀해하는 장면이 일품이다.

— 가슴은 여전히 달랑거리고 두려우면서 그러나 이 산덩이
를 제품에 꼭 품고 가치 둥굴고 싶은 안타까운 그런 행복감 —

하, 산덩이를 품에 끌어안고 뒹굴고 싶다……. 이제야 여자가
더 크고 풍성하다는 것을 한 구절 그려냈네.

— 산처럼 잎이 퍼드러진 호양나무 — ? 회양목이 아닐까.

〈솟〉 : 《매일신보》 1935년 9월

들고 나갈 것이라곤 '이제 매함지와 키쪼각이'가 있을 뿐이다?
그것도 '안해의 눈을 기워' 들고 나갈 것이란다. 〈소낙비〉의 '춘
호' 같은 착취형 남편인가 보다. 들병이를 꿰차고 달아나려는 것
은 '힘 안 들이고 먹으니 얼마나 호강이냐 귀하냐'가 그 이유다.
야밤에 자기 집 세간을 도둑질하러 와서는 아들 먹을 수저 한
개는 남기고 간단다. 하하, 아들 먹을 수저 하나 벌 수는 없어도
그 수저 하나를 도둑질 안 하고 남겨 두는 걸 선심으로 아는 그
아비됨, 그 정도의 남편이라니! 이게 바로 만무방 인생이구나.

들병이의 남편이 참 가관이다. 근식과 제 여편네가 엉겨 자는 방 윗목에서 어린애나 어르면서, 떠날 때는 근식더러 함께 가자고 간절히 청한다고? 아내를 들병이로 내몰고 빌붙어 사는 방법은 아주 그만이다. 체득한, 그 수련이 도 닦은 사람 같지 않은가.

드디어 들병이 부부는 짐을 꾸려 마을을 떠나고 근식의 아내는 솥을 찾으려고 발악이다. 이쯤 되면 남편보다야 솥이 훨씬 실속이 있을 게다. 여자란 결국 남자보다 영리한 법!

솥이 그런 의미로 선택되었을 것이다. 솥은 곧 가족이요 그 입이며 생존 그 자체일 터. 마지막 생존처럼 솥에 매달리는 눈 위의 아내를 잡아 일으키며 근식은 거반 울상으로 말한다.

— 아니야 글세, 우리 솟이 아니라니깐 그러네 참 —

남은 낯짝이 벼룩 낯짝이니 그럴 수밖에 더 있겠는가. 김유정은 그렇게 이 시대 남자를 위해 벼룩만 한 낯짝의 말 한 마디를 남겼던 것이다.

이 작가는 우리가 가리고 있는 치부를 여지없이 벗기는 재주를 가졌다.

모럴? 인간됨? 체면? 진리? 법도? 다 웃기는 거라면서 죄다 벗겨 버린다. 다 벗겨 버린 그 속에서 가장 사람다운 모습(?)을 발라낸다. 휴우! 어느 누가 이 작가 앞에서 옷으로 가릴 재주 있을까.

'들병이와 배 마젓다' 배맞다. 이 말이 참 은근하고 적나라하다. 일방통행어로서야 '~한테 빠지다' '오입하다' '외도하다' '딴짓하다' 등등 많겠지만 '배맞다'는 쌍방통행어 아닌가. 그런데 이 말은 '눈맞다' '붙다'보다 약간 치뜬 위치에 있으면서도 은근하고 적나라하지 않은가. (ㅋ. 국어국문학과를 가라던 고등학교 때 국어 선생 생각나네.)

재미있다. 소설이 정말 이렇게 재미있는 건가.

간결한 문장. 짧은 대화로써 그는 모든 것을 잘 표현한다. 활기차다. 실감으로 오는 리듬. 무엇보다 글이 어렵지 않다. 즐겁다. 소설은 여러 계층을 대상으로 한 것이므로 말쟁이, 이야기쟁이가 펼치는 이야기를 재미있게 듣는다는(읽는다기보다) 기분이 들 때 독자도 신이 날 것이다. 그렇게 이 작가의 작품은 통속소설이 아니면서도 재미있고, 누구나 쉽게 즐길 수 있는 친근한 소재와 내용으로 되어 있다.

〈봄·봄〉:《조광》 1935년 12월. 제목 앞에 농촌소설이라는 표제가 붙어 있다

김유정의 대표작으로 알려진 작품으로, 고등학교 때 읽은 기억이 있다. 그런데 새삼스럽다. 이래서 작품은 그것을 읽는 장소, 때에 따라 다른 구조로 이해된다는 걸까. 문학작품은 살아 있는 구조라고 강변하던 작가 지망생인 그 국어 선생의 말이 생각나는구먼.

— 번이 마름이란 욕 잘하고 사람 잘 치고 그리고 생김 생기길 호박개 같애야 쓰는 거지만 장인님은 외양이 똑 —

그런 봉필이의 교활한 욕심과 그의 데릴사위 '나'의 바보스러움이 시골 봄을 배경으로 한바탕 해학으로 어우러진다. 다른 작가들 같으면 노동력을 무보수로 착취하는 당시 농촌 사회의 그

릇된 풍습을 정면으로 비판하기 위해 목소리를 높일 수도 있으렷다. 그러나 이 작가는 철저하게 그런 사회 부조리에 대해서는 모르는 척 시치미를 떼고 있구나. 그냥 편하게 웃기나 해라. 그건가. 하하, 정말 우습다.

인물 묘사가 뛰어나다. 딸만 셋인 장인님의 데릴사위 갈아들이기의 그 무지막한 교활. 아내 될 점순이한테 병신으로 보이는 신세가 싫어 그 장인의 물건을 움켜쥐고 '장인 입에서 할아버지 소리가 나도록' 잡아당기는 어수룩한 '나', 참새만 한 빙모. 자기 아버지 수염을 잡아채지 않고 그냥 돌아왔다고, 사내를 충동질하는 점순이. 마름한테 소작을 떼인 뒤 삐딱하게 나가는 뭉태. (김유정 소설에 나오는 뭉태는 언제나 악역이다.) 점순이의 그 실속 얻기의 당찬 성격은 또 얼마나 매력 있는가.

금병산 산행에서 돌아오는 도중 그가 〈봄·봄〉은 실화라고 말했다. 그러나 실제로 있었던 인물이라고 해서 그 소설을 실화라고 생각하는 것은 옳지 않을 터. 실제의 인물도 소설 속에 들어가는 순간 작가가 빚어낸, 전혀 다른 인물이 될 테니까.

이 작가가 만들어 낸, 어수룩하고 무지스러운 인물들을 위해 누군가와 축배를 들고 싶다.

비속어, 방언 정말 실감나네. 특히 비속어들은 옛날이나 지금이나 농촌사회 혹은 서민들 사이에서 그네들의 무지, 우악스러움, 허세를 나타내는 체질적인 상용어인데 그것을 참 잘 살렸다. '제—미 키두!' '이 대가릴 까놀 자식' '이놈의 장인님' '장인님은 눈깔이 커다랗게 놀랐다' '난 갈 테야유, 그동안 사경 처내슈 뭐'.

봄·봄. 소설 제목 봄과 봄 사이에 가운뎃점(·), 상큼하고 리드 미컬하다. 독자는 그 점에 어떤 의미를 부여할까. 그 생각을 하며 웃었을 작가의 얼굴이 떠오른다. 김유정의 소설은 그 제목부터 독자의 몫 남기기로 시작해 작품 결말도 모두 열린 구조로 끝난다.

'점순이'와 '나'는 결혼했을까. 〈봄·봄〉, 이 작품 뒷이야기를 그 남자와 나누고 싶다.

그 남자를 만나자! 그렇게 마음을 굳혔다. 이건 놀라운 일이다. 내 몸에 밴 절제·거부의 강력한 욕구를 배신하기로 한 것이다.

지금까지 나는 내 자신에 대해 철저했다. 그것은 아버지와의 싸움이기도 했다. 아버지가 내게 절제를 가르쳤다. 물론 아버지는 당신 입으로 자식들한테 당신의 뜻을 따르라고 강요한 적이 없었다. 네가 알아서 해라.

알아서 하라. 얼마나 잔인한 말인가. 아버지의 자식들은 어릴 때부터 자기 자신이 어떤 규칙을 만들지 않으면 안 되었다. 해야 할 것, 해서는 안 되는 것들을 내 스스로 엄격하게 구분한 다음, 해서는 안 되는 일은 철저하게 거부했다. 내가 만든 규칙 속에는 해야 할 일보다는 금기로 삼아야 할 일이 더 많았다. 그 잔인한 자기 절제의 구속은 항상 책임을 동반했다. 나는 내가 주관하는 일에 대해서는 철저하게 책임져야 한다고 생각했고 실제로 그 책임이 무서워 내 규칙을 단 한 번도 깬 적이 없었다.

내 절제의 규칙 속에는 감성을 경멸하라는 메시지가 들어 있었다. 아버지가 겁내는 것이 바로 내 감성의 폭발이라는 것을 나는 알고 있었다. 감성을 죽이는 일은 쉽지 않았다. 그러나 쉽지 않다는 사실이 내 억제 욕구를 부추겼다. 내 몸속의 감성을 죽이는 방법 중 가장 효력이 큰 것은 남들에게서 발견되는 그 진부한 감성을 경멸하는 일이었다. 감성이 풍부한 대부분의 사람들은 사물의 그 안쪽 원리에 이르기도 전에 탄성부터 내지른다. 어머, 저 꽃 좀 보세요. 얼마나 아름다워요! 그런 얄팍한 감성에 취한 사람들이 우습게 보였다. 내 어휘 주머니 속에는 감탄사가 들어 있지 않았다. 나는 시와 소설을 읽지 않았고 자연에 심취해 넋을 놓은 일이 없었다. 내 눈에 띈 사물은 엄격하게 분류·정리되고 그 가치가 매겨졌다. 그것은 일종의 자학이었다.

빌어먹을! 가지고 싶은 것을 향해 손 한 번 내밀어 보는 이 하찮은 일을 두고 나는 왜 이리 흥감을 떨고 있는가. 어쨌든 나는 삼십 나이에 처음으로 내 규칙의 관행을 깨기로 한 것이다.

마음을 굳히고 나니 오히려 편안했다. 그렇다고 어떤 설렘이 있는 것도 아니다. 이런 놀라운 마음의 동요도 그냥 일과성으로 끝나고 말리란 체념일 것이다. 중요한 것은 그 일과성을 내가 잠시 주관하게 된다는 사실이다. 어쨌든 이건 놀라운 일이다. 내가 일을 만들었다. 아버지가 바라는 적극성이란 바로 이런 것이 아닐까. 그러나 나는 아버지의 그런 바람과는 먼 길로 들어서려는 것이다. 예감이 그랬다.

1920년 초에 나는 서울로 올라왔다. 결혼 기념 삼아 패물을 사기 위해서였다. 나는 혼자 서울에 와서 화신상회서 한냥중짜리 금비녀, 서돈중짜리 앵봉잠, 두돈중짜리 귀이개와 고리잠을 맞췄다.

그런데 금비녀를 한냥중으로 주문한 것은 잘못이었다. 아직 촌뜨기를 면치 못한 시절이어서 무조건 많이 하면 좋은 것으로 생각했다. 나중 한냥중의 금비녀를 꽂아보니 무거워서 뒤로 축 처졌다. 더욱 고리잠 앵봉잠 귀이개까지 하고 보면 도저히 머리가 버텨내지 못했다.

선산의 내 친구들은 처음으로 화초머리를 얹고 금가락지를 끼고 돌아온 나를 보고 의아한 표정을 지었다.

"애, 이게 무슨 반지냐? 왜 은가락지를 안 했노?"

그 당시 시골 처녀들은 결혼할 때는 은반지만 하는 것으로만 알았지 금반지 한다는 것은 아예 알지도 못했다. ……생략……

그런데 패물을 사러 온 서울행에서 나는 저 유명한 명창 송만갑 선생(1850~1939)을 만날 수 있었다.

　　　　　　　　　　　—박록주, 〈나의 이력서〉 ⑨(한국일보, 1974. 1. 18.)

그날 내 등 뒤에서 그 남자가 내던지듯 제의해 온 그 산행을 위해 나는 아침 일찍부터 서둘렀다. 늘 그러하듯 그날 아침도 언젠가의 맞선 행사에서 만났던 사람 하나가 만나고 싶다는 전화를 해왔지만 적당히 둘러대 피했다. 그는 자신이 아무개라고 이름을 댔다. 그러나 내 기억에는 남아 있지 않는 이름이었다. 그 사람뿐이 아니고 대부분 그랬다. 나는 그런 식의 만남에서 만난 사람들의 이름이나 전화번호를 그 장소를 떠나는 순간에 다 날려 버렸다. 그 만남이 다시 이어지지 못하는 것은 어쩌면 그 사람에 대한 인적 사항을 깡그리 날려 버린 죄책감 때문이었는지도 모른다.

"아이 부러워라. 오늘도 등산 가시나 봐."

슈퍼에서 늘 만나는 젊은 여자 하나가 내 아래위를 훑어보았다.

"예, 산에 가요."

나는 짧게 대답하고 얼른 그 자리를 피했다. 오늘 산행의 다소 달뜬 기분을 그 여자에게 들켜 버린 것 같은 쑥스러움이었다.

산에 간다. 나는 등산이란 말보다 산행이란 말을 즐겨 쓴다. 등산은 산을 오르는 그 힘든 과정의 전문가적 취향과 관계가 있는 것처럼 느껴지기 때문이다. 그러나 산에 간다, 혹은 산행이라고 하면 산길을 그저 걷는, 그런 마음의 여유가 있어 좋다. 많은 산을 다녔지만 어느 산에 갔었다는 것을 내놓고 드러내지 않았다. 어떤 산에 갔었다는 것이 마치 그 산을 정복이라도 한 것처럼 우쭐거리는 말로 나타날 것이 두려워서였다. 산은 정복되는 것이 아니다. 사람들이 잠시 그 산의 어느 지점을 지났을 뿐이다. 우리나라 무슨 등산 팀이 어떤 산을 정복했다는 말을 들을 때마다 나는 좋은 표현이 아니라고 생각했다.

산에 갈 때 함께 가는 사람을 많이 가리는 편이다. 여럿이 갈 때도 뭔가 마음에 맞지 않는 느낌이면 혼자 외떨어져 나와 다른 길을 택하곤 했다. 별로 기억에는 없지만 남자와 단둘이 갈 때도 있었을 것이다. 그럴 때 나는 되도록 함께 간 사람에 대해 무관심한 것이 즐거운 산행이 된다는 것을 터득하고 있었다. 산을 온전히 끌어안고 맘껏 뒹굴기 위해서는 사람과의 거리를 가져야 했던 것이다.

춘천행 무궁화호 열차는 8시 30분 바로 그 시간에 정확히 출발했다.

3

긴장했던 것과는 달리 그 만남은 매우 자연스럽게 이루어졌다. 하루쯤 떨어져 있던 사람들 얼굴 보듯 그렇게 자연스러웠다.

그 여자가 나타났다는 사실만으로 그는 모든 쫓김으로부터 벗어난 느낌이었다. 쫓기고 있었다. 쫓김의 가장 가시적이며 구체성을 띤 것으로는 고향에 돌아와 삼 년째 무위도식하고 있다는 사실이다. 물론 서울을 비롯한 몇 군데 대학에 출강은 하고 있으나 그것은 희망적인 것이 아니었기 때문에 그의 처지를 더욱 난처하게 만들 뿐이었다.

형, 한 학기 남았다니까 다시 한번 생각해 보시우.

사촌 동생은 그의 학위논문 문제를 정말 자기 일처럼 안타깝게 생각하고 있었다.

물론 문 앞까지 와 포기하는 형 마음이야 여북하겠수만.

그러나 사촌 동생의 생각과 달리 그는 그 문제에 대해 별로 심각하지 않았다. 그는 자신이 스스로 마음을 거둔 일에 대해서는 후회하는 일이 드물었다. 그가 외로움을 느끼는 것은 자신이

103

선택한 길에 대해 후회하지 않는다는 사실을 남들에게 이해시킬 수 없다는 단절감을 느낄 때였다.

그는 자기 자신을 잘 알고 있었다. 문제는 밖에 있지 않고 그 자신 속에 있었던 것이다. 자기 밖의 상황에 자기 자신의 문제를 결부시키고 싶지 않았다. 밖의 상황이 자신을 변화시키기 위해 다가들기 전에 이미 그 스스로가 탈바꿈하고 있었기 때문이다.

형의 그 충동적인 정신 상태가 문제인 거유. 형 능력이 딸려 그만뒀다면 누가 뭐라겠수. 형은 꼭 어떤 일이 성사되는 문턱에서 뒤돌아선다는 데 문제가 있는 거 아니겠수. 기껏 길을 다 가 놓곤 그 집 앞에서 발길을 돌리고 말더라 그거유. 고등학교 때 전체 수석을 아무나 하는 거유. 글쎄, 그런 실력으루 느닷없이 자연계를 포기하구 인문계 대학을 갈 건 뭐유. 그건 적성이 안 맞아 그랬다 칩시다. 그런데 그다음엔 불현듯 법과에서 다시 지리학과로 전과를 했잖수. 그래두 실력이 있으니까 졸업하자 곧바루 대기업에 스카우트까지 돼 이제 안정이 되는가 싶었더니 이건 또 웬 날벼락이유. 그 좋은 직장을 때려치우고 대학원에 입학을 했잖수. 그런데 학부 전공과는 엉뚱하게 국어학을 하겠다고 했을 때부터 문제가 있었다 그거유.

요약하면, 변덕이 죽 끓듯 한다는 것이다. 사촌 동생 말대로 그는 자신이 매우 심한 변덕의, 충동적 성격이라는 것을 잘 알고 있었다. 학부 전공이 다르기 때문에 감수해야 하는 여러 가지 불이익을 무릅쓰고 박사과정까지 해내는 그를 향해 모두 혀를 내둘렀다. 그런데 학위논문을 남겨 놓고 그의 병이 다시 도졌던 것이다.

무력증이었다. 그것은 자신이 하고 있는 일에 대한 회의로부터 시작되곤 했다. 그래서 그게 어쨌다는 것이냐? 내가 지금 무얼 하고 있는 거지? 무얼 어쩌자는 거야? 허망, 모두 무의미했다. 그때까지 오색찬란해 뵈던 사물이 한순간에 빛을 잃고 뒤죽박죽이 되었다. 손가락 하나 움직이기 어려웠다. 아무것도 생각하기 싫었다. 애써 뭔가 생각해 냈다 하더라도 그것은 이미 자신이 먼저 생각했던 것이 아니었다. 갑자기 식욕을 잃듯 그는 자신이 열중하던 일에 의욕을 잃곤 했다. 이러한 의욕상실증이 올 때마다 그는 자신이 매달렸던 일에서 도망치듯 떨어져 나가곤 했다. 아등바등 그 일에 미련을 떨며 미적거린 적도 없지 않았지만 그럴수록 그는 더욱 무기력해졌다.

그러한 추체험은 TV의 권투 중계를 볼 때도 일어났다. 우리나라 선수가 자신의 세계 타이틀을 방어하기 위한 경기였다. 그는 그 권투경기가 시작되기 전부터 불안해지기 시작했다. 만약 저 친구에게 느닷없이 무력증이 오면 어쩌나 하는 불안이었다. 상대에 대한 공포가 그런 무력증을 가져올는지 모른다는 생각이었다. 실상 그날 그 경기에서 우리나라 프로 권투의 우상인 그 챔피언은 주먹 한 번 제대로 뻗어 보지 못하고 무기력하게 무너지고 말았다. 그가 느닷없이 엄습하는 무력증에 시달리기 시작하는 것도 그와 비슷했다.

물론 그는 가끔 자기 자신을 혐오했다. 왜 남들처럼 한 가지 길을 진득하게 달려가지 못하는가. 일에 달라붙는 열정은 누구보다 강하고 집요했다. 그러나 그는 어느 순간 지금까지 쏟아 온 노력과 열정을 아무 미련 없이 버렸다. 그럴 때마다 그는 자신에게 물었다.

너는 왜 버리는가.

신명이 없는 일은 하고 싶지 않기 때문이다.

신명이란 무엇인가.

즐거움이다. 양심상 아무런 가책도 없이 그 일에 열중할 수 있는 흥거운 신과 멋.

그런 즐거움만으로 이 세상을 살아갈 수는 없잖은가.

무의미한 일에 매달리는 것은 죄악이다. 신명나는 일을 하면서 살고 싶다.

그건 환상이다.

나는 사회 규범 속에 묶이고 싶지 않다. 내가 원하는 것은 자유다.

네가 원하는 자유는 사회 일탈을 합리화하기 위한 위장이다. 너는 자신의 성취동기에 비해 능력이 딸린다고 느낄 때마다 그런 위장을 위해 모든 것을 내팽개치고 있는 거다.

다 비운 뒤 더 큰 즐거움을 얻고 싶기 때문이다. 그건 패배가 아니라 도전이다.

그 도전. 힘들지 않은가.

외롭다. 자신의 중심이 어디에 있든 결과적으로 그는 피해자, 소외자, 무능력자가 치러 내야 하는 그런 외로운 길을 걸어왔다. 그는 자신이 그 길을 택할 때부터 철저하게 혼자 남겨져 외로울 것이라는 것을 알고 있었다. 더 외로운 골짜기에서 더 외롭게, 그것은 진짜 자유였다. 자유는 고독을 동반한다. 그리하여 절대의 자유는 죽음과의 대결이다.

"나는 일평생 내 힘으로 할 수 없는 무슨 커다란 그림자에게 눌려 지냈다."

—안회남, 〈겸허〉(《문장》, 1939. 10.)

일평생이라야 고작 만 스물아홉에 죽은 김유정이 한 말이다. 진정으로 외로움을 아는 사람만이 자신의 운명에 대해 생각한다. 물론 그 외로움이 환경적 원인에서 비롯될 수도 있겠지만 김유정의 경우에는 그의 감성적 체질과도 무관하지 않다고 생각된다. 예민한 그의 감성망은 어릴 때부터 자신을 덮씌우고 있는 운명의 그늘 속으로 스스로 걸어 들어가 그 외로움을 흠뻑 뒤집어쓰고 있었을 것이다.

그를 덮씌우고 있는 운명의 가위눌림은 우선 그의 가정환경이었다. 그 속에는 폭력에 시달린 피해자로서의 암담한 그늘을 가진 여자들이 여럿 보인다.

그의 집에는 유정이 아주머니라고 부르는 여인네가 수없이 많은 것 같아. 나는 그의 형수인 정말 아주머니를 알아내기까지 사실 오래 걸렸다. 물론 나도 얼굴을 찡그렸지만, 대답하는 그도 얼굴을 찡그렸다. 경향 각지의 딴 곳에도 첩이 있었는지 그것은 내

알지 못했고, 또 알아 무삼하리오마는, 하여간 이 한집에도 그의 백씨의 요샛말로 제이부인 제삼부인이 득실득실했었다.

……유정은 조실부모했다. 그리고 그 여러 남매 중 형님은 먼저 말한 대로 거의 정신병자이고, 큰누님은 심한 히스테리에 걸린 이로 갖은 고생을 다한 여자다. '허허' '하하' 소리를 치면서, 내 두루마기 자락을 붙들고 나서는

"나도 사람일세!"

애원하듯 하던 그의 백씨의 모양과 한바탕 들볶구 나서는

"쇠불알 사다 귀주랴?" 하던 그 누님의 꼴이 다시 생각난다.

그 외에 아주 미쳐서 나중에 우물 속에 빠져 죽은 누님이 하나 있고, 유정의 바로 아래 누이동생은 처녀의 몸으로 이화여고에 재학해 있다가 실진했다. 이 처녀가 시름시름 하기 시작할 적에 유정 형님은 계집애가 바람이 났다고 오해를 하구는

"너 연애할려구 그렇게 나돌아다니지?"

하면서 머리를 강제로 질라 까까중을 만드러 놓았다고 한다. 지금이나 단발이다. 그때만 해도 기다랗게 치철치렁한 머리가 처녀들의 자랑이어늘, 머리를 잘리운 색시는 약하고 병든 마음에다 더욱 그것으로 하여 격분하고 원통하여 고만 쉽사리 실진 했던 것이 아닌가 생각된다. 머리를 부등켜안고 울던 처녀의 모양을 나는 몇 번 보았다.

—안회남, 〈겸허〉(《문장》, 1939. 10.)

어려서 어머니를 잃은 김유정은 자신을 둘러싸고 있는 여자

들의 그 음울한 표정을 통해 비정상적인 여성관을 갖게 된다. 즉 모성 실조의 그 여성 콤플렉스는 여자들을 매우 피상적으로 인식하게 되어 개체로서의 개성이나 인격을 부여하지 않음으로써 남녀 사이의 사랑도 매우 병적인 성향을 보인다.

여자에 대한 무절제의 병적 집착이 바로 그 여성관을 잘 나타낸다. 김유정이 여자들에게 쏟았던 그 열정은 성적 대상으로서의 그런 욕망을 더불지 않았다. 그는 오직 자신의 절망, 그 외로운 길을 지켜봐 줄 그런 정신적인 동반자를 원하고 있었던 것이다.

• 이상적 결혼의 상대 이성은 어떤 이입니까.

— 한번 보지 않으면 알 수 없습니다. 처방서와는 질이 좀 다르니까요.

• 연애는 할 것입니까? 안 할 것입니까?

— 해서 좋을 사람은 하는 게 좋겠지요. 그리고 안 해 마땅할 분은 안 하는 게 좋겠습니다.

• 절고도에서 친우 두 사람이 단 하나의 이성을 만난다면 어떻게 하시렵니까?

— 하나 더 생길 때까지 기다릴까요.

• 여자가 되셨다면 무엇부터 하시겠습니까?

— 너머 활발하지 않도록 조심하겠습니다.

• 친구나 애인에게 배반당한 일이 있습니까?

— 배반을 당하기 전에 미리 제독하고 맙니다.

• 우정이나 애정 때문에 괴로운 일을 당한 일은 없습니까?

— 더러 있읍니다. 그것이 가끔 무서운 추억을 가져옵니다.

—《조광》, 1973. 2~4(설문 모음)

김유정은 우선 자신의 외로운 어깨를 편안히 기대고 싶은 여자를 찾는 일에 그의 열정을 쏟아낸다. 여자는 그에게 사랑의 도구 그 이상이 아니었을 것이다.

내가 조사한 것만 해도 군은 그의 젊은 일생을 통하여 오륙 인의 짝사랑의 대상을 남기었으나 그중에서도 박록자의 사랑은 군의 소년시대의 대표적 연애이며 다음에 말할 박봉자에의 짝사랑은 드디어 군을 죽음으로 몰아넣었을 만큼 군의 일생을 통해서 대표적 연애였다.

—김문집, 〈김유정 군의 예술과 그의 내적 비밀〉《조광》, 1937. 4.)

그가 맨 처음으로 언애한 이성은 한 유명한 기생이었다. 물론 짝사랑이다. 그 시절의 유정은 점잖은 집안의 처녀들을 퍽 경멸하고 싫어하였는데 이것도 그의 가정에 대한 울분의 폭발이었으며, 그렇기 때문에 자연 사랑의 대상을 그와 대치적 세계의 화류 방면에서 구하게 된 것이라고 생각한다. 이것이 그에게 있어서 가장 큰 비참한 일이다.

—안회남, 〈겸허〉《문장》, 1939. 10.)

"이게 제 참니다."

그는 강촌역에서 삼백여 미터 창촌 쪽으로 걸어간 지점, 칡국수란 식당 간판이 붙은 길가 공터 옆에 세워져 있는 담황색 계통의 포니 승용차를 가리켜 보였다. 차 뒷부분의 차종이며 메이커 표시도 다 떨어져 나가고 여기저기 심하게 부식한, 매우 낡은 차였다.

"사 년 된 중고를 사서 꼭 오 년 탔으니 이제 폐차장에 갈 일만 남았는데 이 녀석이 그걸 거부합니다. 더 뛸 수 있다고 막무가내니 어쩝니까."

여자가 자신의 차에 호기심이 있는 표정을 만들자 그는 신나게 더 덧붙였다.

"이 녀석, 아직도 힘이 좋습니다. 특히 비포장을 더 좋아하지요. 그리고 정직합니다."

"정직하게 생겼네요."

그 여자가 처음으로 활짝 웃으며 대꾸했다.

"두고 가실 거 있으면 여기 넣으십시오."

그가 차 트렁크 쪽으로 다가가며 여자를 돌아보았다.

"아니요, 됐어요."

그 여자는 일주일 전 금병산에서 입었던 그 옷차림 그대로에 배낭도 그때와 같은 것이었다. 얼굴에 화장기 없기도 먼저와 다르지 않은, 다소 건조해 뵈면서도 탄탄한 느낌의 피부였다.

그네들은 민박 간판이 붙은 몇 집을 지나 '강선사'라는 팻말이 가리켜 보이는 바른쪽 계곡으로 들어섰다.

작은 암자인 강선사 앞마당 수도에서 그네들은 각기 자신들

111

의 수통에 물을 채웠다. 그 수돗가에는 꽤 큰 산수유나무가 세 그루 실한 열매를 자랑하고 있었다.

자잘한 떡갈나무숲을 헤쳐 그리 가탈스럽지 않은 비탈길을 십여 분 오르자 갑자기 높직한 암벽이 눈앞을 가로막았다. 그가 먼저 기어올라 손을 내밀었다.

"여기까지 와서 이 절벽 때문에 그냥 돌아가는 사람도 많습니다. 이 산은 여기만 오르면 힘든 데가 없습니다."

산은 올라갈수록 은근한 정취를 보이기 시작했다. 우선 강바람을 탄 아름드리 굴참나무며 노송들이 굼틀굼틀 뒤틀고 올라간 웅자가 오랜 세월의 풍상을 실감시켰다.

그네들은 산을 올라가는 일보다 노송과 굴참나무 사이로 내려다보이는 북한강 물줄기와 그 물 위로 놓인 등선교를 내려다보는 데 시간을 더 빼앗겼다. 경춘가도를 달리는 차 속에서 바라보던 강 건너 산 풍경이었는데, 이제는 그 산에서 경춘가도를 내려다보고 있었다. 여름 녹음으로 그 폭이 더 좁아 보이는 경춘가도 위를 자동차들이 무섭게 질주하고 있었다. 그러나 그것은 어디까지나 풍경이었다.

바위가 층층이 보기 좋게 앉은 바위봉에서 그네들은 잠시 쉬었다.

"저기 저 산이 삼악산 좌봉입니다."

그가 건너편 삼악산 정상에서 서남쪽으로 북한강과 나란히 뻗어 내린 기암절벽을 이룬 그 능선 끝의 나지막한 암봉을 가리켜 보였다.

"저 삼악산 정상이 육백오십사 미텁니다. 그 정상에서 성곽처럼 둘러친 능선을 타고 일 킬로쯤 가면 옛 성터가 있는 성봉이 나오지요. 거기서 얼마 더 가면 등선봉이 있습니다. 아, 여기서도 보이는군요. 저겁니다. 저렇게 낮게 보이지만 해발 육백삼십이 미터나 됩니다. 저 삼악 좌봉에 오르기 위해서 반드시 거쳐야 하는 코스지요."

그가 건너편 산을 가리켜 보이며 열심히 얘기하는 동안 그네는 가만히 듣고만 있었다. 다 듣고 나서도 별다른 반응을 보이지 않았다. 그렇다고 이쪽 얘기에 무관심한 표정도 아니었다. 그네는 산을 오르는 동안도 북한강이 흐르는 그 풍광 좋은 경춘가도의 협곡을 열심히 내려다볼 뿐 이렇다 할 감탄사를 내뱉지 않던 것이다.

그 여자의 그러한 과묵이 그를 긴장시켰다. 자신이 너무 많은 말을 하고 있다고 느끼는 것도 그런 긴장 탓이었을 것이다. 그렇다고 두 사람이 함께 있는 분위기가 빽빽한 것은 아니었다. 오히려 그네들은 전혀 어색한 느낌이 없이 잘 어울려 산을 오르고 있었다. 서로 치러야 할 의례적인 말 같은 것이 생략되었을 뿐 그네들은 오랜 지인처럼 아무것이나 불쑥 화제에 올리곤 했다.

"우리 어머니 심폐 기능이 퍽 좋은가 봐요. 제가 어렸을 적 우리 집 식구들이 풍선 불기를 했는데 단연 어머니가 1등이었고 내가 2등을 했어요. 남동생이 고등학교 때 밴드부원이었는데 어느 날 트럼펫을 집에 가지고 왔어요. 불기 힘들다는 그 악기로 그날 당장에 악보에 맞춰 대니보이를 불었으니까 제 심폐기능도

113

보통은 아닌 거 같아요."

"음악에 재능이 있으시군요."

"그게 재능일까요. 여섯 살 때 할아버지가 그냥 가보로 보관하고 있는 옥피리를 발견하고 몰래 불다가 아버지한테 야단을 맞았는데 그 피리소리를 들은 사람들이 많이 놀랐다고 하대요."

"그래, 그 재능을 살리셨습니까?"

"입시학원에서 수학을 가르쳐요."

그는 그 여자가 아무렇지 않게 자신의 직업을 말하는 순간 그네의 얼굴에 활짝 퍼지는 웃음을 보았다.

"땀을 안 흘리시는군요. 지난번 뵈었을 때도 그게 이상했어요."

"얼굴에만 안 나는 거예요. 여자들은 얼굴에 화장을 하기 때문에 땀이 나면 곤란하잖아요."

그 여자는 여름 잠바를 벗어 허리에 잡아맸다. 반팔 소매의 헐렁한 곤색 티셔츠가 잘 어울려 보였다. 허리가 가늘기 때문에 하체가 더 실해 보였을 것이다. 그는 문득 '엉뚱하다'라는 속어가 떠올라 혼자 피식 웃었다.

첫 번째 바위봉을 뒤로하고 오르막 능선을 숨 가빠 오르면 작은 봉이 하나 나타나고 거기서 다시 한 번 경춘가도와 북한강을 조망한 뒤 남쪽 능선을 타게 되는 지점부터 눈에 거슬리는 풍경이 하나 들어온다. 백양리의 굴봉산 자락을 파헤쳐 만드는 골프장 공사 현장이다. 산 하나가 완전히 사라지면서 강을 향해 계단식 골프장이 펼쳐져 내리고 있는 공사였다.

"나는 저 골프장 공사 현장을 볼 때마다 위대한 인간들을 생각하게 됩니다. 상식을 깰 수 있는 그런 사람들, 얼마나 대단합니까. 저기다 골프장을 만들겠다는 생각을 한 사람이나 인가를 내준 사람들이 용서받고 있는 이 사회는 더 대단한 거 아니겠습니까."

"불만이 많으시네요."

"분노의 울분입니다."

"세상살이의 울분이 곧 부패를 막는 소금이라고 하던데요."

"패배자의 자기 합리화이기도 하죠."

검봉 정상으로 오르면서 산철쭉이 아치를 이뤘다. 그 아래로는 굴참나무 수림에 에워싸인 또 하나의 작은 봉이 나타나고 그 봉 아래로 송전탑이 보였다. 그 송전탑 밑으로 통하는 능선길은 굴참나무가 울울하게 우거져 원시림을 연상시켰다. 굴참나무숲을 따라 난 길을 걷다 보면 평퍼짐하면서도 말안장처럼 휘어 들어간 산마루가 나타난다. 그 안부에서부터 갑자기 가파른 오르막길이 시작되고 그 오르막길을 한참 걷노라면 능선 아래 세 갈래 길이 나타난다. 그 삼거리를 뒤로 하며 이십여 분 올라간 곳에 해발 530미터 검봉 정상이 나타난다. 숲이 너무 우거져 앞이 잘 안 보이지만 위치만 잘 잡고 내다보면 북한강이 더 괜찮은 모습으로 조망되고 멀리 북으로 명지산, 화악산 등, 1천5백 미터가 넘는 높은 산들이 수묵화의 원근법으로 둘러쳐 있다. 동으로는 대룡산과 춘천시 일부가 눈에 들어온다. 남쪽으로는 구곡폭포가 있는 봉화산 그 너머로 유명산, 용문산 등이 흐릿한 실루엣

115

으로 떠 있다.

점심은 정상에서 남쪽 문배 마을로 내려가는 하산길 바위 위에서 먹었다. 두 사람은 각기 자기 배낭을 풀어 김밥을 꺼냈다. 각자 두 사람이 먹고 남을 그런 분량을 준비해 왔다. 두 사람이 거의 동시에 자신의 것을 상대 쪽으로 밀어 놓았다.

"이거, 손수 싸신 겁니까?"

"아아니요! 청량리역 앞에서 샀어요."

"나두 사 왔습니다. 팔호광장 할매 김밥집에서 샀는데 아주 맛있습니다."

"서울에서 오신 게 아니네요."

"나도 잘못 알았군요. 춘천에 계신 분인 줄 알았습니다."

"춘천 김밥과 서울 김밥이 비교되는 날이네요."

"저는 산에서 술도 마십니다. 주로 혼자 산에 갈 때 마시는데 오늘도 술을 가져왔습니다. 혼자 오게 될 확률이 컸기 때문이지요."

"네, 마시세요. 그걸 이길 수만 있다면 술만큼 좋은 건 없을 거예요."

"술 하십니까?"

"산에서는 안 마셔요."

그는 팩에 든 소주를 꺼내 몇 모금 목에 넘겼다. 땀을 많이 흘린 탓인가 소주가 달았다.

그녀들은 열심히 김밥을 먹었다. 여자가 더 열심히 먹었다. 잘 먹는구나. 그는 혼자 속으로 생각했다. 놀라운 체력이다. 그녀는 정상까지 오는 동안 단 한 번도 땅에 앉지 않았다. 그네는 계속 움직였다. 그러나 매우 부산스러워 보이면서도 그 날렵한 몸놀림은 깔보기 어려운 어떤 절도가 느껴졌다.

그네는 자신이 알고 있는 것을 다시 한 번 확인하는 식의 설의법 물음을 자주했다. 이 나무 자작나무 아니에요? 이건 중나리가 아닐까요? 참나리는 이것보단 잎이 넓지 않거든요. 이거 산여뀌가 맞나요? 여뀌가 많은 걸 보니 여긴 습진가 보죠?

그는 처음 그네의 화법이 익숙지 않아 그네가 뭔가 물을 때마다 당혹스러웠다.

"나는 여기 시골 토박이면서도 나무 이름도 꽃 이름도 잘 모릅니다."

"모르기는 저도 마찬가지예요. 다만 관심이 남들보다 조금 더 있을 뿐이지요. 자연에 대해 뭔가 아는 척하는 것만큼 어리석은 게 없을 거예요. 이런 여뀌만 해도 수십 종인데 알아봤자 그게 여북하겠어요."

그는 지금 그 여자와 자신이 두 번째 가진 그 만남에 있어 마땅히 거쳐야 할 그 의례적인 것들이 생략된 일이 쑥스러워 아직도 전전긍긍하고 있는 상태였다. 그러나 그는 마음이 편했다. 어떤 꾸밈도 필요하지 않았기 때문이다. 도대체 상대에게 잘 보이기 위해 말을 고르고 가리는 일이 불필요했던 것이다. 그런 의례적인 치레와 미화가 그네에게 필요하지 않다는 것을 깨닫는 일은 그리 오래 걸리지 않았다.

강촌역에서 그 여자를 만나는 일부터가 그랬다. 물론 그 여자

117

는 그 기차에서 내렸다. 그 여자가 이쪽을 먼저 발견하고 스스럼 없이 손을 번쩍 들어 흔들어 보였다. 그 손 흔들기에 의해 그가 우려했던 만남의 어색한 의식은 단번에 해결된 셈이었다.

다시 만나게 되어 반갑다든가, 오늘의 산행에 대해 반신반의 했다는 것, 그리고 장마가 너무 빨리 끝났다는 날씨 얘기 등 만남의 그 쑥스러움을 감추기 위한 말치레를 준비하고 있던 그로서는 다소 허망했을 정도였다. 그러나 그 여자 곁에 서서 걷는 동안 그는 훌훌 어떤 구속으로부터 풀려나는 홀가분한 느낌이었다. 그 여자가 만드는 분위기가 그랬다.

그러나 그 여자를 다시 만난 마음의 물결은 쉽게 가라앉지 않았다. 검봉 중턱 산마루에 이르기까지 그는 들떠 있는 자신을 어쩌지 못했다. 비현실감. 나는 지금 어디에 있는가. 내 앞에서 양손을 크게 휘저으며 걷고 있는 저 귀여운 여자는 누구인가. 그는 지금까지 이런 식의 만남을 꿈꾸어 본 적이 없었다.

두대체 사람을 민나는 일로 마음을 설렌 적이 없었다. 이성이라고 다를 바 없었다. 물론 사춘기 때 나이가 세 살이 더 위인 여자한테 서너 통의 연애편지를 쓴 일이 있었다. 그로서는 그것이 사건이었다. 고등학교 영어 선생의 처제로서 다리를 약간 저는 소아마비였다. 영어 선생 집에 놀러갔다가 그 여자를 봤고 며칠 동안 잠을 설치며 그 편지를 썼다. 사랑한다고 썼을 것이다. 그는 그 여자와 결혼까지 하는 것을 꿈꾸면서 그 편지를 썼다. 그 편지 세 통을 돌려받은 것은 그 영어 선생을 통해서였다. 교무실에서 다른 선생들이 지켜보는 가운데 뺨을 맞았다. 야, 이

새끼야 내 눈 똑바로 쳐다봐! 그 영어 선생은 자신의 눈에 상대의 눈길을 고정시킨 다음 뺨을 쳤다.

사랑 좋아하네, 병신 육갑 떨지 마!

그때 그 영어 선생은 멸시 가득한 목소리로 분명 그렇게 말했다. 그는 그때 교무실 바닥에 자빠져 간질 발작을 일으키고 싶은 충동을 억지로 참아냈다. 병신. 물론 그 선생은 그가 어릴 때 간질 증세가 있었다는 것을 알 턱이 없었을 것이다. 그러나 그는 자신의 간질 증세를 알고 있는 국민학교 저학년 때 담임까지 의심했다. 그 일을 아는 모든 사람들을 증오했던 것이다. 그는 여러 날을 그 치욕감과 분노로 몸을 떨었다. 그리고 어느 날 밤 그 영어 선생의 처제를 목 졸라 죽이는 꿈을 꾼 뒤 그 일을 다 잊어버렸다.

그러나 그 상흔은 생각보다 깊었다. 그때부터 그는 어떤 공적인 용무가 아닌 경우의 편지를 쓴 적이 없었다. 물론 사랑이란 말을 다시 입에 올린 적도 없었다. 사랑이란 낱말은 치욕이란 말과 동의어였다.

박록주(朴綠珠) : 1904년 1월 25일 경북 선산군 고아면 관심동에서 태어났음. 1916년 9월에 박기홍 선생에게서 창악을 배우기 시작하여, 송만갑, 김정열, 김창환, 김정문, 유성준 선생들로부터 판소리 다섯 마당을 모두 배웠다. 1965년에 중요 무형문화재 5호 기능 보유자로 지정되어 〈흥부가〉 등을 전수하다가 1979년 사망.

※ 박록주의 출생연도는 1904년, 1905년, 1906년 등 세 가지로 나타남. 그것은 그녀가 직접 집필했거나 구술한 문헌에 나타난 것으로 본인도 약간의 혼란이 있었던 것으로 보여짐. 그러나 여러 정황으로 미루어 1904년이 맞을 것으로 생각됨(필자 주).

그가 명주를 처음 본 것은 작년 가을이었다. 수은동 근처에서 오후 한 시경이라고 시간까지 외고 있는 것이다.

그가 집의 일로 하야 봉익동엘 다녀 나올 때 조고만 손대여를 들고 목욕탕에서 나오는 한 여인이 있었다. 화장 안 한 얼골은 창백하게 바랬고 무슨 병이 있는지 몹시 수척한 몸이었다. 눈에는 수심이 가득히 차서, 그러나 무표정한 낯으로 먼 하늘을 바라본다. 힌 저고리에 힌 치마를 훑여안고는 땅이라도 꺼질가 봐 이렇게 찬찬히 걸어 나려오는 것이었다.

그 모양이 세상고락에 몇 벌 씻겨 나온, 따라 인제는 삶의 흥미를 잃은 사람이었다.

명렬 군은 저도 모르게 물론 딸하아 갔다. 그 집에까지 와서 안으로 놓처 버리고는 그는 제 넋을 잃은 듯이 한참 멍하고 서 있었다.

그리고 집에 돌아와 그날 밤부터 편지를 쓰기 시작하였다. 매일 한 장씩 보냈다.

그러나 답장은 한 번도 없었다. 열흘이 지나도 보름이 넘어도 역시 답장은 없었다.

　—김유정, 《생의 반려》(《중앙》, 조선중앙일보사, 1936. 8~9, 2회 연재)

정확한 것은 아니나 김유정이 박록주를 처음 본 것은 휘문고보 졸업을 앞둔 그해 가을이었던 것으로 짐작된다. 형네 식구들이 모두 춘천으로 이사 간 뒤 봉익동 삼촌 집에 조카와 함께 남겨져 있다가 사직동 둘째 누이 집으로 옮겨 온 그 가을이었을 것이다. 그때 김유정의 나이는 21세. 그때부터 그의 구애는 약 일 년간 계속된다.

　미완성 작품인 김유정의 자전적 소설《생의 반려》는 이 작가의 첫 번째 짝사랑 사건을 알아보는 자료적 가치로서 신빙성이 높다. 이 소설의 화자는 주인공 '명렬 군'의 친구로 돼 있다. 이것은 자신의 이야기를 좀더 객관화하기 위한 작가 나름의 의도로 보여진다. 이 소설은 '명렬 군'이 말더듬이로 그려지고 있음은 물론이고 조실부모한 것이며, 난봉으로 재산을 탕진하는 형 이야기, 둘째 누님의 그 히스테리도 모두 그대로 그려 넣음으로써 김유정 자신의 생애가 매우 객관적으로 그려지고 있음을 알 수 있다.

　물론 이 작품은 박록주를 향해 열정을 쏟아붓던 그의 학창시절로부터 5, 6년을 비껴 선 뒤에 쓴 것이라 당시의 상황이나 심정이 많이 윤색되었을 가능성도 없지 않으나 오히려 그 시간적 거리가 자기 객관화를 위해 유리한 조건으로 작용했을 것이란 긍정적 측면도 없지 않은 것이다.

　역시 김유정 자신이 박록주에게 답장 없는 편지를 보낸 이야기를 매우 희화적으로 구성한 〈두꺼비〉에서도 그 편지에 대한 객관적인 입장을 보인다.

……어디 사람이 동이 낫다구 거리에서 한번 흘낏 스처본, 그나마 잘났으면 이어니와, 쭈그렁 밤송이 같은 기생에게 정신이 팔린 나도 나렷다. 그것두 서루 눈이 맞어서 달떳다면이야 누가 뭐래랴 마는 저쪽에선 나의 존재를 그리 대단히 녀겨주지 않으려는데 나만 몸이 달어서 답장 못 받는 엽서를 매일같이 석 달 동안 썼다.

—김유정, 〈두꺼비〉《시와 소설》, 1936. 3. 구인회)

어떻든 김유정은 여자에게 편지를 쓰는 일로 '극히 슬펐을 때 가장 참된 사랑'을 시작했다. 그 편지 내용은 훗날 박록주에 의해서도 대충 이런 것이었다고 밝혀지고 있긴 하지만 그것이 원문의 재생이 아니기 때문에 실증적 가치가 낮을 수밖에 없다.

그러나 다행스럽게도 김유정은 《생의 반려》 속에서 그 편지가 어떠한 내용이었는가 하는 것을 실제의 편지 형식으로 삽입해 보여 주고 있나.

나명주 선생께

날사이 기체 안녕하시옵나이까, 누차 무람없는 편지를 올리어 너머나 죄송하외다. 두루 용서하야주시옵기 엎드려 바라나이다.

선생이시어

저는 하나를 여쭈어 보노니 당신에게 기쁨이 있나이까, 그리고 기꺼웁게 명낭하게 웃을 수 있나이까, 만일 그렇다 하시면 체경을 앞에 두고 한번 커다랗게 웃어보소서, 그 속에 비취이는 얼골은 명낭한 당신의 웃음과 결코 걸맞지 않는 참담한 인물이오리다. 그 모양이 얼마나 추악한 악착한 꼴이라 하겠나이까.

선생이시어

그러나 당신은 천행이 웃으실 수 있을지 모르외다. 왜냐면 당신의 그 처참한 면상은 분이 덮었고 그리고 고은 비단은 궂은 그 고기를 가리웠기 때문이외다. 귀중한 몸을 고기라 하와 실례됨이 많음을 노여워 마소서. 당신의 몸은 먹지 못하는 주체궂은 고깃덩어리외다. 그리고 저의 이 몸도 역시 먹지 못하는 궂은 고깃덩어리외다.

선생이시어

당신은 당신의 자신을 아시나이까. 그러면 당신은 극히 행복이외다. 저는 저를 모르는 등신이외다. 허전한 광야에서 길 잃은 여객이외다.

선생이시어

저에게 지금 단 하나의 원이 있다면 그것은 제가 어려서 잃어버린 그 어머님이 보고 싶사외다. 그리고 그 품에 안기어 저의 기운이 다할 때까지 한껏 울고 보고 싶사외다. 그러나 그는 이 땅에 이미 없노니 어찌하오리까.

선생이시어

당신은 슬픔을 아시나이까. 그렇다면 그 한쪽을 저에게 나누어 주소서. 그리고 거기 딿으는 길을 지시하야 주소서.

　　—김유정,《생의 반려》(《중앙》, 조선중앙일보사, 1936. 8~9. 2회 연재)

"우린 지금 멧돼지 등줄기를 타고 내려가는 겁니다."

갈참나무가 하늘을 가린 하산길에서 그가 말했다.

"서울 쪽에서 춘천으로 오다가 보면 강촌검문소 못 미처 당림교에서부터 검봉이 바라보이지요. 칼처럼 불쑥 솟은 검봉 바로 밑이 강촌역인데 그 역에서 시작되는 바위 절벽이 당림교 쪽에서 보면 영락없이 멧돼지 머립니다. 날카롭고 긴 주둥이를 강 속에 처박고 물을 마시는 멧돼지 형상이지요. 그러니까 검봉은 그 멧돼지의 등줄기에 해당하는 거지요. 신기한 건 계절에 따라 그 멧돼지 형상이 바뀐다는 겁니다. 봄철엔 철쭉이 멧돼지 얼굴에 만발해 꽃돼지가 된다구요. 그런데 춘천 쪽에서 등선교를 타고 오다가 보면 이번엔 멧돼지가 아니라 커다란 호랑이 콧잔등으로 보입니다. 내 말이 틀리는가 지나다니실 때 한 번 확인해 보십시오."

"산수풍경이 생명체로 바라보이는 건 그 자연 속에 그 사람 마음이 들어갔기 때문일 거예요. 감정이입이 그렇게 잘 이뤄지는, 감성이 풍부한 사람은 그것이 빈약한 사람보다 몇 배나 더 많이 느끼고 살 거예요."

"정말 그렇습니다. 이건 처음 하는 고백인데 나는 자연 속에서 늘 충만한 걸 느낍니다. 충만한 만큼 불만도 큽니다. 이런 걸 혼자만 느껴야 한다는 안타까움 같은 거지요."

"그 생각 오만 같은데요. 사람들은 다 그 나름으로 자연을 느끼고 있을 거예요. 다만 그 느낌의 정도 차이야 있겠지만요. 느낌을 드러내는 방법도 다를 거구요."

왼쪽 계곡의 잣나무숲을 굽어보며 서남향으로 내려가는 하산길은 약간의 바람기까지 있었다. 억새풀이 군락을 이룬 습지의 능선을 넘어서자 시야가 확 트이며 꽤 너른 분지가 나타났다. 여름 햇살 속에 펼쳐진 전답이 그림 같았다. 그 분지 건너편으로는 인가가 서너 채 보였다.

"저기가 문배 마을입니다. 여기 처음 와 본 사람들은 이게 웬 도화원이냐고 놀라지요. 아름답지 않습니까."

그는 묵은 낙엽이 수북이 쌓인 곳에 자리를 잡고 앉았다. 술이 몸에 퍼지면서 숨이 가빠 왔던 것이다. 그 술기운 탓인가, 그는 이런 높은 산지에 마을이 있다는 것이 놀랍지 않느냐고 허풍스레 다그쳤다. 그러나 그네는 그냥 담담히 그 산간 분지를 내려다볼 뿐 별다른 반응을 보이지 않았다.

"저쪽 저 산봉우리가 아까 정상에서 보던 봉화산이지요. 저렇게 높아 보여도 우리가 지금 거쳐 온 검봉보다는 낮습니다."

"구곡폭포는 어디쯤 있어요?"

"아, 네. 바로 저 마을 밑이 구곡폭포랍니다. 저 논에 물이 구곡폭포로 흘러내리는 거지요."

그는 손부채질을 하며 문배 마을을 내려다보고 서 있는 그 여자를 향해 다시 말했다.

"저 맨 앞에 있는 집에 가면 직접 담근 술이 있지요. 봄철엔 산나물 안주가 그만이지요. 그런데 요즘엔 요란하게 등산 차림으로 와선 고작 저 집에서 닭이나 잡아먹고 내려가는 서울 사람들 때문에 음식값이 되게 비싸졌다데요. 시골 사람 인심 망치는 건 서울 사람들이지요. 막국수 맛도 서울 사람들 입맛에 맞추느라고 이젠 뻑뻑하고 구수하던 순메밀 맛을 찾아볼 수 없답니다. 어느 시골 막국수 집에선 양이 너무 많다고 불평하는 서울 사람들이 그 마을 주민들한테 욕을 바가지로 먹었다고 하대요. 그릇전이 넘치게 꾹꾹 눌러 주던 시골 막국수가 서울 사람들한테 맞추느라 그 양이 자꾸 줄어드는 바람에 이젠 한 그릇 먹어 봐야 간에 기별도 안 간다는 마을 사람들 불만인 겁니다."

"시골 사람은 세월이 바뀌어도 항상 순박해야 한다는 바람은 도시인들의 이기주의가 아닐까요."

"이기주의라기보다 시골 인심을 우리 민족의 순정한 정신으로 지켜 나가고 싶은, 우리 것에 대한 향수라고 하는 것이 옳지 않을까요."

그 여자가 불현듯 그의 앞까지 다가와 그를 맞바로 쳐다보았다.

"혹시, 아호 있으세요?"

"네?"

그가 그네의 말을 제대로 알아듣지 못하는 기색이자 그네가 다시 말했다.

"저는 사람들을 만날 때 호칭 문제로 고민하는 경우가 많았어요. 아무개 씨라고 하는 것도 그렇고 미스터 뭐라고 하는 건 더욱 어색하기 때문이지요. 그렇다고 만나는 사람마다 아저씨라고 할 수는 없잖아요. 선생님이란 호칭이 좋긴 한데 좀 가까이 느끼고 싶은 사람한테는 그 말이 너무 무거워 싫어요. 그럴 때 자연스럽게 부를 수 있는 이름이 필요할 것 같아요."

그는 정곡을 찔린 느낌이었다. 그가 국어학 전공이라는 것을 아는 사람들은 툭하면 그런 호칭 문제며 정서법 등 일상 언어의 통용에 대한 궁금증을 풀기 위해 물어 오는 경우가 많았다. 그럴 때마다 그는 당혹스러웠다. 그는 이따금 일반인들이 하나도 불편하지 않게 사용하고 있는 일상 언어에 부딪치는 순간 모든 것이 캄캄해지는 경우가 있었다. 그것은 남들이 쉽게 쓰고 있는 언어 현상으로부터 괴리되어 어떤 환영 속을 헤매는 것 같은, 미시 언어에 대한 회의라고 할 수 있었다. 자신도 모르는 소리, 말의 의미를 버리고 그 형태를 쫓는, 그리하여 그 끝이 결코 보이지 않는 미시 언어의 늪에서 그는 늘 절망스러울 수밖에 없었다. 새로운 이론 개척의 탐구적 신명이 따르지 않는다는 초조감 같은 것이었는지도 모른다.

"본이름을 함부로 부르지 않던 시대에 그 본이름 대신 부르던 자 같은 거 말이에요. 어릴 때 '지운' 하고 아버지 친구들이 아버질 부르던 그런 이름이 참 자연스러웠던 거 같아요."

"그렇담 이거 야단났습니다. 난 그런 게 없거든요."

"참, 어째 오늘은 김유정 얘기를 전혀 안 하시데요."

"소설을 좋아하지 않으신다는 얘길 들었잖습니까."

"아니요. 저 소설, 좋아해요. 다만 다른 것에 비해 가치를 높게 두지 않을 뿐이지요. 그러나 김유정 소설을 아직 다 읽진 못했지만 읽다 보니까 점점 좋아지던데요. 오늘 만나면 그 소설 얘기를 하려고 했었어요."

"사실은 나도 김유정 소설에 대해선 잘 모릅니다. 그냥 그 작가의 짝사랑 얘기가 나를 사로잡더군요. 왜 그런 짝사랑으로 자신의 정열을 소비했을까. 그리고 죽기 직전까지 글을 썼던 그 무서운 자기 객관화 혹은 자기 희화의 열정, 그 정체는 무엇일까. 그런 것에 대한 호사가로서의 궁금증 정도가 관심의 전부일 겁니다."

"그렇다면 지금쯤 그 열정의 정체에 대한 궁금증이 모두 풀리셨겠군요. 예술가들의 그 병적 집착, 그것이 창조 에너지가 되기까지의 과정 같은 거……."

"환경과 유전적 개인 체질의 필연적 만남, 그런 것을 많이 생각했습니다."

"아, 이러면 어떨까요?"

그 여자는 마치 어린애가 좋은 생각을 떠올렸을 때 활기찬 몸움직임을 보이듯 그렇게 거침없이 몸을 흔들며 큰 소리로 다시 말했다.

"유정, 유정이라고 부르고 싶어요."

"네, 김유정 말입니까?"

그가 다소 벙벙해하자 그 여자가 소리 내 웃었다. 그도 여자를 쳐다보며 따라 웃었다. 나중에는 두 사람이 큰 소리로 함께 웃었다.

그 여자가 그에게 그 호칭을 사용한 것은 문배 마을을 향해 내려오는 산비탈에서였다. 여자가 뒤처져 걷고 있을 때였다.

"유정!"

그 순간 그는 뒤를 돌아다보았다. 그네가 풀숲에서 다른 풀보다 키가 멀쑥하게 커 보이는, 긴 줄기 끝에 담황색 꽃이 닥지닥지 모여 붙은 꽃을 가리켜 보였다.

"유정, 이 꽃이 뭔지 아세요?"

"모릅니다."

그는 겨우 그 대답을 했을 뿐이다. 유정! 거침없이 아무렇지도 않게 부르는 그 호칭을 듣던 순간의 그 형언하기 어려운 감동에서 아직 헤어나지 못하고 있었던 것이다. 처음 그 여자를 보았을 때의 그런 현기증 비슷한 것이었다. 그러나 그 여자는 이쪽의 반응 같은 것은 아랑곳하지 않은 얼굴로 그 멀쑥한 꽃대에 자신의 키를 재보는 시늉으로 서 있었다.

"마타리예요. 뚜깔하고 거의 같은 모양인데 뚜깔은 꽃이 희고 잎도 조금 넓적한 게 다르지요. 산이나 들에 아주 흔한 꽃이에요. 아직 완전히 개화되지 않아서 그렇지 쑥부쟁이가 피기 전까지는 야생화의 여왕이라고 할 수 있지요. 마타리, 얼마나 좋은 이름이에요. 순우리말이구요."

그는 그 여자가 바라보고 있는 마타리에 가까이 다가갔다. 1미터 75인 그의 키를 훨씬 웃도는 크기의 꽃대였다. 처음 보는 꽃이었다. 아니, 처음으로 그의 관심 속에 들어온 꽃이었다. 그 꽃 이름도 물론 처음 들었다. 그는 진정으로 부끄러웠다. 국어학을 하면서 항상 부딪치는 회의가 바로 자신이 탐구해 들어가는 그 세계가 깊어질수록 현실의 언어 현상과 괴리되고 있다는 의구심이었다. 나는 지금 무엇을 하고 있는가. 그는 가끔 전문서적을 앞에 놓고 그 속에 들어 있는 모든 이론이 와글와글 뒤엉기면서 자신의 머리가 백지로 변색되는 느낌이 오곤 했다. 그럴 때마다 그는 중얼거렸다. 나는 학문 체질이 아니다!

"제가 좋아하는 꽃 중의 하나예요. 마타리. 한자말로는 여랑화라고 하대요. 여랑, 즉 남자 같은 기질이나 재능을 가진 여자란 뜻인데 나쁘게는 창기라고도 한대요. 아, 창기라니까 생각나는데 저는 마타리를 볼 적마다 마타하리를 생각했어요. 유정, 마타하리가 누군지 아시지요?"

"여자 이름 아닙니까? 미녀 스파이, 그 정도는 들어서 알고 있습니다."

"맞아요. 일차대전 때 독일군 스파이로 연합군 군사 기밀을 염탐하다 프랑스 경찰한테 체포돼 처형된 여자지요. 마타하리의 본명이 뭔지 모르지죠?"

"모릅니다."

"게르투르드 마가레트 젤레. 고등학교 때 이상한 호기심으로 기억해 뒀는데 마타리만 보면 마가레트 젤레가 생각나요. 마타리꽃을 처음 봤을 때 마타하리가 생각났던 거구요. 여랑과 여첩보원, 그 이미지까지 서로 통한다는 생각 때문에 저한테는 이 꽃이 더욱 신비해 보이는지도 모르겠어요."

"사물을 기억하시는 방법이 독특하신데요. 설득력이 있어요. 나도 이제부터 마타리를 달리 볼 것 같군요."

"제가 꽃 이름을 기억하는 건 그 꽃에다 의미를 주겠다는 뜻이지요. 내가 의미를 주기 때문에 그 꽃이 비로소 나한테 존재하니까요. 내가 꽃 이름을 소리 내어 부르는 건 그 꽃과 이야기를 시작했다는 걸 의미하지요."

"꽃과 이야기를 한다. 그 얘기 한번 듣고 싶습니다."

"유정은 식물과 얘기를 나눠 본 적이 없으세요? 김유정 소설을 읽다 보니 그 작가는 자연과의 교접이 아주 자연스럽던데요."

"잘 보셨습니다. 김유정은 감성이 풍부한 작가였지요. 이효석 소설의 자연이 박제된 상태로 그려졌다면 김유정 소설 속 자연은 그대로 살아 숨 쉬고 있는 것처럼 느껴지지요. 문체가 생동감 있다는 건 그 문체 속에 자연의 성정이 그대로 들어와 있기 때문일 겁니다."

그는 문득 이 여자야말로 그 몸속에 자연의 성정이 그대로 생동하고 있다는 생각이 들었다. 그처럼 거침없이 밝았다.

"꽃과 얘기를 나눈다고 하셨는데, 그거 한번 들려주실 수 없습니까?"

"정말 듣고 싶으세요?"

"듣고 싶습니다."

"아직 입 밖으로 소리 내 길게 얘기해 본 적은 없어요. 그러나 그렇게 한다면 아마 이런 식이 되지 않을까요."

그 여자는 전혀 쑥스러워하는 기색도 없이 뭔가 중얼거렸다. 그것은 샤먼들이 귀신을 불러들이기 위해 주문을 외는 그런 중얼거림 같았다.

"마타리, 이건 내가 너를 부르는 소리야. 네 이름을 부르는 건 내가 너와 이야기를 하고 싶다는 뜻이야. 마타리, 우리가 너한테 붙여 준 이름이지. 우리는 모든 것에 즐겨 이름을 붙여. 이름 붙이기는 인간이 가장 위대하다고 믿는 건데 어떤 것에 이름을 붙이면 그것들이 살아나는 거야. 마치 마술 지팡이로 건드려 생명을 주는 것과 같은 거야. 마타리, 오늘 내가 이렇게 네 이름을 다시 부르는 건 너하고 친하고 싶은 분이 있기 때문이야. 이런 걸 소개한다고 하지. 마타리, 여기 이분은 유정. 유정은 감성이 아주 풍부한 분이야. 감성이란 밝은 햇빛 속에서도 느닷없이 슬퍼지곤 하는 그런 거지. 마타리, 지금부터 너는 이분이 쌓은 감성의 벽 속에 살게 될 거야. 사람들은 사랑하고 싶은 것이 생기면 벽을 세워 그 속에 그것을 가두는 버릇이 있거든. 이름을 부르는 것이 바로 그 벽 쌓기지. 마타리, 너는 이미 우리들의 벽 속에 갇힌 거야. 마타리, 우리가 다시 부를 때까지 잘 있어. 안녕, 마타리!"

여자는 몸을 돌려 가뿐한 걸음으로 산을 내려가고 있었다.

"잠깐, 저 좀 보십시오!"

그는 여자를 불러 세웠다.

"마타리, 아니 하리, 두 이름 중에 하나를 선택하십시오. 나도 호칭 문제로 더 이상 고민하고 싶지 않습니다."

그 여자가 허리까지 꺾으며 웃었다.

"하리, 하리가 좋겠어요."

그가 곧장 여자를 불렀다.

"하리!"

"네?"

"아주 크게 불러도 되겠습니까?"

"이름을 주는 의식인가요?"

"선포식입니다."

그는 봉화산 정상 쪽을 향해 두 손바닥을 깔때기 모양으로 모아 댄 다음 힘껏 외쳤다. 문배 마을 건너편 봉화산이 그 반향을 보내왔다.

하아리……

그러면 그는 살아 나갈려는 의욕이 없었든가, 하고 이렇게 의심할지도 모른다. 마는 그도 한 개의 신념이 있었고 거기 딿으는 노력을 가졌었다. 우선 그 증거로 그는 명주라는 기생을 찾은 것이다. ……생략…… 그는 애정에 주리었다. 다시 말하면 그는 사람에 주리었다.

"어머니가 난 보고 싶다!"

이렇게 밑도 끝도 없이 부르짖었다.

나히 찬 기생을 그가 생각하게 된 것도 무리는 아닐 것 같다. 그는 그 속에서 여러 가지를 보았으리라. 즉 어머니로써 그리고 연인으로써 명주가 그에게 필요하였다.

—김유정, 《생의 반려》(《중앙》, 조선중앙일보사, 1936. 8~9. 2회 연재)

김유정의 그 편지 쓰기는 그야말로 발광이었다. 스물한 살 그 나이에 시작된 그 방황의 조짐은 심상치 않았다. 박록주라는 여자를 만났기 때문에 그의 편지 쓰기가 시작된 것이 아니라 그가 편지를 쓰지 않으면 안 되는 그런 절박한 상황 속에 박록주가 나타났을 뿐이다. 다른 여자가 나타났더라도 그것은 마찬가지였을 것이다. 중요한 것은 편지 쓰기가 아니라 그가 처한 절박한 상황으로부터 탈출하는 일이었다. 여건만 맞았더라면 그는 음악을 통해서도, 혹은 그림 그리기를 통해서도 자기 자신을 속박하고 있는 어떤 구속으로부터 벗어나기 위해 발광을 시작했을 것이다.

그의 방황은 자기 자신이 만든 것이었다. 탈출구가 없으면 언제 폭발할는지 모르는 그 절박한 상황까지 자기 자신을 몰아갔던 것이다.

그는 어렸을 때부터 자신을 운명 속에 가두었다. 스스로 햇빛을 차단한 다음 어둠 속에서 운명과 음모를 시작한 것이다. 그의 몸속 감성의 시킴이었다. 물론 어머니를 일찍 잃은 일, 그리고 가산을 탕진하는 제정신이 아닌 형의 그 횡포 속에서 역시 제정신이 아닌 여러 여자들 손길 속에서 성장하지 않으면 안 된, 그 불우한 환경이 그의 우울을 가속시켰음이 분명하다. 그러나 그런 가정적 환경들이 그가 고독과 손을 잡은 전적인 원인은 아니었다.

김유정은 자신이 쓴 글 속에서 그런 짝사랑의 원인을 '어려서 잃어버린 그 어머님이 보고 싶고' 그리고 '그 품에 안기어 저의 기운이 다할 때까지 한껏 울고 보고 싶기' 때문이라고 말했다. 누구보다 김유정을 잘 알고 있었던 그의 조카 김영수도 그렇게 회고하고 있다.

그는 그녀의 몸에서 어머니에게서 느끼는 애정일지도 모를 향

수를, 절망과 희망을 동시에 느낀 숙명적인 모순덩어리의 사랑
이었다고 생각합니다. ……생략…… 그녀가 없어도 좋았던 사
랑이었을지도 모릅니다. 어머니의 모습을 느낄 수 있는 여인이
면 누구나 좋았을 테니까요.

—김영수, 〈김유정의 생애〉《김유정전집》, 현대문학사, 1968.)

그러나 어린 나이에 어머니를 잃은 사람이면 김유정이 아니라
도 누구나 그런 외로움을 호소한다. 어머니의 사랑이 그리워 박
록주를 필요로 했다는 것은 자기 합리화에 불과하다.

그때 김유정은 사랑이 필요했다. 자기 확인을 위한 사랑. ─
어머니의 모습을 느낄 수 있는 여인이면 누구나 좋았을 ─ 뿐 어
머니에 대한 그리움 때문에 박록주를 택한 것이 아니었다. 그는
오직 자신의 외로움을 통해 자기 신념과 열정을 확인하고 싶었
다. 그는 자기 자신을 깊은 절망의 밑바닥까지 떨어뜨린 다음 그
밑바닥에서 다시 솟아날 수 있는가를 시험했다. 그때 그가 필요
했던 것은 자기 확인이었다. 그는 뭔가를 통해 자기를 확인하지
않고서는 견딜 수가 없었던 것이다.

자신의 그 안쪽에서 끓고 있는 어떤 열정의 기미를 예민하게
포착한 뒤 그것의 정체를 찾기 위해 그는 슬픔 속으로 자신을
밀어 넣었다. 그 음모에 병마가 동참했다. 너는 누군가를 사랑해
야 한다. 너는 외롭다. 네 속에는 무한한 사랑의 열정이 끓고 있
다. 그를 덮치기 시작한 병마가 그렇게 속삭였다.

사람은 아마 극히 슬펐을 때 가장 참된 사랑을 느끼는 것 같다. 요즘에 와서 명렬 군은 생의 절망, 따라 우울의 절정을 걷고 있었다.

……생략……

지금 그가 편지를 쓰고 있는 이것이 얼뜬 생각하면 연앨런지도 모른다. 상대가 여성이요 그리고 연일 밤을 세워가며 편지를 쓴다면, 두말없이 다들 연애라고 이렇게 단정하리라. 마는 이것은 결코 흔히 말하는 그 연애는 아니었다. 그 연애란 것은 상대에게서 향기를 찾고, 아름다움을 찾고, 다시 말하면 상대를 생긴 그대로 요구하는 상태의 명칭이겠다.

그러나 그의 연애는 상대에게서 제 자신을 찾아내고자, 거반 발광을 하다 싶이 하는 것이다. 물론 상대에게는 제 자신의 그림자도 비치지 않았다.

　　　　—김유정, 《생의 반려》(《중앙》, 조선중앙일보사, 1936. 8~9. 2회 연재)

김유정의 방황은 실의에서 시작되었다. 휘문고보를 휴학했던 것도 학교 다니는 일에 흥미를 갖지 못했기 때문이었다. 그는 학교생활이 즐겁지 않았다. 햇빛 속에서 일어나는 일은 그 어떤 것도 즐겁지 않았다. 연희전문에 입학했다가 금방 제명이 된 것도, 보성전문에 잠깐 입학했다가 그만둔 것도 그의 실의와 관계가 있다고 생각된다.

그는 뭔가 자신을 불태울 수 있는 신명나는 일을 찾고 있었다. 자기 자신을 다 던져도 좋을 그런 열정이 햇빛을 차단한 어둠 속에서 아우성치고 있었기 때문이다. '가장 참된 사랑'을 꿈꾸는 반란이었다.

참된 사랑을 통해 자기 확인을 하고 싶었던 것이다. 그 참된 사랑을 위해 김유정은 펜을 들었다.

김유정의 글쓰기는 그렇게 시작되었다.

4

유정과의 네 번째 산행에서 그 사건의 목격자가 됐다. 그리고 우리는('우리'라니!) 곧장 그 사건 한가운데로 깊숙이 말려들었다. 그날 우리 둘만의 그 칠칠한 산행, 자연과의 교감을 포기해야 하는 그 돌발적인 사태로 하여 우리는 다소 허망해졌다. 어쩌면 그 일로 하여 우리는 어떤 사태에 대응하는 서로의 입장 표명을 분명히 보여 줌으로써 좀더 허심탄회하게 가까워졌는지도 모른다. 그것은 남녀의 싱내길 같은 것이었다. 수로 내가 도전했고 유정이 만만찮은 호기로 맞섰다.

유정이 먼저 그네들을 발견했다. 가해자는 모두 셋이었다. 그세 명의 불량배들을 상대하기 위해 유정이 돌진해 들어갔다. 동행한 나를 의식해 유정이 그런 식의 무모한 용기를 냈다고는 생각되지 않는다. 그는 마치 짐승이 내지르는 그런 포효로 달려들었다. 그때 나는 일이 심상치 않다는 절박감으로 손가락 하나 움직일 수가 없었다. 오, 어머니! 그러나 일은 생각보다 쉽게 풀렸다. 운 좋게도 유정의 그 무모한 용기가 통했던 것이다.

그 세 명의 불량배들은 이쪽의 기세가 너무 당차다 싶었던지 낄낄거리며 산으로 치뛰고 있었다. 그네들의 난행 현장에 당도하자 술 냄새가 심하게 났다. 여자 곁에 떨어져 있는 소주병을 주워 든 채 산골짜기로 치뛴 불량배들의 행방을 좇고 있는 유정의 눈에서 나는 이글거리는 증오를 보았다.

상황은 쉽게 어림됐다. 내가 그 여자의 흐트러진 매무새를 봐주고 있을 때 와이셔츠 차림에 넥타이까지 맨 청년 하나가 계곡 칡덩굴 속에서 엉금엉금 기어 나왔다. 입가에 피가 묻어 있긴 해도 그리 크게 다친 것 같진 않았다. 그러나 느낌에 그는 매우 엄살을 떨고 있었다. 오히려 여자가 더 심한 외상을 보였다. 입술이 터져 피가 흐르고 이마에도 상처가 있었다. 여자의 하이힐과 구슬 박힌 핸드백. 두 사람 모두 등산에 어울리는 복장은 아니었다.

"두 분, 동행입니까?"

유정이 아직도 깨진 병을 손에 든 채 그 젊은이를 향해 물었다.

"예."

이마보다 얼굴 아래쪽이 넓어 마치 삼각형 모양을 한 청년이 기어들어가는 소리로 다시 더듬거렸다.

"어쩔 수 없었어요. 내가 대항했으면 우리 둘 다 죽었을 거예요."

그 삼각형 청년은 널브러진 채 꼼짝도 않는 여자 쪽을 애써 돌아보지 않으려는 기색이었다.

"배터에서 올라온 모양인데 거기 경찰이 나와 있던가요?"

유정이 아직도 증오가 이글거리는 눈으로 그 삼각형을 향해 다그치듯 물었다. 삼각형이 입속으로 중얼거렸다.

"모르겠어요. 못 본 것 같아요."

"우리랑 함께 내려가서 신고합시다. 저런 놈들은 그냥 놔두면 안 돼요."

유정이 단호한 어조로 말했다. 그러나 그 삼각형이 볼멘소리로 받았다.

"신고함 뭐해요. 그만둘래요."

빌어먹을! 나는 유정의 증오가 이글거리는 그 눈과 삼각형 그 청년의 볼멘소리를 통해 우리나라 사내들의 그 질기고 뻔뻔스러운 완고의 껍질을 본 느낌이었다. 독선과 아집, 편견과 오만의 그 상투적인 완고성. 나는 순간적으로 그 여자와 내가 어디론가 통 내던져지는 느낌이었다.

유정과 나는 칭평사와 고려 때 정원 터를 돌아보려던 계획을 포기하고 그네들과 함께 배터로 내려왔다. 우리가 그 두 사람을 보호하지 않으면 안 될 그런 상황이 돼 버렸던 것이다. 여자는 완전히 널브러진 채 자신의 힘으로 걷기를 포기한 상태였다. 한 순간에 인생 모두를 내던져 버린 그런 체념이 그 여자의 널브러진 몸무게로 느껴졌다. 내가 적극적으로 그 여자를 부축하고 나서자 그 삼각형 청년도 곁에서 거들었다. 그네를 부축한 채 나는 매우 참담했다. 모든 것은 마음이었다. 여전히 충만한 여름 산속에서 인간들의 그 의기소침한 꼬락서니가 너무나 초라해 보였

140

다. 삼각형 청년이 여자를 부축한 채 내 눈치를 보며 간간 무슨 말인가 건네고 있었으나 여자는 아무런 반응도 보이지 않았다. 적어도 그 순간만은 남자도 여자나 다름없이 죄인처럼 고개를 제대로 들지 못했다.

나는 그 두 사람에게 건넬 어떤 말도 생각해 낼 수가 없었다. 그러나 유정은 좀더 냉정했다. 선착장에서 댐으로 나가는 배를 타기 전 유정이 그 두 사람을 향해 다시 말했다.

"신고합시다. 이건 당신들 문제만이 아닙니다."

삼각형 청년이 짐짓 외면한 채 대꾸하지 않았다. 여자는 여전히 넋이 나간 얼굴로 땅바닥에 주저앉았다. 비교적 단아한 얼굴 윤곽의 그 여자는 더더욱 그 어떤 반응도 보이지 않았다.

"아니요. 이건 본인들 문제예요!"

내가 나섰다. 사실은 신고를 먼저 주장하고 싶은 것은 나였다. 그러나 나는 두 남자의 일그러진 표정을 보는 순간 생각을 바꿔 버렸다.

"신고 안 하는 게 두 사람들한테 좋을 거예요. 피해는 한 번만으로 끝나야 하기 때문이지요."

"피해, 또 다른 피해가 뭡니까?"

"지금 말하고 싶지 않아요. 어떻든 신고는 안 돼요."

내가 이처럼 단호하게 나갔지만 유정도 물러설 기미가 아니었다.

"신고해야 합니다. 더구나 우린 범죄 현장을 목격했어요."

"그래요. 목격했기 때문에 우린 이분들을 보호할 의무도 있어요. 유정, 일을 어렵게 안 만드는 게 좋을 거 같은데요."

"어떤 해결을 바라고 신고하자는 게 아닙니다. 우린 악을 방조해서는 안 됩니다."

내가 무슨 말을 대꾸하기도 전이었다. 삼각형 그 청년이 결연히 껴들었다.

"좋아요. 신고해요. 잡히기만 하면 내가 먼저 세 놈 다 죽여 버릴 거예요."

그 대목에서 여자가 비질비질 울음을 터뜨렸다. 나는 울화가 치밀었다.

"신고하지 말아요! 본인을 대신해서 제가 말하는 거예요."

삼각형 청년의 얼굴에 다시 이글거리는 분노를 본 순간 나는 결심했다. 무슨 일이 있어도 신고를 막아야 한다는 생각이었다.

"좋아요. 본인을 위해서는 안 하는 것도 좋겠지요."

유정은 생각했던 것과는 달리 쉽게 물러섰다. 삼각형 청년도 얼굴에 이글거리는 분노를 애써 지우며 더 이상 나서지 않았다.

"필요할 때가 있을는지 몰라요."

헤어질 때 나는 그 여자에게 내 전화번호를 알려 줬다. 뭔가 그래야 할 것 같은 절실한 것이 나를 충동질한 것이다. 내가 감싸 쥔 여자의 차가운 손이 조금씩 꼼지락거리고 있었다.

물길을 가르며 나가는 배의 스크루가 일으키는 물보라 그 뒤로 여름 산에 둘러싸인 호수가 너른 파문으로 출렁거렸다.

우리는 그네들이 돌아간 뒤 내 차를 타고 배후령 꼭대기로 달려갔다. 그곳에 유정의 낡은 포니가 기다리고 있었기 때문이다.

연엽산 산행 때부터 우리는 보다 효율적인 만남을 위해 기동성이 필요하다는 데 의견을 같이했다. 내가 서울에서부터 내 프라이드와 함께 달려오는 것도 그 기동성을 위해서였다.

배후령 꼭대기로 오르면서 유정은 입을 다물었다. 나 역시 말하고 싶은 기분이 아니었다. 나는 그때 우리들이 그 현장을 목격하지 않았더라면 그네들의 상황은 어떻게 달라졌을까 하는 생각을 했다. 그러나 우리가 목격한 상황보다 더 나은 결과를 기대하기는 어려울 테지. 두 사람만이 아는 그 공동의 비밀은 날카로운 발톱을 세워 호시탐탐 상대를 공격해 상처를 입힐 것이 분명하다. 우선 남자가 여자를 추슬러 그 현장을 벗어나는 일에 있어서는 우리가 거기 있던 것보다 한결 부드러웠을는지 모른다. 그리고……, 그리고 두 사람은 어떤 방법이든 선택하지 않으면 안 된다. 물론 처음에는 서로 만나 그 일을 잊기 위해 나름대로의 노력도 하겠지. 어쩌면 여자가 스스로 도망치는 상황도 생각할 수 있다. 여자가 죄인이 되고 그 죄의식으로부터 벗어나기 위해 남자의 노예로 전락한다? 저런, 남자가 칼자루를 쥐었군. 두 사람 얼굴에 웃음이 보이지 않는다. 숨이 막힌다.

그 시절에는 어느 정도 수준이 높은 사람이면 모두 소리를 좋아했다. 나중 친하게 된 김성수 동아일보 사장과 송진우 씨 김우평 씨 등도 소리를 굉장히 좋아하셨다.
나이가 10대를 넘어 20대가 가까워지자 나는 뭔가 깊은 생각을 하기 시작했다. 남씨가 나의 남편이지만 그는 스물두 살이 연상

143

인 데다 처자가 있지 않은가. 그냥 남의 첩으로만 산다는 게 점
차 싫어졌다. 남 씨와 나는 한 달에 한 번씩 번갈아 가며 서울과
원산에 가서 만났지만 연인으로서의 정은 들지 못했다.

그래서 생각한 것이 고학생들을 도와주고 성공한 뒤 같이 살았
으면 하는 방법이었다. 본처가 돼서 떳떳이 살겠다는 내 나름대
로의 생각이었던 것이다.

―박록주, 〈나의 이력서〉⑩(한국일보, 1974. 1. 18.)

유정과 함께했던 세 번째 산행을 생각한다. 연엽산에 갔었다.
검봉 등산이 있던 그 주일 일요일이었다. 맙소사! 결국 우리는
한 주에 두 번 만난 셈이 아닌가. 우리는 깜박등도 켜지 않은 채
좌회전하고 있었다. 어떻게 이런 일이 일어나고 있는 것인가. 내
가 유정을 신뢰하고 있다? 그의 일방적 제의에 대해 내가 단 한
번이라도 거부 의사를 보인 적이 있단 말인가. 나 자신을 꾀까다
롭게 몰고 가지 않는 일이 이처럼 편한 것인 줄 몰랐다. 그의 주
관 아래 놓이는 일을 내가 즐기고 있다는 것을 이제야 깨닫는다.
이거, 원!

유정이 세 번째 산행을 제의하던 검봉 산행의 그 저녁 우리는
구곡폭포 입구 칡국수집에서 함께 저녁을 먹었다. 올이 굵고 미
끈미끈한 칡국수는 기대했던 것보다는 맛이 없었지만 역시 칡
가루로 만든 부침개는 맛이 괜찮았다.

그 칡국수집에서 하나의 사건이 있었다. 음식을 주문해 놓고
기다리는 시간 내 눈을 곧바로 쳐다보며 유정이 불쑥 말했다.

"하리, 볼에 손등 한번 대봐도 괜찮겠습니까?"

세상에! 내가 놀란 것은 술 한 잔 먹지 않은 상태에서 나온 그 엉뚱스러운 말이 너무 자연스러웠다는 것이다.

"아, 아니요!"

내 대답도 아무런 부담이 없이 나왔다. 모욕감 같은 것도 없었다.

"이따가 생맥주 한잔 사겠습니다."

그 쑥스러움 때문이었을까, 그가 그런 제의를 했다.

유정이 자신의 그 낡은 포니로 춘천 시내에 있는 '오페라'라는 이름의 카페까지 나를 데리고 갔다. 생맥주 맛이 괜찮고 이 고장 예술인들이 많이 모이는 명소라고 했다. 카페는 비교적 널찍했고 실내 꾸밈이 별로 요란스럽지 않아 마음에 들었다. 우리가 얘기하고 있는 동안 슈베르트의 미완성 교향곡이 연기처럼 낮게 깔리는 저음으로 실내를 채웠다. 그 카페 주인은 예술 애호인으로 특히 음악에 조예가 깊다고 유정이 말했다. 미완성 교향곡의 제2주제가 감미롭게 반복되고 있을 즈음 카페 '오페라' 주인이 유정 곁에 다가와 말했다.

"지금 이 곡은 백 선생을 위해 튼 거야."

유정이 눈인사로 맞으며 말했다.

"선배님, 고맙습니다."

두 사람 얼굴에 야릇한 음모의 분위기가 느껴졌다.

음악은 베토벤의 유일한 바이올린 협주곡으로 바뀌고 있었다. 유정과 얘기하고 있는 동안 몇몇이 우리들 곁을 지나가며 유정에게 말을 걸었다. 그러나 유정은 두 사람의 대화가 끊기지 않는 정도에서 눈인사 정도로 그네들을 맞았다. 낯선 여자에 대한 그네들의 그 호기심 어린 눈길을 전혀 의식하지 않는 것 같은 유정의 그 담대함이 마음에 들었다.

산행에서 땀을 많이 흘린 탓인가. 그는 생맥주를 거듭 세 잔이나 비웠다.

그는 그날 자신이 전공하는 국어학에 대해 말했다. 국어의 여러 현상을 관찰하여 기술하고, 그것을 분석·분류한 뒤 가설을 세워 검증하는 학문으로서의 국어학에 대한 자신의 견해였다. 학문은 궁극적으로 어떤 현상의 지배원리를 발견하는 것인데 그 이론 추구의 객관화 과정이 자기에게는 버겁다는 그런 얘기였다. 자신이 전공한 것은 순수 국어학 분야로서 국어형태론이라고 했다. 즉 국어의 단어가 굴곡하는 방식과 단어를 형성하는 형태소들의 통합관계를 살펴 어떤 원리를 도출하는 것인데 그것이 꼭 구름 잡기 같아 모든 면에 인내가 부족한 자기로서는 하는 일에 신명을 얻기가 힘들다는 푸념이었다.

학위논문을 앞두고 모든 것을 포기하지 않을 수 없었던 자신의 괴로움도 토로했다. 사람들이 자기가 추구하는 학문에 회의를 갖는 케이스는 대체로 자신이 선택한 학문에 대한 의지가 부족한 경우가 대부분인데 자신의 경우도 대학 학부가 다른 데서 오는 심적 부담에다 언어학에 대한 기초실력 결여에 의한 전문성 부족도 문제라고 했다.

"결국은 내 자신에게서 지적 탐구의 한계를 느꼈기 때문일 것입니다."

그는 결코 자조의 한숨도 없이 담담하게 자기 얘기를 하고 있었다. 그의 얘기 속에는 결코 어떤 외부적 환경이라든가 타인에 대한 헐뜯는 말이 들어 있지 않았다. 남의 것이 아닌 자신의 얘기를 그처럼 솔직하게 털어놓을 수 있다는 것이 놀라웠다.

나도 많은 얘기를 했다. 내가 학생들에게 가르치고 있는 수학이 내 적성에 맞지 않는다는 얘기를 했을 것이다. 내가 가르치는 것은 수학이 아니라 산수라고, 매우 자조적인 발언도 했다. 생맥주 대신 마신 진토닉 두 잔이 내 속의 나를 그런 식으로 내몰았을 것이다. 헤어지는 시간을 아쉬워하고 있는 내가 우스웠다.

9시 30분. 서울행 마지막 버스를 타는 데까지 유정이 동행했다. 표도 그가 끊었다. 우리는 이십대 젊은 연인들처럼 차가 떠나는 그 터미널에서 매우 애틋한 헤어짐을 가졌다. 그때 그가 연엽산 산행을 제의했고 나는 별 망설임 없이 그 산행에 동의했다.

그때 레코드는 1면이 3분짜리여서 사실 한 판을 취입하는 데 오랜 시간이 걸리는 것은 아니었다. 하지만 그들은 무척 신중하게 레코드 취입을 했다.

사례로 받은 1천 원의 돈은 무척 큰돈이었다. 무엇을 할까 궁리하다 나는, 원산 안변 들의 제일 좋은 논을 샀다. 20마지기였던 것으로 기억된다. 그때 한 마지기에 어느 정도의 추수가 됐는지는 기억에 없으나 1년에 20가마의 쌀을 가져오곤 했다. 그 논은 6·25 때 잃어버렸지만 지금도 내 장롱 깊숙이에 논문서가 보관

돼 있다. 통일이 되면 그 논을 찾겠다는 생각이 아니라 그저 서운해서 보관할 따름이다.

—박록주, 〈나의 이력서〉⑪(한국일보, 1974. 1. 18.)

춘천군 동산면과 홍천군 북방면이 경계를 이루는 해발 810미터의 산이 연엽산이다. 지난번 올랐던 금병산으로 가는 원창고개를 넘어 '여천광산 2.3km'라는 팻말이 붙은 지점에서 좌회전하자 '강원대학교 임과대학 연습림'이란 입간판이 선 비포장도로 입구에 유정의 포니가 기다리고 있었다.

"귀엽군요."

내가 타고 간 흰색 프라이드를 바라보면서 유정이 웃었다.

"이드 양은 여기다 두고 가는 겁니다."

유정이 내 차를 이드라고 불렀다. 프라이드의 끝부분을 딴 것이지만 자신이 이름을 줌으로써 비로소 생명을 갖게 된다고, 지난번 검봉 등산 때 그의 낡은 포니를 내가 포오라고 이름 붙이며 하던 말을 그대로 흉내 내며 유정이 웃었다. 이드. 성적 쾌락과 만족이란 원시적 욕구를 추구하지만 궁극적으로 자아와 초자아의 통제를 받게 된다는 뜻의 정신분석학 용어가 떠올랐다.

웃겨, 두 사람! 혼자 남겨지는 이드가 웃고 있었다.

포오가 우리 둘을 싣고 비포장도로로 들어섰다. 차체에서 나는 소음이 대단했다. 배기통이 또 터졌다고 했다. 노후한 차에 이런 소음이 너무 잘 어울리는 것 같아 터진 배기통을 갈아 끼우는 걸 그만두기로 했단다.

"저게 원창 저수지 공삽니다. 저 물이 대룡산 밑에 뚫은 터널을 통해 춘천 시내로 흘러내리게 되는 거지요."

그 저수지 댐 공사가 한창인 공사 현장을 내려다보며 좀 험한 비포장도로를 한참 내려가자 물이 많은 계곡이 나타났다. 그 계곡 초입에 강원대학교 연습림 관리소 건물이 있었다. 관리소를 중심으로 계곡은 Y자로 갈라지는데 왼쪽이 수리봉으로 통하고 동쪽으로 깊숙이 패어 들어간 왁박골이 연엽산 정상에 오르는 가장 빠른 코스라고 했다.

그날 연엽산을 오르는 계곡에서 도깨비부채와 다래나무덩굴, 그리고 주름제비란을 만났다. 특히 계곡 바위 곁에 붙어 자라는 돌창포에다 중부 이남 숲에만 자라는 것으로 알려진 뻐국나리 비슷한 식물을 본 것도 매우 인상적이었다. 보기 드문 파란 여로의 자주색 꽃과 은난초 군락을 발견한 곳도 연엽산 중턱이었다.

그러나 나는 이날 식물에 대한 내 관심을 유정에게 드러내지 않았다. 우리는 그때 식물보다 주로 김유정의 작품에 대해 얘기를 나눴기 때문이다.

나는 김유정 소설을 읽은 소감을 읽을 당시의 그 기분으로 얘기했고, 유정은 작품을 보는 시각이 신선해서 좋다며 내가 하는 말에 깊은 관심을 보였다.

〈안해〉: 1935년 12월 《사해공론》

목젖을 드러내며 웃다. 예전에 읽은 것 같아 기억을 더듬어도, 첫머리의 ―우리 마누라는 누가 보던지 뭐 이쁘다고는 안 할 것이다.―만 기억날 뿐 모두 새롭다. 이 작가의 웃음 유발이 왜 나를 편하게 하는 것일까.

이건 숫제 지문부터가 구어체다. 걸쭉한 비속어가 마구 쏟아져 나오는군. ―방에 떡 들어스는 길로 우선 넓적한 년의 궁뎅이를 발길로 픽 드려 질른다. '이년아! 일어나서 밥 차려―' '이눔이 왜 이래, 대릴 꺾어 놀라. 나무 판 돈 뭐 했어, 또 술 처먹었지?' 이렇게 탕탕 호령하였다.―

정말 죽이 잘 맞는 부부다. 못생기고 주변머리 없는 아내를 들병이로 내보내기 위해 창가를 가르치는 장면은 정말 가관이다. 급기야 한술 더 떠 시체창가를 배워 오는 아내. 이 여자 정말 맘에 드네. 그런데 아내가 뭉태와 놀아나는 꼴을 보자 남편 되는 이 사내 하는 꼴 좀 보쇼. 행실이 글렀다고, 구구루 주는 밥이나 얻어먹고 몸 성하였다가 굴때 같은 아들로만 한 열다섯 쏟아놓으란다. 아들을 돈으로 계산하는 끝부분이 재미있다.

막 사는 부부들이야 충분히 그럴 수 있을 터. 어려우면 어려울수록 그런 부부들이 더 끈끈하게 사는 법이지. 고급스럽게 예의나 차리고 애 하나 낳는 일로 티격태격 다투는 현대 부부들이야 이런 부부의 정을 어찌 알리요. 그런 화풀이도 없으면 기가 막히고 속 터져 어찌 살겠나. 싸움이 사랑이라. 요즘 생활이 풍족해지고 학식도 높다 보니 부부간에 살피는 예의도 많고 혼자만 쌓아 놓고 말 않는 것도 많을 터. 인격이니 자존심이니 뭐 그런 거 챙기다 보면 진짜 사랑은 한 번도 못 해볼 거 아닌가.

좀 분별이 있기는 남편이 그래도 나은 듯싶다. 이 아내는 그야말로 자유구면. 좋은 거, 능력 닿는 곳, 가질 수 있는 것이 있으면 무작정 달라붙을 그런 마음의 자유렷다. 건강한 부부임에는 틀림이 없고, 그것은 남편이 제자리를 잘 지키기 때문일 터. 부패한 남편이면 그 아내는 어찌 되었을까.

참 재미있네. 나중에 언제 내가 외로울 때 다시 읽어야 하겠다. 고급 코미디다. 갑자기 김유정의 얼굴이 생각난다. 윤곽이 분명하며 좀 넓적한 얼굴, 덩치는 중간 이상은 되고, 다소 능글맞지 않았을까. 이렇게 김유정의 얼굴이 달리 떠오르는 것은 작품 속 화자의 인물 묘사가 성공했다는 뜻이렷다.

〈심청〉 : 1936년 1월 《중앙》(조선중앙일보사)에 발표된 작품으로, 1932년 6월이 탈고 일자로 돼 있어, 발표된 작품 중 가장 먼저 쓰인 작품으로 보이나 처녀작이라고 보기엔 다소 미흡하다고 해설하고 있다

역시 소품이군. 습작인 듯. 화창한 봄날 서울 종로거리. 주인공 '그'는 미관상 깨끗하고 발전하는 거리를 위해서 도시 위신을 망치는 깍쟁이 거지들을 싹 쓸어버리고 싶다고 심청을 부린다. 하긴 하루가 멀다 하고 자신과 다르게 화려하게 변신하는 서울에 대한 심청이렷다. 거지나 매일반인 자신의 몰골, 자기가 살고 있는 곳일는지도 모르는 변두리의 빈민촌을 비교하고 있구먼.

'톨스토이'와 '칸트'를 들먹인다. 당시 존경받았던 문호가 톨스토이였던가 보다. '심청'이란 제목에서 주인공의 다소 뒤틀린 인텔리의 심사를 잘 대변하고 있는 것 같다. 그러고 보니 김유정의 소설들은 꼭 그 작가의 심술부리기처럼 생각되네. ─자연은 마

151

음의 거울이다.─ 이런 잠언까지 쓴 것으로 보아 지금 자기 눈에 비치는 것이 모두 불만인 이유를 설명하고 있는 듯.

소설치곤 좀 미진한 구성이지만 그런 거야 접어 둬도 좋을 듯.

〈봄과 따라지〉 : 1936년 1월 《신인문학》(청조사)

따라지. 노름판에서 한 끗을 이르는 말이렷다. 그리고 따분하고 한심한 처지에 있는 그런 사람을 가리키는 말이지만 여기서는 거지 아이를 말하고 있다. 열 살 된 사내 거지 아이가 도심의 야시장에서 구걸하는 장면들 묘사다. 소설 첫 부분, 몸때를 터는 짓거리 등 이 녀석의 해학적인 몸짓은 〈만무방〉의 주인공과 같다. 하긴 만무방이나 따라지나 밑바닥 인생은 마찬가지가 아닌가. 그때의 거지들은 그래도 족보라도 있음직한 의리와 가훈까지 갖췄지 않나 싶게 인간적인 냄새가 풍긴다. 그런데 요즘은 어떤가. 거리를 질주하는 펑크족, 칼부림, 성폭력. 세상은 언제 좋아지려니. 세상을 거꾸로 돌릴 수는 없을까.

〈가을〉 : 1936년 1월 《사해공론》에 발표

이런 망할 것!

─ 우리 집에는 여편네라곤 병들은 어머니밖에 없으나 나히도 늙었지만(좀 부끄럽다) 우리 아버지가 있으니까 내 맘대룬 못하고…….─

마누라가 없어 팔아먹지 못하는 걸 후회하고 있는 장면이다.

내가 뭬랬어. 어쩐지 낌새가 이상타 싶더니 역시! 북쪽 산간지

방에서는 여자가 재산목록의 하나였다니까. 그것도 아주 유용 가치가 있는. 아랫녘에서 여자가 가문을 고스란히 갖고 시집가는 것에 비하면 이건 아예 여자의 개체가 인정되지 못하는 세계가 아닌가 말이다. 게다가 아랫녘 여자들은 고집이 또 얼마나 센가. 툭하면 친정 가문이 어쩌고저쩌고 해서 쉽게 막 잡을 수도 없었을 거다. 물론 가문이다 뭐다는 그런 게 있는 데서나 그랬을 터이고 아랫녘에서도 가난한 사람들이야 어디 그랬겠나. 그렇지만 자기 처에 대한 책임 소재야 분명했을 터. 그런데 자기 처를 내다팔다니. 그러고 보면 여자들은 편했겠다. 까짓거 더 나은 데로 못 이기는 척 가버리면 그뿐, 죄의식도, 아내 된 도리나 지조니 정절이니 하는 따위로 속박당하지 않아도 됐을 테니까.

원 세상에! 아내를 파는 데 계약서 쓰고 있다. 아무리 내 할아비 증조할아비 적에도 이런 얘기 있었다는 말 듣지 못했는데 이건 너무 기상천외다. 재가만 해도 욕 직사하게 얻어먹고 친정엔 아예 발길도 할 수 없던 시대 아니었던가. 칠십, 팔십 된 할머니들도 자신이 재가해 사는 걸 죄로써 품고 사는데 멀뚱하니 처분만 기다리고 앉아 있는 아내나 그런 아내를 팔기 위해 계약서를 쓰고 있는 남편이나 정말 어지간한 사람들이다.

또 모르지. 뒤에 가서 〈산스골나그네〉처럼 얘기가 뒤집어지는 게 아닐까. 역시! 아내가 팔려 가는 장면에서 남편의 동정이 좀 수상쩍구나. 이거 복선 같은데. 아니나 다를까…… 하하.

소장수는 똑똑하고 이쁜 여자를 사갔으면 잘 간수하며 재미있게 살 생각을 했어야지, 뭐 술장사를 시켜 볼 생각을 했다고?

여자를 들병이 만드는 일은 작품마다 빠지질 않네. 여자는 살림 밑천이라 그런 얘기렷다. 능청과 시치미의 해학이 더해 가고 박진감도 있구먼. 가을날 마을에서 일어난 사건치곤 꽤 시니컬하다. 가을 묘사 또한 압권이다.

〈두꺼비〉: 1936년 3월 《시와 소설》(구인회)

아하. 그가 산에서 몇 번 말한 적이 있는 박록주라는 기생과 김유정과의 사랑 얘기인 모양이구나. 이 작품이 자전적 소설인 듯. 긴장된다.

옥화라는 기녀에 대한 사랑. 두꺼비라는 질 나쁜 기생오라비한테 당하는 얘기군. 그래도 옥화가 늙어 자기밖에 올 데가 없도록, ─ 늙어라, 늙어라, 고 만물이 늙기만 마음껏 기다린다. ─는 끝 장면이 인상 깊다.

하긴 남자들이 가장 쉽게 접근할 수 있는 여자가 당시로서는 기생밖에 더 있었겠나. 당시 여학생은 함부로 접근하기 어려웠을 터. 기녀는 우선 복잡하고 어려운 과정이 필요 없이 돈만으로 맺어질 수 있고, 게다가 그네들은 연애니 사랑이니 하는 것만을 위해 사는 인생이 아니던가. 그런데 그렇게 시작한 사랑이 생각보다 쉽지 않으니까 점점 열불이 날 수밖에. 여하튼 이것이 작가의 자전적 이야기라면 김유정 이 양반 정신상태, 이거 문제가 심각하구먼. 영어 시험 얘기가 자주 나오는 것으로 미루어 학생 신분이 분명한데……

사실 그 무렵, 즉 스무 살서 서른 살까지 나의 수입은 아주 좋았다. 한 달에 적에도 5, 6백 원이 생겼다. 이 무렵의 쌀 한 가마 값은 4원 5십 전이었다. 돈이 많이 생기자 자가용차를 전세 내어 타고 다녔다. 한 달에 월세가 1백 원이었다. 동생들의 학비도 내가 댔다. 그런데 성격 탓인지 돈을 저축하지를 못했다. 김성수 씨나 나중에 사귄 조병옥 씨 같은 분은 수시로 "녹주, 돈을 너무 헤프게 쓰지 마라."고 충고해 주곤 했다. 그러나 나는 그 말을 한 귀로 흘리며 있는 돈은 무턱대고 쓰면서 한평생을 살았다.

—박록주, 〈나의 이력서〉 ⑫(한국일보, 1974. 1. 23.)

스물두 살이던 1926년 가을 나는 두 번째로 일본 '오사까'에 있는 '오케' 레코드회사에 취입하러 갔다. 이때의 일행은 6·25 때 월북한 신불출, 창으로는 박중근 씨와 서도 소리를 잘 하는 박 모 씨, 가야금의 김종기 씨, 신파연극 배우인 신운봉 씨, 조선극장 변사인 김 모 씨 등 복잡한 인원 구성이었다.

—박록주, 〈나의 이력서〉 ⑬(한국일보, 1974. 1. 24.)

〈봄밤〉: 1936년 4월 《여성》(조선일보사)

2백 자 원고지로 고작 다섯 장 정도의 소품이다. 코믹 콩트. 가난한 두 처녀가 사진(그 시대는 영화를 활동사진이라고 했을 거니까)을 보고 돌아오는 골목길에서 당하는 봄밤의 해프닝이다. 황금에 약한 인간 심리를 그릴 생각이었나?

〈이런 음악회〉: 1936년 4월《중앙》(조선중앙일보사)

이 작품 역시 소품. 돼지고기 만두를 사 준다는 바람에 음악회 응원에 참가한다고? 바이올린 연주 이야기가 나오고 재청 재청 하는 분위기며 서양 음악에 대해 생소한 감정 묘사가 실감난다. 짧지만 황철이란 친구의 성격이 잘 그려졌다.

〈동백꽃〉: 1936년 5월《조광》

낯익은 작품. 생강나무의 그 동백꽃! (산행 때 생강나무를 찾는 습관이 생겼다. 내년 봄은 그 노란 꽃을 보게 되겠지. 유정도 함께 볼까?)

이 작가는 꽤나 능청스럽다. '점순이'의 적극적인 사랑 표현을 알아차리지 못하는 '나'의 우둔함을 통해 독자들을 즐겁게 하고 있다. 그러나 자세히 보아하니 '나'의 그 어리석음은 다 계산된 것이 아닌가. 소작인의 아들로서 마름의 딸을 함부로 다뤄서는 안 된다는, 계층 간의 갈등과 그 비애까지 넌지시 비추고 있기 때문이다. 하하, 닭싸움이라. 춘천지방 민속놀이로 닭싸움놀이가 아직도 이어지고 있는지 궁금하다.

비속어가 참 실감나게 구사되는군. 열여섯 살 〈봄·봄〉의 점순이보다 키가 더 크고 걱실걱실한 성격의 열일곱 살 점순이의 사랑 표현의 그 적극성이 마음에 든다. 알싸한 동백꽃 향기 속에서 서로 겹쳐 하나가 되는 그 의식의 묘사는 또 얼마나 일품인가.

——……나의 몸둥이도 겹쳐서 쓰러지며 한창 피어 퍼드러진 노란 동백꽃 속으로 푹 파묻혀 버렸다. 알싸한 그리고 향긋한 그 내음새에 나는 땅이 꺼지는 듯이 왼정신이 고만 아찔하였다. —

내 나름대로 판소리를 이해하는 도별의 점수를 따져보면 전라
도가 우등, 경상도는 보통이고 경기도와 함경도는 약간 이해하
는 편이다. 나머지 평안도 황해도 강원도는 거의 백지상태라고
해도 과언이 아니다.

……사실 판소리를 이해하고 좋아한 김성수 씨, 박영칠 대감,
김용무 변호사, 백인기 씨 등이 전라도 출신이었다.

—박록주, 〈나의 이력서〉⑭(한국일보, 1974. 1. 25.)

작가는 자신이 쓴 작품 속 인물과 얼마나 일치할까? 작가의
분신들이니까 그 등장인물들을 통해 작가를 들여다볼 수도 있
다는 생각을 한다.

작가는 수없이 자신을 변형시키고 변혁시키려는 탤런트적 노
력을 하리라. 자신을 탈피하려고, 자신의 모습을 버리려고, 때로
는 철저하게 자신의 모습이려고 할는지 모른다. 작품을 통한 그
현란한 변신은 얼마나 재미있을 것인가.

작품을 다 읽지도 않았는데 김유정의 여성관에 대해 말하고
싶어진다.

작가에 대해 전혀 모르면서 그 작품만 읽고 작가의 생각을 더
듬어 본다는 일이야말로 소설 읽기의 즐거움이 아니겠는가. 작
가의 전기적 사실을 알고 작품을 읽게 되면 그것은 이미 선입견
이 되어 비밀의 뚜껑을 여는 재미를 다 잃게 될 것이 분명하기
때문이다.

김유정의 작중 인물은 수가 적고, 활동범위도 좁다. 이야기도

짧고 단순하다. 그만큼 혼탁하지 않고 명징한 샘물 같아 차고 깨끗하다. 작품 속에 역사적·시간적 배경이 설정되어 있지 않다는 것이 김유정 소설의 특징으로 보인다. 어느 시기, 어느 상황을 배경으로 했다는 기록이 전혀 보이지 않는다. 그런데도 그의 소설에는 그 시간적 배경과는 관계없이 당시의 사회상이 비수처럼 박혀 있어서, 그의 글이 사회를 반영하는 거울로서의 효용 가치를 충분히 발휘하고 있다는 생각이다. 즉 작품 속에 시간적 배경은 없어도(사실 소설이 반드시 그래야 할 필요도 없으리라. 그런 것이 무시될 수 있으니까 픽션이 아니겠는가) 그 사회 보여 주기의 풍자적 요소가 충분히 들어 있다는 뜻이다.

김유정은 좁은 무대를 쓴다. 사회를 축소해서 어느 가정 이야기 속에 하고 싶은 이야기를 작지만 날카롭게 콕 박아 넣었다. '마이크로 노벨레'(이건 내가 만든 말이다.)같이 깔끔하고 분명하다.

〈봄·봄〉〈동백꽃〉 등에서 청춘남녀를 등장시키고, 나머지 소설 속에는 노총각과 이낙네, 그러니까 좀더 성숙한 남녀가 등장하고, 더 뒤에서는 막 결혼한 부부를 등장시키고 있다. 아직 못 읽은 작품 중에 노인 부부도 나올는지 모르겠다.

그는 주변 인물들을 과감히 잘라 버리고 핵만 남긴다.

김유정은 결혼 후 많아야 2, 3년쯤 된, 이제 젖먹이 어린애 하나쯤 있는 젊은 부부를 등장시키는 일에 신명을 낸 것 같다. 젖먹이 하나쯤 있는 여자?(하하, 괜찮아!) 그가 바라보았던 그의 여자(김유정은 분명 남자니까)는 종합적으로 어떤 이미지를 갖고 있는가. 영리하지만 다소 거칠고, 억척스러운 여자. 간혹 '얼굴이 반반하다'고도 표현하고 있지만 그다지 빼어난 미인은 아닌 듯. 두메산골에 걸맞은 그런 여인네들로 철저하게 세련돼 있지 않다. 옛 소설이나 요즘 작가들의 작품에 등장하는 여자들은 뭔가 남다른 매력과 기품이 있거나 양반의 후예라는 둥 그 싹수가 만만치 않음을 은근히 과시하고 있게 마련인데, 김유정에 이르러서는 천만의 말씀. 철저하게 막돼먹은 따라지 여인네들이다. 작가들이 은근슬쩍 독자들의 여자 주인공들에게 갖는 그런 환상에 맞추는 인물을 그려내는 것과는 달리 김유정의 인물들은 그런 품위와는 거리가 멀다.

김유정은 여인들의 외모를 별로 묘사하지 않는다. 독자가 그냥 어림짐작으로 그 외모를 상상해 낼 수밖에 없다. 〈안해〉에서야 마누라를 꼬집어 그려야 하는 것이니까 외양 묘사가 어느 정도 나온다. 인물 묘사 방법으로 김유정은 대화를 절묘하게 구사한다. 김유정 소설 속 대화는 그 사람 됨됨이를 보여 주는 일에 아주 적확하게 쓰이고 있다.

김유정의 작품에 나오는 여성은 성의 즐거움과 많이 결부되어 있다. (물론 결혼이니 돈이니 하는 것으로 막음이 잘돼 있지만.) 김유정은 혹시 닫힌 성 때문에 시달리기라도 했는가?

김유정의 여자들은 성 개방 쪽으로 그려지고 있다. 그가 주로 만날 수 있던 여자들이 주로 기녀나 들병이들이어서 그랬을까. 아니면 원래 여자를 신뢰하지 않은 것일까. 아니면 자신의 무능 탓인가. 김유정은 결혼했는가? 혹시 여성 콤플렉스?

김유정의 여자는 한 남자에게 온전히 소유되지 않는다. 그는 여자에게 엄청나게 많은 것을 요구하고 있다는 생각도 든다. 아니면, 그 반대로 아무것도 요구하지 않은 것인지도 모르지. 혹은 여자에 대해 주눅이 든 형편이었는지도. 그래서 여자에게서 상처받을 것이 두려워 아예 체념을 했던 것일까.

그의 여자들은 끝내 돌아온다.

김유정의 여자들은 지아비 아닌 남에게는 마음을 주지 않는다. 그저 돈 때문에 잠시 몸을 내맡길 뿐, 그 여자들은 반드시 돌아온다. 결국 내 것임이 분명한 여자. 그러나 살뜰한 사랑으로 돌아온다고 말하지 못하고 있다. 아예 그런 애틋한 사랑 같은 건 없다는 편이 옳을 게다. 그러고 보면 김유정은 남녀 사랑에 대해 무지무지한 회의론자일 수도 있다. 남녀란 그저 편리에 의해 짝을 이뤄, 지지고 볶고 사는 그런 관계로 생각한 것은 아니었는지.

돌아오는 여자. 그러나 여자가 깨끗이 돈과 거래하고만 돌아온다고 믿는 것은 얼마나 착각인가. 아니면 애당초 믿지 않는 것인지도 모르지.

김유정이 여자를 먼저 버린다? 왜? 자존심? 김유정의 여자는 그만의 것이 될 수 없었는가? 그래도 자신을 사랑하고 있으리라 믿었을까. 그것이 얼마나 불안한 믿음이었을까. 확실히 내 곁에 있기만 하면 된다고 생각한 것일까. 그 불안함으로 김유정은 여자에게 제 것이 확실히 되어 주길 바랐을까. 모두가 양보하지만 가장 확실하게 가장 맨 나중에 승리하기를 원했을까. 그런 생각에 이르기까지 그는 얼마나 체념했고 얼마나 아팠을까.

어쩌면 김유정은 여자에게 잘해 줄 수 없을 정도로 자신이 못났다고 생각하고 있었는지 모른다. 그리하여 자학 속에서, 비열한 남자가 되어 작중 인물로 등장한 것일까. 그리고 자학하듯 뭇 남자 속에 자신의 여자를 던지고, 스스로 담금질한 것은 아닐는지.

아니면, 그는 주변의 배운 친구들의 비열한 꼬락서니를 본 것일까. 그래서 당하는 여자에게 동정을 했을까. 왜냐하면 정상적인 부부는 그런 경우가 드물기 때문이다.

어쨌든 김유정은 여자에게 따뜻하다.

얼마나 관대한가. 여자는 무죄다. 남자가 여자의 삶 모두를 조종한 것이기에 그렇다.

남자가 우위에 있는 거야 남과 북이 같겠지만, 수직으로 보아서, 북쪽에선 여자가 귀했을 터. (강원도는 분명 북쪽이다.) 여자가 귀하니까 매물처럼 다룬 것이 아니겠는가. 남쪽에는 여자가 많고, 여자에게 가하는 모럴이 아주 셌다. 북쪽 같으면 혼자 사는 과부들을 많이 구제했을 터. 강원도의 그런 풍토 속에서 자랐기 때문에 작가가 여자에게 그처럼 관대(별로 좋은 감정으로 쓰는 말이 아니다.)한 것은 아닐까. 그래서 여자는 은연중 성의 긴급대책 수단이 아니었겠는가. 모럴에서 다소 관대하면서까지. 일회용으로 편리하게 써먹기 위해서. 빌어므!

이도 저도 아니면, 김유정은 여자에 대해 가학적 성애를 가졌는가(떠도는 영혼, 유정이 이 말을 들으면 어떤 표정을 할까). 그 가학적 성애가 역으로 사디즘으로 나타난 것일까. 갑자기 이상의 〈날개)가 생각나네. 이상의 성 개방은 자신을 먼저 버리고 생겨난 것 같던데. 표현이 틀렸나? 이상의 성 개방은 자신을 먼저 개방시켰다는 이 말.

김유정의 여자는 생활력이 있다. 이 점은 대단하다. 김유정은 가난했는가. 가난의 비정함을 절감한 것인가. 사랑도 모럴도 가난 앞에서는 속수무책이던 일을 체험이라도 한 것일까. 그래서 그는 남자들을 소설 속에서 부서질 대로 부숴 놨단 말인가.

젖먹이를 가진 여자. 생활력도, 성애도, 모성애도 고루 다 갖춘 여자. 돈을 벌 때는 어머니고, 품에 안기거나 질투하거나 발끈할 때는 아내요 애인이며, 무지하여 기대 올 때는 불쌍한 자식이고, 영리한 변통을 해댈 때는 귀여운 여동생이거나 누님이고, 남의 남자 품에 안긴 뒤 돌아올 때는 낯선 느낌의 바람난 여자……. 이런 여자는 남자가 책임질 필요가 없이 이웃 누님 흠모하듯 할 수 있고, 남편과 새끼 있는, 젖이 나와 싹을 틔우는 대지 같은 여자일 것이다.

그렇게 김유정은 완벽하게 파묻힐 수 있고 안전하게 물러날 수 있는 수많은 얼굴의 집합체로서 젖먹이를 가진 들병이를 곧잘 떠올린 것이 아닐까. 책임감 없는 무능한 남자에게 딱 들어맞는 여성상으로는 제격이 아닌가. 가만히 앉아서 열 가지의 여성상을 즐길 수 있으니 얼마나 좋을 것인가. 밸 하나만 쏙 뽑아 던져 버린다면야.

혹시 김유정은 모성 결핍이 있던 건 아닐까. 어머니를 일찍 여의었다는 얘길 유정에게서 들었던 것 같다.

내 나이 스물넷이 되던 1928년 봄에 인사동에 있는 조선극장에서 팔도 명창대회가 열렸다. 전국의 명창들이 모두 출연하다시피 한 이 공연에서 나는 재창, 삼창, 사창을 하기에 이르는 인기를 얻었다. 이 무대는 평생의 그 수많은 무대 가운데서도 가장 잊지 못할 무대가 되었다.

그 공연이 끝나자 세 사람의 남자가 나를 찾아 주었다. 한 분은 인촌 김성수 씨의 생부인 김경중 영감이었고, 또 한 사람은 나에게 남자가 무엇인지를 가르쳐 준 사천 사람 신 씨였으며, 세 번째 사람은 연희전문학교에 다니던 김유정이라는 학생이었다.

—박록주, 〈여보, 도련님, 날 데려가오〉(《뿌리깊은 나무》, 1976. 6.)
※ 한국일보의 〈나의 이력서〉에는 두 사람이 찾아온 것으로 나와 있다. 즉 박록주의 본격적인 사랑이 이루어지는 조선극장 지배인 신 씨가 언급되어 있지 않은 것이다(필자 주).

그 사건 속에 말려들어갔던 오봉산 산행 때도 나는 차를 가지고 갔다. 차 시간 맞추기도 쉽지 않은 데다 버스 터미널이나 기차역까지 가기 위한, 그 지옥 같은 대중교통 이용하기. 정말 아니꼽고 더러워서 차를 샀던 게 아니냐. 그런 편의에서 시작된 차가 우리들 만남의 기동력으로 십분 활용되었다. 내 차를 소양댐 주차장에 두고 유정의 포니로 배후령 정상쯤까지 가 거기서부터 청평사로 넘어가는 등산로를 타고 내려갔던 것이다.

그날 유정은 자신의 낡은 포니를 고개 정상쯤에 세워 두면서 말했다.

포오가 요즘 아주 신명이 났습니다. 지금까진 이 녀석 이름이 '야, 임마'였거든요.

어릴 때부터 나는 이름 붙이기를 좋아했다. 가지고 놀던 인형, 새로 산 연필이나 필통에도 예외 없이 이름을 붙였다. 또또, 통통, 잘룩, 짤랑, 동동이 등 주로 그 사물이 주는 이미지를 의성어나 의태어로 나타내는 이름 붙이기였다. 내게서 이름을 받는 순간부터 그것들은 존재했다. 내가 이름을 붙이지 않는 것은 존재하는 것이 아니었다. 그런 의미에서 나는 톨스토이가 인도주의자로 아주 적격이라고 생각했다. 《전쟁과 평화》에서 그는 1백 명이 넘는 등장인물들에게 각기 개성을 주는 이름을 붙였기 때문이다. 작가들은 다 작명가다. 작명을 잘한 만큼 그네들은 인간적일 것이라고 생각할 수 있지 않을까. 그렇다면 카프카는 《성》에서 K라는 약자로 된 익명을 썼다. 그러니까 카프카는 그의 천재성만큼이나 비정한 비인도주의자라는 말이 되렷다?

연엽산 산행을 끝낸 뒤 우리는 이미 해 넘어간 의암호변 자살섬 낚시터의 매점에서 잡어 매운탕을 시켜 놓고 마주 앉았다. 저녁 물가는 썰렁했다. 아직도 이내처럼 남아 있는 호수 위의 푸르스름한 기운이 사위를 어렴풋이 드러냈다. 어둠 속 만수가 된 호숫물이 찰싹찰싹 기슭을 핥고 있을 뿐 낚시꾼들의 낚시를 위해 띄워 놓은 뗏목 좌대에는 사람이 보이지 않았다.

"내가 어렸을 적만 해도 춘천엔 호수가 없었어요. 여기두 마찬가집니다. 중도 저쪽으로는 북한강이 흐르고 이쪽으론 소양강이 흘러 바로 저쯤에서 합류했지요. 그 합류하는 지점이 호수가 된 뒤에도 남아 있어 사람들은 그게 붕어처럼 생겼다고 붕어섬이라고 불렀지요. 키를 넘는 갈대와 부들이 무성했지요. 버드나무 등 잡목들까지 우거져 그대로 물속의 원시림이었지요. 개발인가 쇠발인가 한다고 파헤치기 전인 지난해까지만 해도 철새는 물론 꿩이 수백 마리 날아오르는 게 정말 장관이었지요. 그런데 지금은 그걸 다 없애 버렸지요. 이건 자연 파괴 정도가 아니라 저곳을 기억하고 있는 사람들 모두의 꿈을 빼앗아 버린, 도저히 용서받지 못할 범죕니다.”

검봉 산행에서 어느 골프장 공사 현장을 내려다보며 흥분하던 그런 격앙된 말투였다. 유정은 이 고장을 정말 사랑하고 있구나. 나는 문득 유정의 빈 술잔에 술을 따르고 싶다는 충동을 느꼈다. 직장 동료들은 나한테 여자로서의 그런 매너가 없다고 했다. 남자가 좋아하는 그런 격식 차리기를 전혀 몸에 익히지 못했다는 공박이었다. 나는 술잔을 받은 뒤 되돌릴 줄도, 상대의 빈 잔에 술을 따르는 일도 익히지 못했던 것이다.

화난 얼굴 표정과는 달리 유정은 술 마시는 일을 즐기고 있는 것처럼 보였다. 그는 내게 억지로 술을 권하지 않았다.

“지난번 오봉산에서 만났던 그 사람들 어떻게 됐을까요?”

내가 불쑥 말했다. 실은 산행이 시작될 때부터 그 이야기를 하고 싶었다. 어쩌면 나는 그동안 가위눌림처럼 그네들 생각에 짓눌려 보냈는지도 모른다. 나는 왜 그네들을 잊지 못하는가. 왜 괴로워해야 하나. 분명한 것은 그 사건이 과거형이 아니라는 사실이다. 그네들은 지금 이 시간도 고뇌의 깊은 늪에서 허덕이고 있을 것이 분명하기 때문이다.

"사실은 나도 궁금합니다. 그게 내 경우였다면 나는 어떤 결단을 내렸을까…… 그런 거지요."

"무슨 결단인가요?"

"그 사건 같은 건 아예 없던 것으로 하고 더욱 사랑하게 되거나 아니면 아주 남남으로 돌아서게 되는 그런 결단이겠지요."

"그러나 여자는 단 한 가지만을 생각할걸요."

"남자라고 다르겠습니까. 그러나 이상과 현실이 그래서 다르다는 거 아니겠습니까. 문제는 마음인데, 그 사건이 그 사람들의 마음을 그냥 내버려 뒀을 리가 없다는 겁니다. 끈끈하게 잘 결속되었던 부부도 그런 일로 가정을 여지없이 파탄시키지 않습니까. 적어도 그 일이 두 사람의 사랑에 재를 뿌린 것만은 부정해서는 안 될 것입니다."

"남자들이란 참 편리하군요. 자유로워요. 너무너무 비인간적인 자유, 그 비열함……"

나는 흥분하고 있었다.

"그 사람들한테 사랑이 필요한 건 바로 지금이에요. 아무 장애도 없는 상태에서의 사랑은 다분히 이기적일 거예요. 그러나 한쪽이 궁지에 몰렸을 때보다 인간적인 이해로 접근하는 그런 게 참사랑이 아닐까요. 상처 입은 사람이 필요로 하는 게 뭐겠어요. 지금 여자가 필요한 게 바로 그런 이해와 위로의 마음이지요."

"그런 사랑이 어렵다는 겁니다. 사랑이 어디 억지로 되는 겁니까?"

"그게 문제예요. 아름다울 때, 순수한 것만 원하는 그것이 사랑이라고 생각하는 남자들의 그 고루한 생각. 여자를 한낱 성적 도구로밖에 생각하지 않는다는 게 문제예요. 우리나라 남자들이 그렇다는 얘기지요. 그런 못된 인습에서 벗어나야 해요."

"세상이 변했다고 해서 그 인식이 쉽게 바뀔 수 있겠습니까. 예로부터 우리는 여자의 정절을 가장 아름다운 미덕으로 신봉해 왔잖습니까. 그걸 하루아침에 바꾸라는 건 옳지 않습니다."

"정절의 미덕이요? 누구를 위한 거죠?"

"분명한 건 아직도 우리 사회가 여자의 정절을 귀중한 가치 기준으로 삼고 있다는 현실입니다."

누구의 무엇을 재기 위한 가치? 그러나 나는 입을 다물어 버렸다. 내 앞에 막아선 아득한 절벽을 본 것이다. 무지하고 원시적인 우리나라 남성들이 좀더 세련된 여성관을 가질 수는 없을까. 그것이 안 되면 나는 결코 아들을 낳지 않으리라. (그러고 보니 아들을 낳겠다는 말 같지만 내게 아들은 없다!) 남자를 사랑할 수 있지만 남자는 결코 우방이 아니다. 남자와 여자는 때로 애정으로 결집되지만 그것은 곧장 전쟁으로 맞서는 적으로 발전된다. 남자와 여자의 관계는 긍정적으로는 사랑, 부정적으로는 투쟁이다. 서로의 이득, 권리를 위해서 싸우는 관계인 것이다.

그러나 여자끼리는 아니다. 거기엔 우정이 있어야 한다. 결코 적이 돼서는 안 된다. 나는 여자로서, 여자의 본능으로 오는 치욕감을 애써 누르면서 그날 오봉산에서 널브러진 그 여자를 다독거려 일으켜 세웠던 것이다. 그런데 지금 그 여자는 적진 속에 있는 것이다. 나는 형용하기 어려운 연민으로 가슴이 떨려 왔다. 요즘 내 가위눌림의 정체는 바로 그거였다.

"유정, 뭐 물어도 되겠지요? 그날 그 여자가 사내들한테 당한 거하고 그런 장소에서 그냥 칼에 찔린 것하고 뭐가 다른가요?"

"무슨 뜻입니까?"

"칼에 찔렸으면 정절을 그대로 가지고 있는 것이고, 몸을 버렸으면 정절을 잃은 건가요. 몸이 어떻게 됐다고 해서 그 여자의 마음이 어떻게 돼야 하는가 그런 말이에요."

"무슨 얘긴지 이해가 갑니다. 그러나 남녀관계는 언제나 상대적입니다. 그런 때 남자의 마음이 문제된다는 거 아니겠습니까."

"그 알량한 남자의 마음이란 게 돼먹지 않았다 그거예요. 여자의 몸은 꼭 한 남자만을 위해서 존재한다고 생각하는 것부터가 틀렸다 그거예요."

"성 개방을 주장하시는 겁니까."

"성은 개방하지 않아도 인류 역사 이래 다 개방돼 있었어요. 개방돼 있는 것을 억지로 개방되지 않았다고 믿으려 하는 그 관념과 그것을 옭아매려는 온갖 생각들이 문제란 거예요."

유정이 술잔을 든 채, 내 눈을 곧바로 쳐다봤다.

나 역시 아무런 꿀림 없이 맞바로 쳐다봤다.

"하리. 나는 지금도 그 생각이 유효합니다."

"네?"

놀랍게도 그의 눈이 웃고 있었다.

"그 볼에 이 손등을 대 보고 싶다는 생각 말입니다."

어처구니가 없어, 나는 하하 웃었다. 어떻게 저리 천연덕스레 말할 수 있단 말인가. 더구나 겁도 없이 맞바로 바라보면서.

"아니요. 이런 어둔 장소에서 그런 일이 벌어질 수는 없지요."

농으로 받았지만 나는 얼굴이 화끈거려 얼른 눈길을 돌렸다.

"유정, 다음 월요일 산행 계획이 있으세요?"

내가 물었다.

"월요일은 늘 함께 있었잖습니까."

"저는 다음 월요일 치악산에 가기로 했어요."

"나를 초청하는 게 아니군요."

"몇 년 전 추억을 건지러 가는 건데 괜찮으시다면 동행할 수도 있어요."

휴우. 가슴이 떨렸다. 내가 남자를 이런 식으로 유인하다니. 놀라운 발전이다. 왜 하필 치악산이 떠올랐는지 모른다. 물론 치악산에 가본 적은 여러 번 있었지만 이렇다 할 추억거리가 있을 턱이 없었다.

이때에 만난 김경중 영감은 돌아가시기 전까지 줄곧 내가 사는 모습을 지켜보시고 여러 가지로 도와주셨던 고마운 분이시다. 신 씨는 바로 조선극장 지배인이었다. 그때에 나이 서른넷으로 나보다 열 살이 위였다. 첫눈에 허위대가 멀끔하고 잘생긴 미남이었다. 나중에야 알았지만 그 사람은 장안에서도 소문난 난봉꾼이었다.

그는 지금의 종로구청 자리에 있던 천향원이란 요릿집으로 자주 나를 불렀다. 나는 처음부터 그가 부르는 것이 싫지 않았으며 오히려 만날수록 새로운 정이 솟는 것 같았다.

—박록주, 〈여보, 도련님, 날 데려가오〉(《뿌리깊은 나무》, 1976. 6.)

학원은 호황이었다. 이 시대 학원은 교육정책 위에 군림했다. 현장의 학교교육은 사설학원의 눈치를 보며 질질 끌려다녔다. 확실한 것은 돈의 효용적 가치와 가르치는 자의 전문적 기술이었다. 주문받은 제품을 잘 만드는 일 외의 다른 것은 모두 학원과 무관한 것이었다. 학원 강사들은 학교 교사일 때의 스승으로서의 자긍을 갖는 대신 군더더기 없는 지식 팔기의 그 기술을 신봉했다. 강의를 받는 학생들의 눈빛에서 그것을 느낄 수 있었다. 아이들은 정에 굶주려 있으면서도 깊은 피해의식으로 하여 항상 눈에 경계의 빛을 풀지 않았다.

내가 가르치는 학생들은 주로 재수생들이었다. 외양으로 볼 때 그네들은 활기찼다. 특히 집단으로 모여 있을 때 그네들은 양처럼 양순했다. 그네들이 어두운 골목을 걸어가는 모습이 자꾸 어른거렸으나 그것도 잠시였다. 나는 그네들을 학교 현장에서 보던 아이들과 그 어떤 시각으로도 구분해 보기 어려웠다. 그것이 학원 생활에 아직 적응하지 못하고 있다는 결정적 증거였다.

수학 선생인 내 강의는 늘 일탈했다. 가르치다 말고 곁길로 들어서고 있었던 것이다. 그러한 내 일탈을 은근슬쩍 흠모하는 아이들이 더러 있었다. 그 아이들이 가끔 면담을 원했다. 아이들은 내 빈자리에 자신들의 고뇌를 부려 놓고 쉬고 싶어 했다.

여자아이 하나가 아이를 뱄다고 내 얼굴을 빠끔히 쳐다보며 말했다. 그래서 날보고 어쩌란 말인가. 나는 갑자기 할 말을 잃었다. 그렇지 않은가. 여성을 노예로 생각하는 우리의 현실에서 내가 그 아이에게 해줄 말이 무엇이 있겠는가. 아이 애비가 어떤 사람이냐, 결혼을 할 그런 처지는 안 되느냐. 부모가 알면 어떻게 나올 것이냐 등등 그따위 상투적 질문이나 받기 위해 내 얼굴을 쳐다보고 있는 아이가 아니잖은가. 물론 결혼을 할 처지가 못 될 것도 뻔했다. 그 아이를 둘러싼 것은 오직 높다란 벽뿐일 것이다.

내가 그 아이에게 해줄 수 있는 가장 현실적인 것은 안전한 낙태의 방법이었겠지만 나는 그 아이보다 나이만 더 먹었을 뿐 성에 대해서는 더 무지했기 때문에 그것도 불가능했다. 나는 그냥 그 아이의 손을 오랫동안 잡아주었을 뿐 어떤 해결책도 제시하지 못했다. 그 아이나 나나 속수무책의 높은 벽 속에 갇혀 있기는 매한가지였기 때문이다.

2년 전 겨울방학 때 나는 언니의 초청으로 독일 여행을 했다. 그 여행은 내 가족과 이 사회와 이 땅으로부터 벗어나려는 나의 반란이었다. 중간에서 애를 먹은 것은 언니였다. 빈말로 한번 놀러 오란 말을 한 것을 언니는 내내 후회했다. 어떻든 나는 독일에서 지난 세월 언니와 함께 생활하던 때 하지 못했던 많은 얘기를 나눴다. 언니는 한국에서보다 오히려 반서구적 사고로 덮여 있었다. 언니의 체질에 그네들의 생활이 맞지 않는다고 했다. 언니는 한국사회의 무수한 간힘 속에서 길들여진 것들을 향수로

지니고 있었다.

"언니, 그건 노예근성이에요."

내가 그렇게 못 박아 면박을 주어도 언니는 못 말렸다.

"너는 노예가 얼마나 편한 줄 알아?"

언니는 의무만 있고 권리를 깡그리 포기하고 사는 많은 한국 여성들의 그 선택이 얼마나 행복할 것인가를 역설했다. 즉 자기 삶의 방식을 버리고 남의 눈을 위해서 사는 그런 삶이 행복하다는 주장이었다. 언니는 일에 바쁜 형부가 가정에 소홀한 일로 심사가 매우 좋지 않은 상태였던 것이다.

그러나 언니 집에 머무는 한 달 동안 나는 독일에서 많은 것을 보았고 느꼈다. 그들은 남의 눈 때문에 여름날 겨울 코트를 입지 못하는 그런 획일화된 옷 입기를 넘어서 있었다. 문득 생각난다. 옛날 장발 단속, 그리고 교단에서 흔히 들었던 교사의 품위 손상이란 낱말들. 권리보다 의무라는 명분 아래 구속하고 또 구속하던 그 작태들. 뚱뚱한 여자들에겐 결코 어울리지 않는 하이힐과 역시 발을 작게 보이기 위해 억지로 신는, 발에 맞지 않는 작은 구두. 그리고 브래지어, 더운 여름날 타이즈 착용, 심지어 거들까지. 우리나라 여성들만큼 자신의 몸매에 자신을 못 가지는 경우도 드물 것이다. 왜 있는 그대로를 보여 주는 일에 그처럼 겁을 먹고 살아야 하는 것일까.

건강미, 자연미보다 형식미에 갇혀 사는 여자들. 무더위 속에서도 짙은 화장에 갇혀 살아야 한다. 나도 화장에 갇혀 산다. 그 갇힘으로부터 벗어났을 때의 남들의 시선을 어찌 견뎌낼 수 있

172

단 말인가. 우리나라 사람들은 왜 자기 자신보다 남에 대해 더 관심을 가지고 산단 말인가. 여성들의 음주와 끽연을 이상한 눈으로 보는 일. 우리는 이런 것에 너무 길들여져 자신들의 자녀도 사회의 눈에 맞춰 기른다. 직업의 귀천도 그래서 생긴다.

나를 찾아왔던 아이는 사회의 눈에서 너무나 많이 빗나가 있기 때문에 그 부모도 용서하지 않을 것이다. 나 역시 속수무책이 아니었던가. 결국 어디까지 가는가. 홀트아동복지회까지 간다. 사회에서 불경시하는 미혼모. 사랑하는 연인들이 어쩌다 속도위반도 할 수 있을 것이고 또 어쩌다 보면 조건이 맞지 않아 서로 갈라설 수도 있다. 그런 경우는 얼마든지 있다. 그럴 때 방법은 분명해진다. 중절수술을 해 뱃속의 아이를 죽이거나 낳아서 몰래 버린다. 남의 아이는 죽어도 못 키우겠다는 것이 우리 사회의 눈이다. 씨받이를 해서라도 내 아이를 키우고 싶어 한다. 그래서 우리의 불행한 아이들은 외국으로 팔려 간다. 싼값으로……. 독일이나 프랑스 아이들은 비싸다. 그것도 수시로 조사를 해서는 그 양부모가 제대로 키우지 못한다고 판단되면 가차 없이 도로 데려간다고 한다. 물론 입양해 간 아이를 변태적으로 대하는 양부모도 있을 것이다. 그러나 제 자식도 학대하며 키우는 가정이 많은 세상에 그 정도의 비정상까지는 들먹일 필요가 있겠는가.

독일 언니네 집 근처 공원에서 독일인 미혼모를 만났다. 스물세 살, 아이 이름은 '필릭스', 두 살.

아이 있어요?

그 여자가 먼저 말을 걸었다.

결혼 아직 안 했어요.

내 대답은 그렇게 나올 수밖에.

아니, 아기요.

그네가 다시 묻는다. 아하, 그제서야 내가 알아듣는다.

우린 결혼 안 하면 아기를 안 가져요.

내 말은 당당하다. 그네는 이해가 잘 안 된다는 듯이 머리를 가로젓다간 다시 말한다. 그네가 더 당당하다.

난 결혼 안 했어요. 그런데 저 아인 내 아이예요.

어디 살지요?

내가 묻는다. 이 여자는 분명 질 나쁜 여자일 것이고, 지금 가출했으리라.

우리 부모와 함께 살아요.

도대체 남자가 없이 어떻게 아이가 있을 수 있는가.

애기 아빠는요?

없어요.

대답은 그것뿐이다. 더 이상 묻지 않기로 한다. 남자는 부권을 포기했으리라.

당당하고 평화로운 그네의 모습. 문득 그네가 묻는다.

당신 나라에서는 소년소녀들이 서로 사랑하다가 아이가 생기면 어떻게 하나요?

나는 그런 일이 잘 일어나지 않는다고 어물어물 대답한다. 그러나 내 속에서는 또 다른 말이 준비된다.

'그런 일이 당신들보다 더 많이 일어날는지도 모른다. 그러나 쉬쉬 감춰지기 때문에 그렇게 심각하지는 않다. 아이가 생기면 죽여 버리거나 버린다.'

두 살짜리 필릭스의 눈이 나를 빤히 쳐다보고 있었다. 나는 부끄러웠다.

내가 언니네 집에 있는 동안 독일에서도 대규모 인신매매단이 잡혔다.

세상에 이 땅에도! 그러나 사실은 그렇지 않았다. '타이'의 굶고 사는 여성들이 자진해서 잡혀 와 남자 독신자들의 짝이 되어 살며 가정부로 일을 하고 돈을 번다는 것, 결코 고국으로 돌아가지 않겠다는 그네들을 당국에서 수시로 찾아와 조사를 하지만 사랑해서 산다고 하지 팔려 온 게 아니란다. 고국에 되돌아가는 것이 겁나 그럴 것이다. '타이'에는 예쁜 여자들은 모두 자가용 속에 들어앉아 있다. 그네들은 몸뚱이와 외모만 필요할 뿐 머리 같은 것은 아무래도 좋다. 어디 '타이'뿐이겠는가. 미개국일수록 다 그렇겠지.

독일의 그 인신매매단 사건도 그렇게 몸뚱이만 가진 '타이'의 별 볼일 없는 여자애들이 인심이 후한(?) 독일로 자진해서 왔다가 생긴 일이다. 차 짐칸에 흔들리지 않도록 묶여 있다가 화재가 나서 불타 죽은 그네들 때문에 독일이 발칵 뒤집혔던 것이다.

그런데 우리나라는 어떤가. 백주대로에서 할머니까지 봉고차에 실려가 팔리던 때도 있었다. 여고생이 잡혀 가 아직 돌아오지 않고 있는 경우는 또 얼마나 많은가. 새우잡이로 잡혀 가 발에

쇠줄을 끌고 살다가 수장당하는 소년들. 대구의 개구리 소년들은 왜 아직 돌아오지 못하고 있는가. 한 해 수백 명의 가출 청소년들. 왜 그네들은 집에 돌아오지 못하고 있는가.

납치돼 간 소녀들은 추행당한 사실 때문에 못 돌아온단다. 무슨 죄를 져서? 이거 정말 문제다. 성폭행, 그거 단순한 강도 사건, 칼에 팔이 찔린 사건 정도로 여길 수는 없는가. 그네들은 죄가 없다. 죄인은 오히려 뻣뻣이 고개 들고 다니는데 당한 그네들은 왜 고개 떨구고 살아야 하나. 그러니까 악당들은 강도질할 때도 신고를 하지 못하게 그 자식들이 보는 앞에서 주부를 폭행한다지 않는가. 권인숙 사건 때도 남자들의 말, '저런 뻔뻔스러운, 시집은 다 갔다.' 그런데 웬 걸, 결혼해서 그네는 잘 산다. 나는 그네를 유관순보다 존경한다. 저 신사임당보다도.

여성을 노예로, 성 도구로 생각하는 우리의 그 잘나 빠진 미풍양속을 이 땅에서 몰아내지 않고는 이 미개한 역사는 발전하지 못한다. 부덕? 정절? 그런 따위를 따지고 앉아 있는 사람들 앞에 그네들은 돌아오지 못한다. 학원에서 나를 찾아왔던, 아이를 밴 그 아이도 영원히 가출하게 되리라. 부모는 물론 아이를 찾는다. 찾는다고? 주위의 그런 따가운 시선과 늘 한패였던 그네들이 가족 이기심으로 자식을 애타게 찾는다고 해서 그 자식이 돌아올 수 있겠는가. 돌아와도 따뜻하게 감싸 주고 용서하기에 앞서 남의 눈 가리기부터 생각하면서 어떻게 그 자식이 돌아오기를 바라는가.

나는 새로운 여성교육을 원한다. 강간당하고 그 고통 속에 있

176

는 여학생이 있다면 어쩌다 재수 없게 칼에 찔렸다고 생각하라. 죄인은 고개를 들고 다니고 피해자는 평생 수치와 정신적 고통 속에 산다는 것은 말도 되지 않는다. 너희가 어미가 되어 딸에게 그렇게 대하지 말라. 그 딸은 한 점의 실수에서 결코 헤어나지 못한다. 나는 학교 선생으로 있을 때 이런 식으로 학생들에게 말한 적이 있었다.

남자들을 바로 키워야 한다. 옷을 정갈하게 입히고 잠자리가 일정하도록 하라. 남자니까— 하면서 바깥으로 나돌게 키우지 마라. 불알 달았다고 우쭐거리게 해서는 안 된다. 그 우월감이 곧 여성의 피해를 조장한다. 이 땅의 어머니들이, 노예들이, 여자들이 그 죄악 만들기에 앞장서고 있다.

나는 그 나이가 되도록 남자란 거저 좋은 옷을 해주고 값진 패물을 사주는 사람쯤으로 여기고 있었다. 동료 기생들이 고학생과 연애를 하는 일이 내 눈에는 야한 불장난으로밖에 안 보였었다. 그러나 젊고 미남인 신 씨를 만난 뒤부터 내 생각은 차츰 달라졌다.

신 씨는 나를 만난 지 달포가 채 못 되어 내게 사랑을 고백해 왔다. 그러나 나는 선뜻 그의 구애를 받아들일 처지가 못 되었다. 원산 남씨(비록 첩실일망정 처음으로 그 사람과 혼약을 맺어 그의 아내가 되었다)를 저버릴 수 없다는 생각 때문이었다. 그러나 나는 반년을 버티지 못하고 마침내 신 씨를 받아들이고야 말았다.

—박록주, 〈여보, 도련님, 날 데려가오〉《뿌리깊은 나무》, 1976. 6.)

어떤 조짐처럼 오던 내 가위눌림의 정체가 가시적으로 드러났다. 유정이 불화살처럼 나를 겨냥해 돌진해 왔던 것이다. 충분히 예상한 일이었고 어쩌면 내 쪽에서 먼저 달려가고 있었는지도 모른다. 그러나 막상 맞닥뜨리고 나자 내 가슴은 차갑게 가라앉았다. 그러나 가라앉은 가슴 그 밑바닥에서 어떤 울림이 일어났다. 네 일은 네가 알아서 하라. 그동안 어둠 속 깊이 숨어 있던 감성의 싹들이 술렁이며 반란을 음모하기 시작한 것이다. 반란은 이미 유정에게 전화번호를 알려 줄 때부터 일어나고 있었다. 나는 내숭은 질색이었다.

치악산을 내려오는 그 험한 돌길에서였다. 문득 치악산 정상에서 함께 본 구절초 생각이 떠오른 순간, 그에게 뭔가 내 마음을 옮기고 싶다는 충동이 일어난 것이다.

"불현듯 누군가와 얘기를 나누고 싶을 때가 더러 있어요. 그럴 때 침묵하고 있는 전화기를 보면 화가 나데요."

마음이 통한 깃인가. 유정의 응수는 빨랐다.

"화가 날 때는 전화를 거십시오. 춘천 오십국에 팔하나삼하나. 낮에는 주로 나 혼자 집을 지키고 있지요."

"아니요. 집으로 전화를 걸 만큼 저는 용감하지 못해요."

"절실하지 않기 때문이겠죠. 절실하면 나는 어느 곳에도 전화를 걸 수 있을 거 같습니다."

"사삼사에 팔구십, 절실할 때를 위해 기억해 두세요."

"남자가 받으면 끊어야 하겠지요."

"때로 제 목소리가 헐크처럼 변할 때도 있을 거예요."

물론 그날 나는 유정이 일러 준 그의 전화번호를 머리에서 날려 버렸다. 아직까지 전화를 걸 만큼 절실한 적이 단 한 번도 없었기 때문이다.

"접니다. 춘천……, 백진우……."

처음 거는 전화 속에서 유정은 매우 쑥스러워하고 있었다. 나는 대번에 그의 목소리를 알아들었다. 그의 이름이 백진우라는 사실도 처음 알았다.

"네, 유정……."

내 목소리가 무척 밝았을 것이다. 전화 벨소리를 듣는 순간 유정을 떠올렸기 때문일 터.

"보고 싶습니다."

"하하……."

웃을 수밖에.

"전화카드를 하나 샀습니다. 그림이 예쁘군요. 삼천 원짜린데 이렇게 카드 그림에 관심을 가져 보기는 이게 처음입니다."

티익, 덜컥. 시간 소멸되는 소리로 시외전화라는 것이 실감되었다.

"하리, 나는 요즘 내가 사용하는 말의 의미적 기능이 대단히 함축적이고 정서적으로 변화되고 있음을 느낍니다. 지금까지 나는 말을 극히 메마르게 써 왔거든요. 그런데 요즘은 내가 쓰는 말이 모두 불같이 살아 움직이면서 상승 이동을 하는 겁니다. 즉 내가 '하리!' 하고 입에 올리는 순간, 그 말은 갑자기 현란한 빛깔을 띠고 오묘한 소리를 내면서 마치 천상에서 울리는 기도 소리처럼 반향을 일으키는 겁니다. 시인들이 시어를 선택해 쓰는 그 신명이 바로 이런 것이 아닐까 싶습니다."

"기분이 무척 좋으신 상태 같은데요."

"그렇습니다. 언젠가 산에서 유정이란 이름을 얻었을 때부터 줄곧 이런 기분입니다. 분명 내 몸속에 어떤 변화가 생긴 겁니다. 우선 말이 완곡해지면서 사람들을 대하는 내 태도가 매우 우호적이라는 사실이 그 변화를 증명합니다."

"우호적이라, 듣기에 따라서는 이제까지 맞서던 사람들과 타협을 시도했다는 뜻으로 해석할 수도 있겠네요."

"사물을 보는 여유가 생겼다는 뜻으로 해석해 주면 더 좋겠습니다. 하리, 지난번 치악산에서 한 말, 후회하지 않습니다."

유정은 술을 많이 마신 것 같았다. 불과 네댓 번에 불과했지만 나는 그가 술이 어느 정도 오르면서 속에서 뭔가 터져 오르는 것을 참아 내기 위해 안간힘 하는 것을 역력히 느낄 수 있었다. 욕구불만인 것이다. 그런데 그 취기의 사내가 신선하게 느껴졌던 것은 어인 일인가. 물론 그는 술을 먹지 않고도 엉뚱한 말을 퉁퉁 잘했다. 치악산 산행을 마치고 구룡사 입구 식당에서 장국밥을 먹고 헤어지기 직전이었다.

'아까 치악산에서 내려올 때 이드 주인이 유난히 작게 보였습니다. 아주 작았어요. 여자가 작게 보일 때 남자들은 성적 충동을 받는다 그 말입니다.'

이 무슨 괴이한! 그 말을 던져 놓고 그는 사라져 버렸다. 그때 그 말을 두고 하는 얘기일 것이다.

"후회는 안 하셨겠지만 그 말이 혹시 하강 작용을 하지 않았을까 전전긍긍하신 건 분명하군요."

전화기 속에서 경보음이 울렸다. 돈이 다 됐다는 신호일 것이다. 그가 무슨 얘긴가를 더 하고 있을 때 전화는 끊어져 버렸다. 그는 길에서 삼천 원을 버린 것이다.

"하리, 접니다. 다시 카드를 샀어요. 아, 여기 그림이 있습니다. 하늘에 구름이 빠르게 흘러가는군요. 그 밑으론 소나무 있는 산이 조금 보여요. 댕기를 맨 처녀 둘이 그네를 타고 있군요. 얼마짜린지 아십니까?"

"이천 원짜리 카드 한 장을 샀던 기억은 있지만 그림은 기억에 없어요."

"전화를 많이 걸지 않습니까?"

"많이 걸지도 않지만 공중전화에 매달려 시외전화를 걸 만큼 절실한 용도도 없었던 것 같아요."

"절실할 때 전화 걸어도 좋다고 했잖습니까?"

"후후, 얼마짜리예요? 그네 뛰는 그 그림."

"오천 원짜립니다."

"그 정도면 얘기할 시간이 있네요. 드디어 사건이 생겼어요."

"춘천엔 지금 비가 내립니다. 유정이 빗속에서 하리한테 전화를 거는 겁니다. 이거보다 더한 사건이 또 있습니까?"

"그 여자가 찾아왔었어요. 노예문서에 서명했다는 얘길 하러 왔었지요."

"무슨 얘깁니까?"

"노예문서에 서명한 여자 얘기를 하고 있는 거예요."

나는 어리둥절해하는 유정에게 며칠 전 나를 찾아왔던 그 여자 얘기를 간략히 했다. 소양강 청평사 부근에서 만난 그 여자한테서 전화가 걸려 왔던 것이다. 세상에! 그 여자는 전화 속에서 울음부터 터뜨렸다. 나는 허둥지둥 그 여자를 만났다. 산에서 볼 때보다 별로 달라져 보이는 것은 없었지만 막상 만나고 보니 생각했던 것보다 여자는 단순했다.

결혼까지 약속했던 사이군요.

결혼식 날짜까지 받아 놨었어요.

오래 사귀었나요?

이 년 정도요.

사랑했나요?

그런 거 같아요.

물론 남자분도?

그랬을 거예요.

그 이후로 사이가 멀어졌군요.

그쪽에서 결혼 날짜를 일방적으로 취소했어요.

결혼을 안 하겠다는 건가요?

일 년쯤 뒤에 하자는 거예요.

그런 사정이 있으면 그럴 수도 있잖겠어요.

결혼 같은 건 언제 해도 좋아요.

그런데 뭐가 문제죠?

자기도 괴롭다는 거예요.

거리를 두는 게 느껴지던가요.

잘하려고 노력하는 거 같아요. 그런데 그전 같지가 않아요.

그 사람을 그전처럼 사랑하고 있나요?

사랑하지만…… 자꾸 자신이 없어져요.

내가 무슨 도움이 될 수 있을까요?

그냥 뵙고 제 심정을 말씀드리고 싶었어요.

두 사람 사이가 그전처럼 될 가능성이 없는 건가요?

모르겠어요. 그냥 자신이 없어요.

그 남자분한테 그 당시 몸이 자유로운 상태였는데도 왜 나타나지 않았느냐고 따져 본 적은 있어요?

아니요. 그 사람이 그 문제를 늘 미안하다고 했고 또 실제로 그럴 수밖에 없었을 거예요.

나는 그 여자에게 깊은 우정을 느꼈다. 그러나 내 처지에서 무슨 말을 선불리 할 계제가 아닌 것 같아 참기로 했다. 속에서 서서히 분노가 타올랐다. 결국은 이런 파국이 그 여자를 기다리고 있을 것이란 예상이 들어맞은 데 대한 울분 같은 것이었다.

술 마실 줄 알아요?

그 사람하고만 가끔 마셨어요.

우리 함께 술 마셔요.

나는 여자로서, 여자의 우방이다. 그 여자와 함께 술을 마셨다. 그 여자 문제를 인질로 술을 마신 것이다. 여자는 단순했다. 단순한 만큼 맑았다. 나는 그 여자를 선동하고 싶지 않았다. 남자들의 파렴치함, 그 뻔뻔스러움, 여자들의 노예근성으로 남자

183

들이 그처럼 수세기 동안 잘못 살아도 그 응징이 없는 것에 대한 나름의 분노를 얘기하고 싶은 것을 애써 꾹꾹 눌러 참았다.

다 잊어요. 이제부터 사랑이 어떤 것인지. 어떤 사람이 사랑할 만한 사람인지 분별할 수 있을 거예요.

내가 그네를 위로한 말은 고작 그런 것이었다. 그러나 그네가 물었다.

그 사람 마음을 다시 돌릴 수만 있다면 난 무슨 짓이든지 할 수 있을 거 같아요.

이런 제기르. 나는 참을 수 없다.

그 사람이 그렇게 좋았어요?

아무 일도 없었던 그전으로 돌아가고 싶어요. 남들이 다 알아요. 우리가 그동안 만난 거, 그리고 결혼 날짜까지 잡아 놓은 거 말이에요. 그런데 이게 뭐예요? 그날 춘천에 가자고 한 게 바로 저였거든요. 저 어쩌면 좋아요?

어처구니없게도 여자는 다시 울기 시작했다. 한심하다는 생각이 들었다. 그런데도 나는 왜 한심하기 짝이 없는 그 여자가 밉지 않은 것인가.

중요한 건 남들 눈이군요. 남들한테 행복해 보이는 그 조건을 잃었다는 불안감 때문에 나를 찾아온 거군요.

내가 그런 식으로 비아냥거려도 그 여자는 막무가내로 자신이 파놓은 늪에서 한 발짝도 걸어 나오지 못했다. 이 여자는 정말 남자를 사랑하는 것일까. 사랑이란 이처럼 치사스러운 것인가. 문득 그 여자가 물었다.

왜 아직 결혼 안 하셨어요? 이렇게 예쁘신데……

뭔가 탐색하는 눈으로 그 여자는 나를 쳐다보고 있었다.

눈이 너무 높으신가 봐요. 하긴 요즘 탤런트들도 결혼하지 않고 혼자 사는 걸 즐기는 사람들이 많다던데요.

나는 웃었다.

혼자 사는 걸 즐긴다고 볼 수는 없을 거예요. 혼자라는 건 말그대로 외로운 거예요.

저번 산에 함께 오신 분하곤 어떤 사이세요?

산에서 만난 사람이에요.

두 분 잘 어울려 보이던데요. 그리고 그분 보통이 아니시던데요. 용기 말이에요. 전 그 경황 중에도 그분의 용기에 놀랐어요.

그랬을 거예요. (나아, 참.)

그분 사랑하나요? (오오, 천박하지만 위대한 여자들의 직감!)

모르겠어요. 아직 누구를 사랑해 보지 않았으니까요. (술 탓이다.)

믿어지지 않아요.

여자의 탐색하는 눈이 귀여웠다. 속수무책이었다. 그 여자가 다시 묻는다.

사랑할 만한 사람이 없었다는 뜻인가요?

책임이 싫었을 거예요. 사랑은 곧 책임이라고 생각해 왔거든요. 상대의 손을 맞잡는 상태가 사랑이라면 마땅히 손을 내민 그 책임을 질 수 있어야 한다는 거지요.

이건 완전히 교육 덕분이다. 내 일을 내가 알아서 한다는 자

185

기 규제의, 교육이 내게 가한, 그 형벌을 그 여자에게 이해시킬 수 있었지만 나는 술기운을 빌려 뭔가 떠벌였다. 우리나라에서 여자가 결혼하지 않고 사는 일이 얼마나 어려운 일인가에 대해 이해시키려고 했을 것이다. 혼자 사는 여자에 대한 사람들의 그 편견과 집요한 관심이 얼마나 견디기 힘든 것인가를. 어쩌다 혼기를 놓쳐 혼자 사는 사람은 아예 온전한 사람으로 보아 주지 않는 우리 사회의 병적 그 인식은 얼마나 무서운 형벌이란 말인가. 결혼 안 하고 혼자 사는 사람을 비정상적으로, 병신으로 보려는 그릇된 그 눈길을 모른 척 지나치기가 얼마나 어려운 일인가. 그것이 온통 외로움 덩어리라는 것을 말하고 싶었을 것이다. 차라리 과부가 남들의 눈에 한결 덜 부담스러울 수 있다는 것, 이 땅의 그 질기고 질긴 인습의 무서운 눈길에 대해서 말이다.

저요. 그 사람 사랑하지 않았는지도 몰라요.

그 여자는 술을 마실 줄 몰랐다. 취기가 오르자 여자는 횡설수설 허물어져 내렸디. 바닥을 보는 일은 괴로웠지만, 단세포로 드러난 그 여자에게 나는 크나큰 연민이 갔다.

저를 정말 좋아한 사람이 있었어요. 저두 그 사람을 좋아했구요. 그러나 조건이 너무 맞지 않았어요.

그 조건이란 게 뭐였지요?

사귈 땐 몰랐는데 집안이 너무 안 좋았어요. 아버질 일찍 잃었는데 그 어머니가 지금까지 술장사를 하고 있었어요. 검정고시로 대학까지 올라온 사람이라 집념이 강한 만큼 독선이 심했어요. 정상적으로 중고등학교를 못 다닌 열등감이었을 거예요.

나중에 사귄 사람은 결혼 상대로서의 조건이 좋았군요.

그랬어요. 결혼할 사람이라고 생각하니까 좋아지기도 했구요.

사랑과 결혼을 분리해서 생각하는군요.

그랬으면 좋을 거 같아요.

문득 어떤 책에서 읽은 여성과 결혼 문제를 다룬 글이 생각났다. 그 글은 생산력의 발전과 잉여 생산물의 발생으로 가족관계와 생산관계 양면에서 불평등이 발생했는데 그중에서 남편과 아내 사이의 불평등이 가장 두드러진 것이라고 못 박고 있었다. 이것은 곧 생산품을 획득한 남편의 권리가 신장됨으로써 남성의 반역이 일어났음을 뜻한다는 것이다.

결혼을 사랑의 실현으로 생각하기보다 사랑의 무덤쯤으로 생각하는 전근대적 낡은 사고가 아직 우리 사회를 지배한다는 데 문제가 있었다. 그것은 결혼을 결정하는 주된 원인을 신분을 유지하고자 하는 경제적 목적에 두고 사랑을 부수적인 것으로 생각하거나 아예 고려되지 않았던 전시대의 유물이 아직도 상존한다는 사실이다. 결혼에 있어 금전적인 고려가 자연적인 욕구를 넘어섰기 때문에 문제가 생기는 것이다. 사랑과 결혼의 분리 개념이 바로 이런 경제적 조건에서 생기게 되었음은 자명하다. 이리하여 결혼은 인간 본성의 실현이라기보다 오히려 하나의 억압이 되었다. 이렇게 결집된 가정 안에서 여성은 인간이기보다 여전히 하나의 생산도구요, 성적 도구로서만이 존재할 수밖에 없지 않은가. 남성들 역시 애정 없는 결혼으로 행복을 잃을 수밖에 없었으며 결과적으로 그네들도 가문 계승의 도구가 될 수밖에 없었던 것이다. 축첩과 매춘이 생기게 된 것도 결국은 결혼해서 찾지 못하는 사랑에 대한 욕구일 것이다. 그러나 가정에서 여성을 노예로 만든 남성이 밖에서도 다를 바가 없을 터. 결국 남성들은 어느 곳에서도 사랑을 구하지 못했을 것이다. 양쪽 모두 불행.

학벌, 신랑감 제일 조건? 학벌은 곧 경제력으로 통한다? 인간성은 개떡이라도 좋다? 결혼은 현실이지 이상이 아니기 때문? 최소한의 인간다운 생활을 위해서는 사람됨보다 경제력이 필수적이라고? 여성에게 있어서 결혼이 생존 수단이란다. 완전한 취직이 결혼이라고? 자, 이리하여 신데렐라 콤플렉스가 생겨났으리라. 신데렐라는 '재투성이'라는 뜻. 재투성이인 부엌에서 먹고 자야 할 정도로 비참한 지경에 놓인 그네가 그 비참함으로부터 자신을 구원해 줄 '왕자'를 기다리는 것은 당연한 일. 신데렐라에게 결혼은 현실로부터의 도피이며 구원일 터. 자신의 삶을 스스로 개척하기보다 이 어렵고 고통스러운 현실로부터 자신을 지켜줄 남자에 대한 기대. 신데렐라 증후군. 그런데 백마 탄 왕자는 어떤가. 물론 첫눈에 반한다. 그네가 처한 비참함에 대한 연민과 그네의 미모, 그것 때문이다. 여자의 인격을 보고 반한 것이 아님은 분명하다. 자신과 대등한 인격자를 왕자가 왜 골치 아프게 선택할 것인가.

어쨌든 이들은 한 쌍을 이룬다. 그런데 그들은 정말 행복할 것인가. '왕자는 공주를 돌보느라 지쳐서 심장마비에 걸리고 공주는 대리 인생을 사느라 우울증에 걸려서 각성제를 복용하고 있

었다.'

그리하여 모래성은 쉬 허물어진다. 그 모래성에는 꽃도 피지 않는다. 이 성이 사랑으로 세워진 것이 아니고 이해타산으로 쌓아졌기 때문이다. '아니요. 우리는 사랑으로 결합했어요.' 그렇게 말하는 이들도 적지 않으리라. 그러나 그 사랑이 돈에 대한 사랑, 자기 자신의 열정에 대한 사랑, 뭔가를 사랑한다는 환상으로서의 사랑은 아니었는지.

여자가 결혼으로 일생의 승부를 걸던 시대는 지나갔다. 여자라는 것을 밑천으로 미모만 가꾸며 왕자를 기다릴 것이 아니라 보다 주체적으로 자신의 살아갈 방도를 찾지 않으면 안 된다.

술 탓이었다. 그 여자에게 이런 뜻의 소리를 지껄였다. 술이 깨고 났을 때 나는 허망했다. 내가 그 여자와 함께 있으면서 내내 생각했던 것은 어쩌면 집에 울릴는지도 모르는 유정의 전화 벨소리였던 것이다. 그는 백마 탄 왕자인가.

"그 여자가 왜 하리를 찾아갔을까, 그게 궁금합니다."

유정의 목소리가 처음보다 많이 가라앉아 있었다. 틱. 틱. 전화기는 계속 돈을 계산해 내고 있었다.

"왜 찾아왔는가 하는 건 중요한 게 아닐 거예요. 유정, 제가 하나 여쭤봐도 좋을까요?"

"떨립니다."

"남자는 그런 일로 여자를 멀리할 수밖에 없는 건가요?"

"머리로는 그게 옳지 않지요. 그러나 우리나라 대부분의 남자들은 가슴으로는 다른 결정을 잘 내리니까요."

"유정도 가슴으로 내려지는 결정을 존중하는 건가요?"

"아닙니다. 난 처음부터 머리와 가슴에서 그 여자 편이었습니다. 지금 젊은이들은 대체로 머리 쪽을 중시한다고 보면 좋을 겁니다. 그런데……."

유정이 다소 머뭇거리는가 싶더니 다시 말했다.

"난 그 남자 쪽도 이해가 갑니다. 그는 우리처럼 밖에서 머리로만 생각하는 것이 아니고 그 문제의 당사자니까요."

"얘기는 원점으로 돌아간 셈이군요. 자기 문제가 됐을 땐 근대적, 아니 원시적 사고를 할 수밖에 없다는 결론이군요."

"춘천엔 지금 가을비가 대단합니다. 카드가 다 됐어요. 하리……."

두어 번의 경고음 끝에 전화는 끊어져 버렸다. 자정이었다.

훗날 〈봄·봄〉〈금 따는 콩밭〉〈동백꽃〉 등을 발표한 소설가 김유정은 내게 편지로써 첫선을 보였다. 어느 날 수운동 집에 '박록주 선생님'이라고 한글로 얌전히 겉봉을 쓴 편지가 날아들었다.

─나는 조선극장에서 선생님의 소리하는 모습을 보았습니다. ……제 고향은 강원도 춘천이고 어머니는 돌아가셨습니다. 제 위로는 형님과 누님이 있는데, 누님은 근처 봉익동에 살고 있습니다. 저는 누님 집에서 연희전문학교에 다니고 있으며 제 나이는 스물둘입니다. ……당신을 연모합니다.

편지의 내용은 이러했다. 나는 언뜻 그 편지가 주인을 잘못 찾아온 줄로 알았다.

그때에 서울에는 나와 이름이 꼭 같은 화초기생 '박녹주'가 또 하나 있었다. 얼굴이 예쁘장하여 장안의 한량들이 많이 따랐다. 나는 그 녹주에게로 가는 편지가 내게로 잘못 온 줄 알고 그 당장에 되돌려 보냈다.

……생략……

그러나 그다음 날로 그 편지는 다시 내 집으로 부쳐져 왔다. 이번에는 봉투 속에 내 사진 한 장도 들어 있었다. 그 사진은 내 소리가 취입된 레코드에 인쇄된 사진을 오린 것이었다. 그날부터 김유정의 편지는 매일 한 장씩 배달되었다.

내가 그 전날 어디어디를 다녀왔으며 어떤 옷을 입고 있었는데 참 예쁘다는 따위의 얘기를 적은 보고서 같은 편지였다. '목욕을 한 당신의 자태는 참 아름다웠소.' '당신이 밤길을 가는 모습은 정말 아름답더이다. 당신을 연모하오. 저를 사랑해 주십시오.' 이 비슷한 귀절이 수없이 적힌 낯 뜨거운 편지였다. 그때에 학생들은 사랑을 '연모'라고 하였는지 몰라도 나는 그가 나를 '연모'하는 일이 가당찮게 여겨졌다. 더구나 내게는 김유정과 나이가 똑같은 동생이 있었다.

원채옥이란 친구가 이 일을 알고는 그 편지질하는 청년을 불러다가 얼굴이나 한번 보자고 졸랐다. 원채옥은 명창 이동백 선생의 양딸로서 나와 무척 친한 친구였다. 사실은 나도 그 김유정이란 학생이 어찌 생겼나 하고 궁금하게 여기던 터라 선뜻 그러마고 했다.

내가 살던 수운동에서 봉익동은 가까웠다. 일하는 할멈을 시

191

켜서 김유정에게 내가 부른다는 전갈을 보냈다. 얼마 안 있어서 할멈이 '아씨, 학생이 와요' 했다. 원채옥은 얼른 다락으로 숨고 나는 짐짓 거드름을 피느라고 장침을 괴고 비스듬히 앉아서 그를 맞았다.

—박록주, 〈여보, 도련님, 날 데려가오〉(《뿌리깊은 나무》, 1976. 6.)

5

1931년(23세) 4월 20일 보성전문학교에 입학했으나 곧 퇴학.

춘천 실레 마을에 내려가 야학당 일에 열중하는 한편 술과 들병이에 깊숙이 빠지는 생활을 함. 늦가을 충청도 어느 광업소에 병 휴양 차 내려가 있는 서너 달 동안 과음으로 병이 더 악화됨.

1932년(24세) 다시 춘천 실레 마을에서 조명희, 조카 김영수와 함께 농우회 등을 조직 농촌계몽 운동을 벌이다가 그 농우회를 금병의숙(錦屛義塾)으로 개칭하여 강원도로부터 간이학교 인가를 받음.

6월 〈심청〉 탈고.

김유정이 고향에 잠시 머물렀던 1930년부터 1932년까지를 주목할 필요가 있다. 실제로 김유정이 춘천에 머물렀던 기간은 약 1년 7개월 정도밖에 되지 않는다. 그러나 그 짧은 기간 동안 박록주를 향했던 김유정의 그 병적 열정은 탈바꿈되어 새 길을 찾아 나선다.

김유정이 박록주에 대한 구애를 통해 확인하고자 했던 것은 자신의 외로움이었다. 바로 그 외로움 속에 자신을 송두리째 불태울 그런 가치 있는 것을 향한 뜨거운 열정이 숨겨져 있었다. 외로움의 그 열등 에너지를 통해 그는 새로이 태어나기를 갈망하고 있었던 것이다.

박록주가 그때 다른 사람과의 사랑에 빠져 있지 않았다면 김유정의 그 구애의 열정을 받아들였을 가능성도 없지 않다. 그렇게 되었다면 상황은 어떻게 달라졌을까. 연상의 돈 많고 인기 있는 일류 소리기생이 대학생과 사랑을 한다. ……그리하여 김유정은 지병부터 치료하게 될 것이고 다시 대학에 들어가 공부를 하거나 그가 선망하던 일본 유학길에 오를 수 있었을 가능성도 없지 않다. 아울러 모성 실조의 그 콤플렉스도 깨끗이 치유되어 그의 형 김유근에 의해 완전히 몰락되는 실레 마을의 청풍 김씨 가문을 다시 일으켜 세울 수 있었을는지도 모른다. 그렇다면, 그가 가진 예술적 감성은 어떤 길로 표출되었을 것인가.

상상하기 어렵지 않다. 구애의 거절보다 더 좋은 상황이 되었을는지 모른다는 기대는 환상일 것이다. 박록주가 김유정의 그 병적 열정을 받아들였다면 그가 고향을 찾아 내려가는 사건은 없었을 것이 분명하기 때문이다. 고향인 춘천을 찾지 않은 상태의 김유정은 아무런 의미를 갖지 못한다. 그리하여 〈만무방〉 〈동백꽃〉 〈산ㅅ골나그네〉 〈땡볕〉 같은 작품은 이 세상에 존재하지 않았을 것이다. 어쩌면 김유정은 아예 작가가 되지 못했을는지 모른다.

김유정이 필요로 했던 것은 박록주의 사랑이나 그 어떤 구원의 손길이 아니었을 것이다. 그에게 필요했던 것은 자기 체질인 그 외로움의 확인과 그 외로움 속에 감추고 있는 열정의 발산이었다.

김유정이 자기보다 나이 많은 여자를 선택했던 것부터 그 스스로가 절망적인 결과를 알고 있었을 것이란 추측을 낳게 한다. 그는 절망하기 위해 그런 무분별한 선택을 했다고 생각할 수 있다. 절망의 바닥까지 떨어져 내린 다음 그 감당하기 어려운 슬픔을 통해 다시 태어나고 싶었던 것은 아닐까. 어쩌면 그러한 절망과 우울을 자기 보호색으로 갖기 위해서 김유정은 그런 희망 없는 사랑에 매달렸던 것은 아닐는지.

어떻든 김유정은 자신이 스스로 택한 피안으로서의 절망을 안고 춘천 실레 마을로 내려온다. 그의 귀향은 필연적이었다. 박록주에 대한 그 병적 집착의 파국, 그리고 연희전문학교·보성전문학교에서의 퇴학 등으로 인한 열패감으로부터의 도피였다. 누구에게나 그러하듯 고향은 김유정을 모성의 포용으로 감싼다. 그는 일단 고향에서 구원받았던 것이다.

더구나 몇 년 전 낙향해 온 그의 형 유근이 그런대로 기댈 언덕이 되었다. 그리고 비록 쇠락은 했을망정 아직도 청풍 김 씨 가문의 후광이 있었다. 그는 '도사댁 도련님' 혹은 '김 참봉 작은 자제분'으로 우러름을 받았다. 게다가 그는 연희전문학교 학생으로 알려져 있어 마을 사람들에겐 결코 범상한 존재가 아니었다.

김유정은 고향 마을에서 어느 정도 마음의 안정을 얻었다. 그러나 그는 뭔가에 다시 미치지 않으면 안 되었다. 박록주에 대한 울화라든가 학교에서 제적당한 그 충격과 상처가 쉽게 지워지지 않았기 때문이다.

그때 조카 김영수는 자기 아버지 유근을 따라 고향에 내려와 김씨 집안의 마름인 조 씨네 아들 조명희와 함께 야학을 열어 동네 아이들을 가르치고 있었다. 김유정을 고향에 불러 내린 것도 그의 조카였다.

김유정은 그들 두 사람과 죽이 맞아 야학당 일을 신나게 벌여 나갔다. 처음에는 집에서 아이들을 모아 놓고 가르쳤으나 그때 첩을 둘씩이나 집안에 두고 사는 그의 형 유근이 심사가 뒤틀릴 때마다 소리를 내질러 적당한 야학 장소가 되지 못했다. 집 건너 편 언덕에 움막을 파고 야학당을 지은 것은 그러한 형에 대한 반발이었다. 또한 젊은 사람들끼리 모여 앉을 그런 공간에 대한 필요성이 그 움막 야학당을 짓는 열성으로 나타났던 것이다.

김유정은 그 일에 신명을 냈다. 움막 야학당에서 동아일보사의 브나로드 팸플릿을 교재로 아이들을 가르치고 밤이면 동네 청년들을 모아 청년회와 부녀회를 조직하는 등 이른바 농촌 사람들을 일깨워야 한다는 계몽운동에 신바람을 냈던 것이다.

마을 사랑방에서 야학을 계속하면서 마을 청년들을 모아 농우회라 칭했읍니다. 곧이어 노인회와 부인회를 조직코 회합마다 농우회가(거룩하도다 우리의 집 농우회/손에 손잡고 장벽 굳게 모이었네/흙은 주인을 기다린다/나서라 호미를 들고……)를 부르게 하고 마을 사람들의 민주사상 계몽에 전력을 경주했읍니다.

농우회가 목적하는 바는 도박과 음주를 금하고 기풍을 진작하여 상호협조하는 정신을 함양하는 것이었읍니다.

—김영수, 〈김유정의 생애〉(《김유정전집》, 현대문학사, 1968.)

오늘 밤이 농민회 총회임을 고만 정신이 나빠서 감박 이젓든 것이다. 한번 회에 안 가는데 권전이 오전, 뿐만 아니라 공연한 부역까지 안담이 씨우는 것이 이 동리의 전예이엇다.(생략)

좀더 잇슬랴 햇스나 아까 농민회 회장이 차자왓다. 동리를 위하야 들병이는 절대로 안 바드니 냉큼 떠나라 햇다.

—김유정, 〈솟〉(《매일신보》, 1935. 9.)

밤이면 김유정은 자기보다 몇 살 아래인 조카와 조명희를 데리고 술집을 찾았다. 그는 어느 정도 술이 취하면 평소 과묵하던 것과는 달라 전혀 다른 사람이 됐다. 뭔가 자신을 과시하고 싶어 했다. 그의 유아적 사고가 가장 거침없이 드러나는 경우가 바로 술에 취했을 때였다. 도회지 생활에서 얻은 그 절망과 허탈이 불쑥 얼굴을 내밀 때마다 그는 술을 마셨고 그 취기를 통해 객기를 부렸다.

인근 부락 청년들이 볼 때 서울에서 내려와 농민회니 부녀회니 만들어 놓고 자신은 매일 술판을 벌여 횐수작을 벌이는 김유정이란 존재가 몹시 눈에 거슬렸을 것이 당연하다. 같은 마을에 사는 어느 청년이 자신을 욕하고 있더란 말을 들었을 때 김유정은 술을 먹지 않고도 그 청년을 불러내 싸움을 벌였다. 그는 자신이 가르치는 아이들 앞에서 자신이 범상한 사람이 아니라는 것을 드러내고 싶어 했다. 비교적 건장한 덩치와는 달리 병으로 자꾸 쇠약해 가는 자신의 건강에 대한 불만이기도 했다. 그는 실제로 인근 부락 청년들과의 싸움을 통해 자신이 아직 건재하다는 것을 그의 날랜 몸동작을 통해 과시하곤 했다.

유정이는 그의 형님과 외양도 비슷하게 생겼으려니와, 어디인지 내면적으로도 동일한 데가 있는 것 같고, 그 집안 혈통이 모두 한편 야생적이요 원시적인 듯하여서—.

—안회남, 〈겸허〉(《문장》, 1939. 10.)

매일 밤 오한이 나면 도한으로 몸이 물에 빠진 것처럼 흠뻑 젖은 그가 무슨 기운이 있었겠읍니까. 병약한 몸으로 술집에서 싸움이 벌어지면 상대방의 다소와 강약을 생각지 않고 나서는 그는 패기가 대단했읍니다. 그래서 2, 30명의 많은 사람을 혼자서 대적할 제 조카와 협조자 조명희 군에게 배후를 경계시키며 내달아 상대방을 참패케 한 일이 있었읍니다. 젊은 혈기라고 하기엔 수긍되지 않은 기백이 있었던 것입니다. 치고받는 그의 동작은 민첩하기 제비와 같았고 끊길 줄 모르는 용맹은 사람들을 감탄케 했읍니다. ……생략…… 후일에 그가 친구와 술을 먹다 가끔 드잡이를 놓는 것은 건강해서가 아니고 아무리 쇠약한 때라도 그의 칼칼한 성품이 민첩한 행동으로 옮겨짐이었읍니다.

—김영수, 〈김유정의 생애〉(《김유정전집》, 현대문학사, 1968.)

김유정의 그 싸움은 자기 열패감 해소의 한 방법이었을 것이다. 그처럼 그의 열정은 아직 제 길을 찾지 못하고 갈팡거렸다. 고향 마을에서 아이들을 가르치고 농촌 청년들을 깨우치는 일에 신명을 낸 것은 사실이지만 뭔가 그 일이 자기에게 걸맞지 않는다는 생각으로 모처럼의 신명이 졸지에 스러지곤 했다. 그럴 때마다 그는 술집을 찾았다.

그는 마을에 잠깐씩 머물다 떠나는 들병장수 여자들에 대해 관심이 깊어졌다. 입에 풀칠하기 위해서 시골 마을을 찾아다니는 그 들병장수 여자들만 보면 그는 자신이 향수처럼 느껴오던 어떤 그리움의 대상을 찾았다는 생각으로 가슴이 뛰곤 했다. 더구나 아이까지 데리고 들병이로 나선 여자들에 대한 그의 관심은 박록주를 향했던 그 병적 집착과 크게 다르지 않았다.

그는 들병이에게 깊이 빠져들었다. 쉽게 얻어지는 여자, 돈만 있으면 되었다. 들병이에게서 그는 어머니를 보았고, 형의 학대 속에 기를 펴지 못하던 손위 누이들의 그 기죽은 모습을 보았고, 역시 그의 형이 집에 수없이 끌어들이는 여자들의 그 그늘을 보았다. 들병이들을 바라보는 일은 매우 낯익은 일이었으며 낯익은 만큼 마음이 편했다.

들병이가 되면 밥은 식성대로 먹을 수 있다는 것과 또는 그 준비에 돈 한푼 안 든다는 이것에 그들은 매혹된다. 안해의 얼골이 수색이면 더욱 조타.

그러치 안트라도 농촌에 항상 유행하는 가요나 몇마디 반반히 가르키면 된다. 촌의 술집에서는 어데고 들병이를 환영한다. 아무개 집에 들병이 들었다 하면 그날 밤으로 젊은 축들은 몰녀든다. 소리 조곰한 먼저 해보라는 놈, 통성명만으로 낼 밤의 밀회를 약속하는 놈, 혹은 데리고 철야하는 놈……, 하여튼 음산하든 술집이 이러케 담박 활기를 띠인다. ……생략……
들병이가 들면 그날 밤부터 동리의 청년들은 떼난봉이 난다.

—김유정, 〈조선의 집시—들병이 철학〉(《매일신보》, 1935. 10.)

그해 겨울에도 철새처럼 들병이들이 실레를 거쳐 갔습니다.
야학을 마쳤을 때 소리 없이 쌓인 눈에 발이 푹푹 빠졌습니다.
그는 조카와 젊은 조명희 군을 이끌고 아랫말로 갔습니다.
술집은 코다리찌개, 막걸리, 아리랑 타령, 들병이—이 중에서 한 가지가 빠져도 무의미한 것이라고 그는 느꼈을 것입니다.
그는 그날 이후로 들병이를 따라 이곳저곳으로 술자리를 옮기며 달포를 지냈습니다. 이제는 이름도 모르는 들병이, 그녀는 돌쟁이 아이가 있어 틈틈이 젖을 빨렸으며 그림자처럼 따라다니는 노름쟁이 남편이 있었습니다.
그녀의 치마와 몸에서 풍기는 젖내가 그로 하여금 어머니에 대한 상념을 일으키게 한 것을 보면 박 모 기생 다음으로 그에게 큰 영향을 주었습니다.
어느 날 그녀와 잠자리를 같이하던 그는 담배 연기에 숨이 답

200

답해서 눈을 떴습니다.

웃목에 화로를 끼고 앉아서 담배를 피우며 아랫목의 그와 계집을 무심한 얼굴로 내려다보고 있는 들병이의 사내를 그는 본 것입니다. 그는 필연적으로 복수의 행동이 있으리라고 믿고 경계해 마지않았습니다만 사내는 아무렇지 않게 그가 눈을 뜬 것을 발견하자

"일찍두 않은 데 가 보지……."

하며 그에게는 아랑곳없다는 듯 계집 등 뒤에 붙어 자는 어린 아이를 끌어당기며 중얼대는 것이었습니다.

—김영수, 〈김유정의 생애〉(《김유정전집》, 현대문학사, 1968.)

떠날 차보를 다하고 나서 그는 계집과 자리에 맞우 누었다. 추위를 덜고자 몸을 맞붙였으나 그대로 마찬가지로 덜덜 떨었다. 얼른 날이 밝아야 할 텐데— 그러다 잠이 까빡 들었다.

그가 어느 때나 되었는지 모른다. 아이가 칭칭거리며 머리 우로 기어올라서 눈이 떠었다. 군찮아서 손으로 밀어나릴랴 할 제 영문 모를 일이라 등 뒤 웃묵에서 '이리 온 아빠 여깃다' 하고 귀설은 음성이 들린다. 걸걸하고 우람한 목소리. 필연코 내버린 번 남편이 결기 먹고 땋아왔을 것이다.

—김유정, 〈정분〉(《조광》, 1937. 5.)

엄동설한에 태중으로 나섰다가 산기가 잇슬 때에는 좀 곡경이다. 술을 팔다 말고 술상 압에서 해산하는 수박게 별도리 업다.

물론 아모 준비가 잇슬 까닭이 업다. 까칠한 공석 우에서 덜덜 떨고 잇을 뿐이다. 들병이 수업 중 그중 어렵다면 이것이겟다. 이런 때이면 남편은 비로소 안해에게 밥갑을 보답한다. 희색이 만면에서 방에 불을 지피고 밥을 짓고 국을 끌이고 지성으로 보호한다. 남편은 이 아해가 자기의 자식이라고는 밋지 안는다. 다만 자기 소유에 속하는 자식이라는 그 점에 만족할 뿐이다.

—김유정, 〈조선의 집시— 들병이 철학〉《매일신보》, 1935. 10.)

9월 26일(토), 원주 치악산

그는 일기로 쓰는 수첩에다 치악산에 오르내리면서 그네와 함께 본 야생화 이름을 적는다.

쑥부쟁이, 개쑥부쟁이, 까실쑥부쟁이(둥근취), 개미취, 미역취, 참취, 산국(개국화), 감국, 구절초.

우리나라 산과 들에 지천으로 피는 가을꽃이다. 모두 국화과. 군이 그 이름을 구분하고 싶지 않을 때 들국화라고 불러도 무방할 것이다. 실제로 사람들은 그 야생화의 구체적인 이름에 대해 별로 관심이 없다.

그도 다른 사람들과 마찬가지로 야생화에 대해 별로 아는 것이 없었다. 물론 그 꽃들이 지천으로 필 때마다 가슴 뻐근할 정도의 감동으로 바라본 것은 사실이었지만 그 이름이나 그 꽃들이 각각 어떤 빛깔로 구분되는가에 대해서는 별반 관심이 없었다.

김유정 소설에 나오는 동백꽃이 남쪽 해안지방의 그 동백나무 꽃과 다르다는 것을 밝혀 확인하는 정도가 그가 가진 자연에 대한 관심의 전부였다고 해도 틀리지 않을 것이다. 실상 그는 자연을 탐구적 대상으로 바라보는 일에는 전혀 익숙하지 않았을 뿐만 아니라 자연은 보다 미분화 상태로의 인식이 순수한 것이라고 믿어 왔다. 산에 갈 때마다 상수리나무와 갈참나무가 어떻게 다른가를 알기 위해 신경을 쓰는 자신이 얼마나 부질없게 생각되었는지 모른다.

그러나 그는 언제부터인가 자연 현상을 세분화하는 재미에 빠져들고 있었다. 식물이 갖는 구조의 아주 미세한 어떤 특징 하나가 그 사물을 이해하는 암호로 인식되면서 그 일에 탐닉하는 재미를 야금야금 즐기고 있었던 것이다. 이제 그는 자연에 대한 막연한 감동에서 그 자연이 갖는 비밀스러운 구석들을 매만지는 묘미에 도취하기 시작했다.

쑥부쟁이나 개미취가 모두, 중심꽃이 노란색의 통꽃에다가 변두리꽃도 같은 혀꼴에 연한 남색이 도는 자주색 계통이어서 얼핏 보기에 구분하기가 어려웠다. 그러나 이제 그는 차를 타고 달리면서도 산자락에 무더기로 핀, 키가 훌쩍 크며 그 꽃잎이 좀 위로 솟아 산만하게 보이는 개미취와 그 줄기가 바닥을 기는 듯 어지러우면서도 그 꽃이 앉을 자리를 안정되게 잡아 한결 단정해 보이는 쑥부쟁이를 한눈에 구별해 볼 수 있었다.

"흰색 쑥부쟁이꽃도 있습니까? 깊은 산에서 본 것 같은데요."

그가 하리에게 물었다. 하리가 그에게 들꽃을 보는 눈을 뜨여준 것이다.

"개쑥부쟁이가 빛이 바래면 희게 보일 거예요. 그런데 보셨다는 그 꽃, 혹시 구절초가 아니었을까요. 줄기 잎이 두 번 거듭 깃꼴로 갈라지는 게 구절초거든요. 집에서 흔히 보는 국화잎에 가깝지요. 주로 흰 꽃이 많은데 가끔 연분홍도 볼 수 있던데요."

하리는 구절초에 대해 꽤 열심히 설명했다. 가을꽃 중에서는 단연 돋보이게 품위가 있어 좋아하는 꽃이라고 했다.

"그냥 쑥부쟁이하고 개쑥부쟁이가 어떻게 구별됩니까?"

"조금만 관심을 가지면 쉽게 구별이 되지요. 개쑥부쟁이는 주로 산지 습기가 많은 데 나요. 잎을 보세요. 둘 다 잎이 어긋나는 건 같지만 개쑥부쟁이 잎은 가늘고 길게 생겨 보통 선형이고 키도 훌쩍 커요. 쑥부쟁이는 주로 피침형인 데다 밑동 잎의 잎자루 가장자리엔 갈래 모양의 톱니가 있는 게 특징이지요."

"하리, 그렇게 일일이 구별해 볼 필요가 있습니까?"

"어떤 필요에 의해서 구별하는 게 아니에요. 그냥 많이 보다 보면 그렇게 다르게 보이는 거지요. 외국인도 처음 보면 그 얼굴이 그 얼굴로 다 비슷하게 보이지만 자주 보게 되면 금방 구별이 되는 것처럼 하찮은 산야초도 자주 보게 되면 그 존재에 따른 종차가 자연스럽게 드러나는 거지요."

"식물에 대해서만 그렇게 관심이 많은 겁니까?"

"관심 둘 대상이 별로 없었기 때문인가 보죠."

"하리, 야생화에 대한 관심, 그거 혹시 어떤 위장이 아닙니까? 그동안 하리를 만나면서 내가 느낀 건 하리가 자연에 대해서 전혀 감탄하지 않았다는 겁니다. 아무리 좋은 경치도 그냥 쓰윽 일별만 할 뿐 단 한 마디 탄사를 보내는 걸 본 적이 없거든요. 야생화에 대한 관심도 남들의 그것과는 다른 것 같아요. 사물과의 거리 두기, 그런 냉정함 같은 거."

하리가 다소 놀란 얼굴로 그를 돌아다보았다. 그네의 입이 소리 없이 벌어지며 고른 치열을 드러내며 웃었다.

"숨바꼭질하다가 술래한테 들켰을 때의 그런 기분이에요. 저는 자연에 되도록 무관심하려고 해요. 자연에 깊이 연연하는 것은 자연한테 예속되는 거 같아 싫기 때문이지요. 그냥 자연을 무심히 바라봐야 자연 스스로가 다가오더라구요. 그렇게 다가와도 좀처럼 관심을 보이지 않으면 그때부턴 아주 애원을 하며 쳐다보는 거예요. 그 정도 돼야 저는 관심을 갖기 시작하는 거지요. 유정이 생각하시는 것처럼 위장 같은 건 없어요."

"만약 누군가 하리의 관심 속에 들기 위해서는 죽자 사자 돌진해야겠군요."

하리는 예의 그 소리 없는 웃음을 보이다가 슬며시 화제를 바꿨다.

"유정께서 자연 얘기를 꺼내셨으니까 하는 얘긴데요. 저는 자연에 대해서 항상 질문을 던져요. 이게 뭐죠. 이건 왜 이렇게 되지요. 질문이 성립될 수 있는 것이면 무엇이든 묻고 보지요. 자유롭기 위해서예요. 묻는 동안은 물론이고 그 의문이 어느 정도 풀릴 기미가 있을 때까지 그 대상과 저 사이가 자유롭다는 것을 느껴요. 그건 질문의 대상을 그만큼 자유롭게 해준다는 뜻이기도 하구요. 자연은 원래 신비한 것이니까요."

"나도 가끔 질문법으로 문제를 해결할 때가 많습니다."

"그래요. 아무리 뻔한 것이라도 어떤 의문을 제기하는 순간 그 뻔한 것이 뻔한 것을 떠나 새로운 의미를 준비하느라 바빠지지요. 왜 울지요? 어머니가 돌아가셨어요. 돌아가신 어머니 때문에 슬픈 건가요. 혼자 남겨진 자신의 신세가 슬픈 건가요? 이처럼 왜, 라고 물으면 그건 그 문제를 정리하겠다는 뜻이기도 하지요. 정리한다는 건 버린다는 뜻이기도 해요."

"버리기 위해 정리한다구요?"

"그럼요. 버린다는 건 정리해서 저장했다는 뜻이에요. 그걸 선택했다는 말과 다르지 않아요."

"그동안 하리가 내 신상에 대해 한 마디도 묻지 않은 건 선택할 필요성을 느끼지 않았다는 뜻으로 생각하면 됩니까?"

"그 대상이 스스로 의미를 드러내는 경우에는 묻지 않는 법이에요."

문득 그의 눈에 철 지난 망초들이 보였다.

"여긴 아직 망초가 꽃으로 남아 있군요. 이거 혹시 개망초 아닙니까?"

"대단하시네요. 야생화는 개자 접두사가 붙은 게 꽃이 더 실하던데요. 개여뀌, 개수리취, 개모시풀, 개망초, 개쑥부쟁이……."

야생화에 열중하고 있는 하리를 보는 일이 그에게 어떤 신명을 가져다주었다. 그는 하리에게서 애니미즘을 보았다. 그네의 자연 몰입은 원초적인 역동으로 그에게 옮아왔다.

그날 원주 치악산 산행에서 그는 하리의 애니미즘에서 발산되는 어떤 빛, 오로라를 훔쳐보았다. 그는 선생님을 따라 자연 공부를 하고 있는 느낌이었다. 그네는 풀포기의 때깔이나 키 자람을 보고도 그것이 습지식물이라는 것을 대번에 알아냈다.

"그 방면 전공도 아니면서 어떻게 그 많은 야생화 이름을 다 기억하는 겁니까?"

"처음 보는 것에 대해서는 아예 알려고 하지 않아요. 그러나 두 번 세 번 거듭 눈에 띄게 되면서부터 관심이 가기 시작하지요. 제 눈에 그렇게 여러 번 띄었다는 건 그것들이 스스로 나한테 접근했다는 뜻이거든요. 그 정도 되면 이쪽에서 궁금해 견딜 수 없는 거예요. 이름이 뭐지, 왜 그런 이름이 붙여졌을까. 그런 물음으로 그것들이 선택되는 거지요."

그날 치악산 구룡사 입구에서부터 비로봉 꼭대기까지 오르는 그 계곡에서 두 사람이 함께 본 가을 야생화만 해도 수십 종이었다. 사물을 기억하는 그네의 눈은 치밀하면서도 따뜻했다.

물봉선. 습한 곳에 자라기 때문에 줄기에도 이렇게 물기가 많잖아요. 보세요. 이 홍자색, 얼마나 고운가.

미꾸리낚시. 이런 하찮은 풀꽃도 이렇게 모여 있으면 놀랍도록 아름답게 보이잖아요. 그래서 못난 꽃들은 모여서 피는 걸 거예요.

고마리. 이것도 떼판을 이뤄 자라기 때문에 들일 논일 하는 농부들이 무척 애를 먹지요.

짚신나물, 이것 보세요. 꽃받침 표면에 이런 갈고리 돌기가 있어 옷에 잘 달라붙어 멀리 퍼져 나가는 거지요.

털진득찰, 이름 그대로 이 샘털에서 점액이 나와 진득진득 잘 달라붙잖아요.

장대여뀌, 이건 오늘까지 세 번째 봐서야 비로소 이름을 기억하는데요. 물여뀌 바보여뀌 꽃여뀌 기생여뀌 등 여뀌 종류도 참 많아요. 이렇게 지그재그로 다닥다닥 매달려 군집을 이루니까 꽃이 보기 좋잖아요.

멸가치, 개머위라고도 하지요. 아주 작은 흰 꽃이 인상적인데 벌써 다 졌네요. 여긴 멸가치가 유난히 많은데요.

산수국, 이건 여름에 피는 건데 여긴 아직 꽃이 있네요.

도깨비부채, 잎이 너무 커 징그러워요. 지난번 연엽산에서 이 꽃 본 거 기억하세요?

분취, 수리취, 취나물은 어느 것이나 꽃이 좋아요.

왕고들빼기, 보통 방가지똥이라고 해서 여름날 쌈을 싸 먹으면 얼마나 맛이 있다고요.

이고들빼기, 가을산의 노란 꽃은 일단 이고들빼기라고 보면 좋을 거예요. 씀바귀도 이거 비슷한데 그건 여름꽃이에요.

바위떡풀, 습기 많은 바위에 자라는데 이 꽃 좀 보세요. 꼭 모기들이 쪼록쪼록 달라붙은 거 같잖아요. 바위취하고 꽃이 비슷해요.

산부추, 부추 냄새가 짙잖아요. 가을 산꽃은 이런 홍자색이 잘 어울리는 거 같아요.

산박하. 여름꽃인데 보통 깻잎나물이라고 하던데요.

여로. 이름만큼 꽃도 좋은데 지금은 꽃을 볼 수 없네요. 꽃빛이 녹색인 파란 여로와 흰색으로 피는 흰 여로가 있는데 집 뜰에 옮겨 심으면 좋을 거예요.

나도송이풀. 잎이 송이풀과는 전혀 다르지만 꽃부리가 통모양의 입술꼴로 같기 때문에 나도 송이풀이라고 우기고 덤비는가봐요.

쥐손이풀. 여름에 자주색 꽃이 펴요. 잎이 다섯 개로 쥐 손모양이라 그런 이름이 붙여진 거 같아요.

고려엉겅퀴. 적당한 거리를 두고 보면 꽃이 꽤 예뻐요. 보통 엉겅퀴는 잎가에 가시가 있어 무척 거친데 이건 잎이 이렇게 부드럽네요.

"하리 정도로 야생화에 대해 알려면 많은 공부를 해야 하겠지요?"

그의 물음에 하리가 손을 내저었다.

"무슨 말씀, 제가 뭘 안다고…… 저 풀들이 웃겠어요."

"아닙니다. 대단해요. 꽃 이름 기억하는 그 비결이 뭡니까?"

"전 무척 이기적이에요. 저한테 관심이 있는 식물만 골라 사랑하거든요."

"그게 대단한 거지요. 자기한테 관심을 가지고 있는 식물을 가려낼 수 있다는 게 어디 보통 일입니까."

치악산 중턱까지 오르면서 본 산야초로 해서 그는 조금 혼란스러웠다. 그의 눈길이 닿은 그 계곡의 풀과 나무들이 아우성치고 있었다. 그는 그 풀과 나무들을 무심히 지나치지 못하고 쩔쩔맸다. 눈에 띄는 풀과 나무들이 자신의 이름을 기억해 내라는 그런 아우성이었다. 평소에 자연을 되도록 무심히 지나치려 한다는 하리의 말이 새삼스럽게 와닿았다. 이제는 자신의 내부에서 어떤 아우성이 일어나기 시작했다. 자연과의 교감을 제대로 받아들이지 못하고 있는 자신의 메마른 가슴이 내지르는 비명이었다. 그는 꼼짝없이 풀과 나무들에 얽매이고 있는 자신을 바라보면서 그 험한 돌산을 올라야 했다.

하리는 그의 뒤에 처져 산을 오르면서 말이 없었다. 산야초에 너무 깊숙이 빠졌던 일이 그네를 그처럼 허탈하게 만들었는지 모른다. 그는 그네의 그 긴 침묵을 깨는 것이 두려워 더 빠른 걸음을 치달았다. 그러나 어느 순간 그네의 몸은 날렵하게 그를 앞서 나가고 있었다.

그네들은 비로봉으로 오르는 사다리병창 코스와 쥐너미 코스의 갈림길에 이르렀지만 능성을 타는 쥐너미 코스가 오래전에 폐쇄됐기 때문에 다시 세렴폭까지 오른 지점에서 물길을 따라 오르는 배너미 코스로 들어섰다. 비로봉 정상이 빤히 바라다보이는 능선 십자로에 간이매점이 있었다. 그가 수통을 꺼내 물을 마시는 사이, 하리가 사과 한 개를 깎아 반쪽으로 나눈 다음 그에게 건넸다. 그네는 산을 오르는 동안, 단 한 번도 물을 마시지 않았다.

"대학교 다닐 때 저 아래 고둔치를 넘어 상원사로 해서 금대리로 내려가는 종주 코스를 탄 적이 있는데 그땐 모두 초행자라 고생 좀 했습니다."

"저도 이 산에 두어 번 왔었을 거예요. 올 때마다 오르기 쉽지 않다는 생각을 했었지요."

산 정상으로 치닫는 지점에서부터 그는 하리가 가벼운 탄사를 자아내는 소리를 들었다. 비로봉 정상 바위 위에 오른 등산객들이 사방을 조망하며 야호 소리를 치고 있었다.

"세상에! 이 꽃, 분명 흰빛이지요. 제가 알기엔 그늘돌쩌귀는 보통 자주색을 띤 청색 꽃이거든요."

그러고 보니 흰 빛 그늘돌쩌귀가 낮은 떨기나무 사이사이에 군락을 이뤄 피어 있었다.

"치악산은 식물 분포가 정말 다양한데요. 이런 고지대에서 그늘돌쩌귀를 이처럼 많이 본다는 게 신기해요. 그늘돌쩌귀가 많은 걸 보니 여기두 습진가 봐요."

그늘돌쩌귀뿐이 아니었다. 꽃부리가 종 모양으로 길쭉하게 솟아오르다가 꽃잎이 갈래를 이루는 짙은 남빛의 꽃을 발견했다. 그 꽃은 줄기 끝의 잎 어깨에 네다섯 개가 소복하게 붙어 있었다.

"이 꽃 이름이 뭡니까. 지난번 어느 산에서 이름을 알려 주셨는데 기억이 안 나는군요."

"용담. 그건 칼잎용담이네요."

그날 치악산 산행에서 그는 여자에게 완전히 무너져 내리고 있었다. 산 정상이 가까워질수록 그네는 더욱 발랄해졌다.

여자가 불현듯 몸을 굽히며 두 손을 입에 동그랗게 모아 대고 속삭였다.

"오, 너 여기 있었구나!"

"뭡니까?"

"안 들리세요? '여보세요. 저 여기 있어요!'"

그네의 눈길이 닿는 곳, 아, 하고 그는 탄사를 자아냈다.

초롱꽃. 그냥 초롱꽃이 아니었다. 금강초롱, 그 보라색의 꽃 한 송이가 등산객들의 발길에 닳고 닳은 길 한가운데 돌틈에서 고개를 내밀고 있었다. 그는 양구 대암산과 속초 설악산에서도 그 희귀 산꽃인 금강초롱을 본 적이 있었다. 그러나 이제 치악산 길 한가운데서의 만남처럼 가슴이 뛰진 않았다.

하리가 그 바위틈의 금강초롱 위에 풀을 뜯어서 가렸다. 누군가의 눈에 띄면 여지없이 꺾일 것이 겁난다고 했다.

"아직까지 사람들 눈에 띄지 않았다는 게 믿어지지가 않습니다."

"자기를 봐줄 그 딱 한 사람을 위해 보호막을 치고 있었던 걸 거예요. 산에 오는 사람들이 산야초 같은 것에 관심이 있는 줄 아세요. 그 무관심, 그게 바로 자연이 보존되는 섭리일 거예요."

그날 치악산 산행에서의 한 포기 금강초롱과의 만남은 두 사람을 들뜨게 할 만한 사건이었다. 더 놀라운 것이 기다리고 있었다. 비로봉 정상 삼십여 미터를 남겨 둔 지점에 커다란 바위가 하나 있었다. 그 바위 중간쯤 틈서리에 흰 꽃이 소복이 피어 있었다. 이번에는 그가 먼저 그 꽃을 보았다.

"하리, 저거 혹시 에델바이스 아닙니까?"

비로봉은 정상이 가까이 올수록 나무들이 키 자람이 낮아 하늘이 드넓게 보였다. 그 가을 하늘을 배경으로 바위틈에서 자란 흰 꽃이 햇빛 속에 드러났다. 자연의 조화. 신의 권능 중 가장 위대한 것은 예술적 감성이라고 하던 그네의 말이 그 바위틈의 흰 꽃을 보는 순간 다시 떠올랐다.

"구절초예요. 흰색 바위구절초."

좀처럼 표정을 드러내지 않는 그네도 바위틈의 그 꽃을 보는 순간 매우 신비스러워하는 얼굴을 보였다.

해발 1천2백88미터의 비로봉에는 서울동부산악회란 깃발을 내건 산악회 단체들이 세 개의 돌탑을 배경으로 기념사진을 찍느라 시끄러웠다. 떡을 찌는 시루 모양을 했다고 시루봉이라고도 알려진 비로봉 정상의 그 돌탑 세 개는 원주의 용창중이라는 사람이 10년 이상 정성을 들여 각지의 돌을 주워 올려 쌓은 공덕의 탑이라는 안내판이 있었다. 그러나 하리는 그 돌탑을 쓰윽 일별했을 뿐 별 관심을 보이지 않았다. 어떻든 전국의 돌을 여기까지 져 올려 쌓은 그 열정이 대단하지 않느냐는 그의 말에 마지못해 대꾸했을 뿐이다.

"제가 보기엔 석질이 다 같은데요. 같은 돌만 모아들인 걸까요."

사방이 탁 트여 꽤 먼 거리까지의 지형지물이 그림처럼 보였다.

"유정!"

그네가 어느 곳에선가 그를 불렀다. 산의 정상 폐쇄된 사다리 병창 쪽 절벽이었다. 그네는 심한 바람이 부는 절벽 나뭇가지에 몸을 의지하고 서서 자신의 발밑을 가리켜 보았다.

"모두 구절초예요."

절벽 끝에 무더기로 핀 구절초가 오후 햇살을 받고 있었다.

"위험합니다. 이리 올라오십시오."

그는 비로소 하리가 매우 위험한 지점에 서 있다는 것을 깨달 았다. 그 절벽 아래로 옅은 구름이 감기고 있었다.

"유정!"

나무에 몸을 의지한 그 자세로 그네가 나지막이 가라앉은 목소리로 그를 불렀다.

"그 사람, 몇 살에 죽었나요?"

"누구 말입니까?"

"이상해요. 지금 저 꽃을 보고 있는데 불현듯 그 사람 생각이 나는 거예요. 작가 김유정 말이에요."

그는 황당했다. 그날 단 한 번도 화제에 올리지 않았던 김유 정을 절벽 끝에 매달려 느닷없이 불러내다니!

"뭔가 잘못 아신 거 아닙니까. 김유정은 죽지 않았습니다."

"네에? 그게 정말이에요?"

그네는 정색을 하며 그를 쳐다보았다. 그가 손을 내밀자 그네 는 스스럼없이 손을 맞잡아 안전한 장소로 올라섰다. 그때까지 도 그네는 어리둥절한 얼굴이었다. 그네를 속이고자 하면 무엇 이든 속일 수 있었다. 그네는 사람들이 자신을 속인다고 생각하

214

지 않았기 때문이다. 그네가 너무 정색으로 속아 주자 당황하는 것은 언제나 그였다. 그는 서둘러 자신이 농담을 했다는 것을 밝히고 나섰다.

"김유정이 왜 죽습니까? 그 사람 소설이 오늘도 읽히고 있는데."

"아이고. 전 정말 살아 있는 사람인 줄 알고 놀랬잖아요. 전 이렇게 멍청하다구요. 저를 가장 잘 아시는 어머니도 '야는 나사가 다섯 개쯤 빠져나갔어야' 그러실 정도니까요."

"어머니께선 따님이 원래부터 나사가 없는 사람이라는 건 모르고 계셨구먼요."

"나사가 없다는 건 사회규범이나 윤리도덕을 잘 범하는 형이란 걸 의미하는 건가요?"

"어떤 것에 잘 매이지 않는, 그 자유로움을 두고 한 얘기지요. 유감입니까?"

"아니에요. 제가 느끼는 거와 달리 남들이 자유로운 사람으로 봐준다는 건 좋은 거지요 뭐."

"우리가 김유정 소설을 즐겨 읽는 것도 거기 등장하는 인물들이 비록 가난하고 무식한 사람들이지만 바로 그 가난과 무식에 의해 모든 규범으로부터 자유로워지는 그 일탈을, 내 얘기가 아닌 타인의 눈으로 바라볼 수 있다는 점 때문일 겁니다."

"특히 여자들의 그 성 윤리의 일탈을 두고 하시는 말씀 같네요."

"바로 그겁니다. 그건 일탈이 아니라 자신과 가족의 먹이를 위한 자기 해방이라고 할 수 있는 거지요."

"먹이를 위한 해방이요? 사랑보다 먹이가 더 급하다 그런 거네요."

"그렇습니다. 김유정 소설에는 삼십 년대 일제에 수탈당한 우리 농촌의 궁핍이 그대로 전해지고 있습니다. 그런 환경 속에서 사랑타령은 사치일 뿐이지요."

"그러면 김유정 소설 속 인물들이 이루고 있는 가족이란 그냥 필요에 의해 만났을 뿐 사랑 같은 건 없는 거군요."

"사랑은 거기에 맞는 환경을 필요로 합니다. 그 사람들은 사랑을 나눌 만한 그런 환경 속에서 살지 못했지요."

"동물들이 필요에 따라 짝짓기를 하고 새끼를 낳아 기르는 것과 같다는 뜻이군요."

"김유정 소설을 다 읽으신 분이 그런 식으로 심문하시면 어쩝니까?"

"수학 선생이 소설을 읽었으니 여북하겠어요. 그러나 궁금한 게 한 가지 있던데요. 김유정 그 작가, 연상의 여인을 짝사랑만 했지 실제로 여자에 대해서는 무지한 거 아닌가요?"

그는 다소 놀랐지만 짐짓 딴전을 피며 되물었다.

"김유정, 성적으로 미숙한 사람 같다, 그겁니까?"

"다른 작가들이 성관계를 그리는 것하고는 좀 다른 것 같았어요. 해학 때문일까요. 전혀 거부감이 없었다는 거예요."

그는 문득 김유정에 대해 틈틈이 메모했던 노트를 떠올린다.

김유정은 점점 병약해지는 몸으로 들병이들한테 열중했다. 그러나 들병이와의 성관계가 어떠했는가는 그의 작품 어느 곳에도 구체적으로 드러나지 않는다. 그에게 있어 남녀의 성관계는 사랑의 표현이 아니라 본능적 욕구 해결이며 경제적 수단 정도로밖에 생각되지 않았을 것이다. 그의 작품 어디에도 들병이를 인간적으로 사랑한다는 표현이 드러나 있지 않은 것이 그것을 증명한다.

또한 그는 그 나이로 보아 성에 대해 미숙했다고 봐도 좋을 것이다. 결코 정상적이라고 볼 수 없는 그의 남녀관계에 성관계가 사랑의 표현으로 승화될 리가 없다는 생각이다.

김유정의 남녀관계가 그런 것처럼 그의 소설에서는 정상적인 성 윤리를 찾기가 어렵다. 성 윤리가 아예 없거나 파괴된 상태로 보인다. 그러나 그 성 윤리의 파괴는 쾌락의 그런 타락과는 거리가 먼 것으로서 오히려 매춘 행위 그 자체가 부부 사이의 더욱 확실한 믿음으로 연결되는 아이러니를 보인다. 이것은 기존의 성 윤리를 강타한 더 고차원적인 윤리로 이해될 수도 있을 것이다.

―1990. 4. 10.

유정의 소설들을 통독할 때 발견되는 일관된 모티브는 가난과 불구적인 남녀관계이며 이 두 개의 동기는 긴밀하게 연결되어 있다.

―김병익, 〈땅을 잃어버린 시대의 언어〉(《문학사상》, 1974. 7.)

그런 줄 몰랐더니 이년이 배속에 일천오백 원을 지니고 있으니까 아무렇게 따져도 나보담은 낫지 않는가.

—김유정, 〈안해〉(《사해공론》, 1935. 12.)

여인은 생물학적 생산성의 그것이기보다는 경제적 재산이 단위가 된다. 팔려가는 아내나 들병이가 그 전형적인 것이다.

—이재선, 〈희화적 감각과 바보열전〉(《문학사상》, 1974. 7.)

김유정 소설에서 제기되는 성 윤리의 파괴 혹은 그 혼란을 작가의 성적 무경험으로 몰아가는 견해도 없지 않다.

김유정은 정말 성적 무경험자였을까. 그 진위는 알 수 없지만 김유정은 어려서 잃은 어머니에 대한 그리움이 채워지지 않는 욕구불만의 상태에서 어머니를 우상화하고 미화한 나머지 연상의 여인에게서 어머니의 모습을 찾다 보니 성관계 묘사가 그런 식으로밖에 될 수 없었는지도 모른다. 또는 방탕한 생활을 하는 형의 성생활에 대한 혐오와 함께 집안의 많은 누이들이 형에게서 혹은 시집간 누이가 남편에게서 괴롭힘을 당하는 것을 직접 보면서 받은 정신적 외상의 영향일 수도 있다.

그러나 뜻밖에도 김유정의 소설은 남녀의 만남이나 그 정사 장면의 묘사가 리얼하다.

"사내가 죽엇스니 아무튼 엇을 게지유?" 옷 타지는 소리. 부시럭어린다.

"아이! 아이! 아이! 참! 이거 노세유."

쥐 죽은 듯이 감감하다.

—김유정, 〈산ㅅ골 나그네〉(《제일선》, 개벽사, 1933. 3.)

리주사는 그래도 눗치 안흐며 헝겁스러운 눈즛으로 게집을 달
래인다. 흘러나리려는 고이춤을 왼손으로 연송 치우치며 바른
팔로는 게집을 잔뜩 웅켜 잡고 엄두를 못 내어 짤짤매다가 간
신히 방 안으로 끙끙 몰아너엇다. 안으로 문고리는 재바르게 채
이엇다. 박에서는 모진 빗방울이 배추잎에 부다치는 소리 바람
에 나무 떠는 소리가 요란하다. 가끔 양철통을 나려 굴리는 듯
거푸진 천둥소리가 방고래를 울리며 날은 점점 침침하였다.
얼마쯤 지난 뒤엿다. 이만하면 길이 들엇으려니, 안심하고 리주
사는 날숨을 후— 하고 들른다. 실업시 고마운 비 때문에 발악
도 못 치고 앙살도 못 피고 무릅 압헤 고븐고븐 느러저 잇는 게
집을 대견히 바라보며 빙긋이 얼러보앗다. 게집은 왼몸에 진땀
이 쭉 흐르는 것이 꽤 더운 모양이다. 벽에 걸린 쇠돌어멈의 적
삼을 끄내어 게집의 몸을 말쑥하게 홀딱기 시작한다. 발끗서부
터 얼골까지—

—김유정, 〈소낙비〉(조선일보, 1935. 1.)

이뿐이를 뒤로 꼭 붓들고 땀이 쭉 흘른 그 뺨을 또 잔뜩 깨물고
는 놓칠 않는다. ……생략…… 다시 손목을 잡히고 이 잣나무
밑으로 끌릴 제에는 왼힘을 다하야 그 손깍찌를 버리며 야단친

것도 사실이 아닌 것 아니나 그러나 어데가 마음 한편에 앙살을 피면서도 넉히 끌리어가도록 도련님의 힘이 좀더좀더 하는 생각이 전혀 없었다면 그것은 거짓말이 되고 말 것이다.

—김유정, 〈산골〉(《조선문단》, 1935. 7.)

근식이는 고만 기운이 뻣처서 시방부터 계숙이를 얼싸안고 들먹어린다.

—김유정, 〈솟〉(《매일신보》, 1935. 9.)

"하리, 김유정은 서자였는지 모릅니다."

왜 느닷없이 그 말을 했는지 모른다. 그는 그 말을 해 놓고 몹시 당혹스러웠다. 뭔가 자신의 안에 고여 썩고 있던 부분을 남들한테 들켜 버린 기분이었다. 물론 그는 서자가 아니었다. 그러나 어머니가 아버지의 두 번째 부인이라는 사실을 알았을 때에 그 충격을 아직도 기억하고 있었다. 아버지의 첫 번째 부인은 결혼한 지 두 해 만에 딸 하나를 남긴 채 죽었고 그 상처한 자리에 아버지와 같은 학교 선생님이었던 그의 어머니가 들어앉았던 것이다. 그러나 그는 아버지의 첫 번째 부인의 죽음이 마치 자기 어머니의 탓인 듯한 죄의식을 떨쳐 버릴 수가 없었다. 배다른 누나가 늘 어렵게 생각되는 것도 그런 의미였을 것이다.

"서자라면, 나이 차이가 많았던 그 형하고 배다른 형제겠네요."

"그렇지요. 그 당시만 해도 작은집을 몇 씩 두던 땐데 딸만 내리 낳는데 첩실을 안 두었겠습니까."

"자전소설이라고 할 수 있는 〈형〉이나 〈생의 반려〉 같은 데는 그런 게 드러나 있지 않던데요."

"김유정 자신이 서자라는 걸 굳이 밝히고 싶지 않았겠지요. 서자 출신이라면 뭔가 결점이 있는 사람처럼 보여지는 게 싫은 탓이겠지요. 나 역시 김유정 연보를 작성할 때 그 문제 때문에 다소 갈등을 일으켰지요. 남들이 다 다루지 않은 문제를 새삼 들춰내는 데 대한 부담 같은 거였지요."

"김유정 그 양반이 서자라는 것 때문에 심한 콤플렉스에 빠졌을 수도 있다. 그런 결론을 얻으셨나요?"

"어느 정도는 그랬을 겁니다. 그의 내성적 성격 형성이라든가 자신이 어두운 운명 속에 놓여 있다는 그 비관적 인생관과 결코 무관하지 않다는 거지요. 특히 김유정은 누이들이나 그 외 많은 사람들이 자기한테 갖는 관심이 견디기 어려울 정도로 부담스러웠던 게 분명합니다. 자신이 서자라는 걸 무시할 만큼 그는 무디지 않았을 거니까요. 어머니가 일찍 죽지 않았어도 그 열등감은 매한가지였을 겁니다."

그는 자신의 심정을 김유정의 그것에 이입시켜 말하고 있었다. 집안 친척들이 모여 있는 자리에 어머니 얼굴이 보이지 않아도 그는 얼굴이 확확 달아오르곤 했다. 그것은 전적으로 어머니 탓이었다. 그는 가끔 어머니가 이미 이 세상 사람이 아닌 아버지의 첫 번째 부인과 맹렬한 싸움을 벌이고 있다는 느낌을 받을 때가 많았던 것이다.

"자신의 열등 콤플렉스를 창조적으로 승화한 사람들이 작가라면서요?"

산행 길에서 여자가 불쑥 던진 말이다.

"예술가들이 대체로 그렇지 않을까요. 자신의 열등감 혹은 어떤 갈등을 극복하기 위한 싸움 속에서 예술혼이 터질 수도 있다는 거겠지요. 사람의 감수성 중에서 열등 에너지가 가장 창조적이란 얘기도 있더군요."

"예술가들의 그 끼를 창조 에너지로 생각할 수 있겠네요."

"끼, 그거 예술적 열정을 말하는 거 아닙니까. 뭔가 표현하지 않고는 못 견디는 내적 에너지의 폭발. 그 열정이 지나치다 보면 괴짜로 보일 수밖에 없겠지요."

"김유정, 그 작가, 괴짜였나요?"

"그럴 수밖에요. 저는 김유정의 모성 결핍, 그 열등감에서 모든 걸 찾고 싶습니다."

"박록주란 명창한테 빠졌던 일을 두고 하시는 말씀인가요?"

"그렇지요. 그런 열정이 없이 어떻게 창조가 가능합니까."

"예술은 모두 열정의 산물이겠군요."

"그렇습니다. 열정은 자기가 하고 있는 일에 미치는 것이지요."

"미치기 위해서는 미칠 만한 대상 찾기가 필요하겠군요?"

"열정, 그 재능 발산에 적합한 밭 찾기가 필요하겠지요."

"그 재능 발산의 밭은 수시로 바뀔 수도 있겠군요."

"그렇습니다. 김유정의 경우도 그렇지요. 박록주에 대한 짝사랑, 들병이를 포함한 고향 사람들과의 만남, 드디어 작품을 쓰는 일, 이렇게 그 열정의 대상이 바뀌어 온 것을 확인하는 일은 어럽지 않습니다."

"작가들은 작품 속에 자신의 모습을 어떤 식으로든지 드러내 겠지요?"

"무슨 뜻입니까?"

"김유정, 그 작가. 자기가 쓴 소설 속 인물들의 그 어리석음, 바보짓이 작가 자신과 얼마나 관계가 있을까 하는 궁금증이 생겼 거든요."

"같은 삼십 년대의 작가 이상이 자신의 모습을 〈날개〉란 작품을 통해 박제된 천재인, 무기력한 남편으로 그렸듯 김유정도 자신의 작품 속에서 새로운 모습으로 태어났다고 봐도 좋을 겁니다. 즉 김유정 자신이 가진 모든 행복의 조건들을 등지고 그렇게 바보스럽게 살고 싶었다는 것이 맞을는지도 모릅니다."

"다른 작가들처럼 머리로 글을 쓴 것이 아니라 아예 그 작품 속에 들어가 작품의 한 부분이 돼 버렸다는 뜻으로 해석해도 되나요?"

"맞습니다. 역시 김유정 소설을 다 읽으신 분다운 해석입니다."

"김유정 소설의 특징은 어떻게 얘기들 하고 있나요?"

"보기에 따라 다른 견해도 있겠지만 대체로 몇 개의 작품에 나타나는 해학성에다 짙은 향토성, 그리고 속어와 방언 구사의 그 생동감 있는 문체를 특성으로 보는 경우가 많은 것 같더군요."

"저는 거기다 덧붙여 여성 학대를 표면에 드러내는 일로 여성 문제에 대한 전통적 도덕관을 깨부순 그 일탈을 특징으로 꼽고 싶던데요."

"놀랍군요. 듣고 싶은데요."

"한 마디로 김유정은 여성에 대한 애정이 남달랐다는 걸 말씀드리고 싶어요. 김유정의 여성들은 힘이 있어요. 생활력도 남자보다 있고 성에 있어서도 남자들보다 우위에 있다는 느낌이 들던데요. 그네들 스스로가 성적 도구가 아니라, 성 자체가 생존이며 생활이라는 것을 보여 주고 있었거든요."

그가 한참 뜸을 들였다가 그네의 눈을 맞바로 쳐다보며 불쑥 말했다.

"하리, 나 지금 행복합니다."

"행복이란 낱말을 그렇게 함부로 쓰셔도 괜찮을까요?"

"행복하니까요."

"그 말씀, 열정, 아니 끼라고 생각해도 괜찮겠지요?"

"하아, 끼라, 드디어 내 끼가 발동이 된 모양입니다."

"여자들은 끼 있고, 솔직한 사람을 좋아한다던데요."

"고백하자면 요즘 내가 내보이는 끼는 계산된 겁니다. 대책 없는 육구의 분출 같은 거."

그가 느닷없이 손을 뻗쳐 그네의 왼쪽 볼에 손등을 대었다. 아주 짧은 순간 그네의 볼에 닿았던 그 손이 어느새 나뭇잎을 훑고 있었다. 항상 맞바로 쳐다보던 그네의 눈길이 이번에는 그에게서 황황히 비껴갔다.

국어 선생인 사촌 동생이 그를 찾아왔다. 문예반 학생들을 데리고 김유정의 고향인 신동면 증리를 다녀왔다는 것이다.

"형이 저번에 얘기하던 게 맞은 거 같아요. 김유정이 서자라는 거 말이우. 동네 노인들 얘기룬 자기들도 소싯적에 어른들한테 들은 거라 확실하지 않지만 다 망해 가는 김유근이두 집에 첩을 두셋씩 두고 살았을 정도면 그 아버지 되는 사람이야 춘천서 한다하는 부자였는데 딸만 내리 다섯을 낳기까지 첩실을 안 두었을 리 없다는 거였지요."

사촌 동생이 아무런 거리낌 없이 그런 얘기를 들고 나오는 것이 그로서는 오히려 편안했다. 그는 언젠가 어머니가 후실이기 때문에 자신이 어렸을 때 받아 온 열등감에 대해 얘기한 적이 있었던 것이다. 그때 자신의 가슴팍에 박혀 있던 못을 사촌 동생한테 보여 준 뒤 그는 한결 자유로울 수 있었다.

"첩실인지 후실인지 그거야 알 수 없지만 김유정 어머니가 서울에서 죽었을 때 김유근이가 장례에 참석하지 않았다는 기록만 보더라두 두 사람이 배다른 형제일 가능성은 있었지."

"형, 내가 데리고 간 애들한테는 김유정이 서자였을는지 모른다는 얘길 하지 않았어요. 작품을 읽어야 할 아이들한테 불필요한 선입견만 심어 줄 수도 있었기 때문이지요."

"잘했다."

"이번에도 마을 사람을 몇 만나 채록을 했는데 그전에 만났던 구연자 몇 사람들이 몇 년 동안에 얘기 방향을 상당히 다른 쪽으로 각색하고 있는 거 같아 안 좋더라구요."

그의 사촌 동생이 소형 녹음기를 꺼내 틀었다. 마을에 유일하게 한 사람 남아 있는, 금병의숙 당시의 김유정 제자였다는 노인이 구술한 내용이었다.

1992년 10월 3일, 증리 금병산 기슭에서, 구술자 조문희(70세, 신동면 증리)

……내가 남양군도에서 건너올 때 일본돈으루다 사백 원 갖구 나왔수. 아, 쌀 한 가마에 육칠십 전 하던 때니 사백 원이면 큰 거유. 시방 돈으루다 환산하면 일정 때 일백 원이 천만 원두 훨씬 넘었다니까 그러네. 그때 면서기 한 달 봉급이 을마냐 하믄 칠 원이 될까 말까 했으니께유. 내 이때꺼정 살면서 머리 나쁘단 얘긴 안 듣구 살았수.

……내가 유정이 그 양반 츰 만날 때가 은젠구 하니 내 나이 열 살 되던 여름이었지유. 울 아부지님이 그 집 땅을 관리하셨기 땜에 어렸을 때지만 그 집에 대해선 훤허게 알구 있었지유. 마름이었느냐구유? 아, 마름이야 유정이 그 양반 조카 되는 김영수하구 친했던 우리 육춘 조명희 아부지 그 으른이 봤지유. 그런데 그 으른 너무 고지식해 놔서 김유근이 그 양반이 그 많던 땅 다 팔아치울 때 슬쩍 한 귀퉁이 떼먹을 수두 있었지만서두 그런 게 일체 읎었지유. 그럼유. 지 당대에 아주 싸그리 없애버렸지유. 아, 하다못해 즈 조상 무덤까지 다 파서 화장해서 뼛가루를 날려 버렸담 말 다했지 뭐예유. 그게 어나냐 하몬 시방 박동근이 사는 집터가 바루 유정이 그 양반 형님 김유근이 살던 집터라니까유. 지금두 그 부잿집 울타리께에 얼굴 하얀 처녀가 햇빛을 쬐구 앉았던 게 눈에 선해유. 김유근이 그 양반 여동

226

생인데 미쳤다구 어른들이 그러데유. 개울에서 돌멩이 뒤져 개구락지니 가재니 잡구 있는데 아, 웬 젊은 청년 하나가 논뚝께 (지금이야 거기가 논이지만 그때만 해두 게가 왼통 미루나무밭이었지유. 박동근이 집 바루 앞뜰 말이유.) 서 있데유. 그러니께 그때 유정이 그 양반이 스물하난가 둘인가 했을 땐데 미루나무밭에서 논뚝께루 쑥 나타나는 걸 보니까, 아, 이러케 키가 홀쩍하니 크구 좌우지간 체격이 당당허데유. 그런데 등어리가 이러케 곱사등이처럼 굽었었지유. 텔레비에서두 그러케 나오더구면서두 머리는 고수머리루 이러케 앞으루 타래가 졌는데 그 양반 걸을 때마다 이마에 털럭털럭 그래유. 그 양반이 그러케 부자래두 구두나 양복 같은 건 절대루 안 입구 광목천 저구리에다 댄님두 안 매는 통바지를 입었지유. 신발은 꼭 짚세기를 삼아 신었는데 뒤꿈치를 이러케 접어서 신고 댕겼지유. 싸울 때가 아니믄 좀해서 그 짚세기 뒤꿈치를 접어 넣지 않았다니까유.

아, 가재를 잡구 있는데, 야, 느덜 괜스레 개울이나 파지 말고 이리 오너라. 그러더니 우리 너댓 되는 아새끼들을 자기 집으루다 데리구 들어가더니만 이칸 마르에 죽 앉혀 놓구설랑 내가 느덜 좋은 글을 가르쳐 줄 테니 열심히 배워라. 그러지 않겠어유. 사람은 그저 배워야 헌다. 뭘 알아야 힘이 있구 그런 게야. 그러데유. 좋은 글이 뭔지두 모르구 가만히 앉았을라니까 그 양반이 백노지 뚤뚤 말은 걸 죽 펴서 이러케 짤라 내더니 공책을 만들어 돌리면서 자기가 송판때기에 다 뭐를 쓰더니 그걸 베껴 쓰라는 거였지유. 기역에다 아 하믄 가, 가 자에다 ㄱ 하믄 각, 니

은에다 아 하믄 나, 나에다 밈 하면 낭구 할 때 남,

……이렇게 글을 배우기 시작했지유. 아, 그런데 김유근이 그 양반이 그때 쉰 살이 넘었는데(김유근이는 본처 아들이구 유정이 그 양반은 첩실 아들이니까 그렇게 나이가 차이질 수밖에 읎지유 뭐.) 집에다 첩을 둘인가 셋인가 함께 데리구 살 땐데 웬 아새끼들이 글을 배운다구 짹짹거리니까 당장 내쫓데유. 그래 거기서 쫓겨나자 유정이 그 양반하구 그 조카 김영수하구 우리 육춘 조명희 이러케 스이서 바루 저기 언덕에다 움을 파구 집을 지었지유. 거기서 야학이 본격적으루다 시작됐지유. 그때 김영수는 춘고에 다녔지 아마. 우리 육춘 조명희는 유정이 그 양반하구 나이가 비슷했을 게유. 좌우지간 움막을 파구 야학당이 열렸는데 애들보구 솔방울을 줘 오라 하더니 그걸루 불을 때는 거지유. 이만한 양철통을 뚫어 연통을 맨들어 놨는데 아, 글쎄 한번은 그 연통이 뜨거워져 수수깡으로 맨든 지붕에 불이 붙었지 뭐야. 위쪽으로 불이 붙었으니 움막 안에 있던 애들이 어뜨케 나가느냐 그 말이여. 애들은 속에서 아우성치구 이제 다 타 죽을 판이니 으쩌겠어. 아, 그런데 유정이 그 양반이 훌쩍 공중으로 솟구치더니만 서까래를 잡구 지붕을 헤쳐 밖으루 뛰쳐나가면서야. 느덜이 애들을 글루 내던져라. 조카한테 그러지 뭐야. 아, 그러더니 증말 안에서 조카하구 조명희가 내던지는 애들을 그 양반이 하나씩 잘두 받아내데야. 낭중에 한 애가 못 나온 걸 알구는 유정이 그 양반이 움막 속으로 비호같이 날아 들어가는 거야. 얼매 뒤에 애를 끌어안구 들어간 구멍으루다 솟구쳐 나오

는데 몸에 불이 붙었더라니까. 그때부텀 동네서 불이 났다 하면 그 양반이 젤루 먼저 달려가 불을 끄는데 그 몸 날랜 거는 누가 당할 재간이 읍섰으니까유.

……그때 증리 사람이 오십오 혼가 오십육 혼가 좌우지간 얼마 안 됐지만 유정이 양반이 조직한 농민회니 부녀회니 허는 데는 참 열성들이 대했지유. 아, 그런 일을 허다가 보믄 그걸 아니꼬와 허는 사람이 있게 마련이 아니겄어. 아무개 동네 아무개가 서울서 온 선상님을 욕하더란 말만 들으믄 유정이 그 양반 참지를 못하구 당장 잡아오게 해서는 이리 철석 저리 철석 귀청을 쳐대는데 그거 증말 대단하데유. 말두 말아유. 그 양반, 싸움 한 번 잘했지유. 멧 놈이 디레 덤벼두, 야, 이놈들아. 느놈들은 일본놈한테 굽실거리지 않구 잘살려구 우리가 이러케 단합해서 살자는 게 뭐가 나쁘다구 그러는 게야. 하구 쩌렁쩌렁 호령하믄서 한 놈씩 쥐어패는 데는 지깐눔들이 배길 재간이 있나유.

……시방 있는 복지회관(예식장 말이지유) 게다가 금병의숙을 지을 땐 증말 대단했지유. 자기네 집 앞 미루나물 도끼루다 죄다 비어 가지구 밀구 끌구 해서 지었는데 그 터는 누가 기증했는가 허믄 지금 게 가 보믄 새까맨 돌루 땅 희사해 줘서 고맙다는 뜻으루다 공덕비두 세워 준 게 있지유. 그러케 세운 게 금병의숙이지유. 비단병풍 같은 산 아래 글방이라 그런 뜻 아니겄어유. 아, 그 공회당 낙성식 땐 일본 순사놈두 와서 술 처먹구 굉장했지유. 아, 그럴수록 인근 젊은 놈들이 뱃이 왜 안 꼴리겄어유. 연희전문인가 뭔가 다닌다는 서울내기가 와서 설치고 있으

니 눈꼴이 실 수밖에유. 그래서 싸움이 붙군 했는데 유정이 그 양반 싸우는 건 좀 특이해유. 반드시 담벼락을 지구 선다 그거지유. 뒤에서 들어오는 놈을 막기 위해서랬어유. 그러케 담벼락을 지구 서서라므네 한 놈씩 들어오라는 게야유. 그 양반 그게 뭔지, 태권도두 같구 뭐두 같은데 좌우지간 꼭 세 번을 제자리서 껑충껑충 뛰는가 싶으면 벌써 두 다리가 나란히 상대방 놈 턱주가리를 걸어차고는 제자리에 우뚝 돌아와 있다니까. 날래구 말구지.

한번은 조카랑 조명희랑 데리구 스이서 개다리소반에 짠지 쪼가리를 해서 술을 먹구 있는데 춘천농고 학생들이 새까맣게 몰려오지 않았겠어. 그때 춘천농고 학상들은 군인들처럼 발에 각반을 차구 양복까지 다 입구 있었는데 중대 병력은 되는 거 같았어. 좋다, 이놈들아, 한 놈씩 들어와라. 유정 이 양반이 조 아래 지금 역전 조금 못 가서 집이 두 챈가 있는데 게서 담벼락을 딱 등지구 서더니 들어오는 놈 다섯을 차례차례 발길로 내질러 놓았지 뭐야. 그렇게 다섯 놈이 배때길 쥐구 나뒹구니까 다른 놈들이 타구 왔든 자전차를 집어 던지구 줄행랑을 치는데 유정이 그 양반 이젠 따라가지두 않아. 그때만 해두 자전차를 이 동네선 보기가 힘들던 때였지유. 아, 그러케 귀한 자전차를 길에다 집어던지구 혼비백산 도망쳤는데, 그 시(세) 양반이 그걸 번쩍번쩍 들어다 술집 뒤곁에다 쌓아 놓았는데 그게 모두 을만고하니 쉰세 대야. 내가 직접 시어 봤다니까유. 자전차가 쉰세 개니 쉰세 놈이 왔다 갔다는 얘기지유. 그러구설랑 메칠 있더니

230

온의골, 지금은 온의둥이지, 이장인가 뭔가 동네 유지가 유정이
양반한테 와서 술 사구 빌구 하더니 쉰세 대 자전차를 찾아가
데유.

……그 양반이 저녁이면 조 아래 있는 갈보 사다 놓고 술 파는
술집(지금두 그 자리에 그대루 있잖아유)엘 자주 갓지유. 술을 워
낙 잘 먹엇으니께유. 그리구 그 양반이 웬만한 개울을 건널 땐
신발은 아예 벗지를 않았지유. 십여 미터 되는 건 그냥 건너뛰
거나 좀 넓은 개울은 웃저고릴 벗어 허리에다 잡아매구는 이러
케 물구나무를 서서 건넜으니까유. 그리구 그 양반이 요술인지
신통술인지두 있는 게 분명했어유. 한번은 솔방울 대여섯 개를
마룻바닥에 놓고, 느덜 이게 뭐냐, 해서 솔방울이유, 했더니, 자
잘들 봐라, 이 솔방울이 뭐루 되는가. 그리구서는 하나 둘 셋,
하니까, 아 글쎄 솔방울은 간데 웁구 난데없이 웬 병아리 다섯
마리가 알짱알짱 걸어다니구 있더라니까유. 아, 이 눈으로 똑똑
히 본 걸유.

……그 양반이 어디 다닐 때는 종이때기를 뒤춤에다 끼구 다니
더라구유. 시방 생각하믄 그게 다 소설을 쓸랴구 맘 먹구 있어
그랬다 싶구먼유. 뭔 소설에 나오는 욕 잘한다는 욕필이 영감은
나두 잘 알던 사람이지유. 김종필이라구 딸만 내리 일곱을 낳
다가 아들을 하나 둔 사람인데 증말 욕이 걸었지유. 최수근이
가 바루 그 집에서 머슴을 살았다니까유. 한번은 최수근이가
추석에 광우리 장수하는 즈이 어머이한테 갔다가 오라는 날 오
지 않구 담날 왔더니 아, 욕필이 영감이, 느 어멈 붙어 먹느라구

231

이제 왔느냐구 욕을 퍼대는 장면을 유정이 양반이 보게 됐는데 종이때기에다 뭐라구 자꾸 적는 걸 내가 직접 봤지유.

……유정이 그 양반이 예 와서 있던 게 이 년인가 일 년 구 개월인가 아마 그것밖에 안 됐을 게야유. 은제 어떠케 서울루 올라갔는지는 기억이 잘 안 나네유. 그 양반이 서울 무슨 큰 잡지 회사 사장님이 돼서 올라갔다는 얘기만 있었지유. 아, 그런데 맷 년 뒨가 민병권이란 사람이 신문을 보는데, 아휴, 김유정 선상님이 돌아가셨다는구나. 그러잖아유. 그게 아마 조선일보였지유. 내가 그때 그 신문을 디려다 보니까 요로케 쪼끄맣게 난 건데 거기 이러케 써있데유. "외로운 유정은 먼지 묻은 모자에 먼지를 툭툭 털며 외로이 시상을 떠나가고 말았노라."

"어때요, 형, 재밌잖아요?"

"내가 채록하던 때보다 더 재미가 있구먼. 육십 년 전 일이고 게다가 고작 열 살의 눈으로 본 거니 아무리 각인된 기억이라두 변형은 불가피할 거다. 더구나 많은 사람들한테 자꾸 같은 얘길 반복하다 보면 어느 정도 각색되는 건 당연한 거지."

"앞으로 몇십 년 뒤엔 김유정이 외계인이었다느니, 예수처럼 재림한다는 얘기두 생길지 모르겠네요."

"김유정은 이미 재림했다."

"예, 거 무슨 얘기유?"

그는 문득 자신의 이야기를 하고 싶은 충동에 휩싸인다.

"네가 지금 만나고 있는 사람이 바로 유정이다."

"형, 도대체 뭔 얘기유?"

"내 아호가 뭔지 모르지?"

"아호요? 형이 그런 게 다 있었어요?"

"유정, 유정이 내 아호다."

"그래요? 한자로는 어떻게 쓰는데요?"

"그런 건 상관없다. 그냥 유정이다."

"형이 뭔가 새 사람으로 태어나고 싶은가 보군요."

"이미 새롭게 태어났다. 그래서 난 행복하다."

물론 술기운이기도 했지만 그는 사촌 동생 앞에서 뭔가 자신의 안에 넘치고 있는 것을 내불고 싶은 충동을 받았다. 사촌 동생이 아니라도 좋았다. 그는 요즘 달라지고 있는 자신에 대해 누구에게든 말하고 싶었다. 모든 것이 용서되었다. 그 어떤 것도 포용하여 이제 한결 너그러이 세상 사람 누구와도 화해할 수 있을 것 같았다. 그는 사촌 동생 앞에 요즘 자신이 만나고 있는 하리에 대해서 아무런 숨김도 없이 얘기하고 싶었다. 자신이 말하기 전에 사람들이 그 문제를 들고 나와도 당황하지 않을 것 같았다.

"형, 요즘 산에 많이 간다면서요?"

"내가 언제는 산에 안 갔나."

"형이 산에 자주 가는 이유를 나만은 알잖수. 형, 지금두 산에 가서 울어요? 내가 볼 때 형이 껴안구 있는 슬픔은 너무 투명하고 깨끗해서 도저히 미워할 수 없다는 데 문제가 있습디다. 도대체 형은 그 유년기 의식에서 언제나 벗어날 거유?"

"방황은 끝났다."

233

"그래요. 형은 확실히 방황 체질이라구. 형 입으루 방황이 끝났다구 한 게 어디 한두 번이유."

"그땐 출구를 찾지 못했기 때문에 그랬을 거다."

"그럼, 지금은 출구를 찾았다는 얘기유?"

"아직 확실한 건 아니지만 예감은 심상찮다."

"별로 기대가 되지 않는데요. 형이 새롭게 미칠 수 있는 대상을 찾았다는 건 또 다른 방황이 시작됐다는 뜻으로 생각해두 무방할걸요."

그는 사촌 동생의 말이 다 맞는다고 생각했다. 지난해 여름, 남해 보길도 여행을 다녀오는 길에 그는 사촌 동생과 술을 마시는 자리에서 자기 자신을 다 들켜 버리고 말았다. 술김에 다 내분 것이다. 모처럼 하늘에 총총한 별을 바라보고 있으려니 안에 갇혀 있던 말들이 술술 쏟아져 나왔다. 어떤 한 가지 일에 열중할 수 없다는 것. 열중하다가도 불현듯 그 일이 무상한 것으로 느껴지는 순간 모든 가치가 허물어져 내리며 어깨에 맥살이 풀린다는 것. 그때부터 마음이 안정을 잃고 흔들려, 산다는 일 자체가 힘겹다는 것. 그럴 때 산을 찾는다는 것을 얘기했던 것이다. 자신은 끝내 어떤 신명나는 일을 찾지 못한 채 죽고 말리란 초조감에 시달리고 있다는 것도 털어 놓았던 것이다.

그게 모두 환경 탓이라는 겁니까?

아니다. 적은 모두 내 안에 있다.

바꿔 말하면 모든 사람이 내 적이다. 그거 아닙니까.

……

"형, 조금 전 행복하다구 했수?"

"그래, 나는 요즘 행복하다."

"그 고질적 열패감은 어떡하구요?"

"그건 내 체질이지만 요즘 내가 조금씩 달라지고 있는 걸 느낀다."

"우와, 달라지고 있는 걸 느낀다?"

"떨어져 내릴 때는 출구 같은 건 생각할 여유도 없는 거다. 바닥에 떨어져, 그 절망의 바닥이라야 비로소 어디로 나가야 하나, 그 출구를 찾게 된다는 거다."

"형, 요새 엉뚱한 일에 미쳐 있는 거 아니우?"

"그래, 그 사람은 엉뚱하다. 그 엉뚱한 데 내가 그만 반해 버렸다. 다시 한번 얘기하지만 나는 요즘 행복하다."

"형이 행복하다고 하는데 요즘 형 얼굴에 깔린 그늘은 뭐유?"

"사람을 좋아한다는 게 그렇게 힘들다는 거다."

"형, 정말 뭔 일이 있는 거유?"

"산에서 만난 사람이 있다. 우린 요즘 열심히 만나고 있다."

"형, 유도 선수는 낙법부터 익힌다구 합디다. 조심하는 게 좋을 거유."

"다음 주말쯤 함께 산에 가자. 거기서 그 사람과 만날 수 있을 거다."

"사양하겠어요."

다 털어놓은 셈인데도 왠지 그는 마음이 가볍지 않았다. 물론 그는 그 여자의 생각으로 머리가 꽉 차 있었다. 그네를 향해 줄

235

달음치던 마음이 어느 순간 급제동이 걸린 것 같은 느낌이기도 했다. 도대체 그 여자는 누구인가. 그네 스스로가 밝힌 전직이 수학 교사, 현재 학원 강사, 미혼, 확실히 혼자 살고 있었다. 여러 번의 전화를 통해 그네가 혼자 사는 것이 확인되었다. 그리고, 그것뿐이었다. 그네에 대해 그가 아는 것이라곤 그뿐, 아무것도 없었다.

그는 일주일에 한 번 서울 소재의 대학에 출강할 때마다 그네를 만나기 위해 노력했다. 그러나 서울에서의 만남을 그네가 단호히 거부했다. 아니요. 우리 서울에서는 만나지 말아요. 다른 뜻은 없어요. 서울에서는 그냥 만나기 싫어요. 그럴 때마다 그는 그네가 실제의 인물이 아닐는지 모른다는 엉뚱한 생각을 했다. 자신이 산행에서 정말 어떤 여자를 만났다는 사실마저 믿어지지 않을 때도 있었다. 도대체 그네는 누구이며 지금 어디 있는가. 왜 서울에서 만날 수 없는 것이냐고 산행에서 만날 때 조심스레 묻곤 했지만 그네의 대답은 한결같았다. 서울에선 그냥 싫어요. 어떤 합리가 거부된 그네의 일방적 고집이 그의 마음에 들었다. 만약 그네가 온갖 거짓과 부조리의 온상으로서의 서울에 대한 적개심이나 멸시감을 표면의 이유로 내세웠다면 그는 실망하고 말았을 것이다. 그는 어렴풋이 그네가 탈속의 기풍 같은 것, 혹은 아나키즘의 주술에라도 걸렸는지 모른다는 생각을 하곤 했다.

그러나 이제 그 만남의 장소 같은 것은 문제가 아니었다. 분명한 것은 자신이 그 여자를 향해 무섭게 달려가고 있다는 사실이었다. 어떤 운명적인 질주, 필연의 방황이 시작되었다는 예감으로 그는 그 어떤 반란 때보다도 절망스러웠다. 언제나 끝이 분명했던 그 숱한 방황과는 달리 절망 그 뒤에, 빛이 보인다는 것이 그를 더욱 불안케 했다. 그는 이미 오래전에 오늘보다 더 나은 내일이 있을 수 없다는 생각을 굳혀 왔다. 주변 사람들이 안타까워하는 그 세속적인 욕망을 쉽게 버릴 수 있었던 것도 그 체념 덕분이었다.

그런데 그는 지금 자신이 어떤 일에 미쳐 있을 뿐만 아니라 그 일의 뒷일을 준비하고 있다는 사실에 놀라고 있었다. 오늘이 아닌 내일을 위해 그는 이미 확보한 최소한의 오늘의 모든 것과 결별할 각오를 다지고 있었던 것이다.

그는 두려웠다. 그러나 그가 겁내는 것은 자신이 저지르고 말 일의 그 파국이 아니라 그 일 뒤에 다시 식어 버릴는지 모르는 자신의 열정이었다. 그러나 이미 어쩔 수 없는 일이었다. 모처럼 가슴에 충만한 열정의 불길을 그 뒷일의 걱정으로 해서 포기한다는 것이 그로서는 불가능하다는 것을 알기 때문이었다.

이제 모든 것은 그 여자의 손에 달려 있다고 생각되었다. 필요한 것은 끊임없는 확인이었다. 확인하기 위해 만났고, 다시 만나기 위해 확인했다.

하리! 줄기차게 보고 싶었고, 만나면 편안한 그 행복만큼 만지고 싶었다. 그네를 만나지 못하는 날은 하루에도 수십 번 시외전화를 걸어 그 목소리를 들어야 했다. 따, 따안, 따 —. 네잎클로버를 찾던 삼박자의 행복으로 그는 달려가고 있었다.

6

이제 막 유정의 전화.

고등학교 국어 교사인 사촌 동생과 함께 술을 마셨단다. 술을 마셔 호기가 철철 넘치는 목소리. 그러나 그 목소리 어딘가에 애틋함이 배어 있다. 떠도는 영혼의 외로움 같은 거. 세상에 그와 같은 사람은 흔치 않을 것이다. 복된 사람이라고 생각한다. 넘치는 감성과 누구도 따를 수 없는 에너지를 갖고서 깊이 깊이 핵 한가운데로 돌진하는 저력, 큰 사랑, 누구도 그 사랑의 강도와 깊이에 이르지 못할 터. 그러나 그의 넘치는 큰 마음 한가운데를 크게 후비고 들어오는 아픔이 있나 보다. 그의 목소리가 애틋하다.

며칠 전 그는 금병산 동서쪽 자락 산국농장의 사과밭 주변 풀밭에서 네잎클로버를 찾는 일에 소년처럼 열중했다.

내가 무심코 찾아낸 네잎클로버를 한 개 받아들면서부터 그는 들떠 오르고 있었다. 어린 시절에 네잎클로버를 찾기 위해 풀밭을 뒤진 적이 있긴 하지만 아직까지 자신이 찾아낸 네잎클로버는 단 한 개도 없었다고 했다.

왜 내 눈에는 네잎클로버가 안 보이는 겁니까.

그런 비정상적인 돌연변이에 대한 관심이 별로 없었을 테니까요.

결국 그것도 관심의 문제군요. 그러나 오늘은 꼭 하나 찾고 싶습니다.

찾아보세요.

네잎클로버를 찾는 비결 좀 가르쳐 주십시오.

무슨 비결이 있겠어요. 다만 저는 식물을 볼 때 소리로 보는 습관이 있어요.

소리로 본다니요?

이런 토끼풀은 잎이 세 개니까 세 박자로 보는 거지요. 따. 따안. 따. 그렇게 소리로 보다 보면 그 박자와 맞지 않는 게 쉽게 눈에 보이잖아요.

아하. 그런 비결이 있었군요. 따. 따안. 따. 하나, 둘, 셋.

그는 정말 어린아이처럼 밝은 얼굴이 되어 풀밭을 뒤지기 시작했다.

와아. 찾았어요! 따. 따. 따안. 따. 네 박자!

얼마 뒤에 그는 무려 열한 개의 네잎클로버를 찾아내어 내 앞에 내밀었다.

나두 놀랐습니다. 이게 바로 염력이 아니겠습니까. 염력 발휘의 주문은 따. 따안. 따.

우리는 그날 김유정의 고향 집터가 가까이 내려다보이는 금병산 서북쪽 자락 산국농장 사과밭에 서 있었다. 겨우 8년생 어린 나무에 사과 수백여 개가 다닥다닥 달린 그 결실을 바라보는 일은 꽤나 벅찼다. 시월 초순, 멀리 삼악산이 오후 햇살에 수묵화 같은 이내를 이룬 경관 속 사과나무밭에서 유정은 자연의 신비, 신의 은총에 대해 애기했다. 그리고 그 자연을 가꾼 자의 결실의 충만함에 대해서도. 그 자연을 가꾸는 사람이 우리 곁에 있었다.

산국농장의 주인. 김희목(53세) 회장. 유정은 그를 회장님이라고 불렀다. 때로 그는 김희목 씨를 선배님이라고도 했다. 시내 어느 천주교 교우회 회장 일을 보고 있기 때문에 회장님이고, 고등학교 선후배 관계이기 때문에 선배님이란 호칭도 자연스럽게 나온다는 것을 나중에야 알았다.

제가 존경하는 선배님입니다. 대학에서 축산학을 전공하신 분이 과수원을 하고 계신다는 것부터가 제게는 경이로웠지요.

오후 햇살 속 과수원의 정취 탓인가, 유정은 그때까지도 들뜬 상태였다.

그가 소개하는 김 회장이란 분은 아담한 체구에 얼굴 가득 수줍게 채우는 그 웃음이 매우 인상적이었다. 유정은 산국농장에 가기 전, 김 회장에 대해 많은 애기를 했다. 삼십 년대 김유정 본가가 있던 실레 마을을 병풍처럼 둘러친 그 금병산 서북쪽 자락 20만 평이 김희목 회장의 땅이라고 했다. 그러나 김 회장은 자신이 그 땅 주인이란 생각보다 잠시 그 땅을 관리하고 있을 뿐인, 산지기라고 자신을 소개했다. 실제로 그는 자신이 그 땅을 관리하는 동안 되도록 많은 사람들이 찾아와 자신이 가꾼 땅을 아름답게 봐주기만 한다면 바로 그 사람들이 땅의 주인이 아니겠느냔 생각을 가지고 있었다. 진짜 땅의 주인은, 그 땅의 가치를 알고 그 땅을 아름답게 바라볼 수 있는 그런 마음을 가진 사람이어야 한다는 것이 그의 생각이었다.

남들이 나를 일밖에 모르는 사람이라고 그래요.

김 회장은 나이에 어울리지 않게 수줍음을 많이 탔다. 그런 순박함만큼이나 실제로 말수도 적었다.

돌아가신 가친께서 과수원을 크게 하셨지요. 가친께서 돌아가시기 전 제게 물려주신 돈으로 싼 땅을 사 뒀던 것이 오늘 내가 여기 산지기로 살게 된 계기가 됐지요.

나는, 이곳에 올라오다 보니 산국이 유난히 많이 보이더란 말로 농장 이름이 좋다는 뜻을 전했다.

가친께서 생전에 산국을 좋아하셨지요.

선배님 혼자서 이 넓은 땅을 개간하셨다면 믿어지지 않으실 겁니다. 아까 돌아보셨지만 얼마나 넓습니까. 잣나무밭이야 원래 있었던 거지만 복숭아, 사과, 밤나무밭 모두 어린 묘목을 심어 이렇게 만드신 겁니다. 정말 일에 미치신 분이 아니면 어림없는 거지요. 언젠가 달밤에 나무 전정하시는 걸 몰래 훔쳐봤는데 정말 신명을 내고 계시더라구요.

유정이 끼어들어 얘기를 할 때마다 김 회장은 쑥스러워하는 표정으로 웃곤 했다.

산국농장 입구 잣나무밭에는 높은 계곡에서 끌어온 샘물이 쇠여물통에 철철 넘쳐흘렀고, 그 주변으로는 백여 명이 둘러앉을 수 있는 공간에 야외 극장식의 돌을 놓아 만든 좌석 그 전면에 마리아상이 모셔진 돌 제단이 있었다. 그 모든 것들을 김 회장 혼자 만들었다고 유정이 덧붙여 설명했다.

이렇게 큰 과수원을 혼자 경영하고 계실 땐 나름대로의 철학이 있으실 텐데요.

내가 그렇게 묻자 김 회장은 정말 얼굴까지 붉히며 꽤 오랫동안 뜸을 들이다가 대답했다.

가친께선 자연은 자연의 섭리대로 키워야 한다고 말씀하셨지요. 그 얘기를 들을 때만 해도 몰랐었는데 직접 내가 일해 보니자연의 순리를 그대로 따라야 과일이 육질도 좋고 제 맛이 난다고 터득하게 되었지요. 나는 잡초를 제거하기 위해 제초제를 뿌리지 않아요. 그 풀을 그대로 거름으로 쓰지요. 잡초를 그대로 두면 해충이 많이 생긴다고 하지만 나는 그 벌레 중에는 나무에 꼭필요한 것도 있다고 믿고 있습니다. 전정도 가능하면 심하게 하지않는 편이지요. 농약도 되도록 그 양을 많이 줄여 쓰는 편입니다.

유정과 내가 그 산국농장에 머무는 동안 네댓 마리의 개가계속 우리들 주변을 맴돌았다. 금병이와 외눈이란 이름의 암컷두 마리와 그 둘을 합친 것보다 덩치가 큰 검둥이란 수컷 한 마리. 그리고 나도진도리란 이름의 진도견 잡종 한 놈. 그 개들은거의 야생으로 방목되기 때문에 들쥐 등을 잡아먹어 육식동물에 가깝지만 김 회장이 춘천 시내에 있는 집에서 날라다 주는음식도 잘 먹는다고 했다. 그 개들은 김 회장의 숨소리 하나에도 귀를 쫑긋거리는 일로 그 사이가 얼마나 친밀한 것인가를 보여 줬다. 들판의 가족들이 보여 주는 그 은은한 눈빛이 마음에 들었다.

사람들이 생각하는 만큼 농사일은 쉽지가 않아요. 어떤 분이 과일나무를 댓 그루 소일 삼아 가꿔 본 뒤 농사짓는 사람들을 존경하게 됐다고 말하더군요. 밭에서 일하는 게 결코 낭만이 아니라는 걸 깨달았다는 거지요. 정말 힘들어요. 아까 백 선생 말처럼 내가 일에 미쳐 보이는 것두 그 힘든 걸 잊기 위해 그렇게 열중하는 건지도 모르지요. 어떤 때는 그렇게 정신없이 일에 미치다 보면 밤 열두 시가 넘을 때가 많지요. 포클레인 소리 때문에 저 아랫마을 사람들이 잠을 못 자면 어쩌나 싶어 부랴부랴 일을 끝내고 여기에 앉아 저 삼악산을 바라보노라면 내가 정말 바보가 아닌가, 그런 생각이 들 때도 있지요.

선배님은 이 산이 삼십 년대 김유정네 집안 땅이란 걸 아셨습니까.

전연 몰랐어요. 마을 노인들께서 가끔 여기 와서 김유정 얘기를 하시는 걸 통해 알았지요.

선배님두 김유정 소설을 읽으셨다면서요?

백 선생, 나 독서 많이 해요. 특히 김유정 소설은 재미가 있으니까 여러 번 읽게 되데요. 백 선생이 김유정에 대해 관심이 있다는 말을 들은 뒤에는 더 열심히 읽고 있어요.

듣기에 선생님께선 어느 선배님들이 추진하는 이 지방 청소년들을 위한 문화운동을 위해 여기 땅 몇천 평을 내놓으시겠다고 하셨다면서요?

그런 좋은 일을 하는 데 이 땅이 필요하다면 당연히 내놓아야 하겠지요.

믿음이란 이런 것일까. 신뢰, 편안함. 나는 결코 꾸밈이 느껴지지 않는 김희목 회장을 바라보면서 내가 가장 외로울 때 찾아올 수도 있는 장소라는 생각을 했다. 찾아가고 싶은 장소가 있다는 것은 얼마나 가슴 설레는 일인가.

유정은 과수원 사과나무 밑 무섭게 자란 여뀌 밭에서 소년처럼 즐거운 얼굴을 하고 서 있었다.

〈야앵〉 : 1936년 7월《조광》

앵두나무 앵(櫻). 벗나무 앵. '야앵'이라면, 밤의 벚꽃나무 정도로 생각하면 되겠군. 공원 벚꽃놀이. 그곳에서 버린 남편과 잃은 딸을 찾는 정숙이. 친구인 카페 여급 경자. 여자애들 싸우는 심리가 리얼하다.

웬일로 부성애를 다 그렸을까. 그리고 웬일로 체면 있는 남자를 다 그렸지?

〈옥토끼〉 : 1936년 7월《여성》

집에 들어온 토끼 한 마리를 매개로 펼쳐지는 순진하면서도 애틋한 사랑 이야기. 어른이 읽는 동화라고 할까. 느 아버지가 내 토끼를 잡아먹었으니 너는 이제 하릴없이 내 아내, 내 거라고 생각하는 어수룩한 '나'의 그 능청스러운 계산법이 웃음을 자아낸다. 결코 밉지 않다. 도시 빈민촌이 배경. 그 어수룩한 성품으로 보아 도시 변두리에 터 잡고 사는 유랑 농민인 듯.

《생의 반려》: 1936년 8월~9월 2회 연재 《중앙》(조선중앙일보사)
미완성 작품이란다. 장편으로 연재하다가 중단한 듯.

'명주'란 기녀는 먼저 읽은 단편 〈두꺼비〉의 '옥화'와 동일 인물이라고 봐야 옳을 것 같다. 이제까지의 단편을 정리하여 장편으로 쓰려 한 것일까.

첫 장편은 작가의 자전적인 이야기일 확률이 높다던데. 그렇다면 기대가 크지 않을 수 없다. '자기'와 주변 인물을 뒤섞고 약간 변형시켜 가면서 또 다른 인물 하나가 만들어지겠지. 지금까지 읽은 작품만으로도 김유정의 인물이 어림이 잡히긴 하지만 좀더 새로운 면이 드러날 조짐 같아 기대된다. 이런 따위 얄팍한 도식적 계산은 그 작가와 작품을 제대로 이해하는 데 결코 좋을 게 없겠지만 내 천성이 그런 쪽인 걸 어쩌나.

이거 처음부터 너무 해발짝 다 발가벗기는 거 아닌가. 앞에서 기껏 작품을 통해 유추됐던 것들이 죄다 설명으로 나오고 있네. 물론 화자 나를 통해 설명되고 있긴 하지만 너무 적나라하게 펼쳐지는군. 차라리 이런 관찰자 시점보다 일인칭 주인공 시점으로 썼더라면 더 좋았을 것 같다. 작가가 직접 나서서 자기 이야기를 하는 것보다 제3자 처지의 그 객관화가 더 효과적일 것이라고 생각했을 수도 있다. 좀 아쉽다. 어떻든 '명렬 군'이 작가 자신임이 분명한 듯하니, 작품에 그려진 '명렬 군'을 정리해 보자.

'명렬 군'은 '명주'란 이름의 기녀를 광적으로 연모한다. '명주'는 나이가 '명렬 군'보다 많고 그 몰골도 시원찮은 여자로 묘사된다. 하긴 '명렬 군'에겐 돈과 명예가 없으므로 그런 기녀도 만만찮다. 어쩌면 '명렬 군'의 순진성 때문이 아니라 그의 좀 기이한 행동(편지 내용부터가 그렇다)으로 오히려 더 불가능했다는 생각이 든다. 기녀를 자신의 환상적 여인상으로 덧씌운 것이 다소 불가사의하다.

'명렬 군'은 나이에 비해 숙성, 키 크고 넓적한 얼굴(?), 말더듬이, 대인 회피, 고보 시절 학교 출석을 많이 하지 않아 성적 불량, 재주는 있다고 다 인정된다고. 작가가 자기 자신을 얘기하고 있는 게 분명하렷다.

이 병적 연모의 정체는 무엇일까. 서울 생활에 적응하지 못한 것일까. 원래 편집광적인 성격이 아니었을까. 내성적인 성격이 이따금 일으키는 반란 정도로 생각해 보면 어떨까. 몹시 소심하면서도 고집은 꽤 센 '명렬 군'. 이 정도면 광인, 정신병자로 생각해도 무난할 듯.

'명렬 군'은 마적이 되고 싶다고 말한다. 씩씩하게 먹고 씩씩하게 일하는 마적. 작가 내면에 흐르는 전혀 다른 피의 역동인가, 아니면 자기 구원으로서의 환상이며 그 좌절의 절규인가.

아하, 역시, 김유정은 양친을 일찍 여읜 모양, 눈칫밥을 먹으며 컸구먼. 여기서 염인증이 생긴 것 같다. 내 염인증과는 어떻게 다를까.

'형님'은 주색 난봉꾼. 가족 희생을 요구. 폭군. 교양이나 지식도 전혀 없는 사람. 오직 술과 계집질로 재산을 탕진. 게으름. 가족을 돌보기는커녕 자기 자식까지 우물에 집어넣어 반송장을 만들고 있다. 자해까지 한다. 잔인무도하구먼. 이거야 원, 완전히 광기구먼. 이런 환경에서 '명렬 군'이 자랐다고. 무서워 떨면서.

'누님'은 또 어떤가. 32세 과부. '누님'과 '명렬 군'이 '형님'한테 쫓겨나서 '누님'의 직공생활 월급으로 살아감. 사직동 꼭대기 전세방. '누님'의 심한 히스테리. 그리고 주책없는 행동거지, 변덕. 이러고 보면 '형님', '누님', '명렬 군' 모두가 그 나타나는 방법이 다를 뿐 광적인 편집증이 있는 것은 확실하다.

'명렬 군'은 애정 결핍인 듯. 연상의 기녀를 연모하는 그 병적 집착은 연구해 볼 만하다.

'명렬 군'과 '누님'의 성격은 비슷하게 분석된다. 다만 '명렬 군'은 배웠기 때문에 자신은 물론 남의 행동을 예리하게 통찰하는 능력을 가지고 있는 것 같다. 그 '누님'에 비해 기가 약하기 때문에 뒤로 배돌며 참아낼 뿐이다. 그와는 달리 '누님'은 원래 기가 강한 데다 무지하기 때문에 자제력이 부족하다. 또 여자라서 그럴 수밖에 없을 것이고! 아니면 '누님'은 그 '형님'을 더 닮은 건가? 이거 정말 정상적인 사람들은 아니구먼.

아무래도 김유정의 소설이 갖는 가치는 이런 자전적 작품보다는 다른 단편을 통해 찾아야 하지 않을까 싶다. 모르지, 또. 다 완결됐다면 어떤 작품이 됐을는지. 그러나 아무래도 김유정은 작가로서의 사상적 깊이가 아직 안 잡히는 그런 때에 작품을 쓰지 않았는가 싶다. 그의 단명이 아쉽다. 아니지, 어쩌면 더 오래 살았어도 그에게서 어떤 사상의 깊이를 바라는 것은 무리였는지도 모른다.

대학생복을 입은 청년이 방으로 들어왔다. 훤칠한 키에 잘생긴 얼굴이었다. 보료를 밀어주며 앉으라고 했다. 그리고는 첫 마디에 "학생이 김유정이오?" 하고 물었다. 김유정은 그렇다고 했다. 나는 어른스럽게 "무슨 학생이 공부는 안 하고 편지질이오?" 하며 나무라는 투로 말했다. 그는 대뜸 "편지하는 게 잘못이오? 편지는 내가 하고 싶어서 했소" 이러지 않는가. 나는 당돌한 그의 태도에 흠칫 놀랐다. 이번에는 "학생이 기생과 무슨 연애를 하잔 말이오"라고 했다. 김유정이 "왜, 학생은 기생과 연애하면 안 된다고 법 몇 조에 있습니까?" 하고 따지듯이 물었다. 나는 그의 이런 대답에 잠시 할 말을 잊고 있다가 다시 "연모가 뭐요? 공부나 잘하지 않고……" 이랬더니 "연모란 사랑한다는 말입니다. 나를 사랑해 주십시오. 당신의 사랑 없이는 나는 바로 살 수 없습니다" 해 가며 끝없이 사랑의 말을 늘어놓았다. 나는 그 말이 듣기 싫고 부아가 치밀어서 그를 쫓다시피 해서 돌려보냈다.

이 일이 있은 뒤로 김유정의 편지는 더욱 뜨겁고 거칠어 갔다. 처음에는 '선생'이라고 하더니 차츰 '당신'이라고 부르기 시작하여 나중에는 아예 '너'라고 불렀다.

—박록주, 〈여보, 도련님, 날 데려가오〉(《뿌리깊은 나무》, 1976. 6.)

〈정조〉: 1936년 10월 《조광》

정조(貞操)란 제목이 내용에 비해 아이러니컬하다.

난봉꾼인 주인 서방이 행랑어멈을 잘못 건드려 골탕을 먹는 얘기다. 2백 원을 아내 몰래 해주고 끙끙 앓는 서방과 그걸 알고 애통 절통해 하는 아내. 그거 참 고소하다. 역시 내가 생각한 김유정의 여성관이 여지없이 들어맞는다. 몸을 밑천 삼는 뻔뻔한 행랑어멈의 그 강인한 생활력이 놀랍다. 〈안해〉에서의 그 부부가 서울에 올라와 이처럼 그악스러운 모습으로 발전한 것 같다.

〈슬픈 이야기〉: 1936년 12월 《여성》

셋방살이 노총각의 슬픈 사연이군.

〈떡〉〈두꺼비〉처럼 문장의 호흡이 끊어지지 않게 구연하는 그런 문체다. 판소리 가락이 느껴지는 것도 바로 이런 문체의 시도에서 엿볼 수 있다. 폭력 남편인 전기회사 감독의 그 오종종한 모습이 보이는 것 같다. 곁방의 그 폭력 행사를 '조사'하는 나의 처량한 울분이 웃음을 자아낸다.

〈옥토끼〉에도 신당리가 나오더니 여기도 작품 배경이 신당리다. 서울 변두리, 따라지들의 삶의 터전. 지금의 왕십리 옆 신당동일 듯.

〈따라지〉: 1937년 2월 《조광》

따라지 : ① 몸집이 작아 보잘것없는 사람. ② 노름판에서 '한 끗'을 이르는 말.(삼팔따라지!) ③ 따분하고 한심한 처지에 놓여 있

는 사람. 주로 도시 빈민을 두고 많이 쓰이는 말.

이거야말로 도시 변두리 인생들이 본격적으로 등장하는군. 사직골이니 지금의 사직동이 틀림없을 터. 한 지붕 아래 네 가족 이야기인가?

주인마누라의 시점으로 세 든 사람들을 죽 훑어가더니 어느새 슬그머니 '아끼꼬' 쪽 시점으로 바뀌었네. 하하, '지팽이가 김마까를 끌고 나온다', '순사는 노파의 뒤를 따라오며 나른한 하품을 주먹으로 끈다'. 어떤 작가가 이처럼 기막힌 표현을 할 수 있을까.

정말 한 지붕 아래 네 가족이 어느 봄날 벌이는 한바탕 코미디다. 이 집에 사는 남자들은 다 한심하게도 무능력자인데 여자들은 모두 생활 전선에서 뛴다. 뭔가 거꾸로 됐다. 톨스토이는 김유정이 분명하고 누이는 실제의 그 변덕 심한 히스테리의 누이일 터. 하하, 뜨거운 오줌 요강에다 손을 넣으면 손이 고와진다고?

싸움하는 장면을 '아끼꼬'와 '영애'가 문구멍으로 내다보는 식의 묘사가 참 재미있다. 김유정의 작가적 재능이 도시 따라지들 생활을 그려내는 일에 또 한바탕 발휘된 작품이다.

작품의 시간적 배경이 제법 현대적이다. 신여성, 카페, 들병이 대신 기녀, 창부 등. 하하, 따라지들이 합심을 해 주인마누라를 골탕 먹이는 장면이 정말 재미있다. 순사가 등장하고 일본말도 나온다. 소재와 공간적 배경이 도시로 바뀌었지만, 밑바닥 인생을 바라보는 작가의 그 시각은 여전히 놀랍다. 해학과 능청도 여전.

등장인물들 별명 붙이기가 재미있다. 톨스토이, 김마까, 우거지상, 노랑퉁이, 말괄량이, 뼈쓰껄, 구렁이, 인물의 외양 묘사로 그 성격이 팍팍 살아 있다.

김유정과 나와의 관계가 장안에 좌아하게 소문이 났다. 신 씨도 이 일을 알게 되었고, 술자리에서 어떤 분은 내가 유정과 하룻밤만 자 주면 오천 원을 주겠다고 말하기도 했다. 나는 그 말을 한 사람의 따귀를 후려쳐서 분풀이를 했다.

해가 바뀌자 김유정은 혈서를 써서 집 안으로 들여보냈다. 나는 하도 끔찍하여 바깥출입을 마음 놓고 할 수가 없었다.

　　　　　　　　　　—박록주, 〈여보, 도련님, 날 데려가오〉《뿌리깊은 나무》, 1976. 6)

〈땡볕〉: 1937년 2월《여성》

작가 김유정은 소설 제목 붙이기의 명수다. 만무방, 따라지, 노다지, 소낙비, 심청, 봄·봄 등 감칠맛 나는 순우리말 제목 붙이기는 단연 탁월하다. 땡볕, 이 얼마나 실감나는 배경인가.

정말 이 작품이 마음에 든다. 내가 어릴 때 겪었던 그 어느 날의 땡볕 같다. 팍팍한 산길을 땡볕 속에 걸었던 기억이다. 그런 땡볕 속에서 문득 돌아서며, 당신을 참 많이 사랑한다고 말할 수 있는 그런 사랑이 참사랑이라고 생각하게 됐던 것도 어린 시절의 그 땡볕을 떠올렸기 때문이리라. 그런데 유정을 만나 금병산을 함께 내려오던 얼마 전의 그 산속의 땡볕은 어떠했는가.

병든 아내를 지게에 지고 가는 '덕순이'도 죽을 맛이겠지만,

지게 위에서 몸이 배겨도 암말 못 하는 환자인 아내는 더 죽을 맛이리라.

가난·아내의 이상한 병·연구·월급. 결국 밥벌이를 생각하게 된다. 병 고치니 좋고, 먹으니 좋고, 두루두루 팔자를 고치겠다고. 아무튼 길바닥에 그냥 버리고 달아나지 않는 것만 해도 얼마나 다행인가. 김유정의 '심청'이 많이 누그러졌나. '얼른 갖다 눕히고 죽이라두 한 그릇 더 얻어다 먹이는 것이 남편의 도릴 게다.' 오랜만에 듣는 사람 같은 소리네.

김유정 소설의 남편이란 작자들, 그 만무방 따라지들의 한심하고 무능한 거야 어느 작품에나 매한가지지만, 그래도 그 심보만은 그런대로 괜찮다고 해도 좋을 터. 내가 김유정의 남자들에게 너무 점수를 야박하게 준 것일까. 막말로 마누라를 구박해도 부부란 남모르는 질긴 끈이 있다고. 가난할 때의 부부 정이란 편히 살 때처럼 여유 있고 너그럽게 표현할 수는 없다고 변호하고 싶겠지.

지게 위에서 주섬주섬 유언을 주워섬기는 아내 좀 보소. "사촌 형님께 쌀 두 되 꿔다 먹은 거 부디 잊지 말구 갚우." "그러구 임자 옷은 영근 어머이더러 사정 얘길 하구 좀 빨아 달래우." 이거 정말! 자기 욕심 하나 없는 이 여자, 가슴이 아리다.

죽음보다 수술을 더 무서워하는구먼. 그때야 그랬을 거다. 옛날 사람들은 병원에 가지 않고 생로병사를 넘기고 치러 왔다. 몸에 칼을 대느니 그냥 죽는 게 낫고, 자칫하다 보면 노상객사가 되어 집에도 들어오지 못한다는 두려움도 있었을 터. "죽는 거보

담야 수술을 하는 게 좀 낫겠지요!" 세상에! 죽음과 수술을 같은 저울에 달다니. 이건 도대체 누구 말인고? 비소를 금치 못하고 서 있는 간호부와 의사의 말인가, 아니면 덕순의 말인가.

어떻든 내용으로 봐서는 덕순은 아내를 수술시키지 않을 것이 분명한데……. 수술시키지 못하는 것을 가난 탓으로 돌리지도 않고 자신의 무능 탓으로 돌릴 기색도 전혀 없으니, 이거 원.

삼십 년대에 씌어진 이런 좋은 소설을 읽을 수 있는 인연을 준 유정에 대해 새삼 고마움을 느낀다. 그는 오늘도 세 번 전화했다.

〈연기〉 : 1952년 《동백꽃》(왕문사)

화창한 봄날, 황금 횡재가 연기처럼 꿈일 뿐이다. 방구석 굽도리로 새어 나오는 연기 때문에 참새한테 목이 졸리는 가위눌림에서 깨어난다. 연기의 이중적 의미. 여기에도 누님이 나오는군. 불쌍한 여자!

김유정의 소설 제목에는 추상어, 관념어보다 사물의 구체적인 명칭이 많다. 그 당시야 제목들이 다 짧고 그랬겠지. 그런데 요즘에는 소설 제목들이 참 길고 요사한 것들이 많다. 원관념어에 관형어가 많이 붙는가 하면 체언과 용언으로 된 하나의 완결된 문장으로 된 제목들도 많다.

〈정분〉 : 1937년 5월 《조광》

아니, 내용이 〈솟〉과 똑같다! 〈솟〉의 초고 같다. 우선 〈솟〉보다

253

그 문장이 많이 미숙하게 느껴진다. 유정이 죽자, 제목이 다르니까 다른 작품인 줄 알고 《조광》에 게재하느라 이런 일이 생긴 것 같구먼.

〈두포전〉: 1939년 1월부터 5월까지 연재 《소년》(조선일보사)

전해 내려오는 전설을 쓴 작품. 일종의 동화. 1장부터 10장까지 구성되어 있는데 6장까지 김유정이 쓰고 나머지는 그가 죽은 뒤 그의 문단 친구 현덕이 마저 썼다고 한다. 전설을 모티프로 했다는 것도 특이하지만 이제까지 읽은 김유정의 작품 세계와는 그 내용이나 표현이 많이 생소하다.

아기장수 두포. 슈퍼맨을 꿈꾸던 김유정을 생각한다. 미완성 작품이라면 병이 깊어져 집필이 중단된 것 같은데 아마 이 작품을 구상하게 된 것도 자신의 절망적 상황에서 두포 같은 초인적 능력을 갈망하고 있었기 때문일 것이다. 슬프다.

〈산골〉에도 이쁜이가 도련님과 이별한 뒤 그를 그리워하는 장면에 이 아기장수 전설이 조금 그려져 있다.

〈형〉: 1939년 11월 《광업조선》

이 작품 역시 그의 생전에 발표되지 않은 것.

김유정이 자기 형을 모델로 한 작품이다. 김유정의 아버지도 등장한다. 자신과 가까이 있는 가족을 이만큼 객관화하여 쓸 수 있다는 사실이 놀랍다. 인물 묘사가 정말 압권이다. 아무리 소설이지만 나는 이 작가가 쓴 자전적 이야기들을 모두 그대로 받아들이고 싶다. 특히 이 소설을 통해 김유정의 어린 시절과 그의 성격 형성을 한꺼번에 다 알게 된 느낌이다.

그 아버지, 그 형, 결코 보통 사람들은 아니다.

나는 문득 책 앞쪽에 있는 화보에서 김유정의 사진을 찾아본다. 양복 차림의 귀여운 소년이 꽃다발을 들고 있다. 1914년 5월에 찍었다고 나와 있다. 7세 때, 얼굴에 약간의 그늘이 보인다. 그 옆에는 그가 16세 때인 휘문고보 2학년(1924년) 때의 모습. 윤곽이 분명하면서 의지적인 눈이 인상적이다. 그 아래는 썩 잘생긴 둘째 누이가 앞에 앉아 있고 그 뒤로 조카 김영수와 그 옆에 흰 두루마기를 입은 김유정이 서 있다.

나머지 사진들은 조선일보 신춘현상 일등 당선 축하회의 사진인데 여러 사람이 둘러앉았지만 사진이 너무 낡아 윤곽이 희미하다. 그 밑의 사진도 여러 사람이 두 줄로 서서 찍은 사진인데 역시 흰 두루마기를 입은 훤칠해 뵈는 김유정의 모습이 보인다.

이무영, 정지용, 이하윤, 김광섭, 안희남, 이헌구, 이석훈, 김환태 등의 이름이 보인다. 같은 삼십 년대를 산 문인들이다. 지금 그들은 어떻게 되었는가. 김유정보다 오래 산 것이 분명한 그 사람들은……

다시 한번 김유정의 사진을 들여다본다. 옛날 사진을 확대한 것이라 실감은 적지만 느낌은 강하다. 미소년이다. 극히 내성적이었을 듯. 청년 김유정은 준수한 선비형의 얼굴. 인물이 반듯하니 모난 구석이 없다. 눈매가 선량하면서도 콧날, 입 등에서 정직함과 깔끔함이 엿보인다. 이 사람에 대한 나의 이러한 관심의 정체는 무엇일까. 사랑인가, 연민인가. 하리, 너 요즘 뭔가 변하고 있어!

맙소사! 나는 지금 유정을 생각하고 있다. 춘천의 백진우.

〈애기〉: 1939년 12월 《문장》

총각 김유정이 별걸 다 아네. 여자 몸 있는 거. 〈두포전〉처럼 화자가 경어체로 구술하는 형식이다.

구성이 다소 허술해 습작기의 작품 같지만 서울 변두리 따라지 인생들의 막 사는 모습이 잘 그려졌다. 전기회사 직원의 애를 밴 처녀가 땅을 준다는 조건을 내걸고 시집을 가서도 당당하다. 남편 필수는 의사라고 속이고 장가를 든다. 서로가 서로를 속이고 속는 얘기다. 이 작품에서도 여자가 강하게 그려졌다. 남자는 역시 어수룩하고 착하다. 사생아로 태어난 아기를 버리기 위해 겨울날 밖에 나갔다가 다시 안고 돌아오는 남편의 모습은 얼마나 인간적인가.

죄 없는 애기 문제가 있어서 그런가. 다른 작품에서처럼 부담 없이 웃기가 어렵다. 다른 작품의 해학과는 분명히 다르다. 뭔가 칙칙하고 부담스럽다.

축복받지 못한 출생, 그 여자 아기의 그악스레 우는 첫 장면이 인상적이다. 가난한 사람들의 먹고살기 위한 교활, 그러면서도 어쩔 수 없이 어리숙할 수밖에 없는 그 언동거지들. 실감난다. 비인간적, 비정한 냄새도 적지 않다.

김유정 소설을 읽었다!

　숙연. 김유정의 소설을 다 읽고 나서의 그 숙연했던 기분을 설명하기 어렵다. 재미, 그리고 웃음? 아니다. 웃음은 아니다. 아련한 아픔? 그건 누구의 아픔이지?

　김유정은 부활했다. 나는 그 작가를 만났다. 작품 속에 숨어 있는 그의 외로움을 만난 것인가. 그의 자폐적 우울증이 열정으로 둔갑하는 아픈 진통이 나한테 전이된 것인가. 그는 염인증이 있었다. 내가 사람들을 멀리하는 것과 그의 염인증은 상당히 닮은 데가 있다.

　아무튼 놀랍다. 더 놀라운 것은 나 자신이다. 평소의 내가 이처럼 비지성적인 소설 따위에 심취해 본 적이 있단 말인가. 눈을 씻고 다시 보아도 김유정의 소설에는 지적 논리, 교육의 상투적 교시, 지성의 허울로 치장한 오만함을 찾을 수가 없다.

　당대의 이광수 등 다른 작가들이 소설을 통해 그 시대 지식인으로서 뭔가 독자에게 말하려는 지적 포즈가 있었던 것과 달랐다. 김유정은 능청과 시치미를 떼며 그냥 보여주기만 했다. 그 작품을 통해 하고 싶은 말을 독자들이 찾아내게 하는, 이른바 독자의 몫 남기기다. 시간과 공간을 초월해 그의 소설이 아직도 독자를 많이 가질 수밖에 없는 그 이유, 그 높은 미적 가치 획득에 박수!

　김유정이 독자인 나를 겁탈했다. 이제까지의 내 독선과 오만의 항아리가 깨어지는 소리가 들린다. 난폭하게 덮쳐 온 그를 끌

257

어안으며 나는 오르가슴을 느낀다. (이거 처녀가 이런 식으로 막 표현해도 되는 건지.) 아무튼 김유정이 보여준 그 반란의 미학에 경의를 표하고 싶다.

도대체 김유정 소설의 무엇이 나를 사로잡은 것일까. 아니, 나뿐이 아닐 것이다. 유정이 말하지 않았던가. 김유정 소설이 근래 재평가를 받고 있다고. 그만한 가치를 지녔다는 뜻이렷다. 그만큼 많이 읽힌다? 그러나 김유정 소설은 결코 통속적 재미와는 거리가 멀다. 상업성, 고발성, 센슈얼리즘과도 구별되는 본격문학, 바야흐로 그런 본격소설들이 읽히는 시대? 김유정 소설 같은……

그래, 이제 사람들은 지쳤다. 무장에도, 혁명에도, 비판에도 다 지쳤다. 돈에도 단군 역사 이래 가장 잘 먹고 산다는 그 먹을거리 가려먹는 일에도 세계 최고의 교육 열기에도 지난 대선으로 피크를 이룬 그 왕성했던 정치 열기에도 이제는 지쳤다. 그리하여 사람들은 지치면서 길을 찾는다. 어떤 사람들은 도피의 길을 선택한다. 미신이든 종교든 절대자의 품으로 돌아가고 싶어하는 사람들도 많다. 얼마 전 시한부 종말론자들의 휴거 소동도 그런 도피의 길 찾기가 아니겠는가. 그런 요사한 미신에 미치는 대신 어떤 사람들은 점잖게 현자의 길을 택하기도 한다. 그 길을 택하는 것이 지적이라고 생각하기 때문일 것이다. 사실 많은 지식인들이 그 길을 택한다. 그러나 그것이 종교나 미신보다는 좀 철학적일 뿐 이념적이긴 마찬가지인데도 그들은 짐짓 도인인 척, 철인인 척한다. 묵은 옛날 옛날의 사상·철학까지 파헤쳐

제 것으로 삼기에 바쁘다. 그것도 일종의 도피다. 예술가들은 어떤가. 전통적인 것은 진저리가 난다고 몸부림친다. 과거와의 단절로 부단히 새로움을 선언하는 모더니즘의 가슴팍에 미래 회귀의 포스트를 꽂고 그 포스트를 벗어나 탈중심의 어지러운 춤을 추는 포스트모더니즘도 결국은 도피가 아니겠는가. 또 어떤 사람은 솔직하다. 그들은 솔직한 만큼 나약해서 나약한 길을 택한다. 그래도 그들은 몸보다 정신이 더 살아 있는 사람들이므로 허탈, 체념 쪽으로 간다. 자포자기, 허무, 염세…… 그와는 달리, 좀 육적인 사람들은 이참에 한바탕 즐기고 싶어 안달이 나 있다. 그들은 왕성하게 마구 먹고 마구 주물러 터지며 탕진한다.

아무튼 요즘 사람들은 지쳤다. 물론 우리가 이래서는 안 된다고 의분하여 일어서는 선남선녀도 없지 않다. 특히 우리의 젊은이들. 그러나 그들도 곧 지쳐서 지금은 혁명 노래와 혁명 구호를 아리랑 곡조에 붙여서, 혹은, 이제 가면 언제 오나, 하는 만가에 맞춰 부른다. 한때 이처럼 지친 사람들이 욕구의 대리 충족을 위해 이념소설들을(대개 장편들이었다. 대하소설임에도 얼마나 많이 읽혀졌던가.) 많이 찾았던 것도 사실이다. 인물이 없는 시대에 과거 역사에서 인물을 찾는 '소설 아무개'도 또 얼마나 많이 읽히고 있는가. 그러나 이제 이들도 곧 지쳐서 노래방이나 찾을 것이다. 닫힌 밀실의 광장, 그 노래방에서도 지쳤을 때 그들은 어디로 갈까.

이념과 혁명과 분노에, 그리고 허무와 속물화의 그 밑바닥에서 그들이 찾고 있는 것은 무엇일까. 개혁의 박수 치기에도 지칠

날이 있을 것 아닌가. 이제 그들의 안식을 위해, 결코 경박하지 않은 웃음, 적당한 비애, 관념과 추상의 그 껍질과 족쇄의 낡은 규범 깨기의 인간적 몸부림, 무식이 적당히 가미된 그런 양식이 필요할 때가 아닐까.

무겁고 딱딱한 것에 지쳤을 때, 혹은 너무 경박하여 구토가 일어날 때 김유정 소설을 읽을 일이다.

그해에는 정말 어려운 일이 많았다. 원산 남씨가 나와 담판을 하러 서울로 내려왔다. 사실 남 씨는 내가 딴 남자와 정분이 난 것을 벌써부터 알고 있었을 것이다. 그러나 그 사람의 성정이 워낙 침착하여 일 년이 넘도록 내색을 하지 않았던 것 같다.

남 씨는 원산서 내려와 종로 3가에 있던 중국집 열별루로 나를 불렀다. 나는 그가 이미 신 씨와의 관계를 완전히 알아차렸음을 알고 마음을 크게 먹고 나갔다. 남 씨는 이미 계약해 둔 이 층방에 내가 들어서자 문을 잠갔다. 참으로 숨 막히는 시간이었다.

내가 자리에 앉자 남 씨는 굳어진 얼굴로 "녹주야 너 이번 살림을 얼마를 받고 시작했더냐?"라고 물었다. 그때에 기생들은 대개 큰돈을 받고 살림에 들어갔다. 나는 남 씨에게 큰돈이 없는 줄 알고 있었기 때문에 오천 원을 받고 살림에 들었다고 거짓말을 했다.

—박록주, 〈여보, 도련님, 날 데려가오〉(《뿌리깊은 나무》, 1976. 6.)

그 여자와 함께 오봉산에 왔던 삼각형 남자가 나한테 전화를 걸어왔다.

"미스 김이 선생님을 찾아갔었다는 얘길 들었습니다."

그는 그 여자를 미스 김이라고 했다. 나는 애써 그 여자의 이름을 기억해 냈다.

"김선화 씨 잘 있지요?"

"미스 김이 요즘 이상합니다. 그래서……."

"이상하다니요?"

"저를 피하는 이유가 뭔지 알 수 없어요. 우린 결혼 약속까지 했는데 이제 와서 어쩌자는 건지 모르겠어요."

"얘기가 바뀐 거 아닌가요?"

"바뀌다니요?"

"그쪽에서 오히려 김선화 씨를 멀리했던 거 아니에요?"

"미스 김이 그러던가요?"

나는 일부러 대답하지 않았다. 나는 그때 우방이었던 그 여자를 위해서 전화번호를 알려 줬을 뿐이다. 우방이 피해를 봐서는 안 될 것이다.

"미스 김이 무슨 얘길 했는진 모르지만요, 우린 서로 사랑했어요. 물론 그때 그 일로 약간의 갈등이 있었던 건 사실이지만 그건 지나간 얘기예요. 전 남자로서 자존심까지 버리고 모든 걸 새로 시작하려 했던 겁니다."

"문제는, 김선화 씨가 그 자존심을 못 버린다는 얘긴가요?"

"저두 고민이 많았어요. 그나마 미스 김을 받아들이기로 한 건 제 진심이라구요."

"김선화 씨가 어딜 갔었기에 다시 받아들이기로 했나요?"

"아무리 시대가 달라졌다구 해두, 남자 입장에선 그게 쉽지 않다구요."

"여자 입장에서는 더 쉽지 않을걸요."

"제 생각엔 미스 김이 자학하고 있는 거 같아요. 죄의식을 못 버린다 그거지요."

"무슨 죄의식이죠?"

"적어도 얼굴 당당하게 들고 다닐 일은 아니지요."

"내가 용서할 테니까, 평생 내 노예로 살아야 한다. 그런 조건으로 받아들이기로 한 건가요?"

"그렇게 빈정거리지 마세요. 난 남자로서 책임을 다했다구요."

"김선화 씨도 지금 여자로서의 책임을 다하고 있다는 생각은 안 해봤던가요?"

"여자로서의 책임이라뇨?"

"책임이라기보다 희생이란 말이 더 적절할는지 모르겠군요. 김선화 씨는 한 남자를 모든 책임으로부터 풀어 주기 위해 지금 자신이 희생할 각오를 하고 있는 거 아닐까요?"

"희생이요? 그건 말두 안 돼요. 정말 희생을 하구 있는 사람이 누군데 그래요."

나는 이쯤에서 입을 다물었다. 그네들의 문제에 더 이상 관여하고 싶지 않았다. 남자와 여자의 만남이란 게 그런 단순한 논리에 의해 설명될 수 없다는 것을 새삼 터득하고 있었던 것이다.

어쩌다 두 사람이 다시 만난다 해도 일은 그렇게 간단하게 풀릴 것 같지 않았다. 나는 잠시 암담한 생각에 잠겼다. 김선화는 왜 자신의 자리를 바꿔 서기로 한 것일까.

"도대체 미스 김이 찾아가서 뭘 얘길 한 거예요? 뭐라구 했어요? 왜 남의 문제에 끼어드는 겁니까?"

결국 꼬리를 보이고 마는 그를 향해 나는 분노 대신 심드렁하게 대답했다.

"난 더 할 얘기가 없네요."

"내가 왜 전화를 걸었는지 알아요? 그 여자, 거기 다시 찾아가거든 말해 주라구요. 평생 고통으로 살 각오를 하라구요. 그 현장을 똑똑히 본 건 나뿐이 아니구 두 사람이나 더 있었다구요. 증인이 필요한 사람한테는 누굴 찾아가라고 광고를 하고 다닐 거라구요."

전화는 그런 말끝에 일방적으로 끊겼다. 나는 느닷없이 허탈해졌다. 불신의 냄새였다.

믿음이 빠진 사랑, 오직 필요 충족을 위해 만나고 있을 뿐 거기에는 신뢰의 눈길이 없었다. 사랑, 미움, 갈등, 헤어짐 그리고 증오. 처음부터 그 만남에는 불신의 씨가 숨겨져 있었을 것이다. 사람들은 가까이 두고 보는 가축에게서 오히려 더 완전한 신뢰를 발견하고 있지 않을까. 사람을 어떻게 믿지? 상대에게서 믿음을 얻어 낸다는 일은 얼마나 어려운 일이란 말인가.

내 염인증의 정체, 내 삶이 이처럼 힘든 것은 남들과 달리 사람을 무조건 믿고 싶었던 데서 비롯된 것은 아닐까. 나는 가축

263

보다도 사람을 더 믿는 편이다. 십 년 전 대학 4학년 때의 일이다. 무슨 일로 대전에 다녀올 때였다. 고속버스 정류장에서 젊은 신사 한 사람이 내게 접근했다. 서울 무슨 회사 직원인데 출장을 왔다가 소매치기를 당해 당장 차표를 끊을 돈이 없다는 것이다. 그는 신분증도 내보였다. 바로 그런 순간에 거절을 잘 못한다는 것이 내 약점이다. 더구나 상대의 표정이 진실하다고 판단되는 순간, 나는 조건 없이 그를 믿어 버린다. 그때 나는 만 원을 내놓았다. 당시 학생 신분이었던 나로서는 큰돈이었다. 아무런 의심 없이 주소를 적어 주었기 때문에 나는 그 돈이 부쳐져 오기를 기다릴 수밖에. 그러나 끝까지 돈은 오지 않았고 내가 그 일을 말하기 시작했을 때 사람들은 한결같이 내 어리석음을 비웃었다. 그러나 나는 지금도 그 젊은 신사를 믿는 마음에 변함이 없다. 내가 사람을 함부로 만나지 못하는 이유라면 바로 내 믿음의 함정이 무섭기 때문이다.

사랑은 온전히 믿음이어야 한다. 진정 사랑한다면 사랑이란 말 대신 신뢰의 눈길로 마주 바라볼 일이다. 사랑은 달지만 그것이 '사탕'이 되면 쉬 녹는다. 그러나 한 번 준 신뢰는 오래갈 것이다.

내 염인증의 밑바닥에 믿음의 불길이 타고 있음을 누가 알랴. 사람을 신뢰하여 그 어깨에 편안히 기대고 싶다. 유정, 그대가 내 믿음의 대상인가.

나는 신 씨로부터 이런 돈을 받은 적이 없었으려니와 오히려 내

쪽에서 그에게 돈을 써 가며 살림을 했다. 지금 말로 그에게 '홀랑 반해' 있었다. 처음으로 느끼기 시작한 '뜨거운' 연애 감정이라 아무것도 아까울 게 없었다. 남 씨는 이 말을 듣더니 "오천 원을 내가 주마. 그 살림은 그만두어라"라고 했다. 나는 남 씨의 이런 애원이 짜증스러웠다. 남은 지금 죽네 사네 연애를 하고 있는 판인데 그만두라니 말이 되는가. 나는 퉁명스럽게 "그 오천 원으로 우리 어머니를 도와줄 생각인데, 그러면 당신과 나는 뭘로 살겠소." 이렇게 시침을 딱 떼었다.

남 씨는 원산의 유지였을 뿐이지 돈이 많지는 않았다. 나는 간특하게도 그런 약점을 이용하여 그로부터 도망치려 하였다.

　　—박록주, 〈여보, 도련님, 날 데려가오〉(《뿌리깊은 나무》, 1976. 6.)

궤도 이탈. 그 여름부터 가을까지, 그리고 겨울, 다시 봄으로……

겁도 없이, 우리는 정말 많이 만났다. 일주일에 세 번 이상 서울 ↔ 춘천의 시간과 거리를 지웠다. 그러나 우리는 나름의 묵시적 룰에 엄격했다. 일정에 무리가 없도록 한다. 자신의 편의를 위해 상대의 희생이 따라서는 안 된다. 가능하면 서울에서의 만남은 피한다. 우리들 만남에는 그 어떤 가식도 필요하지 않다.

서울에서 만나지 않는다는 것은 자연 속에서만 만나자는 의도가 전제된 것이다. 내가 먼저 서울에서의 만남을 원치 않는다는 뜻을 비쳤고 유정은 그 이유를 별로 따져 묻는 일 없이 스스로 그 룰을 지켰다. 왜 서울에서 만날 수 없느냐고 그가 끝까지

따졌어도 나는 그를 설득할 만한 말을 찾아내지 못했을 것이다. 군이 이유를 찾자면 도심 공간에서의 만남이 우리들에게 어울리지 않을 것이란, 그 부조화에 대한 불안, 그 이상의 다른 뜻은 없었다.

우리는 느끼고 있었다. 우리들 만남에 잘 어울리는 보호색으로서의 배경은 자연이라는 것. 자연 속에서는 자연환경을 파괴하는 행위만이 범법일 뿐이다. 사회 규범과 고전적 도덕의 덕목을 깨부수는 그 어떤 일탈도 자연 속에서는 자연스럽게 여과될 수 있다는 것을 우리는 알고 있었던 것이다. 게다가 유정이나 나나 녹색당의 환경보호 강령 실천에 솔선하고 있다는 것이 확인되었다. 유정은 자연을 훼손하고 있는 사람들에 대한 적의로 가득했고 나는 자연 앞에서 시종일관 얼마나 겸허했던가. 자연은 우리에게 그만큼 편했던 것이다.

감히 믿음이라고 말할 수 있는 자연 속의 그 편안함이 내게 어떤 변화를 가져다주었다. 가을 산과 들이 내 머릿속 화폭 위에 새겨지기 시작했던 것이다. 나무와 바위와 풀꽃들이 은유의 옷을 입고 지배적인 인상으로 화폭 위에 그려지기 시작했다. 아울러 산과 들의 숨 쉬는 소리가 오감으로 느껴졌다. 어느 날 문득 나는 유정 몰래 산과 들을 구도로 잡아 스케치하고 있는 자신을 발견하고 놀랐다. 내가 안 하던 짓을 하고 있었기 때문이다. 그럴 때 아버지 얼굴이 안 떠오른 것은 아니지만 이제 바야흐로 그 영향권을 일탈하고 있다는 긴장감이 나를 지배하고 있었다. 나는 자연 속에서 그동안 교육에 의해 거세되었던 내 감성의 꿈틀거림을 역력히 느낄 수 있었다.

자연 속에서 포오와 이드도 인격을 부여받았다. 그네들이 만나는 장소는 주로 강촌 휴게소였다. 강촌 휴게소 건물은 강변 선착장에 떠 있는 큰 유람선 모양을 하고 있었다. 너무 이국적인 건물 양식이라 강변 풍경으로는 별로 어울리지 않았지만 그런대로 분위기는 괜찮았다. 이드와 포오의 주인들은 유람선의 갑판에 해당하는 건물 옥상에서 만나, 만남의 의식처럼 자판기의 커피를 뽑아 마시며 강물을 내려다보았다.

이드는 늘 기분이 안 좋았다. 주차장에 남겨지는 것이 언제나 그네였기 때문이다. 떠나면서 포오가 윙크로 이드를 달랜다. 이드, 나도 그대 옆에 남고 싶다구. 그러나 그대도 잘 알다시피 이 사람들 지금 누구도 못 말려. 내 심장이 결딴나는 날까지 달릴 수밖에. 이드가 새침하니 윙크로 받으며 말했다. 나도 놀랐어요. 우리 주인이 저런 반란을 일으키리라곤 꿈에도 생각할 수 없었어요.

포오에 탄 이드 주인이 배기통 터진 그 소음 속에서 다소곳이 눈을 내리깔며 서울을 빠져나와 경춘가도에 들어서던 그 설레던 아침 기분을 되살린다. 참 좋아요. 그렇게 말하고 싶은 얼굴이지만 그네는 좀처럼 자신의 느낌을 밖으로 내몰지 않는다. 포오 주인이 그날의 일정을 대충 얘기하는 동안도 별 이의를 달지 않은 채 침묵한다. 그런 순간 이드 주인의 머릿속에 하나의 문장이 구문된다.

— 종점을 모르는 출발만큼 큰 기쁨은 없다. (지우고 다시 만든

267

다.)

　— 함께 떠나는 사람에 대한 믿음으로 출발은 늘 설렌다.

　참 오랫동안 일기를 써 왔다. 일기는 내가 행사한 최선의 열정이었다. 열정 발산으로서의 일기에 대한 내 견해는 다음과 같다.

　일기는 기록이다. 그날 하루를 산 흔적이면 모두가 일기가 될 수 있다. 내 일기는 날마다 있던 사실을 기록하는 것에다 없던 사실까지도 기록하는 것까지 포함한다. 그리하여 내 일기는 '날마다 있던 사실을 기록하거나 나타내거나, 날마다의 생각을 적는 것'이란 표현이 적합할 것이다. 즉 글로써 기록하는 것에서 더 나아가 그날의 산 흔적을 메모하거나 정리하는 것까지를 포함한다. 예를 들어 때로는 사건 기사나 남의 글을 그대로 오려 스크랩하기도 하고 심지어는 편지, 카드, 내가 그린 그림도 붙여 놓고 지극히 사무적인 전달사항이나 그날의 행사 프로그램, 내가 쓴 가계부와 여행 일정을 적은 메모도 일기가 된다.

　김유정의 소설을 읽으면서 간략한 독후감을 쓴 것도 일기가 된다. 때로는 신문의 네 칸 만화도 압축된 글이라 여겨져 오려 붙인다. 그것들이 모두 내 의사 표현을 대변하고 있기 때문에 그것은 일기에 해당한다. 유정이 산국농장에서 찾은 네잎클로버도 내 일기가 되었다. 여러 날 지속된 사실을 한꺼번에 정리할 때도 있으므로 나는 어느 하루만의 일을 바로 그날 써야 한다는 부담을 갖지 않는다. 어떻든 그것들이 내 일기가 되기 위해서는 분명히 종이 위에 있어야 한다는 전제가 필요하다.

　날짜를 달고 종이 위에 표현되는 것은 모두 일기라고 주장하고 싶다. 사실의 기록뿐만 아니라 그 사실에 근거한 상상이나 공상까지도 내 일기의 영역이 될 것이며 그것의 표현 방법도 화자가 '나는'에 한정되지 않고 '그는'으로 할 수도 있다. 또한 그 서술 양식에도 구애를 받지 않는다. 과학적 의도의 설명적인, 혹은 논설적인 것에서 예술적 의도의 수필이나 소설적인 서술도 필요에 따라 사용된다. 그것이 어떠한 양식의 글이든 가장 적나라하게 벗은 자기와 만나는 글이면 그것은 일기라고 생각해 왔다. 일기는 자기 고백이면서도 그것은 무한히 자유로워야 한다는 생각이다. 즉 일기는 자기 치부를 드러내는 일이면서도 그 부끄러움을 감싸주는 가장 비밀스러운 공간에 위치하기 위해서 그런 여러 양식의 서술을 필요로 한다고 본다.

사람들은 좀더 솔직해지고 싶고 자유롭고 싶고 뭔가 고백하고 싶고 또 위로 받고 싶어서 일기를 쓴다. 그런데 그 표현의 형식이 한정되어서는 곤란하지 않은가. 물론 그것이 비밀과 자유를 버리고 수필이니 소설이니 하는 공적인 글로 떨어져 나갈 수도 있겠지만 그런 것들과 무관한 나로서는 오히려 편안한 마음으로 그 여러 양식들을 사용할 수가 있어 좋다.

내 일기 쓰기의 열성은 스스로 선택한 수학 선생의 길이 남들한테 단세포적인 사고로 비쳐질는지 모른다는 자격지심과 관련이 있을는지 모르겠다. 나는 일상과 결부된 내 직업에서 벗어나기 위해 막연히 또 하나의 자유로운 삶의 방식을 모색했고 그럴 때마다 절망했다. 문제는 그것이다. 절망하지 않기 위해서, 다시 깨끗이 포기하는 연습으로 일기를 썼다. 직장생활의 매너리즘과

269

되도록이면 단절한 채 나는 늘 혼자서 고민했다. 그 고민의 에너지가 내 일기라고 할 수 있다. 또 어떤 면에서 내 일기 쓰기는 일상에서 소외되는 것이 두려워 내가 나를 점검하는 수단으로 선택된, 일상의 것들을 이렇게 잊지 않고 있다는 그런 기록으로서의 의미도 짙다. 일상에로의 접근을 위해 내 일기는 극히 사무적이 되거나 감정이 절제되어 있는 경우가 많았다. 그러나 반란이 일어났다. 내 일기의 때깔이 달라지기 시작한 것이다. 유정을 만난 뒤부터다. 내 일기가 툴툴거리며 반란을 시도하고 있다.

10월 11일

춘천 외곽도로를 따라 달리다 포오는 느닷없이 시골길을 좌회전. 거두리 마을. 작은 시멘트 다리 옆에 차를 세우고 솔밭길을 오른다. 안동 김씨 묘가 서넛. 철늦은 구절초. 작은 것들이 모여 있는 것은 아름답다. 유정은 자신의 마당에 심는다고 구절초 두어 뿌리를 캤다. 밭 가장자리 숲에 덩굴별꽃이 유난히 많이 엉겨 있었다. 뚱딴지를 한 포기 보다. 유정은 자신의 시간강사 생활에 대해 얘기했다. 그 일에 별 불만이 없지만 늘 절망하고 있다고. 그는 내가 학원의 전임강사면서 어떻게 이처럼 시간을 낼 수 있는지 그게 궁금하다고 했다. 학교를 그만둔 이유 중 하나가 시간에 묶이는 게 싫었기 때문임을 조금 내비치자 그는 나를 외계인 보듯 했다. 내가 외계인으로 보이면 그도 분명 외계인이다. 그는 지금 떠돌고 있다. 외로운 영혼.

10월 15일

더없이 좋은 날. 감동의 가을 산행. 춘천에서 서울로 통하는 1백 년 전 옛길인 삼악산 북쪽 덕두원에서 당림리로 통하는 '석파령'을 세 시간에 걸쳐 넘었다. 석파령을 다 넘은 당림리 골짜기에서 유정이 큰 옥수수만 한 붉은두루미천남성 열매를 꺾었다. 유정과 함께 있으면 왜 지금까지 흔히 볼 수 없던 것들이 자주 눈에 띄게 되는 걸까?

옛날, 서울에서 춘천까지 가려면 큰 고개 세 개를 넘어야 했다. 물론 지금이야 4차선에다 터널까지 뚫려 그 고개란 것이 별 것 아니지만 옛날 북한강 뱃길을 이용하다가 청평댐이 생겨 그 뱃길이 없어진 뒤 생긴 경춘가도의 그 세 고개는 여간 험준한 게 아니었다는 것이 유정의 설명. 금곡과 마석 사이의 마치고개가 그 첫 번째 고개이고 청평과 가평 사이의 빗고개(지름길이 많아 상·하행 나그네가 서로 만나지 못하고 길이 빗나가 엇갈린다고 해서 그런 이름이 붙여졌다고)가 두 번째 고개다. 그다음이 석파령으로 지금은 삼악산 등선폭포가 있는 남쪽으로 상행의 일방통행인 절벽길과 물 위의 환상적인 등선교가 있어 그 고갯길이 없어졌지만 신작로가 뚫리기 전에는 반드시 그 고개를 넘어야 했다고. 석파령(席破嶺)이란 고개이름은 옛날 신·구 사또가 그 고갯마루에서 서로 마주치곤 했는데 한쪽이 번번이 돗자리를 가지고 오지 않아 다른 쪽에서 돗자리 반쪽을 찢어 건네줘 좌정을 한 뒤 간이 이·취임식을 했다는 데서 생겼다고. 그 사또 중 어느 쪽이 돗자리를 안 가지고 왔을 것인가에 대해 유정이 물었고, 나는 양쪽 다 가능성이 있다는 대답으로 유정의 칭찬을 받았다. 얼핏 스친 유정의 눈길에서 나는 동물적 성애를 본 느낌이었다. 석파령 정상쯤 되는 곳에서 유정이 숨 가빠하는 내 등에 가만히 손을 얹었다가 떼었다. 나는 그를 돌아보지 않았다.

10월 20일

경춘국도 강 건너편, 강촌에서 백양리로 통하는 강변 비포장 도로를 달려 갈대와 물억새 숲에 한 시간 이상 머물다. 늘 건너다보기만 하던 그 자리에서 바라보는 경춘국도 가을 풍광은 또 별맛이었다. 유정은 갈대와 억새를 어떻게 구별하느냐고 물었다. 갈대는 주로 늪이나 강가에, 억새는 주로 산에 나며 그것들의 육안 구별은 구월에 꽃이 필 때 그 꽃타래가 득신하고 짙은 자갈색인 것이 갈대고, 억새는 다소 꽃술이 여리고 성기며 흰 빛깔이라고 대충 설명.

강변에 올 때마다 보게 되는 갖가지 새풀 이름을 기억해 내지 못해 안타까웠다. 새, 바랭이, 그렁풀, 개기장 등 그 나름의 종자 번식을 위해 여문 꽃씨를 물고 있는 들풀들을 들여다보고 있으려니 아득한 절망이 왔다. 오, 안다는 일의 부질없음이여. 어느 작가가 중국 계림을 여행하다가 산이 너무 좋아 90세의 마을 촌로한테 그 앞산 이름을 묻자 모른다고 고개를 젓더란다. 평생을 여기 살면서 저 앞산 이름도 모르느냐고 했더니 산 이름을 몰라도 90평생 아무 탈 없이 편안하게 살았는데 지금에 와서 구태여 그 산 이름을 알아서 무엇 하느냐고 오히려 반문하더라고. 모른다는 말이 안다는 말보다 설득력 있게 들렸다는 것인데, 한 가지를 알면 열 가지가 괴로운 걸 무엇 때문에 자초하여 괴로움을 안고 사느냐는 그 촌로의 장수 비결에 감탄했다는 얘기대로 나는 왜 다른 것에 무관심하면서 유독 자연에 대해 이처럼 연연하여 괴로움을 자초하고 있다는 말인가.

무관심은 내 특기다. 내가 신문을 읽지 않는 일, 직장 사람들의 인적 사항에 대해서 전혀 깜깜이어서 벌어진 해프닝은 너무나 많다. 학교에 있을 때의 동료 하나가 며칠간 보이지 않았다. 어느 날 그 사실이 문득 궁금했지만 원래 무신경이라 그냥 넘기고 말았는데 며칠 뒤 그 동료가 학교에 나왔다. 아니, 어디 갔었어요? 그렇게 묻는 나를 향해 그가 정말 어처구니가 없다는 듯 한숨지었다. 그는 나한테 굉장한 열정으로 구애를 했던 사람인데, 학교 교직원이 다 아는 그의 결혼식을 몰랐던 나를 그가 이상한 눈으로 바라본 것은 너무나 당연했다. 그러나 사람들은 내 무관심 때문에 생기는 갖가지 해프닝을 귀엽게 받아 주었다. 내 무관심이 나를 위한 이기적 소행과 별 관련이 없다는 것을 알았기 때문일 것이다. 나로 인해서 자신들이 피해를 보지 않았다는 것이 확인되는 순간 사람들은 나한테 그처럼 관대했던 것이다. 그런데 겁난다. 이제까지 무관심하던 그 관행을 깨고 나는 왜 유정에 대해 관심을 갖기 시작한 것일까. 유정, 그는 나에게 무엇인가.

나는 남 씨와 헤어져 돌아와 하염없이 〈이별가〉를 불렀다.

새로 만난 신 씨는 겪을수록 얄은 사람임이 드러났다. 나 몰래 다니며 바람을 피는 것 같은 낌새도 보였다. 신 씨는 여러 일로 내 속을 태웠고 김유정은 김유정대로 협박조의 편지를 보내오며 쉬임없이 쫓아다녔다.

"어제 저녁에 네가 천향원으로 들어가는 것을 보고 문 앞에서 기다렸다. 만일 그때에 만났으면 너를 죽였을 것이다." 김유정은 이런 내용의 혈서를 서슴없이 집 안으로 들여보냈다. 나는 그때마다 온몸의 피가 식는 것 같아 한참을 떨곤 했다. 김유정의 눈을 피하려고 인력거에 휘장을 내리고 남바위를 푹 눌러쓰고서야 외출을 할 수가 있었다.

—박록주, 〈여보, 도련님, 날 데려가오〉(《뿌리깊은 나무》, 1976. 6.)

11월 2일

명적사 올라가는 길, 낙엽송 단풍. 달빛은 희다? 나는 지금까지 달빛이 노랗다고 생각해 왔다. 빛은 관념이다.

유정의 포오가 드디어 병원에 갔단다. 차량 뒤쪽 배기통마저 터진 데다가 클러치가 박스째 고장 났다고. 춘천의 명물 포오를 오래 기억할 사람들이 많을 것이란다. 춘천에서 가장 고물인 그 승용차를 보는 순간 사람들은 웃는다고 했다. 아이들은 아주 소리 내어 깔깔거리고, 어떤 사람은 아예 입을 해발짝 벌린 채 꽤나 어이없어 하는 얼굴로 웃고 서 있다는 것이다. 그러고 보니 포오가 지나갈 때 이쪽을 바라보는 사람들의 눈길이 예사롭지 않았다는 생각이다. 이런! 이제 유정은 하리와 함께 있는 동안 그 괴물 포오를 몰기가 부담스러울 것이다. 호기심은 구속이다.

사람들의 관심 속에 놓이는 것은 어떠한 경우든 자유로운 것이 되지 못하기 때문이다. 어떻든 포오의 쾌유를 빈다!

유정이 이드를 운전하고 나서자 그네는 낄낄거리며 몸을 비틀었다. 요런, 망측! 이드가 자동 기어라 유정은 갑자기 왼발과 오른손이 허전하다고 했다.

처음 계획은 팔봉산 산행이었다. 유정은 의암댐 밑 길게 휜 다리를 건너 김유정이 천렵을 나와 모래무지와 쏘가리를 잡았다는 팔미천을 낀 이차선 길로 차를 몰았다. 팔미천의 고목 느티나무 두 그루가 정자나무다운 품위로 가을 단풍을 물들이고 있었다. 김유정의 고향 마을 증리 입구에서 광관리 쪽 새로 포장된 지방도로를 따라 달리는 고갯길은 가장 한국적인 가을 풍경을 연출했다.

유정은 평소와 달리 말이 없었다. 말이 없다는 것은 그의 내면에서 불필요한 말을 사살하고 있기 때문일 것이다. 유정은 뭔가 평소에 하지 않던 말을 하고 싶은 것이다. 그는 초면인 이드를 난폭하게 모는 것으로 자신의 침묵을 감추려 했다.

나 역시 이날따라 별로 할 말이 없었다. 그러나 유정의 그 침묵과는 다른 것이 분명했다. 나는 그냥 가라앉은 상태로, 편하고 안전하다는 느낌일 때 말을 필요로 하지 않는다. 믿음.

유정이 차의 속도를 늦추며 한 곳을 가리켰다. 저게 팔봉산입니다. 평범한 농촌 산야에 느닷없이 매우 이질적인 풍경 하나가 눈에 들어왔다. 그것은 산수화에서 흔히 보는, 절리현상으로 인해 상어 이빨같이 솟은 바위였다. 산은 보는 위치에 따라 그 모

275

습이 다르게 마련. 한 번 와 본 산이지만 이쪽 길을 택한 것이 아니었기 때문에 이런 원경의 산 풍경은 낯설고 신기했다.

가까이 다가가자 팔봉산은 홍천강의 하류가 그 허리를 휘감고 도는 모습이 흡사 모양 좋은 바위를 절단해 수반에 앉힌 수석 같았다. 삼백여 미터에 불과한 높이지만 팔봉산은 여덟 개의 바위 봉우리가 적당한 배열로 험준히 솟아 있어 가파른 산길을 오를 때는 두 발만 있으면 되지만 그 여덟 봉을 넘기 위해서는 처음부터 네 발로 헤매지 않으면 어림도 없는 결코 얕잡아볼 수 없는 산이다. 두 번째 봉우리의 당집에서 굽어보는 홍천강은 그야말로 그림이고 삼봉에서 네 번째 봉으로 오르기 위해서는 사람 하나가 몸을 제대로 뒤틀어야 빠져나갈 수 있는 그 구멍 통과가 팔봉산 산행의 백미일 것이다. 구멍 위에서 뱃속의 애를 잡아 빼듯 잡아당기고 밑에서는 엉덩이를 밀어주지 않으면 좀처럼 빠져나가기 어려운 코스다. 나는 오늘 유정과 그 구멍을 어떻게 빠져나갈 것인가를 생각하며 혼자 웃었다.

치악산을 갈 때도 그랬지만 나는 유정에게 내가 그 산을 가봤는가의 여부를 먼저 발설하지 않는다. 열 번 이상을 간 곳이라 해도 언제나 다시 갈 때는 초행자의 심정으로 가자는 것이 산행을 즐기기 위한 내 나름의 규율이다. 이날도 나는 내가 팔봉산을 왔다는 말을 꺼내 동행의 흥을 깨고 싶지 않았다. 그런데 팔봉산이 맞바로 건너다보이는 지점쯤에서 유정이 물었다. 팔봉산에 온 적이 있지요? 언젠가 내가 팔봉산 산행 이야기를 했다는 기억이다. 유정이 다시 물었다. 누구하고 왔었습니까? 대답이 꼭 필요한 것이 아니라고 생각해 나는 그냥 침묵했다. 유정 역시 더 이상 묻지 않은 채 강 건너 밤벌유원지가 건너다보이는 산기슭까지 차를 몰았다. 오른쪽으로 좁다란 계곡이 보였다. 왜 팔봉산 산행을 포기한 거냐고 묻지 않기로 했다. 나는 유정에게 모든 일정을 일임하는 것이 편하다는 것을 그동안 체득하고 있었던 것이다. 유정이 뭔가 긴한 말을 하고 싶어 그처럼 굳은 얼굴을 하고 있었던 것이 얼마 못 가 드러났다.

하리. 참 이상합니다. 나는 오늘 마음이 편치 않아요.

감정 흐름에 숨김이 전혀 없는 사람이다.

그렇게 보여 저도 힘들어요.

이유를 들어 보면 정말 한심할 겁니다.

그는 이드를 앞뒤로 살펴본 뒤 계곡길로 접어들었다. 그 계곡 입구에 봉고차 한 대가 서 있었다. 그리고 보니 계곡 안쪽에 대여섯 명의 사람들이 서성거리고 있는 게 보였다. 잣나무와 소나무 등 상록 침엽수가 죽죽 줄을 맞춰 조림된 것이 단풍이 짙게 물든 가을 산을 배경으로 그 빛깔아 선명하게 구별되었다. 계곡으로 다가갈수록 대여섯 명의 남자들 행색이 수상하게 여겨졌다. 행락객 차림이 아니라는 것이 확인되면서 다소 불안해졌다. 그들이 모여선 곳에서 연기가 피어올랐다.

개를 잡나 봅니다. 걸음이 잘 내키지 않는 나를 눈치챈 듯 유정이 말했다. 계곡 더 깊은 안쪽에서 그 일행으로 보이는 서너 명의 남자들이 더 내려와 불을 피우고 서 있는 사람들과 합류했다. 그네들이 이쪽을 돌아다보았다. 허름한 점퍼 등을 걸친 청년들이었다. 아무래도 분위기가 심상찮았다. 조금 두런거리는 소리가 들릴 뿐 그 나이 또래의 분위기가 아니었던 것이다. 저 친구들 하필이면 절 앞에서 개를 잡는담. 유정이 대수롭잖게 말하면서 걸음을 계속했다. 그들이 모여 서 있는 장소 조금 못 미쳐 왼쪽으로 길이 있었고 그 입구에 '명적사'란 팻말이 보였다. 유정과 내가 명적사 길로 들어선 순간 모여 섰던 청년들이 우루루 움직이기 시작했다. 나는 숨이 가빠왔다. 썩 안 좋은 분위기였다. 그들이 유정과 나를 흘금거리며 계곡 입구로 내려가기 시작해서야 긴장이 조금 풀렸다. 공장에라도 다니는 그런 옷차림의 청년들이다.

그들은 봉고차에 올라탔고 차는 금방 떠나갔다.

떠나가면서 열린 차창을 통해 그들 중 몇이 손을 흔들어 보였다. 그러나 우리를 향해 손을 흔든다는 느낌은 전혀 아니었다. 유정이 그들이 모여 섰던 곳으로 올라가 불탄 자리에 뿌린 흙을 발로 걷어내 보고 있었다. 여러 개의 담배꽁초와 종이를 태운 흔적이 보였다. 바닥이 마르지 않을 정도로 가늘게 흐르는 골짜기 물길을 가리켜 보이며 유정이 말했다.

저 사람들, 지금 친구를 영별하고 가는 겁니다. 보세요. 저 물에다 친구의 뼛가루를 뿌렸겠지요. 함께 고생하며 일하던 친구가 교통사고로 죽은 겁니다. 가난 원수 갚는다고 단돈 1백 원도 아끼던 친구라 동병상련의 처지에서 그 죽음이 더 허망했던 것이고 그 영별 장면도 더욱 숙연했을 겁니다.

친구의 죽음을 통해서 자신들을 돌아보는 시간이었겠지요.

살아 있다는 위안 같은 거 말입니다. 죽은 사람한테 돈을 꿨다가 갚지 못한 친구도 있었을 겁니다. 그는 그 친구와의 영별이 더욱 심란했을 테지요. 이제 저 친구들에게 필요한 건 술입니다. 그리고 엉뚱하게도 공장장이나 그와 비슷한 위치의 누군가가 갈비뼈 몇 개가 부러질 일만 남았지요. 아니지요. 저 친구들은 오히려 더욱 심약해져서 한껏 비굴한 웃음으로 공장장한테 아부를 하는지도 모릅니다. 자신이 이렇게 살아 있다는 것이 새삼스레 감동스러울 수도 있을 테니까요.

얼굴도 못 본 사람의 죽음에 대한 애도였을 것이다. 그는 명적사를 향해 뚫린 비탈길을 천천히 오르고 있었다. 조금 전 그네들이 남긴 무거운 분위기와는 아랑곳없이 가을 하늘은 드높이 맑았다. 그 가을 하늘에 낮달이 노랗게 떠 있었다.

유정, 상상력이 대단하신데요. 창조의 원천이 상상이잖아요.

김유정의 소설을 읽은 탓인가, 불현듯 유정이 작가처럼 느껴졌던 것이다.

그렇지요. 단순한 기억의 재생이 아닌 이상 상상은 창조의 에너지가 틀림없습니다.

산길 좌우로 주황빛 낙엽송 군락이 보였다. 유정의 나무였다. 그는 여름부터 산에 갈 때마다 낙엽송 예찬을 했다. 봄의 신록부터 그 짙은 녹색, 가을이 되면서 다른 낙엽들이 다 떨어져 간 뒤 가장 오래까지 단풍으로 남아 어둔 밤에도 훤하게 타오르는 것이 낙엽송이라고 했다. 낙엽송 단풍은 비바람 치는 어느 늦가을 하루, 깡그리 떨어져 내려 그야말로 낙엽이 떨어져 내린 뒤의 앙상한 나목으로 꼿꼿이 겨울을 난다는 것이다.

유정이 걸음을 빨리해 나보다 꽤 앞서간 다음 몸을 돌렸다.

거기 그대로 서 계십시오. 정말 대단합니다.

나는 그가 낙엽송을 배경으로 서 있는 내 모습을 풍경으로 바라보고 있다는 것을 알았다. 정말 이런 기분 처음이군.

여기 와 보신 적 있으세요? 명적사…….

아닙니다. 이런 데 절이 있다는 걸 알지도 못했습니다.

그럼 이제 팔봉산에 오르지 않은 이유를 말씀하실 차례네요.

그러잖아도 얘기하려고 했습니다. 나는 오늘 질투로 해서 죽을 지경입니다.

하하.

웃으실 겁니다. 내 질투의 대상은 너무 막연하고도 큰 것이어서 설명하기 힘듭니다. 그러나 분명한 건 하리를 나보다 더 먼저, 더 많이 알고 있는 사람들이 내 질투의 대상이라는 사실입니다. 하리를 사랑했던 그 남자들은 물론이거니와 하리의 부모들까지 나는 질투하고 있습니다.

하하.

어처구니없지만 어쩔 수 없습니다. 나는 하리의 그 유년시절에 대해서도 질투를 느낍니다.

역시 낙엽송에 약하시군요. 하긴 저 낙엽송 단풍이 보통이 아닌데요.

나는 애써 그의 눈길을 피하면서 물었다.

우리 점심은 언제 먹어요?

희망이 없는 소유 욕구는 그만큼 절망이 크겠지요?

유정은 지금 작가 김유정 얘길 하고 싶으신 거지요. 김유정이 박록주란 기생을 짝사랑한 것이 예정된 실패, 충분히 예견된, 말하자면 자신의 절망적 상황을 이미 알고서 그런 가망 없는 사랑을 꿈꾸었다는 얘기가 아니던가요?

이거 헷갈리는군요. 이왕 헷갈린 거 나두 한마디 덧붙이지요. 하리 얘기대로 김유정은 자신의 가정적 결손으로 인한 염인증을 풀어낼 출구를 찾는다는 것이 아예 통로가 없는 절벽과 마주 섰던 거지요. 박록주를 짝사랑했던 것만 해도 학생시절이었고 그런대로 건강도 괜찮은 때라 어느 정도 희망이 없는 것도 아니었으나 그 뒤 죽기 몇 달 전 다시 시작한 짝사랑은 정말 분명한 실패를 향해 돌진한 것이었습니다.

가을이 되면서부터 툭하면 집으로 찾아왔다. 나는 절대 만나주지 않았다. 그는 마루에 혼자 쓸쓸히 앉았다 가곤 했다. 이렇게 되자 원산 남씨나 김경중 영감도 다 알게 됐다.

추석이 되자 김유정은 친구를 통해 선물을 보내왔다. 선물은 양단 치마저고리 한 감이었다. 나는 그것을 도로 보냈다. 이번에는 편지와 함께 왔다.

"내가 선의로 보내는 것을 당신이 받지 않는다면 정말 좋지 않을 것이오."

문투가 받지 않으면 무슨 일이든 벌이겠다는 식이었다. 겁이 나서 받아 두었다. 겨울이 되자 그의 편지는 비장해져 갔다.

"나는 술로 밤을 새운다. 술을 먹으며 너를 생각한다. 지금쯤 너는 어느 요정에 가서 소리를 하고 있겠지. 이 추운 밤에 홀로 술을 드는 나를 생각해 보라. 사랑이란 것은 억지로 식어지는 것이 아니다. 뭣과도 바꿀 수 없다. 지금 이 순간도 너를 생각한다."

…… 생략…….

스물다섯 살이 된 1929년의 설에도 선물을 갖고 실랑이를 했다. 그는 양단저고리, 조그마한 금반지, 가죽신, 털장갑을 친구를 통해 가져왔다. 나는 지난번같이 보내 버렸다. 이번에는 그가 들고 왔다.

그는 눈을 부라리며 "이걸 안 받으면 네가 더 불리할 거야. 알아서 해!" 하고 을러댔다. 그는 싸갖고 온 보자기를 방에 들여놓았다. 나는 당신이 무슨 돈이 있어 이런 것을 사 오느냐고 무시하는 조로 타일렀다. 그러자 김유정은 발끈 화를 냈다.

"너는 너무 건방져. 네가 정히 이런다면 나에게도 생각이 있어. 나는 자존심도 아무것도 없는 줄 알아?" 나는 어디다 반말을 하며 대드느냐고 했지만 그는 그런 것을 개의치 않았다.

사랑에는 나이가 상관없다는 식이었다. 나는 "당신을 사랑한 일이 없단 말야" 하고 쏘아 주었다. 김유정은 더 할 말이 없었던지 마루에 멍청히 앉아 있었다. 무슨 깊은 생각에라도 잠긴 듯 눈동자마저 멍청한 채 앉아 있었다. 사실 나는 이 무렵 그가 폐병에 걸렸다는 소문을 듣고 있었다.

—박록주, 〈나의 이력서〉 ⑯(한국일보, 1974. 1. 29.)

김유정이 박록주 말고 또 다른 사랑을 했어요? 작품에는 그런 게 더 없는 것 같았는데….

그때는 이미 자신의 얘기를 자전적 작품으로 남길 만한 그런 여유도 없었을 겁니다. 죽음의 문턱에 있을 때였으니까요.

그 희망 없는 대상이 도대체 어떤 여자였어요?

지금 내 앞에 서 있는 사람입니다. 유정은 지금 절망하고 있습니다. 김유정이 그 여자들을 짝사랑하면서 질투를 얼마나 많이 했을까요. 기생 박록주가 사랑에 빠져 있던 남자와 그 주변의 숱한 사내들, 그리고 나중에 짝사랑한 그 여자, 박봉자 말입니다. 그 여자는 김유정도 잘 아는 평론가 김환태와 결혼까지 했으니까, 김유정은 죽어가면서 그걸 알게 됐지요. 그 절망이 지금 내 앞에 서 있습니다.

박봉자? 저는 처음 듣는 이름인데요.

그 여자는 박록주와 달리 이화여전까지 나온 인텔리였습니다. 삼십 년대 시문학파, 그리고 해외문학파 동인으로 순수 서정시를 대변했던 박용철(朴龍喆 : 1904~1938) 시인의 누이동생이었지요.

얘기를 나누면서 오르는 산길은 전혀 힘들지 않았다. 가끔 뒤돌아볼 때마다 팔봉산의 칠, 팔봉이 손에 잡힐 듯 다가서며 그 산자락을 휘감아 도는 홍천강 물줄기가 녹청색으로 굽이치고 있었다. 사람들이 많이 오르는 팔봉산을 오르지 않고 그 산을 눈앞에 바라보며 오를 수 있는 명적사 쪽으로 일정을 바꾼 유정의 그 즉흥적 결정이 마음에 들었다.

남향이라서 그럴까, 그 산길에는 그때까지도 떡갈나무 잎이 여름처럼 싱싱한 게 많았다. 올라갈수록 습지식물들이 눈에 자주 띄었다. 얼마쯤 오르자 하늘이 환하게 트이면서 눈앞에 분지 같은 게 나타 날 듯싶은 지형이 다가왔다. 늦가을 산에서 봄에 나 볼 수 있는 냉이며 머위를 볼 수 있다는 것은 확실히 경이로운 일이었다. 늦가을, 이 싱싱한 들풀들과의 만남이라니.

언덕 위에서 두런거리는 사람 말소리가 들렸다. 언덕으로 올라서자 가장 먼저 눈에 띄는 것이 바위 위에 뿌리를 깊이 뻗고 꼬질꼬질 비틀어 자란 느티나무 고목이었다. 유정이 자신의 아름으로 나무를 잰다. 바위 위에 뿌리를 내려 저처럼 바위를 절단시키며 자라기까지는 5백 년 이상이 걸렸을 것이라고 했다. 그 바위 위의 느티나무 고목 뿌리등걸을 밟고 서서 우리는 요즘 개축된 것이 분명해 뵈는 절 하나와 그 옆으로 학사원이란 간판까지 붙은 허름한 건물을 내려다보았다. 절에서 고시 공부를 하는 사람들을 기숙시키는 곳인 듯했다. 그러나 절에도 그 학사원 어디에도 사람은 보이지 않았다.

그러나 사람 두엇이 두런거리는 소리의 향방은 금방 드러났다. 연못이 있는 산기슭이었다. 앞에는 논이 있고, 오랫동안 그대로 버려 두어 황폐해진 과수원 터. 자잘한 열매가 조닥조닥 달린 돌배나무 등 잡목이 우거진 곳이었다. 그 숲에서 젊은 남녀가 칡을 캐고 있었다. 팔뚝 굵기의 뿌리가 땅에 그득하니 잘려 나와 있었다. 이 절터의 땅 주인집 남매라고 했다. 절도 자신들의 것이지만 지금은 세를 주었다는 것, 학사원도 절에서 운영한다는 것, 자기들 집은 어유포리에서 송어 양식을 하고 있다는 것, 옛날부터 이곳은 방풍도 잘될뿐더러 눈도 많이 내리지 않아 항상 봄처럼 따뜻해 어쩌다 여기 와 본 사람들이 무릉도원이라고 한단다. 유정이 그네들에게서 그런 얘기들을 끌어내고 있었다. 나는 새삼스레 주위를 둘러보았다. 아늑하고 평화로웠다. 그러나 유정 앞에서 그런 내색은 하지 않았다.

하리!

유정이 칡뿌리 하나와 돌배가 소담하게 달린 돌배나무 가지를 얻어들고 연못 곁에 서 있는 내 곁으로 다가왔다.

하리, 여기서 저 느티나무 고목을 바라보고 있으려니 눈 내리는 따뜻한 겨울 정경이 눈에 보이는데요.

저도 비슷한 생각을 했어요. 언제고 다시 와 보고 싶은 곳, 편안한 마음으로 다시 찾아올 것 같은 그런 데. 산국농장에 갔을 때도 그런 느낌이었지요.

하리, 하나 물어보고 싶습니다.

어려운 것은 싫어요.

난 추상적인 것은 싫습니다.

저두요. (이 경박함이라니!)

하리, 만지고 싶습니다.

세상에! 놀라운 일은 내가 전혀 허둥거리지 않고 그의 눈에 내 눈길을 맞춘 것이다.

처음 보았을 때부터 그랬습니다. 이 사람 만지고 싶다.

유정이 절 앞의 우물에서 쪽박에 물을 떠서 내밀었다. 그 순간 고등학교 국어 시간에 선생님이 칠판에 판서까지 해주며 암기하라던 시 한 구절이 떠올랐다. 그 시인이 누군지, 제목이 무엇인지 전혀 생각나지 않았지만 그 시 몇 구절만은 분명히 기억되었다.

어이할꺼나

……

아, 나는 사랑을 가졌어라

꾀꼬리처럼 울지도 못할

기찬 사랑을 혼자서 가졌어라!

7

1933년(25세) 가산을 완전히 정리한 형 유근이 준 돈도 다 떨어진 뒤 서울 둘째 누이 유형의 집으로 다시 돌아옴. 누이한테 빌붙어 사는 매형 정 씨에 대한 미움과 더욱 악화된 늑막염, 극도의 궁핍으로 심신이 극히 쇠약해짐. 병원에서 폐결핵 진단을 받음.

〈산ㅅ골나그네〉 〈총각과 맹꽁이〉 발표.

1934년(26세) 매형 정 씨가 사직동 집을 팔아 혜화동 개천가에 셋방을 얻어 생활함. 누이 유형은 밥장사를 하고 유정은 도서관을 드나들며 창작에 몰두함.

〈정분〉 〈만무방〉 〈애기〉 〈노다지〉 〈소낙비〉 탈고.

1935년(27세) 조선일보 신춘문예에 〈소낙비〉 1등 당선. 조선중앙일보 신춘문예에 〈노다지〉 가작 입선.

구인회 후기 동인으로 가입하면서 이상과 자주 만남.

〈금 따는 콩밭〉 〈금〉 〈떡〉 〈만무방〉 〈산골〉 〈솟〉 〈봄·봄〉 〈안해〉 등 10편(〈소낙비〉 〈노다지〉 포함)의 단편소설과 수필 3편 발표.

누님들의 주선으로 숭인동에서 16세의 연안 이씨와 혼인하였으나 며칠 만에 소박 놓다.

김유정은 몸의 병을 고치기 위해 다시 상경했다. 그러나 병을 고치는 일보다 더 절실한 것은 소설 쓰는 일에 모든 열정을 쏟아붓고 싶은 어떤 끌림이었다. 그는 이미 소설 쓰는 일에 미쳐 있었던 것이다. 소설 쓰기, 그것은 일종의 망각이었다. 김유정이 서울에 올라와 소설 쓰기에 몰두한 것은 자기 구원을 위한 현실 잊기의 절실한 몸부림이었다.

그는 자신에게 일어나고 있는 현실을 도저히 용납할 수 없었다. 고향 마을에 내려가 있는 동안 그는 자신의 집안이 완전히 거덜 나는 비참한 현실을 두 눈으로 분명히 확인했다. 가산을 깡그리 탕진한 형보다도 오히려 더 생활 능력이 없던 그로서는 눈앞에 닥친 현실이 그저 황당했을 뿐이다. 가난 앞에서 그는 속수무책이었다. 그럴수록 그는 울화통이 치밀었다. 사형선고나 다름없는 폐결핵 진단 결과까지 나왔을 때 그는 정말 아득했다.

서울에 올라오면서 그의 우울증은 한층 심해졌다. 그는 사람들이 싫었다. 우선 자신의 병든 몸을 의탁하고 있는 매형 정 씨와 한 방을 쓰고 살아야 하는 그 고통으로부터 벗어나고 싶었다. 히스테리 증세가 더욱 심해지는 누이 유형에 대한 연민이 수시로 미움으로 바뀔 때마다 그는 괴로웠다. 더구나 그네들의 신세를 지지 않을 수 없는 자신의 무능력이 정말 싫었다.

그는 그 모든 것을 잠시라도 잊기 위해 혼자 있을 수 있는 장소와 시간을 찾았다. 산등성이 바위에 누워 하늘을 쳐다보며 공상하는 시간이 가장 즐거웠다. 그는 이마에 누런 수건을 동여맨 마적이 되어 드넓은 만주 벌판으로 말을 달렸다. 혹은 다른 사람들처럼 청운의 꿈을 안고 일본으로 훌쩍 떠나기도 했다. 때로는 교양 있는 신여성과 열애에 빠지기도 했다. 상상의 즐거움은 자신이 얼마 전 머물면서 만났던 고향 사람들의 그 순박한 삶을 머릿속에 재현해 보는 일이었다. 서울에서만 살았던 그로서는 농촌 무지렁이, 그네들의 삶에서 느낀 그 원초적 생명력이 자신에게 옮아와 있다는 착각에 즐겨 빠지곤 했다. 그네들을 생각하면 이상하게 마음의 여유가 생겼다.

— 퇴폐한 시골, 굶주린 농민…… 굶주린 창자의 야릇한 기미, 한겨울 동안 흙방에서 부대끼던 울분, 내일을 우려하는 그 초조. 그리고 터무니없는 야심…… 봄에 더 들떠서 방종하는 (부녀의) 감정……—. 이러한 '시골의 생활감'이 향수가 되어 그의 상상세계를 부추겼다. 상상의 그 즐거움이 그네들의 삶을 객관화할 수 있는 힘으로 솟아났다.

김유정의 소설 쓰기는 일종의 자기 동일시 현상이었다. 자기와 다른 사람들의 이야기를 자기 이야기로 생각하기, 거기서 더 나아가 아예 자기 자신을 지워 버리거나 망각하는 경향의, 좀 심한 자기 투사라고 할 수 있었다. 자기를 잊고, 혹은 깡그리 버리는 일로 선택된 것이 그의 소설 쓰기였던 것이다. 그것은 일종의 도피였다. 그는 어릴 때부터 자기 자신을 어떤 운명적인 구렁으로 몰아넣는 일을 즐겼다. 어머니를 닮은 연상의 여자에게 열중했던 것도 자기 문제를 잊기 위한 하나의 방편이었다. 그는 박록주에게 미쳐 있는 자기 자신을 또 하나의 자기가 되어 멀리서 바라보는 일을 즐기고 있었던 것이다.

더욱 쓰는 일에 빠질 수밖에 없었다. 소설 쓰기는 그에게 자기 실현의 가장 쉽고도 재미있는 놀이였던 것이다. 자기를 포함한 모든 대상의 완전한 객관화, 그 객관화는 일종의 복수였다. 그리하여 글쓰기는 그가 그처럼 찾아 헤매던 구원의 그 길이었다.

나의 머리에는 천품으로 뿌리 깊은 고질이 백여 있습니다. 그것은 사람을 대할 적마다 우울하야지는 그래 사람을 피할려는 염인증입니다. 그 고질을 손수 고쳐 보고저 판을 걷고 나슨 것이 곧 현재의 나의 생활이요, 또는 허황된 금점에서 문학으로 길을 바꾼 것도 그 이유가 여기에 있을 것입니다. 내가 문학을 함은 내가 밥을 먹고, 산뽀를 하고, 하는 그 일용생활과 같은 동기요, 같은 행동입니다. 말을 바꾸어 보면 나에게 있어 문학이란 나의 생활의 한 과정입니다.

—김유정, 〈병상의 생각〉(《조광》, 1937. 3.)

김유정이 문학에 관심을 갖게 된 것은 구한말 우화소설인《금수회의록》을 쓴 신소설 작가 안국선(安國善 : 1854~1928)의 아들인 친구 안회남과 친하게 지내게 된 것이 직접적인 동기가 된다. 안회남은 이미 1931년부터 소설을 발표하여 작가 대접을 받고 있었다.

그때부터서(춘천에서 하던 금병의숙을 그만두고 상경한 뒤—필자 주) 유정은 문학을 하기 시작했다. 그전에도 그는 나의 권고로 몇 개 작품을 써봤다. 내가 개벽사에 있을 때 유정은 춘천 산골에 파묻혀 지내면서 〈산ㅅ골나그네〉〈총각과 맹꽁이〉〈흙을 등지고〉 등을 써 보내어, 각각 《제일선》 《신여성》 등의 잡지에 발표되었다. 〈산ㅅ골나그네〉가 처녀작이고, 〈흙을 등지고〉가 세 번째의 작품인데, 《제일선》이 막 폐간된 끝이라, 이것을 발표할 수가 없어 나는 가치 있던 이석훈 형께 맡기었는데. 당시 유정이 아직 이름이 서지 못한 까닭으로 하여, 이석훈 형의 특별한 진력도 보람 없이 원고가 각 신문과 잡지사의 편집자 책상 위만 뺑뺑 돌다가 다시 나의 수중으로 들어왔다.

—안회남, 〈겸허〉(《문장》, 1939. 10.)

김유정의 공식적인 데뷔작품인 〈소낙비〉는 〈흙을 등지고〉를 일단 〈따라지 목숨〉으로 개작한 뒤 다시 안회남에 의해 조선일보에 투고된 것이다.

……고은 시정과 어휘 풍부한 간결한 문장, 비범한 인간적 통찰, 득묘한 수법 등에 탄복하였던…… 〈산ㅅ골나그네〉 등을 발표한 뒤, 2, 3년은 군의 존재는 신인으로도 취급되지 않았을 만큼 불우하야, 회남과 더부러 군의 작품을 여기저기 발표케 하랴고 원고를 옆에 끼고 댕기며 ……생략…… 유정도 적지 않게 낙망하얏었다. 그래 나는 잠자코 우울해 앉었는 유정을 보

고 새삼스리 현상응모는 쑥스러운 짓이지만 할 수 없으니 거래도 해보자 권하였다. 결국 톡톡히 화풀이를 할 셈으로 조선, 중앙, 동아 세 신문에 모두 응모를 하기로 하였다. 〈흙을 등지고〉는 간략히 추려서 조선일보에 ……생략…… 틀림없이 1등으로 뽑혀 〈소낙비〉라 개제되어 발표되었고, 다른 두 신문에도 모두 입선이 되어 겨우 문단의 주목을 이끌게 된 것이다.

—이석훈, 〈유정의 영전에 바치는 최후의 고백〉(《백광》, 1937. 5.)

혜성처럼 등단한 작가 김유정 주변에 몇 사람의 문우가 생긴다. 안회남은 휘문고보 때부터의 절친한 친구였지만 그의 소개로 이석훈(1908~?, 6·25 때 피납, 소설가)과 깊이 사귀게 된다. 이석훈은 유정이 사직동 매형 집에 살 때 앞뒷집에 살았을 뿐만 아니라 유정의 생활이 어려운 것을 알고 취직 걱정을 해주기도 하고 한때 자신이 나가던 방송국의 어린이 프로에 유정이 하모니카를 불도록 주선도 하지만 이미 폐가 결딴난 뒤라 방송까지는 하지 못하고 이야기 프로에 출연시켜 유정의 능청스러운 화술에 놀라기도 한다. 특히 김유정이 "평소에는 입이 무겁고 말더듬이지만 방송을 할 때와 술 먹은 뒤, 술좌석에선 능변이요 달변"으로 '시골 오입쟁이적 어조로 가끔 내지어를 섞어 하며 좌석을 번쩍 들었다 놓았다'고 한다. 이석훈이 김유정에게 섭섭했던 것은 "군을 위하여 진심껏 애쓰던 터에 '구인회'에 가입할 때 나더러 일언반구의 이야기도 없었다"는 일이다.

더군다나 군은 '구인회'의 누구누구를 인간적으로나 예술에 있어서까지 공격하기를 주저치 않았었든 것이다. 첫째로 나는 군에게서 우정의 배반을 당하는 것 같해서 섭섭했고, 둘째로는 군의 행위가 위선적으로 보이어 불쾌를 느꼈다. 그러나 군은 상당히 폐환이 깊었으므로, '환자이니' 하는 관용한 마음으로 아모 말도 하지 않었다.

　　　　—이석훈, 〈유정의 영전에 바치는 최후의 고백〉(《백광》, 1937. 5.)

1937년 조선일보 신춘문예에 〈남생이〉로 등단한 현덕(玄德 : 1911~?, 소설가·아동문학가)은 김유정이 창신동, 신당동, 효제동으로 셋방을 옮겨 다닐 무렵 악화되는 병을 고치고 술도 끊어 볼 생각으로 정릉 골짜기의 어느 암자에 있을 때부터 유정을 찾아와 위로하던 문우다. 그는 김유정이 병이 악화돼 서울을 떠나 경기도 광주에 있는 매형 집으로 내려갈 때도 차부까지 나가 전송했고 그의 죽음을 안회남에게 맨 먼저 알린 사람이다. 매우 병약했던 현덕은 그림을 그리는 동생까지 데리고 찾아와 노래도 불러 주고 바둑도 두면서 유정의 고통을 덜어 주었다.

그가 병이 위중해지자 현덕이 날마다 집에 들러서 대부분의 시간을 그의 말벗으로 지냈습니다. 그는 현덕의 온후한 성품과 거짓 없고 정열이 넘치는 언행에 끌리고 말았습니다. 그들은 서로 친밀했고 존경했습니다. 그가 작고했을 때 누구보다 슬퍼한 사람이 현덕이었습니다. 이상이 일본에 간 다음에 그들은 더 친했읍니다.

—김영수, 〈김유정의 생애〉(《김유정전집》, 1968.)

김유정은 죽음 직전에 쓴 수필에서도 현덕을 간절히 그리고 있다.

동무에게서 온 편지를 두 손에 펼쳐들고 이것이 네 번째이련만 또다시 경건한 심정으로 근독하야 본다.

김형께 / 심히 놀랍습니다. / 이처럼 사람의 일이 막막할 수가 없습니다. 울어서 조곰이라도 이 답답한 가슴이 풀릴 수 있다면 을마든지 울 것 같습니다.

……생략…… 한편에는 아우가 누었고, 또 한편에는 동무가 누었고, 그리고 이렇게 시급한 돈이 필요하려만 그에게는 왜 그리 없는 것이 많었든지, 간교한 교제술이 없었고, 비굴한 아첨이 없었고 ……생략…… 지금의 나에게는 한 권의 성서보다 이 글발이 지극히 은혜롭고 거츠러가는 나의 감정을 매만저 주는 것이니…….

—김유정, 〈밤이 조금만 짤럿드면〉(《조광》, 1936. 11.)

등단하여 '구인회'에 들어가면서 김유정은 이상과 매우 가깝게 지낸다. 함께 폐결핵을 앓는 그야말로 동병상련 같은 것이고, 서로의 천재성을 인정하는 그런 문우로서의 교제였을 것이다.

유정은 폐가 거의 결단이 나다시피 못 쓰게 되었다. 그가 웃통 벗은 것을 보았는데, 기구한 유신이 나와 비슷하다. 늘 '김형이 그저 두 달만 약주를 끊었으면 건강해질 텐데' 해도 막무가나 하더니, 지난 칠월 달부터 마음을 돌려 정릉리 어느 절간에 숨어 요양 중이라니……

—이상, 《김유정》(《청색지》, 1939. 5.)

어느 날 병상에 누워 있는 그에게서 엽서가 와 찾아가 보니까, 유정이 내 귀에다 입을 대고 이상 형의 걱정을 하면서, "혹시 자살을 할지도 모른다. 네가 눈치 좀 떠보렴" 하길래, 놀래어 자세히 알아보니 이상 홀로 유정을 방문하여 두 사람 사정이 딱하기 흡사하니, 이 세상 더 살면 뭐 그리 신통하고 뾰족한 게 있겠소, 둘이서 같이 죽어 버립시다, 하더라고— 그러나 유정은 살고 싶었다. 그는 끝끝내 죽으려 하지 않았다. 그래서 유정이 싫다고 하니까 이상은 무안을 당해 표현히 돌아갔다는 것이다.

—안회남, 〈겸허〉(《문장》, 1939. 10.)

축복받고 싶은 선택에 대하여(낙서)

그는 하리를 만난 뒤 혼자 있는 시간이면 대학 노트에 뭔가 끼적였다. 안 하던 짓이다. 논문을 쓰기 위해 자료를 모으고 카드를 정리하는 그런 작업에서 찾을 수 없는 재미가 있었다. 가설의 독창성을 입증하기 위한 논거의 명료함이나 갖가지 자료의 나열과 주관이 배제된, 때로는 자신의 판단까지도 적절히 통제하지 않으면 안 되는 객관성 확보를 위해 관념의 늪으로 떨어져 내리는 듯한 그런 허망감도 없었다. 자신이 하는 낙서는 하리를 향한 자신의 뜨겁게 부푼 감성을 드러내는 일에 아주 적격이었다. 자신이 쓰는 언어가 내포적 의미를 담고 함축되면서 사물이 가장 구체적인 감각으로 모습을 드러냈다. 그는 언제고 자신이 쓴 그 낙서를 하리에게 보여 주리란, 독자를 향한 정서반응까지 기대하고 있었다. 그것은 죽어 있는 언어를 팡팡 살아 뛰어오르게 하는 즐거움이기도 했다. 하리를 향한 예찬의 말로 채워지는 그 낙서가 그 자신을 한껏 비웃게 내버려 둔다. 낙서를 통해 그는 비로소 자유로워진다.

— 엉겅퀴 그 거친 자생처럼 거침없던 사람, 그 서툰 만남을 온통 방자하게 온몸으로 빛내던 사람, 들판의 작은 새, 하리.

짧은 순간, 긴 만남이 선택되었다. 무슨 힘이었을까. 10년 세월을 끌어당기는 그런 자력.

도대체 꾸밀 수가 없었다. 그 형형한 눈빛 때문이었을 것이다. 강했다. 강한 것은 직선이다. 곡선은 무섭고 칙칙한 것이지만 직선은 항상 정직하고 맑다. 정직했다. 가식과 허세의 거부.

선택했다. 불가항력의 질주였다. 최선의 선택은 달려가는 것이었다. 그 겁 없는 질주는 전혀 내 탓이 아니었다.

하리도 달려왔다. 나는 느낄 수 있었다. 그러나 그 질주는 완만하여 전혀 눈에 띄지 않았다. 그것은 영원 같은 것이었다.

우리는 한순간에 종점에 이르렀다. 놀라운 일은 거기서부터 시작되었다. 종점은 우리들의 출발이 되었다. '우리'가 되었다.

하리는 극야보다는 백야를 선택했다. 도대체가 심각할 수가 없었다. 내가 어두운 얼굴로 다가서면 하리는 뽀그락― 하고 웃었다. 실제로 그네는 뽀그락이란 말을 입에 자주 올렸다. 뽀그락에 의해 거부된 어둠이 비실비실 멋쩍게 물러서고 있는 게 보였다. 하루 내내 해가 지지 않는 그 지평을 향해 그네는 계속 날았다. 나도 함께 날기로 했다. 그러나 항시 어둠 쪽에 눈길이 가 있는 내 날개는 높은 비상을 겁냈다. 낮게 날면서 나는 높게 나는 그 사람의 아름다운 그림자를 보기 시작했다. 나는 그네의 유년 시절을, 그 맹랑한 아이의 외로움을 만지기 시작했다. 스무 살의, 죽음보다 짙은 그 칩거의 성 속에 아주 작은 모습으로 웅크려 앉은 영혼도 보였다.

결코 용서받지 못할 죄, 감히 사랑을 실토하기 시작했다. 희망 없는 사랑의 그 절절한 희망을 향해 무릎을 꿇은 것이다.

함께 간다. 함께 본다. 돌아온다. 언제나 돌아온다. 함께 있다. 함께 나눈다. 함께 만든다. 믿는다.

절망 없기. 하리에게서 배운다. 해낼 것이다.

한번 난 길은 쉬 없어지지 않는다.

길은 흔적이다. 때로 그것은 생명이 넘치는 환희의 흔적이며, 혹은 그것은 영혼의 깊은 상처로 남는다.

때로 사람들은 그 길을 지우고 싶어 한다. 행복의 끝자락에 붙어 있는 그 검은 불행의 고뇌를 지레 겁내기 때문이다. 나는 아직 제자리에 돌아가고 싶은 생각이 없기 때문에 그 길이 어떤 이유로도 지워지는 것을 거부한다.

길은 때로 가뭇없이 사라진 것처럼 느껴지기도 한다. 그러나 그렇게 느끼는 가슴이 있는 한 그 길은 사라진 것이 아니다. 길은 스스로 사리지지 않는다. 사람이 다니지 않아 그 길이 폐쇄는 될지언정 그 길은 없어진 것이 아니다.

길이 있는 한 어느 곳으로도 통하게 마련이다.

길을 필요로 하는 마음이 있는 한 길은 없어지지 않는다. 마음이 있는 곳 어디에도 길은 있다는 것을 실험하기로 한다. 전화에도 길이 있다. 전화야말로 가장 가시적인 길이다. 8910. 숫자는 길을 여는 습관이다. 벨이 울린다. 방 안이 보인다. 하리가 보인다. 그네의 부재가 더 확실한 실존의 길로 보인다. 하리는 방을 나간 것이 아니다. 그네의 생활이 방을 나갔을 뿐이다.

하리가 숨을 쉰다. 며칠 전 그네와 하나가 되는 만남의 의식을 가졌을 때의 그 숨소리가 들린다. 한꺼번에 몰아쉬던 그 가쁜 숨 고르기. 입술을 동그랗게, 호오. 이제까지 달려보지 못한 그네의 심폐기능이 힘겨워하는 생명의 소리.

그네의 손짓이 보인다. 손보다 날렵하게 움직이는 그 작은 몸의 확실한 움직임은 현악기의 그 떨림처럼 영혼의 춤을 춘다. 매혹적이다. 빠르지만 결코 바빠 보이지 않는 그 매혹적인 제스처는 하리의 가장 확실한 실존이다.

뽀그락. 하리의 웃음, 말하고 웃고, 웃고 말하는 그네의 얼굴이 보인다. 전화를 끊은 그 단절 뒤에 더 분명히 보인다. 그네가 낸 숲속의 작은 오솔길도 보인다.

길은 관계의 흔적이다. 관계는 외로움이다. '우리'는 괴로움의 흔적을 보지 않게 위해 더 빨리 달린다.

'우리' 사이에 길이 있다. 12월 7일, 그네의 부재를 확인하는 전화벨 끝에 느닷없이 달려 나온 '네에…….' 나는 안다. '우리' 사이에 결코 지울 수 없는 깊은 길, 깊게 패여 있음을.

독일 격언 하나 ― 사랑의 말을 타고 달릴 때는 어떤 길도 멀지가 않다 ―

모든 것이 비었다. 텅 비었다. 이렇게 빈 상태에서는 아무것도 만들어지지 않는다. 나는 철저하게 무력해졌다. 나는 술을 마셨다. 책도 볼 수 없었다. 뭔가 해야 하는데 시작할 수가 없었다. 결코 어떠한 일도 손에 잡히지 않으리란 것을 너무나 잘 알기 때문이다. 내가 할 수 있는 최선의 것은 이런 식의 낙서뿐이다. 나는 지금 횡설수설하고 있다. 그러나 충만하다.

충만하게 가져 보지 않은 자는 빈 것을 느끼지 못한다. 나는 너무 큰 것, 아름다운 것을 가지고 있다. 가졌기 때문에 비어야 하는 알 수 없는 이 업보.

하리는 자유인이다. 누구도 그네의 자유를 억압해서는 안 된다. 그 자유로 해서 철저하게 자신을 묶고 살아온 그네의 거침없는 그 자유에 대해서 경의를 표한다.

비었다. 외로움이다. 채워지지 않는, 그래서 늘 비어 있는 이 행복한 바보 사내를 위해 건배!

오늘도 하리와 여덟 번 이상 통화했다. 그네와의 전화, 이제 그것은 둘 사이의 길을 넘어 우리의 집이며 꿈, 우리가 만드는 행복이다.

믿음이다! 며칠 전에 그 생각을 했다. 좀 늦은 감이 있긴 하지만 나로선 대단한 터득이었다. 물론 오래전부터 막연하게나마 그걸 느끼긴 했지만 이렇게 내놓고 발설할 만한 확신은 없었다. 그러나 나는 지금 그걸 안다. 우리가 어떻게 만나게 되었으며 그 만남이 이처럼 절실하게, 그리고 이만큼 단단한 결속으로 매듭지어졌는가 하는, 그 이유를 나는 알게 되었다. 믿음, 우리는 처음 만날 때부터 서로를 믿는 일에 인색하지 않았던 것이다. 온통 불신의 시대에 그러한 믿음은 쉽지 않은 일이었지만 우리는 아무렇지도 않게 그걸 해냈다. '우리'가 아니라 하리가 그 일을 시작했다. 그네는 나와 몇 번 만나는 사이에 내가 하는 말, 내 손짓 하나까지 다 신뢰의 눈길로 진지하게 받아들였다. 그랬다. 그네는 너무 순수했다. 내 장난의 말을 모두 실제의 상황으로 받아들이는 그네를 대하면서 나는 부끄러웠다. 부끄럽다고 느끼면서 나는 어느새 그네의 거침없고 때 묻지 않은 성정에 굴복하고 있었다. 그네를 통해 내가 순수해지고 있다고 믿기 시작한 것이다. 그동안 나는 가식의 껍질을 무수히 벗어 던져야 했다. 한 꺼풀 벗을 때마다 나는 그네 곁으로 달려가는 느낌이다. 하리가 내 모든 것을 믿듯 나는 이제 그네가 바라보는 것, 만지는 것, 당돌하게 비약하여 인생사를 한 줌 모래알보다 보잘것없이 격하시키는 그 염세적 철학까지도 믿게 되었다.

아무래도 좋다. 나는 하리를 사랑하는 나를 온전히 믿고 있다. 믿음은 얼마나 좋은 것인가. 하느님을 믿고, 자연의 섭리를 믿고, 그네를 향한 내 믿음에 대한 확신.

어느 날 하리가 지난밤 꿈 얘기를 했다. 꿈에 외계인을 보았다고 했다. 로봇처럼 생긴, 작은 주먹만 한 외계인이 노란 빛깔로 뽀그락 뽀그락 걸어 다니는 것을 보았다는 것이다. 그때부터 뽀그락이 우리만의 내밀한 언어로 선택되었다. 뽀그락. 권위와 가식의 껍질을 벗는 소리, 감성이 이성을 지배하는 소리였다.

하리는 권태의 늪에 빠진 뮤즈의 딸이다. 뮤즈가 그 긴 권태에서 깨어나는 날 세상은 달라지기 시작할 것이다. 그네의 일기가, 편지가, 일상의 보고문이, 그네가 그린 그림이, 혹은 그네가 만들어 낼는지 모르는 선율이 나를 사로잡게 될 것임을 나는 믿고 있다.

창 밖에는 눈. 이게 웬 눈인가. 미친 듯, 함부로 흩날린다.

—삼악산이 바라보이는 서남향의 창을 열고 누군가를 생각합니다. 온종일 같은 생각만 합니다.

편지 쓰기에 몰입하는 그 속수무책의 신명이 좋았다. 김유정이 그랬을 것이다. 낙서와 달리 누군가의 정서적 반응에 대한 기대. 그때 김유정이 박록주에게 쓴 그 여러 통의 편지가 그의 작가적 재능 발휘를 위한 하나의 의식이었다는 생각이다.

그런 신명으로 편지를 쓴다. 만나서 주고받은 그 무수한 말을 걸러 정리하는 일이다.

— 하리가 방금 보고 온 경춘가도의 북한강 그 물안개가 아기 숨결처럼 피어올라 겨울 나뭇가지에 설화로 핀 그 햇살 속 장관이 우리들 화제가 됩니다. 이드를 서울에 두고 혼자 빠져나와 기차를 타게 된 아침 상황이 하리의 풍부한 활유법 어휘 구사로 재미있게 펼쳐집니다. 세상일과 거의 통신두절하고 사는 하리가 어쩌다 입에 올리는 아침 뉴스 한 토막은 정말 신선한 충격입니다. 우리는 참 많은 얘기를 나누었지요. 말이란 무엇입니까? 어떤 인식에 대한 나름의 생각 드러내기, 그 생각이 신선하거나 공감이 클 때 그 말 나누기가 즐거울 수밖에요. 그 충만감을 표현하기 위해 더 많은 말이 기다리고 있겠지요.

겨울 햇살은 참 한가로워요.

어제 춘천댐 뒤 매운탕 골목을 지나 삿갓봉을 오르면서 하리가 그렇게 말했지요. 겨울 햇살은 한가롭다고. 그 순간 지금까지 칙칙해 뵈던 겨울 산야가 한가로이 해바라기를 하고 있었지요. 그 겨울 햇살 속에서 나는 내 속의 모든 것을 내불고 싶었습니다.

그러나 나는 묵묵히 산을 오르는 하리의 뒷모습을 보면서 절망했습니다. 하리의 등에 내린 그 겨울 햇살이 무겁게 느껴졌기 때문이지요. 하리의 외로움을 본 것입니다. 나는 그 우울한 파장마저 즐기고 있었습니다.

하리와 처음으로 가졌던 우리들 만남의 의식에 대해 생각합니다. 이미 우리는 무수한 말로 서로의 영혼 깊숙이 스며든 상태였습니다. 자연이 우리의 집이었고 그 집 속에서 우리는 아무런 꾸밈없이 마주 서곤 했지요. 어느 날 나는 그대의 볼에 내 손등을 댔습니다. 놀라운 것은 그대가 흔들리지 않고 나를 곧장 맞바로 쳐다본 일입니다. 당황한 것은 오히려 나였습니다. 내가 하리를 향해 만지고 싶다고 했을 때도 그대는 내 눈을 맞바로 쳐다봤습니다. 하리는 그처럼 거침없었습니다. 자신의 감정 드러내기에 상당히 인색한 하리지만 일단 필요하다고 생각되는 경우에는 전혀 다른 사람이 된다는 것도 그때 알게 되었습니다.

두 번째 갔던 금병산 서남쪽 억새밭 그 눈밭 속에서 내가 느닷없이 하리의 입술을 원했을 때 그대가 보인 반응을 잊지 못합니다. 하리는 나를 힘껏 밀치며 눈을 똑바로 떠 내 눈을 쳐다보았지요. 그때 하리의 눈에 번쩍이던 그 놀람과 분노의 엉킴을 잊을 수 없습니다. 하리가 나를 쳐다보던 그 탐색의 시간이 왜 그리 길던지요. 아마 그 순간 내가 그대의 눈에 겁을 먹고 물러섰더라면 우리의 관계는 거기서 끝났을 겁니다. 하리의 눈이 그처럼 단호했지요. 느닷없이 입술을 훔친 그 겸연쩍음으로 해서 정강이까지 올라오는 눈길을 앞서 걷고 있을 때 하리가 뒤에서 내 등을 후려쳤습니다. 그 순간 모든 것이 결정되었습니다.

어느 날 우리는 다섯 시간 이상의 겨울 산행에서 돌아오는 길에 말을 필요로 하지 않는 완전한 합의에 이르렀습니다. 산기슭

303

의 작은 산장이 우리들 집이 되었지요. 그곳에서 우리는 지금까지의 사랑소설이 보여 준 내용과 하나도 다르지 않은 만남을 가졌습니다. 다른 사람들의 그것보다 우리들의 그것이 더 격이 있다거나 뭔가 달랐다는 말은 하고 싶지 않습니다. 다만 내가 영원히 기억해야 할 하리의 어느 부분에 대해서만 말하고 싶습니다.

놀랍게도 하리는 능동적이었습니다. 그러나 미숙했습니다. 놀라운 일은 하리의 입에서 나왔습니다.

가르쳐 주세요.

함께 마신 술 탓이었을까. 하리는 분명 그런 말을 했습니다. 이 세상에 어떤 여자가 그 첫 만남에서 그런 말을 할 수 있겠습니까? 문제는 그 말이 너무나 스스럼없었다는 것이지요. 그날 우리는 몸으로도 자신의 내면에 고여 있는 말들을 쏟아 낼 수 있다는 것을 체험했습니다.

다음 날 아침, 옷을 입던 하리가 놀란 소리로 말했지요. 아니, 왜 이렇지요? 이거 내 옷인가요? 하리는 내 앞에서 바지의 허리춤을 잡고 이리저리 돌려보고 있었지요. 밤 동안에 그렇게 허리가 가늘어져 바지가 헐렁해졌다는 사실이 믿어지지 않는 얼굴이었지요. 세상에! 하리가 아니면 어느 여자가 그런 모습을 보일 수가 있겠습니까.

새로운 문학은 무엇을 목표로 할 것인가?

우리의 정조 : 이 시대의 풍상을 족히 그리되 혈맥이 통하야 제 물로는 능히 기동할 수 있는 그런 성격을 착천하는 곳에 우리의

숙제가 놓여 있는 듯도 하오니 위선 그 무엇보다도 우리의 정조
와 교배할지니……

—《풍림》 제1집, 1936.

조선문단의 문학서 중에서 감명 깊게 읽으신 것. —《홍길동전》
외국문학 중 감명 깊게 읽으신 것. — 제임스 조이스의《율리시
스》
장서 중의 보배는 무엇입니까. — 더러 있는 걸 돈으로 바꾸었
습니다.

—《조광》, 1937. 3.

우리가《율리시스》에게 새롭다는 존호를 붙이어 대우는 하였
으나, 다시 뜯어보면 그는 고작 졸라의 부속품에 더 지나지 않
음을 알 것입니다. 졸라의 걸작인《나나》는 우리를 재웠고, 그
리고 조이스의 대표작《율리시스》는 우리로 하여금 하품을 연
발시키고 있는 것입니다. 말하자면 그는 졸라와 같은 흥기로 한
과오를 양면에서 범하고 있는 것입니다.
……생략……
좀더 심악한 건 예술을 위한 예술을 표방하고 함부로 내닿는
작가입니다.
……생략……
새롭다는 문짜는 다만 시간과 공간의 전환만에 그칠 것이 아니
라, 좀더 나아가 우리 인류사회에 적극적으로 역할을 가져오는

데 그 의미를 두어야 할 것입니다. 얼른 말하면 조이스의《율리시스》보다는, 저, 봉근시대의 소산이던《홍길동전》이 훨씬 뛰어나게 예술적 가치를 띠고 있는 것입니다.

—김유정, 〈병상의 생각〉(《조광》, 1937. 3.)

지금 보면 유치할 정도로 소박한 것이지만 당시로서는 상당히 세련된 문학관이라고 할 수 있다. 실제로 김유정 소설은 한국적인 정조를 바탕으로 그 시대 세태를 묘사하는 데 있어 사실주의의 한 본을 보여 준다. 등장인물이나 그들의 생활상을 모두 희화(戱畵)함으로써 독자들은 그 내용이 현실과 거리가 있다고 착각하게 되는 것이다. 그 착각의 매체가 바로 김유정의 해학인 것이다. 그러한 한국적인 정조는 비속어나 방언들을 자유자재로 사용하는 그의 생동감 있는 구어체, 혹은 구연체 문장에서도 여지없이 드러난다.

김유정은 예술작품의 창작에는 무엇보다 열정이 중요함을 강조하고 있다.

예술가에게는 예술가다운 감흥이 있고 그 감흥은 표현을 목적하고 설레는 열정이 딸ㅎ웁니다. 이 열정의 도가 강하면 강할스록 그 비례로 전달이 완숙하야 가는 것입니다. 그리고 예술이란 그 전달 정도와 범위에 딸ㅎ아 그 가치가 평가되어야 할 겝니다.

—김유정, 〈병상의 생각〉(《조광》, 1937. 3.)

그 열정에 의해 김유정은 드디어 유명해졌다. 한 해 두 개 신문의 신춘문예에 입상함으로써 그는 문단의 총아가 된 것이다. 조선일보 신춘문예 총 응모작 462편 중 1석으로 당선된 〈소낙비〉로 오십 원의 상금을, 〈노다지〉로 가작 입선한 조선중앙일보사에서는 십 원의 상금을 받았다.

작품에 대한 평가도 대단했다. 가작 4편 중 하나로 뽑힌 〈노다지〉에 대해 당시 심사위원이었던 김동인은 '묘사며 진전이며 표현이며 문장에 이르기까지 별로 비난할 점이 없으나, 단지 소설 속에 표현된 인생의 깊이가 좀 얕은 것이 흠'이라고 평했다.

현하 조선문단의 가장 아름다운 신진 작가요 근대 조선문학 수립 이래의 드물게 보는 조선언어의 전통미를 살린 작가 ……생략…… 그의 예술은 그의 고통에 역비례하여 즐거웠다. 나는 그의 문장의 즐거움을 새로이 즐기지 않을 수 없다. 나는 그 비통한 군의 문학예술의 즐거움을 즐겁게 하는 그 재주를 사랑한다. ……생략…… 애기 젖 빠는 본능으로 유정은 소설을 쓴다. ……생략…… 내가 만약 대학의 조선어 강좌를 맡게 되면 먼저 이 작품(산골)을 교과의 하나로 선택할 것이다.
　　—김문집, 〈고 김유정 군의 예술과 그의 내적비밀〉(《조광》, 1937. 4.)

유정이 정말 혜성적으로 우리 문단에 나타나 눈부신 활동을 한 것은 누구나 잘 안다.

〈만무방〉〈떡〉〈봄·봄〉〈따라지〉 등 명편을 내놓아, 사실 그는 짤막한 동안에 불후의 업적을 이루었다. ……생략…… 하여간 유정은 물에 빠져 허덕이는 불행한 인물이었고, 모든 것은 또한 그에게 대하여 아무 가치 없는 지푸래기이고 말았는데, 오직 이 문학 한 가지만은 그렇지 않았다. 이를테면 그의 잘 쓰는 문자대로 금광의 노다지이다. 그렇기 때문에 유정은 이 노다지를 발견한 후로부터서는 전력을 기울여, 그것을 발굴해 내기에 힘썼다.

가정과 연애와 사업 온갖 것을 잃은 그는 이 문학 한 가지에 다 있는 대로의 모든 열정을 바쳤던 것이다. 그가 목숨이 끊어지기 최후까지 문학을 위하여 성실하게 분투하고 병상에 누워 붉은 피를 입으로 토하면서도 오히려 붓대를 쥐고 작품을 낳아 놓기에 머리를 짠 것을 생각하면, 사실 눈물겨웁다. 문자 그대로 비장한 모양이 내 눈에 어른거린다.

—안회남, 〈겸허〉(《문장》, 1939. 10.)

열정을 통한 자기 확인이 등단을 통해 실현되었다. 박록주를 향했던 그 열정이 참담한 패배에서 새로운 길 하나를 연 것이다. 그 출구는 정말 눈부시었다. 여기저기서 청탁이 쏟아져 들어왔다. 무엇보다 이제 자신도 돈을 벌 수 있는 능력이 생겼다는 것을 남들에게 여봐란 듯이 보여줄 수 있는 것이 기뻤다.

비로소 그는 남들한테 당당하게 얼굴을 쳐들고 나설 것 같았다. 방직공장에 다니는 그 히스테릭한 누나한테는 물론이고 단칸방에서 항상 적대감을 가지고 살아온 매형 정 씨의 그 아니꼬운 구박에 대해서도 떳떳이 맞설 수 있어 좋았다. 정 씨가 보는 앞에서 상금의 일부를 누나에게 여봐란 듯 떼어줄 때 그는 현기증 같은 쾌감마저 느꼈을 것이다. 더구나 남편한테 버림받은 채 서울에 남아 묵묵히 남매와 함께 어렵게 살고 있는 신당동 형수한테도 큰 빚을 갚은 기분이었다.

더 중요한 것은 돈이 생기면 이제 약을 사 먹어 병을 고칠 수 있다는, 그동안 자신을 괴롭혀 온 병마에 대한 복수 같은 것이었다. 그때 그의 건강은 최악이었다. 글을 쓰기 위해 도서관에 박혀 있는 그 낮 시간에도 폐결핵균은 그의 몸을 한 겹 한 겹 갉아 먹고 있었던 것이다.

신당동 큰조카 영수네 집으로 옮겨 온 뒤 누나네 집에 있을 때보다 마음은 편했지만 폐결핵은 점점 악화되었다. 그렇게 암담한 상황에서의 신춘문예 당선은 그대로 구원일 수밖에 없었다. 그러나 그 구원이 그를 더 결정적으로 무너뜨리는 계기가 되었다.

사람들이 그의 주변에 모여들었다. 사람들이 찾아오지 않으면 그가 사람들을 찾아 나섰다. 물론 모두 글을 쓰는 사람들이었고, 그는 그네들 속에서 자신의 존재를 다시 확인하고 싶었다.

작가로서의 문학적 방종에 술이 필요했다. 술이 그의 기분을 대변했다. 그는 술을 입에 댔다 하면 폭음을 했고 이상의 표현대로 "취하기만 하면 딴사람"이 되었다. 그렇게 딴사람으로 변해서야 비로소 우울한 얼굴이 풀리면서 다른 사람들 속에 어울려 들 수 있었던 것이다. 술이 그의 열패감을 치료한 것은 사실이지만 치질로 항문이 엉망인 데다 폐결핵까지 앓고 있는 그에게 과음은 치명적이 아닐 수 없었다.

그는 때로 몸이 아파서 술을 마셨다. 술이 병에 대한 공포와 각혈의 절망을 잊게 해주었다. 술로 병을 마취했던 것이다. 그것은 일종의 자학이었다. 죽음의 병마가 자신을 향해 총구를 겨누고 있는 것을 알면서도 총알이 들지 않은 총을 맞겨누며 달려드는 꼴이었다. 불면의 밤이 무서워 술을 먹기도 했다. 술을 깨고 난 뒤의 그 허망함에 대해서도, 술을 먹은 양의 몇 배 이상으로 몸이 결딴난다는 것도 잘 알고 있었다. 그것이 울화가 뻗쳐 또다시 술을 마셨다. 술이 그를 먹고 있었다.

언제부터인가 그는 아편을 구해 사용하기 시작했다. 악화된 치질로 항문에 통증이 심할 때나 밭은기침이 터져 나오고 각혈이 시작될 조짐이면 아편을 물에 풀어 마시곤 했다. 그렇다고 그 아편 복용으로 해서 그 자신이 삶을 포기한 것으로 생각할 수는 없었다.

그러던 끝에 그는 아편을 사용하기 시작했습니다. 끝내 계속하기 어려운 형편과 중독 이후의 곤란한 병세를 빤히 알고 있는 그는 사용하는 데 조절을 잘했습니다. 그래서 광주(廣州)에 가서는 아편을 일체 사용하지 않았습니다. 그만큼 그는 남보다 강한 자제심과 거센 의지력을 가지고 있었던 것입니다. 그의 사후에 보니 밤톨만 한 검은 약이 서울에서 가지고 갔던 그대로 남아 있었습니다.

—김영수, 〈김유정의 생애〉(《김유정 전집》, 1968.)

비록 짧은 기간이긴 하지만 김유정은 삼십 년대 문단에서 글만 써서 먹고 사는 그런 위치의 작가가 되었다. 책임져야 할 가족이 없는 그로서는 전업작가로서의 그 길이 그런 대로 괜찮을 수도 있었다. 그러나 그에겐 더 많은 돈이 필요했다. 원고료를 받으면 약을 사 먹고 몸의 병을 고쳐야 했기 때문이었다. 몸의 병을 고쳐야 글 쓰는 신명을 얻을 수 있었던 것이다. 그러나 그 일이 그렇게 쉽지 않았다. 우선 그만큼 여유 있는 돈이 생기지도 않았지만 돈이 생기면 술부터 마시게 되었다. 자신이 이렇게 건재하다는 것을 술 마시는 일로 과시해야 했던 것이다.

어떻든 그는 돈이 필요했다. 자신이 쓴 글을 돈으로 계산하는 습관이 생겼다. 오직 돈을 얻기 위해서도 글을 썼다. 번안소설을 쓴다든가 《생의 반려》 등 문학성이 별로 없는 엉성한 소설이나 수필 등 잡문을 쓰는 것이 바로 돈을 얻기 위한 일이었다.

그렇게 쓴 글이 작가로서의 그를 만족시키지 못했을 것은 너무나 당연하다. 마음에 맞지 않은 글을 썼다는 자괴심에서 다시 술을 먹었을 것이다.

그럴수록 그의 몸은 점점 더 무너져 내리고, 그는 앞을 막아선 벽 앞에서 아득했다. 어쩌면 돈에 여유가 있어 그가 덜 절망스러웠더라면 그의 열정은 빛을 보지 못했을는지도 모른다. 그는 의식적으로 그 돈을 탕진해야 직성이 풀려 다시 글쓰기에 미칠 수 있었던 것이다.

김유정은 등단한 1935년 봄 신문에서 박록주의 근황을 읽게 된다. 송만갑, 김창룡, 정정렬, 이동백 등 당시 국창이 모두 출연하는 장장 다섯 시간여의 창극 〈춘향가〉에서 박록주가 춘향 역을 맡았는데 그 공연을 보러 모여든 관객으로 동양극장이 일주일간 대소란이 벌어지고 있다는 기사였다. 그 기사가 아니라도 그는 가끔 박록주의 근황을 듣고 있었다. 그렇다고 옛날의 그 열정이 되살아나는 것은 아니었다. 그네를 다시 보고 싶다는 생각도 별로 없었다.

그런데 그 창극 장면이 실린 사진을 본 순간 그는 박록주를 통해 자신의 존재를 확인하고 싶다는 충동에 빠진다. 그는 몇 년 전의 그 열정으로 편지를 쓴다.

당당히 소설가가 되어 쓰는 편지라 옛날의 그 문장하고도 달라야 한다는 생각으로 문장에 정성을 들인다. 자신이 지금 우리나라에서 가장 각광받는 신진 작가가 되었다는 것, 유명해진 만큼 글 쓸 일이 많아 정신없이 바쁘다는 것도 넌지시 비친다. 그리고 내가 어머니를 잊지 못하고 있듯 그대를 한 번도 잊어본 적이 없다고도 쓴다. 그러나 편지가 어느 정도 마무리되는 단계에서 그는 그 편지를 찢어 버린다. 옛날 그 열정으로 쓰려고 노력했지만 글 쓰는 신명이 나지 않았기 때문이다.

이건 거짓이다. 그는 편지를 찢어 놓고 킬킬거리며 웃었다. 과거 자신이 쓴 편지들을 그 여자가 읽었을 생각을 하니 정말 웃음이 나왔다. 그 편지에 담긴 자신의 열정과 생각들이 박록주에게 전혀 먹혀 들어가지 않았다는 사실이 처음으로 깨달은 것이다. 소리만 잘했지 그네는 어쩌면 조선글을 읽을 정도의 식견도 없었을 것이란 생각이 들면서, 한껏 멋을 부리고 심각한 내용을 담으려 노력했던 그 편지 구절들을 떠올리며 그는 쓴웃음을 웃었다. 그는 비로소 박록주를 자신의 머릿속에서 몰아낸 느낌이었다. 그래, 바로 그 얘기를 소설로 쓰는 거다!

자신을 객관화한 작품이 비로소 구상된다. 〈두꺼비〉《생의 반려》〈따라지〉〈연기〉〈형〉 등이 바로 그 작품들. 지금까지 한 번도 자신의 얘기를 소설로 쓰지 않은 그로서는 놀라운 발전이 아닐 수 없었다. 그는 소설 속에서 자기 자신을 희화하는 즐거움을 얻는다. 가장 가까이 잘 알고 있는 인물들을 소설 속에 등장시킴으로써 그는 지금까지 억눌려 왔던 어떤 강박으로부터 해방되는 느낌이었다. 자기 자신은 물론 형이나 누나, 그리고 매형 정 씨에 대한 희화를 통해서 그는 글쓰기의 즐거움을 새로이 터득했다.

그러나 박록주는 훗날 김유정의 자전적 소설인 〈두꺼비〉와 《생의 반려》 속에 나오는 자신의 얘기에 대해 강한 불만을 드러낸다. 그것이 실제의 이야기를 바탕으로 했을 뿐 어디까지나 허구의 세계라는 것을 이해하지 못했기 때문이다. 자전적 소설을 쓰는 작가가 노리는 것이 바로 그것이다. 독자로 하여금 이것이 꾸민 이야기가 아니라 실제의 사실이라고 믿게 하는.

실제로 있었던 모든 것을 표현했는데 너무 과장이 심해서 사실이 아니라고 해야 하는 것이 좋겠다. 너무 과장을 하고 자기 마음대로 추측한 것을 그대로 써 놓다니. 화가 나서 처음엔 미친 놈이라고 생각했다.

—〈두꺼비 그것은 실화였다〉(《모델과의 인터뷰》,《문학사상》, 1973. 4.)

— 하리, 춘천의 아침 기온이 영하 17도까지 내려갔답니다. 멀리 바라보이는 눈 덮인 산야가 사뭇 낯설게 느껴지는 아침입니다. 지난밤에는 쩌엉쩌엉 강바닥 얼음 갈라지는 소리를 들었습니다. 내가 사는 아파트까지 그 소리가 들릴 만큼 강이 가깝지도 않았지만 나는 분명 그 소리를 들은 것입니다. 강가에 살던 어린 시절 쩌엉쩌엉 얼음 갈라지는 소리를 들을 때마다 뭔가 가슴 한구석이 허망하게 비어 들던 그 느낌이 지난밤에 다시 찾아온 것이지요. 미래에 대한 막연한 두려움 같은 것이 감춰진 그 허망감이 왜 다시 내 가슴에 살아나는 것일까요.

하리, 나는 요즘 내 자신의 초라한 모습을 바라보고 있습니다. 비로소 내가 보입니다. 열정으로 미화된 질 낮은 감성, 속물근성을 감추기 위한 위장된 우수, 나 자신마저 사랑하지 못하는 뿌리 깊은 염인증, 오만과 객기를 무기 삼는 허세 부리기의 교활함. 이런 것들은 내가 그동안 받아온 교육과는 모두 상반되는 것들입니다.

나는 내 몸속에 그 어떤 교육의 흔적도 남기기를 거부해 왔습니다. 교육받은 대로 살아가지 못한다는 것이 얼마나 힘든 것인지 하리는 이해하기 어려울 것입니다. 교육의 본질은 남의 기준에 자기를 맞추는 것이지요. 내게는 그게 힘들다는 것입니다.

학위논문을 포기한 일을 두고 하는 얘기가 아닙니다. 그것을 포기한 것은 오히려 잘한 일이지요. 어떤 확신과 신명이 없는 일을 한다는 것은 죄악입니다. 대학 강사 생활도 이젠 포기할 때가 됐습니다. 대학교수가 되겠다는 꿈을 버릴 때 이미 결정된 것들이지요.

아버지는 많은 사람들로부터 추앙받는 교육자입니다. 자신의 본성대로 살기를 철저하게 포기한 대가라고 할 수 있겠지요. 어린 내 눈에 그것이 보였습니다. 아버지는 단 한 번도 자신의 약점을 내보인 적이 없습니다. 하나밖에 없는 아들과의 싸움에서도 아버지는 철저하게 이기려 했습니다. 나는 항상 숨이 막혔지요. 어느 때부터인가 나는 아버지의 교육을 배반하는 일로 즐거움을 삼았지요. 그러나 아버지는 지지 않았습니다. 내가 학부 전공을 바꾸고 대학원 진학을 엉뚱한 데로 하는 그 반란에도 아버지는 의연했습니다. 내가 마음에서 내린 결정을 미리 알아차린 다음 당신의 생각도 그렇다는 식으로 몰아갔습니다. 아버지는 그처럼 내 우방이 돼 주는 것으로 나를 이겼던 것이지요. 어머니는 교육자의 아내로 만족하고 사는 극히 평범한 여인으로 지아비를 존경하는 행복한 아내, 그 아내의 인생을 주관한 아버지는 남편으로서도 완벽했습니다.

그러나 아버지의 아들인 나는 아버지처럼 살지 못하고 있습니다. 그래서 나는 늘 혼자입니다. 나는 신명을 내며 살 수 있는 일을 찾고 있습니다. 그것이 환상이라는 것도 압니다. 이상주의자가 도달하는 막다른 절벽도 늘 보고 있습니다.

자신에게 문제가 많은 사람일수록 세상일에 불만이 많은 법이지요. 나는 많이 꼬인 성격입니다. 꼬인 눈으로 보는 세상은 온통 오물투성이입니다. 대학교 재학 때부터 그랬습니다. 나는 현실의 부조리한 것에 대항해 싸우고 싶다는 혈기로 늘 가슴이 떨렸습니다. 현실에 깊숙이 참여하는 아이들보다 의식이 훨씬 앞질러 있었지요. 나는 내 안에 자생의 사회주의를 키우고 있었습니다.

문제는 어떤 이념이나 신념을 행동으로 옮기지 못했다는 데 있습니다. 아버지가 무서웠기 때문입니다. 아버지는 내가 현실 참여를 꿈꾸고 있다는 것을 재빨리 눈치채고는 앞질러 내게 그 일도 허락할 마음의 준비를 하고 있었던 것입니다. 아버지의 굴레를 벗어나는 일은 나 자신을 배반하는 일이었지요.

하리, 부끄럽습니다. 그리고 두렵습니다. 매사 자신이 없습니다. 나는 무엇을 붙잡고 살아야 하나요. 내게 맞는 일, 신명을 내고 살 수 있는 일이 무엇인지 잘 잡히지가 않아 방황했습니다. 하리도 언젠가 비슷한 말을 한 것으로 기억됩니다만, 나는 신으로부터 선택받지 못했다는 열패감에 시달리고 있습니다.

그런데 요즘 유정이 몰라보게 달라지고 있습니다. 아주 막연하게나마 내가 살아가야 할 길이 보일 것 같은 예감으로 가슴이 떨립니다. 내 스스로 뭔가 선택하지 않으면 안 된다는 생각으로 쫓기고 있습니다.

사람 하나를 선택했을 때부터 생긴 현상입니다.

참으로 먼 길을 돌아왔다는 회한으로부터 오는 그 설렘은 아직 분명한 것은 아니지만 내가 걸어가야 할 길, 그 길을 향해 열심히 달려갈 수 있을 것 같은 그런 예감입니다.

힘껏 미칠 각오가 돼 있습니다.

그네들은 일주일 동안 만나지 못했다. 그가 전화를 걸 때마다 그네가 만나지 못하는 이유를 말했다. 후기대와 전문대를 준비하는 학생들을 집중 지도하는 기간이라 학원이 무척 바쁘다고 했다. 그동안 전화도 걸 수 없었음을 그가 투정한다.

"어머니가 올라와 계세요."

"어머니가 지금 옆에 계십니까?"

"네에, 지금 〈아들과 딸〉 보고 계세요."

그네가 곧장 물어 온다.

"유정은 요즘 입시부정 사건을 어떻게 생각하세요?"

그가 미처 대답을 못하고 어물거리자 그네가 말한다.

"전 속이 다 후련한데요. 교육도 이렇게 썩었다는 걸 사람들이 알아야 해요. 쉬쉬 감추거나 한구석만 도려내는 일론 부정부패가 해결되지 않아요. 썩을 대로 썩어 완전히 허물어진 뒤에 그 부패를 거름으로 해서 새싹이 나오도록 해야 할 거예요. 우린 지금 가장 왕성한 부패기에 살고 있는 거예요. 완전히 썩기까지는 아직도 더 많이 기다려야 할 것 같아요."

하리가 세상 얘기를 다 하다니!

그네는 유정과 만나는 동안 세상에서 일어나는 일에 대해 자신의 의견을 드러내는 경우가 거의 없었던 것이다. 자신은 세상

일과 통신두절하고 산다고 했다. 신문도 거의 보지 않고 방송의 뉴스도 듣지 않는다고 했다. 사람들이 화제에 올리는 세상일은 그냥 흘려듣는다는 것이다. 그러한 무관심은 남들과 자신을 비교하기 싫은 열등감이고 또한 사람들이 하는 일을 미워하지 않는 방법이라고 했다. 세상일을 알기 시작하면 속이 끓어 금방 폭발할 것 같다고, 세상일에 대한 자신의 철저한 무관심은 세계 평화를 위한 것이라고 우스갯소리도 했다.

월정사. 고목 전나무가 아치를 이룬 월정사 올라가는 길. 다져진 눈길 위를 달리는 낡은 포니의 거친 엔진소리.

월정사 법당의 동(銅)기와 지붕의 광채.

월정사 앞, 눈 덮인 개울둑. 불공드린 뒤 버린 잿밥을 찾아 모여든 멧새떼들의 날렵한 움직임. 눈 속에 나란히 서 있는 두 사람.

유정 : 저 새들을 보고 있으려니 갑자기 제행무상입니다.

하리 : 저는 저 새들 이름을 몰라 절망하고 있는 중이에요. 그래서 날아오르는 모습에 따라 이름을 지어 주고 있었어요. 저 새는 포록포록 나니까 포록이, 저건 후룩후룩 후룩이……

유정 : 하리를 처음 본 순간 들판의 딸이라고 느꼈던 거 생각납니다.

하리 : 떠도는 영혼, 그런 사람도 있었지요.

주문진의 어느 바닷가. 남청의 겨울바다. 파도에 쓸리는 해초 사이를 모로 기는 동전 크기의 작은 게.

유정 : 수평선이란 말이 정말 실감납니다. 지구가 정말 둥그네요. 바다가 저기 속초 쪽에서 저 아래 강릉 쪽으로 활처럼 둥글게 휘었잖습니까?

하리 : 하아. 정말 그런데요.

유정 : 스무 살 때 자살을 생각했었지요. 그런데 바다와 마주 선 순간 '네가 뭔데' 그런 생각이 나더라구요.

하리 : 사는 게 자살 연습 아닐까요.

유정 : 기독교에선 자살을 신에 대한 죄악이라고 생각합니다.

하리 : 그렇겠지요. 자살은 선택받지 못한 사람이 신에 도전해 이길 수 있는 유일한 길이니까요.

유정 : 자살 예찬입니까?

하리 : 흔적 없이 죽을 수만 있다면……

　광릉수목원. 관목 숲 언덕 잔디밭.

유정 : 여기 이 작은 나무가 우리보다 더 오래 이 세상에 머물러 있을 걸 생각하면 정말 허망합니다.

하리 : 영원한 건 없어요.

유정 : 사랑하는 마음, 그거 영원 아닐까요.

하리 : 사랑한다고 생각하는 그 마음이 변하는 것이지요.

동구릉. 다른 왕들의 잘 다듬어진 잔디 봉분과는 달리 태조의 봉분 위에는 거친 억새가 무성하다.

유정 : 아저씨, 저기 태조 봉분 위에 억새는 어떻게 된 겁니까?
관리인 : 억새가 아니라 갈대유. 저 으른이 본래 함경두 사람이라 돌아가실 때 유언으로 무덤에다 고향 갈대를 심어 달라구 했대유.
유정 : 하리, 놀라운 일 아닙니까? 왕릉 봉분 위에 갈대라…….
하리 : 갈대가 아니라 모두 억새풀인데요. 아마 처음엔 함경도 갈대를 심었겠지만 오랜 세월 속에서 억새로 바뀐 거겠지요.

여주 신륵사. 사찰을 끼고 도는 남한강 물가 여러 곳에 사람들이 수십 명씩 모여 무슨 의식인가를 치른다. 강물 위에 드럼통을 띄워 지은 천막 매점 안에서도 같은 의식이 벌어진다. 한 군데에서는 무당이 징을 치고 있고 다른 매점에서는 스님이 북을 두드리며 불경을 왼다. 사람들이 제물상 앞에 열심히 절을 하고 있다.

유정 : 아주머니, 커피 두 잔 주십시오.
매점 여자 : 두 분 다 프림 넣어 드릴까요?
하리 : 아주머니, 저 강 건너에 모여 있는 사람들 도대체 뭐 하는 거예요?
매점 여자 : 오늘이 방생에 가장 좋은 날이라우. 두 양반두 방생

하실라우? 한 마리 3천 원씩이니 서너 마리 하구 가셔.

하리 : 여기 이분들도?

매점 여자 : 단체루 아주 보살님을 모시구 왔잖수. 고기는 우리
　　　　　걸 쓰기루 했지만서두.

하리 : 난 무슨 굿을 하는가 했지요.

매점 여자 : 절에 안 다니시우?

하리 : …….

유정 : 아주머니, 이거 메뚜기 볶은 거 아닙니까?

매점 여자 : 잡셔들 보셔. 맛이 그만이유.

유정 : 천 원어치만 주십시오.

매점 여자 : 그렇게는 안 팔아요. 한 컵에 2천 원씩이우.

유정 : 한 컵 주십시오.

매점 여자 : 고기 서너 마리씩 사 넣으셔.

유정 : 저 고기, 어서 잡아 온 겁니까?

매점 여자 : 우리두 그건 모르지유. 받아 놓는 거니까.

하리 : 저기 보트 타구 다니면서 고기 잡는 거 맞지요?

매점 여자 : 이런 날 방생 안 하려면 옌 뭣하러들 왔수?

　신륵사 주차장. 수십 명의 남녀들이 히히덕거리며 버스에 오
른다.

하리 : 방생을 하고 나니까 마음들이 저렇게들 홀가분한가 보네
　　　요.

유정 : 우리나라 사람들 마음이 너무 허하게 비어 있는 거 아닙
　　　니까?
하리 : 여북하면 세계 종교의 쓰레기장이란 말이 나왔겠어요.

　　여주 영릉. 넓은 주차장엔 차 한 대 보이지 않는다. 겨울 햇살
이 한가로운 영릉 구내. 송림 사이 마사토 깔린 흙길이 유난히
희다. 잔디 손질하는 일꾼들이 서너 명 보일 뿐, 능 전체가 텅 비
었다.

하리 : 유정, 요즘 저는 투쟁하고 있어요.
유정 : 무슨 얘깁니까?
하리 : 노예시장에 대해 아세요?
유정 : 노예시장이라니. 아니, 그럼 또 맞선 행사를 시작한 겁니
　　　까?
하리 : 그래요. 전 요즘 적들 속에서 싸우고 있어요. 물론 내가
　　　좋아서 하는 일이에요.
유정 : ······.
하리 : 지난 일요일엔 네 사람을 만났어요. 가족들이 내 숨통을
　　　조여요. 나이 찬 여자를 바라보는 주변 사람들의 시선이
　　　얼마나 칙칙한 건지 모르실 거예요. 더 무서운 건 내 자
　　　신이 흔들리고 있다는 거예요.
유정 : 무슨 얘깁니까?
하리 : 가족을 갖고 싶은 유혹이지요.

유정 : 결혼할 계획이군요?

하리 : 안 하겠다는 말은 못 해요. 다만 결혼이 혼자 사는 지금 상황보다 나아질 수 있다는 생각을 하지 못하겠으니 그게 문제지요.

유정 : 결혼에다 큰 의미를 두지 않았기 때문일 겁니다.

하리 : 그렇지도 않아요. 다만 적극성이 없었을 뿐이지요.

유정 : 그동안 하리를 만난 사람들, 문제가 좀 있는 것 같습니다.

하리 : 대학교 때 서클 선배 한 분이 꽤 오랫동안 따라다녔지요. 그 선배를 놓고 다른 여자들이 경쟁을 벌이고 있었는데 본인은 나 아니면 죽겠다는 거였지요. 괜찮은 사람이라는 생각은 있으면서도 끌리지가 않았어요. 3년 전까지도 그 선배가 집요하게 따라다녔지요. 힘들지만 솔직하게 얘기해 줬지요. 선배가 남자로 느껴지지 않는다고.

유정 : 남자를 찾기 위해 그 행사에 나가는 겁니까?

하리 : 그래요. 내가 노예를 고르는 거예요. 동물의 세계가 다 그런 거 아니던가요. 좋은 씨를 받기 위한 선택.

유정 : 선택했습니까?

하리 : 아직 나하고 같은 생각을 가진 사람을 찾지 못했어요. 제가 결혼하려고 하는 건 보다 자유로워지기 위해서예요.

유정 : 그런 결혼 쉽지 않을 겁니다.

하리 : 결혼은 서로의 편리를 위해 필요한 거예요. 필요하다면 빨래도 하고 아이도 낳아야지요. 영악한 시어머니 비위도 맞출 수 있을 거 같아요. 그러나 그것이 어떤 관습에

의해 강요되는, 그런 것에 묶이진 않겠다는 것이지요.

유정 : 선택받고 싶습니다.

하리 : 아니요! 유정은 제 결혼 조건과는 정반대쪽일걸요. 자신
의 자유를 위해 여자의 자유를 아무런 죄의식도 없이 빼
앗을 분. 가장 이기적이고 보수적인 사람. 연인으론 짱이
지만 결혼 상대로는 노예요.

　용문사. 1천1백 년 된 은행나무. 둘레 14미터. 우람한 자태가
태곳적 신비를 자아낸다. 봄바람을 탄 풍경소리.

하리 : 나무도 천 년 세월이면 이미 귀신이 돼 있을 거예요.

유정 : 그래요. 오래된 나무는 나무가 아닐 거예요.

　상원사로 오르는 계곡에는 그 밑동부터 갈래로 크느라 이리
저리 뒤틀린 괴목 느티나무가 여럿 보인다. 속이 텅 빈 밑동 구
멍 속에 돌이 박혀 있는 느티나무. 단풍나무는 잎이 그대로 매
달려 또그르 말려 있는 것이 멀리서 보면 꽃 같다.

유정 : 하리한테 선택받았다는 이 느낌. 이거 어쩝니까?

하리 : 유정을 선택할 자격이 없어요.

유정 : 하리. 난 하리가 필요합니다.

하리 : 우린 그런 필요에 의해서 만난 게 아니에요. 만나는 동안
서로 한껏 자유로웠을 뿐이에요. 그 자유를 빼앗겼을 때

의 그 증오를 생각하고 싶지 않다 그거예요.

유정 : 우린 서로 원하고 있습니다.

하리 : 저는 이렇게 상투적인 결론이 싫어요.

유정 : 우린 결국 타인인가요?

하리 : 처음부터 누구나 다 남이에요.

지방 보물인 장지국사 부도가 있는 언덕으로 오르는 길. 다시 지름길을 타고 내려오는 잡목 숲에 종 모양의, 오랜 풍상에 마모가 심한 부도 하나가 보인다. 그 부도 옆에 두 사람이 마주 섰다. 멀리서 불경소리.

김유정의 작품 〈두꺼비〉, 여기에 등장하는 인물들은 실제의 인물들이었고 이 이야기도 내용이 똑같은, 사실의 일이었음이 박록주 씨와의 인터뷰 결과 확인되었다. ……생략……

두꺼비(강형)…… 본명은 박태술. 나이 22세며 유정과 동갑으로 작품에서처럼 친구였으며 옥화의 집으로 데려왔음. 유정이 옥화를 좋아하는 것을 안스럽게 여겨서 그와 친하게 되었다. ……생략……

Q : 편지는 올 때마다 다 읽어 봤나?

A : 어떤 것을 읽어 봐도 어떤 것은 처음과 끝만을 읽어 본 것도 있다. 그러나 대개 처음만 읽거나 보지 않고 구겨 버리거나 도로 부쳐 주었다.

Q : 순금 트레반지를 보낸 사실은?

A : 있었다. 트레반지를 친구가 가져왔길래 돌려보냈다. 작품에
는 내 동생이 가진 걸로 된 것 같은데 동생이 갖고 오지 않았고
유정의 친구가 가지고 왔다. 다시 저녁 때 쪽지하고 반지를 그
친구가 갖고 왔다. 쪽지는 '이것을 안 받으면 죽이겠다'는 협박
편지였다.

　　―〈두꺼비 그것은 실화였다〉(《모델과의 인터뷰》, 《문학사상》, 1973. 4.)

김유정은 작품을 쓰다가도 가끔 멍하니 어떤 생각에 잠기곤
했다. 박록주에게 빠져 있던 그 시절에 대한 아련한 추억 같은
것이었다. 꿩 대신 닭이라고 그는 박록주에게서 못 푼 한을 고향
에서 들병이와 맘껏 어울려 풀려 했지만 그네에 대한 미련은 쉬
가셔지지 않았다. 어쩌면 그것은 그네에 대한 미련이 아니라 자
신의 무모했던 그 시절 열정에 대한 그리움이었는지 모른다.

　가슴에 칼을 품고 아사원과 고래관 앞에서 밤새껏 박록주를
기다리던 기대와 분노의 그런 시간들, '녹주 너를 사랑한다'는 혈
서를 쓰기 위해 칼로 손가락을 째며 흘리던 눈물.

　그는 어느 날 수은동에 있는 중국요리집 복혜원으로 박록주
를 불러냈던 일을 생각한다. 요리상이 차려지자 그는 배갈을 시
켜 마셨고 박록주에게는 포도주를 따라 주었다. 당시 가장 고급
담배인 '해태'를 시켜 피우며 돈 많은 한량 행세를 했다.

　그는 독한 배갈을 연거푸 다섯 잔이나 따라 마신 다음 박록
주를 향해 말했다.

　녹주, 나하고 겨, 결혼합시다.

이런 말에 놀랄 박록주가 아니었다.

학생도 알고 있잖소. 내가 모시고 있는 영감이 있다는 걸 말이요.

그 영감을 모시는 건 사, 사랑이 아니요. 나, 난 녹주를 지, 진심으로 여, 연모하오.

김유정은 어릴 때 그랬던 것처럼 말까지 더듬으며 박록주를 얼렀다.

녹주, 다, 당신이 오늘 나를 받아주지 않으면 나는 더 이상 사, 살 수가 없소.

김유정이 이처럼 애소하며 매달리자 박록주로서는 그 자리를 되도록 빨리 떠야 하겠다는 생각밖에 없었다.

고래관에 약속된 손님이 있어 난 이만 가봐야 하겠소.

그러나 박록주는 쉽게 몸을 일으키지 못한 채 머뭇거렸다. 김유정이 그네 앞에 고개를 깊이 떨군 채 침묵하고 있었던 것이다. 김유정이 그 오랜 침묵 끝에 혼잣소리로 중얼거렸다.

나 같으면 못 가, 나 같으면 못 가…….

학생, 우리 훗날 만나서 오래 있으면 되잖아요.

당장 그 자리를 모면하기 위해 박록주가 한 말이다. 그제서야 김유정은 얼굴에 생기를 띠며 상 밑에 있던 예쁜 리본을 맨 상자 하나를 그네에게 건넸다.

고래관에 당도하니까 손님들이 나를 보고 어찌 됐냐고 야단이었다. 좌우간 이 상자에 들어 있는 물건에 대한 궁금증 때문에 나는 손님 앞에서 그 상자를 펴 보았다. 그것은 진고개(명동)에서 산 최고급 과자였다. 그 안에 조그만 쪽지에는 '녹주에게. 이 과자는 네가 약을 먹을 때 늘 사탕으로 입가심을 한다기에 사탕 대신 과자를 사서 보내는 것이다. 약을 먹은 후 과자를 꼭 먹어라. 그런 이유로 샀으니까 꼭 그렇게 해야 된다'라고 씌어 있었다. 나는 그 자리에서 손님들과 과자를 나누어 먹었다. 그날 밤은 꼬박 밤을 새우며 손님들과 놀고 새벽에 몸을 감추어 집에 들어왔다. 유정의 편지가 나를 기다리고 있었다. '너는 운이 좋은 줄 알아라. 나는 밤새도록 고래관 앞에서 너를 기다렸다. 네가 나오면 죽이려고. 네 그림자를 찾아도 너를 발견하지 못했다. 만약 나를 만나주지 않을 때는 너를 죽이고야 말겠다.'

—박록주, 〈록주, 나 너를 사랑한다〉(《문학사상》, 1973. 4.)

김유정은 1935년(27세) 서울 숭인동에서 연안 이씨와 혼인한 것으로 그의 셋째 누나 김유경(1983년 증언 당시 72세)에 의해 알려졌다. 누나들이 주선해 이루어진 혼인으로 그는 신부 얼굴도 제대로 보지 않고 혼례식을 치렀다. 그러나 김유정은 식을 올린 지 며칠 만에 신부를 소박 놓아 집으로 돌려보낸 것으로 전해진다.

그 이유가 무엇이었든, 새색시를 소박 놓는다는 것이 어디 보통 일이었겠는가. 그 일로 김유정이 괴로워했을 것은 분명하다.

유정이 총각으로 있다가 죽은 줄 알았는데, 나중에 그가 결혼했었다는 것이 발견되었다. 나도 까맣게 모르고 있다가, 그가 작고한 후에서야 영수 군에게서 들어 알았다. 그러면 어째서 유정이 나에게까지 그것을 감추었는지 내가 결혼한 날의 유정 일기를 보면, 그는 나를 퍽 행복스러운 사람이라고 말한 후, 자기는 도저히 그런 행복을 꿈꿀 수도 없다고 하고, '나는 영원히 결혼하지 않으리라. 나는 문학과 함께 살련다. 그것이 나의 애인이요, 안해이다' 이러한 의미의 것을 적어 놓았는데, 한 여자와 연애 없이 결혼한 것을 그는 부끄러이 생각하여 나에게 알리지 않았던 게 아닌가 추측된다. 어느 때든지 항상 잘 한 사람의 이성을 연애하며 정열을 쏟아 놓던 그로서는 자기가 사랑하는 여인은 딴 곳에 있고 조금도 사랑함 없는 다른 여인을 안해로 위한다는 것이 무슨 치욕같이 생각되고, 거짓인 것처럼 느끼게 되었으리라. ……생략…… 유정이 병상에 누워서도, 가끔 '필승아, 모든 것은 내가 잘못했다. 내가 나쁘다. 모두 나의 죄악이다. 인제 너에게 길다란 이야기를 하여 용서를 빌 때가 있다' 이러한 글발을 써 보내어 나를 의아하게 만들었는데, 아마 이것을 두고 그런 것인상 싶다. 어느 때 내가 갔을 때 나를 붙잡고 대성통곡을 한 것도 자기의 병과 닥쳐올 주검을 서러워하여 운 것보다 나에게까지 숨기고 있는 말 못 할 사정을 슬퍼하여 그랬던 것이로구나 생각된다. 가엾은 일이다.

—안회남, 〈겸허〉(《문장》, 1939. 10.)

김유정이 불태운 마지막 열정의 대상은 박봉자였다.

작가로서 명성은 크게 얻었지만 그때 이미 그는 병마와의 싸움으로 인해 이미 죽음의 그림자에 싸여 있던 1936년 초여름이었다. 그해 봄 그는 어느 여성잡지의 청탁으로 〈어떠한 부인을 마지할까〉란 글을 쓰게 된다. 그의 글이 사진과 함께 5쪽에 실리고 바로 옆 4쪽에 박봉자란 여성이 쓴 글도 역시 사진까지 곁들여 실려 있었다. 일은 그것으로부터 시작된다.

어떠한 부인을 마지할가 김유정

나는 숙명적으로 사람을 싫어합니다. 다시 말하면 사람을 두려워한다는 것이 좀더 적절할는지 모릅니다. 늘 주위의 인물을 경계하는 버릇이 있습니다. 그 버릇이 결국에는 말없는 우울을 낳읍니다.

그리고 상당한 폐결핵입니다. 최근에는 매일같이 피를 토합니다. 나와 똑같이 우울한 그리고 나와 똑같이 피를 토하는 그런 여성이 있다면 한번 만나고 싶습니다. 나는 그를 한없이 존경하겠읍니다. 왜냐하면 나는 내 자신이 무언가를 그 여성에게 배울 수 있으리라고 기대하기 때문입니다.

이렇게 되면 이건 연애가 아닐지도 모릅니다. 단순히 서로 이해할 수 있는 한 동무라 하겠습니다. 마는 다시 생각컨대 이성의 애정이란 여기에서 비로서 출발하는 것이 아닐가 합니다.

그리고 나에게 그런 특권이 있다면 나는 그를 사랑하겠읍니다. 결혼까지 이르게 된다면 더욱 감축할 일입니다. 그러면 그담에는

이 몸이 죽어저서 무엇이 될고 하니

봉래산 제일봉에 낙락장송 되었다가

백설이 만건곤할 제 독야청청하리라

그 봉래산 제일봉이 어델는지, 그 우에 초가삼간 집을 짓고 한 번 살아보고 싶습니다. 많이도 바라지 않습니다. 단 사흘만 깨끗이 살아보고 싶습니다.

그러나 한 가지 큰 의문입니다. 서로 사람을 싫어하는 사람끼리 모이어 결혼생활이 될는지 모릅니다. 만일 안 된다면 안 되는 그대로 좋습니다.

어떠한 남편을 마지할가 박봉자

결혼에 대해 아직 생각해 본 일이 별로 없는데 무슨 플랜이 있겠습니까. 학교에 다니기 전(제가 학교에 늦게 다녔으니까요)에는 혹 이런 문제를 생각해 본 적도 있지요. 말씀하자면 내 남편 될 사람은 변호사나 사업가로 정하리라는 막연한 생각도 가져 본 적이 있었읍니다마는 근래에 와서는 일해 보겠다는 마음이 앞질러서는 까닭인지 작년까지만 해도 결혼 이야기가 나드래도 귓등으로 듣지 않았고 또 부모님께서나 오빠가 상대자를 결정해 놓으시고 결혼하라고 말씀한 적도 여러 번 있었으나 구지 마다고 듣지 않았지요. 그러나 드르니까 처녀가 나이를 먹으면 엉뚱해져서 안 간다고 버티든 시집도 잘들 간다는 말씀을 드른 후에는 누가 여기 대한 말을 하드래도 구태여 안 간다고는 못합니다.

331

그래서 그런지 요새 와서는 혹 조용한 틈을 타게 되면 장래의 내 남편을 눈앞에 그려보는 일도 있지요. 그러나 어릴 적에 동경하든 나무장작개비같이 딱딱한 변호사나 사업가는 싫다고 이해 많은 문학가라고 생각을 고쳤습니다.

문학가는 세상을 잘 알고 사람을 잘 압니다. 세계를 돌아다녀 보지 않아도 능히 거기의 정서 풍경 풍속 또 그 사람들의 사상을 알어낼 수 있는 훌륭한 기능을 가진 가닭이외다.

그리고 결혼식은 식도원이니 명월관이니 하는 데보다 우리 집 정원, 꽃나무가 자욱히 드러선 곳에서 꽃으로 〈벨―ㄹ〉을 만드러 쓰고 할 작정입니다. 그이가 무엇을 입든 쓰든 내 간섭할 배 아니오니 말씀은 여기서 끝을 막겠습니다.

―〈여성〉(조선일보, 1936. 5.)

박봉자 선생님!

김유정의 편지 쓰기가 다시 시작되었다. 그야말로 본격적인 연애편지였다. 소설 쓰기의 신명이, 병마와의 외로운 투쟁이 연애편지 쓰는 일로 바뀐 것이다. 얼굴도 보지 못한 여성한테 사랑을 호소하는 내용의 그 편지 쓰기는 몇 개월 동안에 무려 30통에 이른다. 9년 전 작가 지망생이던 문학 소년으로서의 그런 치기 어린 것이 아니라 이제는 당당히 작가가 된 처지에서 자신의 예술관과 인생론까지 펼쳐 가는, 그야말로 혼신의 힘을 쏟는 편지 쓰기가 시작된다. 그의 건강이 많이 악화된 원인도 답장 없는 편지 쓰기에 쏟는 열정 탓도 없지 않았을 것이다.

유정이 어느 여자를 사랑한다는 것은 먼저 지적한 바와 같이, 꼭 육욕의 야심이 있어 그럼보다도 우선 감격하고 그 상대자에게 최고의 호의를 표시하는 봉사하려는 마음이다. 아무것도 없던 유정이 혜성적으로 문단에 진출하여 세상이 그를 유망한 작가로 대우하고 사진을 여성잡지에다 커다랗게 내어주었을 때, 어찌 그의 가슴이 뛰지 않았으랴. 그는 한 장 어머님의 사진과 잡지의 자기 사진을 책상 위에 나란히 놓고 감격하였으리라. 그가 어느 여자의 사진을 연애하였다는 것은, 실로 이 어머님의 사진에서 출발한 것이 아닌가. 다시 말하면 남이 유치하다고 웃을 그런 연애가 있게 된 것은 그에게 어머님의 사진밖에 없는 쓸쓸한 고적에서 추출된 것이다. 어머님의 사진과 자기의 사진 그 사이에 있는 한 아름답고 젊은 이성의 사진에까지 그 감격과 호의가 똑같이 갔을 것은 혈혈고종한 그로서는 자연스러운 일이다.

—안회남, 〈겸허〉(《문장》, 1939. 10.)

김유정이 박록주를 짝사랑했던 이야기는 몇 년 세월이 흐른 뒤 〈두꺼비〉와 《생의 반려》로 작품화되었지만 박봉자의 경우는 그럴 만한 시간적 여유가 없었다. 그는 그때 죽음과 담판을 벌이고 있는 절박한 상황에서 박봉자를 구원의 길로 선택했던 것이다. 그네가 이상형의 남편감으로 생각하는 '이해 많은 문학가'가

333

되어 뜨거운 사랑의 말 한 마디를 들을 수 있다면 정말 죽음 같은 것은 두렵지 않을 것 같았다.

김유정이 박봉자를 짝사랑한 이야기를 비교적 소상하게 알고 있었던 당시의 문학평론가 김문집은 김유정의 '소년시절 대표적 연애'의 상대였던 박록주에 대한 호의적인 감정과는 달리 박봉자에 대해서는 상당히 심한 적대감을 보인다.

천하의 명창 박록주가 옛날 무명시대의 김유정 군의 사랑의 대상이었다면 아마도 놀라지 않을 사람이 없을 것이다. 연전 나는 대구 모 요정에서 그때 마침 명창대회로 내연한 박록주를 초청해서 하룻밤 호유한 일이 있다. ……생략…… 삼십 명 개평기생은 오태석의 가야금 병창에 맡기고 나는 대 박록주 여사를 구석으로 모셔와서 한잔 먹은 호기로 대뜸 "자네 김유정이란 소설 작가를 아는가……." 하고 물었다. 하니까 약간 얼굴에 미소로운 긴장을 띄우면서 답하는 말이 "그이가 죽었다지요?" 이 어조에서 벌써 나는 여사를 초청한 것이 허사가 아니었다는 것을 알고 기뻐하는 동시에 초면의 박록주가 조선서는 제일류의 여류 교양인인 것을 직감하였다. ……생략……
죽을 때까지 군은 순차로 꽤 여러 여성을 사모했다. 그러나 일여히 군의 연애는 신성했고 정신적이었다. 육체 일원주의요 물질만능주의인 오늘의 세태에 처한 청년으로서의 군은 확실히 하나의 기적적인 연애의 실천자였다.
다음에 말할 박○○에의 짝사랑은 드디어 군을 죽음으로 몰아

넣었을 만큼 군의 일생을 통해서 대표적 연애였다.

그 주인공 ○○는 지금은 아이의 어머니가 된 현숙한 처이지마는 그 당시는 모 여전을 나와서 오랫동안 어떤 정신사업에 종사하고 있던 순량한 노처녀였다. ……생략…… 한 장 편지를 쓰고 나면 으레히 군의 체중은 몇백 그램씩 줄어들어 갔다. 이런 편지를 몇 달에 걸쳐 선후 31통을 써서 그중 30통이 발송되었다는 것이 그의 사후 일기장에 알리어졌다. ……생략……

이 지성에 대해서 상대 성처녀로부터 돌아온 반향은 무엇일까? 놀라지 말지어다. 오직 '무' 그것뿐이었다! ……생략…… 피를 토해 가면서 일 년을 하루같이 성의로써 그같이 존귀하게 그를 모셔 올린 데 대하여 만약 자기에게는 그 사랑을 받을 수 없는 주관적 또는 객관적 사정이 있었으면 한 번쯤은 그의 오빠를 통해서라도 한 마디 거절의 인사를 보내는 것이 인정이 아니며 숙녀의 예의가 아니었을까? 하물며 그 오빠는 유정과 인사는 없었을망정 문단에 이름을 둔 시인의 한 사람이었음에 있어서랴. ……생략…… 가엾은 김유정! 만약 군이 한 번이라도 ○○란 노처녀의 얼굴을 보았더라면 군은 그 자리에서 환멸을 느끼고 그를 단념했을 것이다. ……생략……

한 기생이 말없이 소년 김유정의 예술혼을 북돋았는 데 대해서 고등교육을 받은 한 신여성이 말없이 성장한 김유정 군을 한강수 깊은 물속으로 몰아넣었다 하면 교육의 의의는 어디 있으며 기생이 천하다는 근거가 어디 있는가.

—김문집, 〈김유정의 비연을 공개 비판함〉(《김유정전집》, 1968.)

김문집의 글에 '박○○'로 그 이름을 밝히지 않은 것은 그 글이 발표될 당시 이미 그녀가 김유정과 같은 구인회 멤버인 김환태와 결혼을 한 사이였고 그녀의 오빠 또한 문단활동을 하던 시문학파 시인 박용철이었음을 고려했기 때문일 것이다.

박봉자에게 썼던 31통의 편지 중 부치지 않았다는 한 통의 편지는 김문집이 보관하고 있다고 되어 있지만 실제로 그 편지 내용은 김유정이 죽기 두어 달 전 병상에서 쓴 '병상의 생각'과 같은 것으로 봐도 좋을 것이다. 2백자 원고지 약 50장에 가까운 이 글은 매우 현학적인 어휘 구사로 자신의 문학관을 바닥에 깔며 한 여자를 연모하여 편지를 쓰는 일이 곧 작품을 만드는 일과 다르지 않다는 것을 역설하고 있다.

……나는 당신을 진실로 모릅니다. 그러기에 일면식도 없는 당신에게, 내가 대담히 편지를 하였고 매일과 가치 그 회답이 오기를 충성으로 기다렸든 것입니다. 나의 편지가 당신에게 가서 얼만한 대접을 받는다. 얼마큼 이해될 수 있는가. 거기 관하야 일절 괘념하야 본 일이 없었읍니다. 그러던 차 당신에게서 편지를 보내시는 이유가 나변에 있으리요.

이런 질문이 왔을 때 나는 눈알을 커다랗게 뜨지 않을 수 없었읍니다.

나는 당신을 실로 본 듯도 하였습니다. 나의 편지 수 통에 간신히(그 이유가 나변에 있으리요) 이것이 즉 당신입니다. 그리고 나는 그 배후의 영리하신 당신의 지혜를 보았습니다. 당신은 나에게서 연모라는 말을 듣고 싶었고, 겸하야 거기 딸ㅎ으는 당신의 절대가치를 행사하고 싶었든 것입니다 ……생략…… 그러나 나는 당신의 요구에서 좀 먼 거리에 있는 자신을 보았읍니다. 우울할 때, 고적할 때, 혹은 슬플 때 나는 가끔 친한 동무에게, 나를 이해하야 줄 수 있는 동무에게 편지를 씁니다. ……생략…… 나는 몸이 아플 때, 저 황천으로 가신 어머님이 참으로 그리워집니다. ……생략……

―근대식으로 제작되어진 한 덩어리의 예술품―

왜 내가 당신을 하필 예술품에 비하였는가. 그 까닭을 아시고 싶을지도 모릅니다마는 여기에 별반 이유가 있을 것도 아닙니다.

내가 당신에게 편지를 쓰든 그 동기를 따져보면 내가 작품을 쓸 때의 그 동기와 조금도 다름이 없읍니다. 만일 그때 그 편지를 안 썼드라면 혹은 작품 하나를 더 갖게 되었을지도 모릅니다.

―김유정, 〈병상의 생각〉(《조광》, 1937. 3.)

김유정은 사람이 그리웠다. 외로운 자기 영혼을 어루만져 줄 사람, 가슴을 확 터놓고 속의 것을 다 내불고 싶은 그런 사람을 만나고 싶었다. 자신의 안에 고여 있는 말이 쏟아져 나가 이해받고 싶은 충동으로 들끓고 있었던 것이다. 자신의 말을 응석으로 받아 줄 모성의 그런 사랑이 그리웠다.

그는 죽음을 눈앞에 두고도 작품을 쓰는 그런 열정으로 박봉자에게 연서를 썼다. 그가 소설 쓰기로 세상살이의 암담함을 희화하고 자기 자신까지 객관화하는 신명에 빠질 수 있었다면 그의 편지 쓰기는 한 여성을 미화하는 일에 자신이 가진 모든 학식과 신념을 송두리째 쏟아붓는 자기표현의 한 방편이었던 것이다. 그네의 영혼을 사로잡을 수 있다면 그는 당장 죽어도 좋다는 그런 심정을 밤을 새워 편지를 썼다. 그것을 쓰는 동안은 물론이고 답장을 기다리는 그 초조한 시간이야말로 기대와 절망이 엇갈리는 긴 고통의 연속이었을 것이다.

자신의 글과 나란히 발표된 박봉자의 글과 그 사진을 보았을 뿐 그 여자가 누군지도 모른 채 시작된 그 31통의 편지 중 한 통이 부쳐지지 않은 이유는 간단하다. 그네가 약혼을 했던 것이다.

○○와 ○○ 군과의 약혼을 어느 잡지 소식란에서 안 유정은 그 달부터 공중에 쌓은 연애를 일조에 파괴하는 동시에 생명을 조각한 편지를 중지했다 함은 말할 필요도 없거니와 한 가지 말할 필요가 있는 것은 진실로 중지한 그날부터 유정은 술로써 이내 청춘을 불사르기 시작했다는 것이다.

—김문집, 〈김유정의 비연을 공개 비판함〉(《김유정전집》, 1968.)

박봉자와 김환태(金煥泰 : 1909~1944, 문학평론가 · 구인회 후기 동인)가 약혼했다는 소식에 이어 며칠 뒤에 그네들은 시내 어느 예배당에서 결혼식을 올렸다. 절친하지는 않았지만 김환태는 김유정도 잘 알고 있는 사이였다. 그네들의 결혼 소식을 알았을 때의 김유정의 심정을 김문집은 "허무! 고통! 허무, 불면, 자조, 허무,

허무"라고 표현하고 있다.

창작이 비평에 우선한다며 예술 옹호론을 펼친 삼십 년대 대표적 문학평론가 김환태는 23세 때 일본 유학 중 하숙집 딸과 친하여 딸 하나를 낳아 가지고 귀국한 뒤 27세 되던 해 동갑의 이화여전 출신의 박봉자와 결혼한 것이다.

그때 김유정은 폐결핵 3기의 중환자로 형수네 세 식구가 사는 셋방 한 칸에 얹혀사는 매우 참담한 상황에서 글을 쓰고 있었다. 그는 아는 사람들을 찾아다니며 술을 마시자고 했다. 약을 사기 위해 책을 판 돈으로 그는 술을 마셨다. 아편도 그때부터 사용했을 것이다. 이미 중환이긴 했지만, 마지막 열정의 대상인 그 여자를 잃었다는 절망과 그 증오로 퍼마신 술이 그의 꺼져 가는 생명을 단축시켰을 것은 분명하다.

만만하게 거처할 곳도 없이 늘 빈곤에 쪼들리며 눈을 들어 앞길을 바랄 때 오즉 '어둠'만을 보았을 유정— …… 더구나 그가 병든 자리에서 신음하면서도 작가적 충동에서보다는 좀더 현실적 욕구로 하여 잡지사의 요구하는 대로 창작을 수필을 잡문을 써 온 것을 생각하면 우리의 마음은 어둡다. …… 병도 병이려니와 그를 그렇게 요절케 한 것은 이르테면 그의 지나친 '가난'이다.

—박태원, 〈고 유정 군과 엽서〉(《백광》, 1937. 5.)

그날 나도 초저녁에 술을 좀 먹곤 곤해서 한참 자는데, 별안간

대문을 뚜드리는 소리가 요란하다. 한 시가 가까웠는데— 하고 눈을 비비며 나가 보니까 유정이 B군과 S군과 작반(作伴)해 와서 이 야단이 아닌가. …… "김 형! 이 유정이 오늘 술, 좀, 먹었습니다. 김 형! 우리 또 한잔허십시다. …… "김 형! 우리 소리합시다."하고 그 척척 붙어 올라올 것 같은 끈적끈적한 목소리로 강원도 아리랑 팔만구암자를 내뽑는다.

—이상, 〈소설체로 쓴 김유정〉(《청색지》, 1939. 5.)

미국에 영주하던 박봉자가 할머니가 되어 잠시 귀국한 것은 1973년 연말이었다. 그네는 김유정의 연서 건에 대해 다음과 같이 회고했다.

김유정의 편지는 30여 통 받았다. 오빠의 손에 의해 먼저 피봉이 찢긴 다음 내가 읽었다. 지금 여성들은 다르겠지만 당시는 아무리 신여성이라 하더라도 김유정 같은 뜨거운 구애에는 침묵을 지킬 도리밖에 더 있었겠는가? 이후 김문집이 나 때문에 김유정의 명이 재촉되었다고 글을 썼는데 나는 불평하고 싶었지만 여러 가지 사정을 참작해서 입을 다물었다.

—박봉자, 〈김유정의 여인〉(《문학사상》, 1974. 7.)

김유정의 병력은 그가 평소 햇빛을 두려워한 이유를 충분히 설명하고 있다. 그는 세 살 무렵부터 횟배를 심하게 앓아 그 치료 방법으로 어릴 때부터 담배를 피운다. 또한 말을 심하게 더듬어 휘문고보 시절 눌언교정소에서 치료를 받는 등 그런 신체적 열등감이 그의 염인성 우울증으로 발전했을 수도 있다.

혈액형이 A형인 그는 21세 되던 해인 1929년 치질 증세로 적십자 병원에서 수술을 받았지만 완치되지 않은 상태로 지냈다. 그러다가 폐결핵 요양 차 정릉 골짜기의 어느 암자에 기거하게 되었는데, 그는 그곳에서 늘 바위 위에 누워 지냈다. 그 바위의 냉기로 인하여 치질이 재발되어 죽음의 마지막 순간까지 통증의 고통을 호소하게 한다.

22세부터는 늑막염으로 병원에 다니며 치료를 받는다.

폐결핵이 발병한 것은 25세 때이고 그때부터 어깨가 구부정 휜 상태로 지내다가 27세 때인 1935년 서울 용산 시립병원에서 정식으로 폐결핵 진단을 받는다.

폐결핵에는 삼복더위가 끗없이 얄궂다. 산의 녹음도 좋고 시언한 해변이 그립지 않은 것도 안니다. 착박한 방구석에서 빈대에 뜻기고 땀을 쏟고 이렇게 하는 피서는 그리 은혜로운 생활이 못 된다. 심야하야 홀로 일어나 한참 쿨컥어릴 때이면 안집은 물론 벽 하나 격한 옆집에서 끙하고 돌아눕는 인기를 나는 가끔 들을 수 있다. 이 몸이 길래 이 지경이라면 차라리 하고 때로는 딱한 생각도 하야 본다. 그러나 살고도 싶지 않지만 또한 죽고도 싶지 않은 그것이 즉 나의 오늘이다.

—김유정, 〈나와 귀뚜람이〉(《조광》, 1935. 11.)

작년 봄 내가 한 달포는 두고 몹씨 앓았을 때 의사를 찾아가니 그 말이 돌아오는 가을을 넘기기가 어렵다 하였다. 말하자면 요양을 잘한대도 위험하다는 눈치였다. 그러나 나는 술을 맘껏 먹었다. 연일 철야로 원고와 다투었다. 이러구도 그 가을을 무사히 넘기고 그담 가을 즉 올가을을 앞에 두고 이렇게 기다리고 있는 것이다. 과학도 얼마만치 농담임을 알았다.

—김유정, 〈길〉(《여성》, 1936. 8.)

김유정이 병으로 누워 괴로워하는 어느 밤의 정경은 그가 잠시 요양 차 들어가 있던 정릉 골짜기의 어느 암자 생활의 하루를 글로 쓴 〈밤이 조금만 짤럿드면〉에 잘 나타나 있다.

요바닥을 얼러 몸을 적시고 흔근히 내솟은, 귀죽죽한 도한을 등으로 느끼고는 고 옆으로 자리를 좀 비켜 눕고저 끙, 하고 두 팔로 상체를 떠들어 보다 상체만이 들리지 않을 뿐 아니라 예리한 칼날이 하복부로 저미어 드는 듯이 무되게 치뻗는 진통으로 말미아마, 이를 꽉 깨물고는 도루 그 자리에 가만 누어 버린다. 그래도 이 역경에서 나를 구할 수 있는 것이 수면일 듯싶어, 다시 눈을 지긋이 감아 보았으나, 그러나 발치에 걸린 시계종 소리만 점점 역력히 고막을 두르려 올 뿐, 다라난 잠을 잡을랴고 무리를 거듭하여 온, 두 눈뿌리는 쿡쿡 쑤시어 들어온다.

—김유정, 〈밤이 조금만 짤럿드면〉(《조광》, 1936. 11.)

소설이라는 독약! 어떤 노력보다도 더 많이 몸이 지치는 소설 쓰기, 폐결핵 3기를 앓른 사람이 소설을 쓰다니 의사가 알고 본다면 그 의사가 먼점 기색을 할 일이다.

유정도 그것이 얼마나 병에 해로운지야 잘 알고 있었다. ……자포자기는커녕 생명에 대한 굳센 애착을 자신과 한 가지로 가지고 있었다. ……유정은 단지 원고료의 수입 때문에 소설을 쓰고 수필을 쓰고 했든 것이다. 원고료 4백자 한 장에 대돈 50전야를 받어 가지고 그는 피 섞인 침을 뱉어 가면서도 아니 쓰기를 못 했든 것이다.

—채만식, 〈밥이 사람을 먹고 ─ 유정의 굳김을 놓고〉(《백광》, 1937. 5.)

김유정은 심한 불면증에 시달린다. 몸이 편치 않으니 잠인들 올 수 있겠는가. 처음 변비로 해서 생긴 암치질을 우습게 알아 방치한 것이 점차 항문 근처가 결핵성 농창을 이루는, 치질 중에도 가장 악성인 '치루', 즉 항문 주위에 작은 구멍이 생겨 고름이나 똥물이 흐르는 상태까지 이르게 된 것이다.

치루는 폐결핵의 합병증으로서 병원에서 당장 수술을 받아야 하는 것이지만 이미 그때는 수술을 받을 만한 경제력도 없었거니와 설사 돈이 있다고 해도 몸이 너무 허약한 상태라 수술을 받을 수도 없었던 것이다.

그는 어서 날이 밝기만을 기다리며 신문지를 '똥치똥치 말아서' 방구석에 있는 담배를 끌어당겨 한 개비를 꺼내 불을 붙인다.

……좀더 많이 빨아 보고 이렇게 나중에는 강열한 자극을 얻어 보고저 한가슴 듬뿍이 흡연을 하다가는 고만 아치, 하고 재채기로 시작되어 괴로히 쏟아지는 줄기침으로 말미암아 결리는 가슴을 만저 주랴, 쑤시는 하체를 더듬어 주랴, 눈코 뜰 새 없이 퍼둥지둥 억매인다.

……눈을 떠 보니 시계는 석 점이 될랴면 아즉도 5분이 남았고, 넓은 뜰에서 허황이 궁구는 바람에 법당의 풍경이 은은히 울리어 오는 것이니, 아아 가을밤은 왜 이리 안 밝는가, 고 안타깝게도 더진 시간이 나에게는 너머나 원망스럽다.

—김유정, 〈밤이 조금만 짤럿드면〉(《조광》, 1936. 11.)

김유정이 경기도 광주 매형 집으로 내려가기 직전인 1936년 가을부터 겨울까지의 상황은 그야말로 처참했다. 두 남매(조카 영수와 그 밑의 여동생 진수)를 데리고 남편(김유근) 없이 혼자 어렵게 사는 형수는 폐병을 앓는 시동생 때문에 셋방을 이리저리 옮겨 다녀야 했다. 김유정의 병간호는 주로 조카 진수가 맡아서 한다.

이때의 집안은 참말 빈곤했습니다. 입을 옷과 돈이 될 만한 물건은 모조리 전당포에 들어갔고 성한 사람의 식량은 물론 환자의 음식마저 제대로 댈 수 없는 형편이 되었습니다. 그렇게 좋아하는 호배추쌈도 고추장이 없어 못 먹었습니다.

—김영수, 〈김유정의 생애〉(《김유정전집》, 1968.)

광주로 떠나기 며칠 전 어느 겨울밤에 쓴 수필에는 방 안에 햇빛을 완전히 차단한 상태에서 죽음과 맞서고 있는 처절한 내용이 묘사되어 있다.

햇살! 두려운 햇살!

머리 우까지 이불을 잡아 들쓰고는 암흑을 찾는다.

……생략……

"뒤, 뒤."

이러케 기함한 음성으로 홀로 쑹얼거린다. 그러면 여페서 자고 잇는 조카가 어느덧 그 속을 알아차리고 박으로 나아가 얼른 변기를 들고 들어온다. 그 우에 신문지를 깔고, 소독약을 뿌리고 하야 방 한구석에 노아주며

"지금도 배 아프서요?"

"응!"

왜 이리 배가 아프냐. 줄대여 쏜는 설사에는 몸이 척척 휘인다. 어제는 나제 네 번, 밤에 세 번, 낮밤으로 설사에 몸이 녹는다. 지금 잠을 못 잔다고 물장사를 탓할 것도 아니다. 어쩌면 터지려는 설사를 참을랴고 애를 써 이마에 진땀을 흘린 것이 나뻣는지도 모른다. 아, 아, 너무도 단조로운 행사 어떠케 이 뒤를 안 보고 사는 도리가 업슬가. 치루에 설사는 금물이다. 그러나 종창의 고통보다는 매일 똑가튼 형식으로 치르지 안흐면 안 될 단조로운 그 동작에 고만 울적하고 만다. 그러타고 마달 수도 업는 일. 남의 일이나 해주는 듯이 찌르퉁이 뒤를 까고 안저서

345

"얘, 오늘 눈 오겠니?"라고 입버릇가티 늘 하는 소리를 또 물어 본다. 조카는 미다지를 열고 천기를 이윽히 뜨더 본다. 삼촌에게 실망을 주지 안코자 하야 자세히 눈의 모양을 차저 보는 것이나 요즘 일기는 너무도 조았다.

"망할 날 가트니 구름 한 점 없네—"

이러케 혼자서 쓸데업는 불평을 토하다가는

"오늘두 눈은 안 오겠서요." 하고 풀 죽은 대답이엇다. 눈이 나리는 걸 바라보는 것은 요즘 나의 유일한 기쁨이엇다. 눈이 나린다고 나의 마음에 별반 소득이 잇슬 것도 아니다.

눈이 나리면 검은 자리가 히게 되고, 마른 땅에가 어름이 얼어부튼 그뿐이다. 요만한 변동이나마 자연에서 차자볼랴는 가냘푼 욕망임에 틀림업스리라.

……문박에서 불을 피고 잇는 형수에게

"오늘 편지 업서요?" 하고 물어본다. 그도 그제서야 생각난 듯이 아까 대문간에서 바더 두엇던 엽서 몇 장을 방 안으로 드리민다. 조타, 반갑다. 편지를 밧는 것은 말할 수 업시 반가운 일이다. 하나씩 하나씩 정성스리 뒤적어린다. 연하장, 연하장, 원고 독촉장, 아따 아무거라도 조타. 하얀 빈 종이가 날아 왔대도 나세게는 넉넉히 행복을 갓다줄 수 잇다. 밥 한술 떠너코는 다시 뒤저 보고, 또 한술 떠너코는 또 한번 뒤저 본다. 새해라고, 그러니 병을 고만 알흐란다. 흐응, 실업슨 소리도 다 만코, 언제 해가 비꿰엇다고 나도 모르는 새해가 바뀌는 수도 잇는가. 공연스리 화를 내가지고 방 한구석으로 엽서를 내동댕이치고 나니,

느린 식사에 몸은 이미 기진하고 말앗다.

……생략……

식후 즉시로 이러케 눕는 것도 결코 위생적이 못 된다. 하나 아무래도 조타. 건강만으로 살 수 잇는 이 몸이 아니니까— 당장 햇빗만 안 보면 된다.

나에게 나즌 큰 원수였다. 망할 놈의 태양. 쉴 줄도 모르느냐.

……생략……

나는 요즘으로 사람이 더욱 실혀젓다. 형수도, 조카도, 아무도 보고 싶지가 안타. 사람을 보면 발광한 개와 가티, 그러케 험악한 성정을 갓게 되는 자신이 더욱 딱하엿다. 웃묵 쪽으로 사람 하나 누을 만침 터전을 남기고는 사방으로 뺑돌리어 장막을 가려치고 말앗다. 이것이 혹은 그들을 불쾌하게 햇을지도 모른다. 그러나 은혜가 은혜이면 내가 실흔 건 실흔 것이다. 언제이나 주위에 염증을 느낄 적이면 나는 이러케 막을 둘러치고 그 속에 깔아노흔 이불로 들어가 은신하고 마는 것이다. 이만하면 낫도 조코 밤도 조타.

　　　　　—김유정, 〈병상영춘기〉(조선일보. 1937. 1. 29~2. 2. 4회 연재)

진수야, 우리 둘이 실레 마을에 내려가 살까?

김유정은 어느 날 집에 아무도 없는 시간 조카한테 그런 의견을 비친다. 서울이 싫다. 사람이 다 싫다. 이 좁은 방을 벗어나 얼음 밑으로 흐르는 냇물소리가 듣고 싶다고 했다. 그는 이미 죽음의 자리를 생각하고 있었던 것이다. 그러나 그가 가고 싶어 하는 고향 마을에는 이미 의지할 친척 한 사람 남아 있지 않았던 것이다.

고향 실레 마을 대신 찾아가는 경기도 광주에는 그의 바로 위인 다섯째 누님 유흥의 집이 있었다. 과수원을 하고 있는 매형 유세준은 한때 김유정과 휘문고보를 함께 다니기도 했다.

집안이 말할 수 없이 옹색하게 되자 생각턴 나머지 그는 조카(진수)를 데리고 광주(廣州) 매형 유씨(兪氏)의 집으로 떠나기로 했읍니다.

그때 여객자동차부에는 현덕과 형수 모자가 전송했읍니다.

그는 차중에서 조카에게 비스듬히 몸을 의지하고 눈만 감으면 정신없이 신음소리를 냈읍니다.

　　　　　　　　　　　—김영수, 〈김유정의 생애〉(《김유정전집》, 1968.)

옛날엔 목탄차였에요. 그걸 타고 가는데 순전히 저한테 의지하시는 거지요. 지가 안고 가다시피 한 걸요. 딴사람은 싫대세요. 옆에 일본 신사분이 우리 삼춘이 하도 딱해 보였던지 자기가 좀 안고 가겠다고 해도 고맙다고만 하시지 싫대시지 뭐에요. 그렇게 절 좋아하셨에요. 전 삼춘만 믿었지요. 삼춘이 일본 가서 공부하자 해서, 그러면 저두 인제 시집 안 간다구 그러구 삼춘두 장가 안 간다구 그러시면서, 너 일본 가선 공부하구 싶은 데까지 맘대루 해라, 그러셨에요.

　　　　　　　　　　　—김진수(74세, 서울 서초동, 1993. 4. 10.)

김유정이 미워하지 않은 유일한 그의 가족은 어릴 때부터 그를 자기 자식처럼 돌봐 준 형수와 조카 영수·진수 두 남매뿐이었다. 그네들은 모두 김유정의 형 김유근의 방탕으로 인한 재산 탕진의 희생자들로 평생을 피해의식에 사로잡혀 산 사람들이다.

그중에서도 당시(1937년) 열여덟 살인 조카 진수는 그야말로 헌신적 사랑의 화신이라고 할 수 있다. 그 누구도 간병을 꺼려하는 폐병 말기의 환자를 그네 혼자 돌봤다는 것이 어디 예삿일인가. 하루에도 수십 번 설사를 하는 삼촌과 한방에 기거하며 주사 놓기, 똥오줌 받아 내기, 온갖 찜부럭을 다 받아 준 것이 바로 그네였던 것이다.

"자근아버지— 저녁 다 돼서요—"

조카가 막박게 와서 가만히 귀를 기우린다. 그는 힝여나 나의 기분을 상할가 하야 음성마다 주의를 겨을리하지 안엇다. 어쩌면 그는 삼촌숙부인 나를 격외의 괴물로 여겻는지도 모른다. 때때로 언짠흔 표정을 지어 가지고 살금살금 나의 눈치를 살펴보고 하는 것이다. 계집애니 만치 잔상도 하려니와 요즘 나의 병으로 인하야 그는 멧 달 동안을 학교도 못 갓다. 그리고 뒤를 바더 내랴, 세수를 씻겨 주랴, 탕약을 대려 오랴, 이러케 남다른 적심으로 구구히 간호하야 준다. 그의 성의만으로도 넉넉히 병이 나앗으련만 왜 이리 끄느냐. 나의 조카는 참으로 고맙다. 이 병이 나으면 나는 그에게 무얼로 이 은혜를 가플 터인가.

—김유정, 〈병상영춘기〉(조선일보, 1937. 1. 29~2. 2. 4회 연재)

지가 광주 가서 병이 났어요. 그래두 딴사람은 못해요. 주살 놓는 일두 지가 하지 않으면 삼춘이 싫대세요. 글을 쓰실 땐 꼭 절 깨워서 옆에 앉혀 놓구서야 시작을 하셨으니까요. 가끔 삼춘께선 애, 진수야 너 고기 먹구 싶지? 그러시면서, 가만있어라, 내가 고모 보구 고기 먹구 싶다고 할게. 하시더니 고모님이 들어오시니까, 누님 난 고기가 그렇게 자꾸 먹구 싶네요. (ㅎㅎ) 그러시데요. 그래, 상을 채리면 꼭 저하구 겸상을 해야 잡수세요. 지한테는 고모가 고기를 안 주세요. 그때만 해두 시굴에 고기가 귀했에요. 그러면 삼춘이 그 고기 그릇을 지 앞에 얼른 바꿔 놓곤, 애, 어서 빨리 먹어. 그렇게 작은 소리루 독촉을 하세요. (ㅎㅎ) 지가 그걸 다 먹지 않으면 막 야단을 치세요. 저는 그렇게 삼춘 고기를 지가 그걸 다 먹은 게 늘 미안하구 걸렸에요. 고모님한테 죄스럽구, 혹시나 낭중에라두 그 자손들이 그걸 알면 어쩌나 해서 입때꺼정 아무나테두 그 얘길 못 하구 살았에요. 삼춘이 절 그렇게 친딸처럼 끔찍이 귀여워해 주셨어요.

—김진수(74세, 서울 서초동, 1993. 4. 10.)

8

"하리, 의논할 게 있습니다."

"저두요."

"뭡니까?"

나의 가벼운 응수와 달리 유정은 사뭇 진지하다.

"아니요. 먼저 말씀하세요."

지난해 여름 뜻하지 않은 일로 중단됐던 오봉산 산행을 오늘 다시 꽃샘추위 속에서 강행했다. 오봉산 구석구석에는 아직도 눈이 녹지 않은 채 쌓여 있었다. 특히 바위 위에 눈이 얼어붙어 피켈을 들고 등산화에 아이젠까지 부착했지만 산을 오르기가 쉽지 않았다. 게다가 모처럼의 삼일절 연휴를 맞아 서울 사람들이 많이 몰려 내려와 북새통을 이루는 바람에 오늘 산행이 그다지 즐겁지 않다고 생각하고 있는 참이었다.

"유정, 갑자기 말을 잃은 거예요?ㅋㅋ"

그가 뜸을 들이고 있는 것이 심상찮아 짐짓 그런 농담을 한 것이다. 심각한 것은 싫다. 실상 나는 요즘 유정으로부터 도망치고 있었다. 그의 폭주가 두려웠다. 철철 넘치는 사람, 정말 감당하기 힘들었다.

유정은 하루에도 수십 번 전화를 걸어왔다. 집으로 걸다 없으면 학원으로까지 전화를 걸었다. 그냥 목소리가 듣고 싶어 건다고 했다. 나는 파블로프의 개처럼 그의 전화에 길들여져 길을 지나다가 공중전화만 봐도 그를 생각했다. 공중목욕탕에 앉아서도 유정이 거는 전화벨 소리가 내 방 안 가득히 채워지는 소리를 듣곤 했다.

유정은 겨울 두 달 동안에 40여 통의 편지를 보내왔다. 주로 우편으로 보내왔지만 산행 때 건네 오는 것도 꽤 많았다. 그는 자신의 일상, 일거수일투족을 낱낱이 적었다. 그는 몸 전체로 나를 향해 달려왔다. 그가 달려오면서 일으키는 파고는 대단했다. 나는 속수무책으로 그가 일으키는 물보라에 온몸이 흠뻑 젖곤 했다. 그러나 나는 정신을 추슬러 그의 집요한 공격에 찬물을 끼얹곤 했다. 내 머리에서는 이미 유정과의 결별이 완벽하게 준비돼 가고 있었던 것이다.

너무 길게 만나고 있다. 서로를 위해서 우리의 만남은 이제 끝나야 한다. 진심이다. 복잡하게 얽혀 드는 것은 질색이다. 기다리고, 그리워하고, 안절부절 보고 싶고, 애를 태우고, 질투로 가슴이 터질 지경에다, 사랑이 순식간에 증오로 탈바꿈하여 부득부득 이를 갈다가 급기야는 그 미움의 칼로 아름다웠던 만남의 흔적들을 갈기갈기 찢어 누더기를 만들고 마는 사랑의 그 뻔한 시작과 끝을 나는 경험하지 않고도 잘 알 것 같았다.

사람들의 사랑놀이가 유치해 보이는 것도 문제다. 사랑은 다 그런 거라고? 사랑? 흥, 하고 나는 늘 코웃음 쳤다. 사랑이란 말을 왜 그네들은 남용하고 있는가. 사랑한다고? '난 당신을 사랑해요'가 아니라 누군가를 사랑하고자 하는 자기 마음을 사랑하거나, '나는 우리들이 함께 있는 이 레스토랑 분위기를 사랑해요', '나는 핑크빛 이 칵테일을 사랑해요', '나는 황홀한 이 조명을 사랑해요', '나는 이런 분위기 있는 장소에 파트너와 함께 있다는 사실을 사랑해요', '식탁에 꽂힌 저 장미를 사랑해요', '당신이 건네줄 그 선물을 사랑해요', '나는 사랑한다는 그 말을 사랑해요—'가 어느 날부턴가는 상대를 의심하고 자기 사랑까지 의심하여 저주와 혐오의 파탄으로 치닫게 되는, 이런 식의 감정 번짐이 번거로운 것이다.

유정이라고 예외일 수는 없었다. 물론 그를 속수무책으로 좋아한 것은 사실이다. 그러나 그와의 만남은 아름다운 실수로 이미 내 일기에 기록되었다. '실수!'라고 나는 그날 일을 일기장에 적었다. 다른 어떤 말도 그 일기에 부연하기 싫었다. 실수. 그래, 나는 그날부터 오늘까지 스스로 금기로 삼았던 쾌락의 유혹을 선택하는 실수를 저질렀다. 쾌락. 얼마나 괜찮은 말인가. 그러나 어쩌다가 그 말이 반도덕적 이미지로 전락했을까.

물론 그날의 실수는 두 사람의 완전한 합의, 분명한 눈길에 의해 이루어졌다. 그리하여 그 실수는 일탈이 아니라 섬광 같은 에너지였다.

문제는 그 일에 대한 견해의 차이였다. 유정은 그날의 일을 사랑 확인의 가장 확실한 증거로 삼으려 하는 눈치였다. 물론 그 행위는 가장 확실한 믿음을 전제로 했다. 그러나 유정은 이 땅의 남자였다. 이 땅의 남자들은 그 행위 하나만으로 여자를 독점 소유했다고 믿을 만큼 우매했다. 이 땅의 여자들도 그런 면에서 는 우매하기 매한가지다. 남자와 함께 즐기고서도 빼앗겼다고 생 각하는 그 피해의식이 있는 한 이 땅에 노예는 없어지지 않는다.

여자는 남자보다 성에 있어서 한결 우월한 능력을 가지고 있 다. 그것이 자연의 섭리다. 한 마리 여왕벌이 수십 마리의 수벌 을 공중으로 유인하는 그 위대한 선택의 권한. 한 달에 단 한 번 나오는 난자가 수백만 마리 정자 중에서 머리 나쁜 놈, 다리 잘 린 놈, 꼬리 적은 놈 다 가려낸 끝에 오직 질 좋은 한 놈을 선택 하는 종족 보존을 위한 그 생식의 섭리를 생각할 일이다. 여자가 남자보다 성적으로 능력이 있는 것은 좋은 씨를 받기 위해 남자 를 선택할 권한이 있다는 뜻이다. 그런 본능이 아니고도 여자들 은 성에 있어서 남자보다 월등 강하다. 생활을 위해서 성을 도구 로 삼는 쪽은 언제나 여자가 아니었던가.

김유정의 소설에서도 그것이 증명된다. 그의 여자들이 생활력 이 강하다는 것은 성을 아무런 거리낌 없이 도구로 삼을 수 있 는 그 정직성 때문이다. 창녀들은 공공연히 몸을 판다. 생계 수 단으로, 혹은 즐기기 위해서도 그런 일을 한다. 그러나 남자들은 성의 도구가 되는 것을 부끄러워한다. 얼마나 비겁한가. 아니다. 비겁한 게 아니라 자신이 없어서 그렇다.

유정이 나를 소유했다는 착각을 하면 할수록 나는 불편해진다. 이게 문제다. 나는 결코 그의 소유물이 아니다. 나는 물론 유정을 소유하고 싶은 생각이 없다.

유정은 결코 내 결혼 상대가 아니다. 산에서 우연히 만나 함께 있는 시간이 그냥 좋았고 편했던 사람, 그뿐이어야 한다. 물론 그는 우리 어머니 다음으로 나를 깊이 아는 사람이다. 나도 그를 조금은 안다고 할 수 있다. 그를 신뢰한다. 그러나 그의 선택에 대해 나는 찬성할 수 없다.

"하리, 나 서울에 올라가 살게 될 것 같습니다."

뜻밖에도 그는 자신의 진로 문제를 얘기했다. 그가 계속했다.

"어쩌면 서울에 취직이 될 것 같아 그럽니다."

서른일곱 해 동안 별 직장 없이 살아온 실업자 신세를 면하게 될 모양이라며 그가 다소 자조적인 웃음을 보였다.

"내가 기한이 다 되도록 학위를 못 따고 있으니까 지도교수님이 보시기에 꽤 딱해 보였던 모양입니다. 어느 대기업에서 문화 사업으로 벌이는 우리말연구소란 데가 있는데 내게 거기 상주하면서 일을 하란 겁니다. 그 교수님이 연구소를 맡고 계신데 실업자 하나를 구제하시는 거지요. 이직 결정은 못 내렸습니다. 하리 의견이 필요합니다."

"전공을 살릴 수 있는 직장인데 뭘 망설이시는 거예요?"

"저번에도 얘기했지만 난 내가 선택한 전공에 자신이 없어요."

"달리 무엇인가 하고 싶은 게 있으신가 보죠?"

"아직은 말할 단계가 못 됩니다. 그건 그렇고 우선 서울에 올라가야 하는 건지……."

"그래요. 환경을 한번 바꿔 보시는 것도 좋을 것 같은데요."

유정의 상경. 나는 속으로 웃음이 나왔다. 어쩌면 그와 나는 전혀 다른 상황으로 자리를 바꿔 앉게 될는지 모른다는 생각이 들었기 때문이었다.

나를 쳐다보는 유정의 얼굴에 깊은 그늘이 보인다. 나는 화제를 바꿨다.

"저도 사실은 제 직장 문제로 의논하고 싶었어요."

"듣고 싶은데요."

"또 직장을 바꿔 볼까 생각 중이에요."

"학원 일이 마음에 안 드는군요?"

"학교로 돌아가고 싶어요."

"복직?"

"그런 셈인데 아직은 확실하지 않아요."

"또 반란입니까?"

"아니요. 정상적인 궤도에 진입하고 싶은 거예요."

우연의 일치였다. 내가 다시 교육 현장에 돌아갈 수 있는 기회가 거의 비슷한 시기에 두 군데에서나 주어진 것이다. 하나는 전혀 뜻밖의 일이었지만 다른 한 군데 것은 내 스스로 저지른 일이었다. 두 군데 모두 학교이긴 해도 어느 곳을 선택하느냐에 따라 내 인생의 때깔이 크게 달라질 수 있었다.

나는 지난 1월 중순 서울 시내의 그런대로 꽤 알려진 사립학교 교장과 만났다. 오십은 좀 넘어 보이는 단구의 그 여자 교장은 단도직입적으로 말했다.

선생님을 우리 학교에 모시구 싶어 그러우. 웬만하면 우리 함께 일해 봅시다. 물론 학원에서 일하던 사람이 학교에 다시 돌아온다는 게 쉽지 않다는 걸 내가 몰라서 하는 얘기가 아니우. 허지만 내가 듣기에 문 선생님은 좀 특별한 분이라 내가 이렇게 우정 만나자고 한 거요.

그 학교에 수학 선생 자리가 하나 났는데 신학기부터 출근할 수 있느냐는 얘기였다. 아니, 우리나라 학교가 언제 이렇게 됐단 말인가? 교사가 되기 위해 돈보따리를 싸들고 다녀야 한다는 말을 들은 것이 엊그제인데 이게 도대체 어떻게 된 얘기인가? 사기를 당하고 있는 기분이었다.

선생님은 기억 못하실 테지만 선생님이 계시던 학교 제자 중에 내 조카딸이 하나 있었수. 얼마 전 걔가 결혼을 했는데 지 신랑하구 미국으루 떠날 때 무슨 얘기 끝에 선생님 얘기를 합디다. 학교 다닐 때 가장 존경한 선생님이었다는 얘기였수. 걔 얘기가 하두 인상적이라 선생님에 대해 내가 좀 알아봤지요. 공립에 있다가 별 이유두 없이 그만두신 거나 지금 나가시고 계신 학원에 두 우리 학교에 있다가 나가신 선생을 통해 다 알아보구 하는 얘기니까 이상하게 생각허실 건 없을 게요.

나는 그 여자 교장한테 손을 잡힌 채 가슴이 덜컥했다. 워낙 황당한 일이기도 하거니와 요즘 내 근황을 들키고 말았다는 낭패감 같은 것이었다. 우연치고는 정말 신기했다. 내가 며칠 전 강원도 그 산골 중학교에 갔던 일을 그 여자 교장이 알고 나를 부른 것만 같았던 것이다. 뜻이 있으면 이력서를 곧 제출하라는 말에도 나는 아무런 말도 할 수가 없었다. 남으로부터 인정을 받는다는 일은 즐겁다. 그러나 나는 내 의지와 무관하게 일어나는 그 일에 대해 두려움이 앞섰다.

학교에 다시 돌아간다? 그 교장 선생을 만나기 얼마 전부터도 나는 어떤 계시처럼 그 문제에 집요하게 매달리고 있었다. 유정과의 만남을 절제하기 시작한 것도 바로 그런 생각을 하면서부터였을 것이다. 학교에 돌아가고 싶다는 생각이 구체적으로 나타난 것은 유정과의 만남을 의식적으로 피한 어느 일요일이었다.

내가 가끔 찾는 도서관에서 주최하는 사적지 탐방팀에 끼여 여행을 했다. 일요일 하루에 끝나는 그 탐방 여행은 강원도 영서 지방의 사지(寺址)를 찾아보는 일이었다. 주로 영서 중부의 사지를 둘러보는 그날의 일정은 강원도 홍천군 내촌면 물걸리의 신라시대 절터에서부터 시작되었다. 절 이름도 알 수 없는 그 사지에는 석탑도 특이했고 여래돌좌상 등의 사찰 유물이 다섯 점이나 보물로 지정돼 있어 널리 알려진 사지만 찾던 사람들에게는 의외의 수확이라고 모두 좋아했다. 특히 그 마을은 기미년 만세운동 때 인근 주민 1천여 명이 모여 만세를 부르다가 여덟 사람이 죽은 열사의 마을로, 마을 입구에 그것을 기념하는 조각상까지 세워져 있었다.

팔렬중학교. 동창 마을 장거리 식당에서 점심을 먹다가 마을 뒤편 언덕에 있는 그 학교를 찾아보고 싶은 충동이 생겼다. 서울 이화여고 재단에서 기미년 만세운동을 기리기 위해 설립한, 강원도 최초의 사립 중학교라는 것이 관심을 당긴 것이다. 정말 충동적이었다. 그날 나는 방학 중이라 학생들이 보이지 않는 그 학교 교장실에서 초면인 교장 선생한테 이 학교에 근무할 수 없느냐고 불쑥 물었던 것이다. 전혀 준비하지 않았던 말이라 말한 나 자신이 놀랄 정도였다. 물론 내 인적 사항을 대충 앞세워 놓긴 했지만 교장은 내 엉뚱한 말에 꽤나 황당하다는 얼굴을 만들었다. 그러나 교장은 빈자리가 없다면서도 내 주소를 적어 두는 일로 젊은 사람의 당돌함에 의연히 대처하는 여유를 잃지 않았다.

워낙 즉흥적으로 저지른 일이라 그 일이 성사되리란 기대 같은 것은 아예 하지도 않았다. 그러나 며칠 전 팔렬중학교에서 이력서를 보내라는 공문 형식의 편지가 왔던 것이다. 서무과장의 이름으로 온 그 편지에는 일단 이력서가 있어야 재단 쪽에 교사 채용 문제를 의논할 수 있다는 것뿐 채용이 결정된 것이 아니라는 점을 분명히 밝히고 있었다. 아무런 주저도 없이 이력서를 부쳤다.

그러나 나는 유정에게 그런 내막을 얘기하지 않기로 했다. 그를 떠날 수 있는 결정적 계기가 될 수 있을지도 모른다는 생각 때문이었다. 그 생각을 하자 가슴이 허하게 비어 들었다. 나는 정말 그를 떠날 것인가. 제법이다. 내가 일을 이처럼 신중히 다뤄 본 적이 어디 한 번이라도 있었던가.

"이건 예감인데 하리가 뭔가 큰 신명을 찾아 나섰다는 느낌인데요."

"제발 그런 신명이 생겼으면 좋겠어요."

"하리가 열중하고 싶은 일이 뭔지 맞혀 볼까요?"

"유정!"

나는 짐짓 딴전을 피운다.

"뭡니까?"

"이제 서로 만나기 힘들겠다는 생각을 했어요."

"난 아닌데! 지금보다 더 많이 만나게 될 겁니다."

"아니요. 힘들 거예요."

……검은 그림자가 인력거를 향해 돌진해 왔다. 직감적으로 김유정이라고 생각했다. 나는 인력거꾼에게 정지하지 말고 빨리 앞으로 달려가라고 소리쳤다. 김유정은 뻔쩍이는 뭔가를 손에 들고 있었다. '칼이다!' 하는 생각에 온몸이 오싹해졌다.

인력거꾼은 재빠르게 앞으로 달려갔으나 김유정이 더 빨랐다. 그는 인력거를 움켜잡고 나에게 소리쳤다. "녹주, 오늘 밤은 너를 죽이지 않으마. 안심하고 내려라."

나는 오들오들 떨면서 인력거꾼에게 빨리 집으로 가자고 호소했다. 김유정은 절대 갈 수 없다면서 인력거꾼을 옆으로 비켜 세웠다. 그러면서 차분한 목소리로 "내리는 게 좋을 거야. 타인 앞에서 나를 더 욕되게 하지 마라" 하고 말했다. ……생략……어둔 밤길에 김유정과 나 단둘만이 마주 섰다. 그가 들고 있는 것은 하얀 물통이었다. 그는 자기 얼굴을 내 얼굴 가까이 들이대더니 불붙는 듯한 눈초리로 노려보면서 물었다.

"너는 혹 내가 돈이 없는 학생이기 때문에 나를 피하는 거지?"

……생략……

"바로 말해. 네가 돈이 필요하다면 임금님 밥상이라도 훔쳐다

360

주지."

―박록주, 〈나의 이력서〉 ⑰(한국일보, 1974. 1. 30.)

사랑은 그냥 확 나가는 감정이다. '눈 맞다', '눈 맞추다'란 말처럼 남남인 남녀 사이의 순간적 감정 흐름을 다잡아 드러낸 말도 드물 것이다. 어떤 조건이나 이유가 따라붙는다면 그건 이미 사랑이 아니다.

유정을 향해 내닫는 내 감정은 아직 유효하다. 머리로는 이미 그 감정을 잘라 내야 한다고 판단한 지 오래였지만 시위를 떠난 화살은 아직 돌아오지 않고 있다. 자제력을 잃었다. 이건 교육이 먹혀들지 않는다는 얘기다. 반란이 대개 그렇다.

이제 내 반란의 역사를 말할 단계다.

나는 3녀 1남 중 셋째 딸이다. 태어남부터가 반란이었다. 2대 독자 집의 셋째 딸, 아들을 잔뜩 기대하고 있는 어른들의 눈에 내 출생은 반란이었을 것이다. 게다가 나는 거꾸로 나왔다. 다리부터 나왔다니 산모는 물론이고 산파는 얼마나 놀라고 힘들었을까? 그러나 할아버지나 아버지는 그런 내색을 하지 않았다. 그네들이 딸에 대한 섭섭함을 내색했더라면 나는 차라리 편했을 것이다. 그러나 나는 영민했던 모양이다. 언니들한테 모든 걸 양보했다. 부모의 말을 잘 들었다. 그게 편했다. 평화. 나는 되도록 그네들의 관심 속에 들지 않으려고 노력했다. 나를 사랑하신 분은 할아버지셨다. 나는 할아버지가 다른 사람들 앞에서 "얘가 보통 애들과는 다르다"고 말씀하시는 걸 자주 들었다. 내가 고등학교에 들어갈 때 돌아가신 할아버지는 나를 끝까지 공부를 시키라고 아버지한테 당부했다. 애는 지가 하고 싶다면 무슨 일이라도 시켜야 한다. 할아버지의 나에 대한 그러한 배려를 아버지가 매우 부담스럽게 생각한 것이 틀림없다. 아버지는 자식들의 교육 문제에 있어 항상 나를 의식하는 것 같았다. 나는 아버지가 나를 의식하고 있다는 자체가 싫었다. 아버지와의 불화라면 바로 그것이다. 왜 다른 자식들을 다루듯이 못 다루고 항상 내 눈치를 보는 것일까. 그러나 아버지의 철학은 단호했다. 아버지는 다른 아버지들과 분명히 달랐다. 아버지는 우리가 공부에만 달라붙는 것을 달가워하지 않았다. 공부 열심히 할 필요 없다. 그것이 아버지의 지론이었다. 우리 형제들이 학교에서 1등을 해 오는 것을 시큰둥하게 바라보며 그런 말을 했으니 공부 잘하는 언니들은 얼마나 맥이 빠졌을 것인가. 왜 공부를 열심히 하면 안 돼요? 가끔 언니들이 아버지의 처사에 반발할 때 아버지가 하는 대답은 지극히 단순했다.

공부를 너무 하면 눈이 나빠진다. 사람은 건강이 제일이다. 그뿐이었다. 왜 아이들을 그런 식으로 대해야 하느냐고 어머니한테 심한 공박을 받을 때 아버지의 대답은 '나는 우리 애들이 나처럼 되는 게 싫소─'였다.

아버지는 공부해서 손해 보는 세상이라는 생각을 가지고 있었다. 아버지는 자식들이 부모한테서 학비나 잡비를 받는 일을 당연하다고 생각하는 것을 용서하지 않았다. 받는 고마움을 반드시 표시하도록 했다. 나는 아버지의 뜻을 헤아려 학비를 받을 적마다 '고맙습니다' 했다. 아버지는 우리들이 밤 9시를 넘겨 공부하는 일을 결단코 막았다. 9시 되면 일단 잠자리에 들어야 했다. 언니들은 아버지 몰래 촛불을 켜 놓고 공부하면서 킥킥거렸지만 나는 단 한 번도 그렇게 하지 않았다. 아버지의 말을 철저하게 따르는 것이 아버지를 이기는 길이라고 생각했던 것이다. 고등학교 때까지는 그랬다. 그러나 대학에 들어가면서 나는 아버지와 정면충돌했다. 내가 학비를 아버지에게 청구한 그 내역 중에 문학 서적을 두 권 구입하겠다는 것이 적혀 있었는데 아버지는 그것을 허락하지 않았다. 이런 책은 네가 자립했을 때 사서 읽어도 늦지 않다. 자립! 나는 어깨에 힘이 쭉 빠지는 느낌이었다.

내 첫 번째 반란은 대학교 2학년 때였다. 내가 좀 늦긴 했지만 그림 공부를 하고 싶다는 말을 했을 때 아버지가 말했다. 너도 이젠 성인이다. 네가 알아서 해라.

알아서 해라. 아버지의 그 냉랭한 말을 듣는 순간 나는 통하고 내던져진 느낌이었다. 식구들 누구의 눈에서도 나는 이해받지 못한다는 것을 알았다. 아무리 둘러봐도 나를 잡아 줄 사람이 없었다. 사방이 캄캄 어두웠다. 무서웠다. 이런 상태로는 나는 살 수가 없잖은가. 정말 두려웠다. 그림 공부를 하고 싶다는 의욕이 싹 가셨다. 내가 그림 공부를 하는 것을 아버지가 원하지 않고 있다는 것이 확인됐던 것이다.

나는 살아남기 위해 나를 시험하기로 했다. 자립! 학교를 휴학하고 백화점에 취직을 한 것이 내 첫 번째 반란이었다. 집과 직장만 오가고 일체 다른 일에 관심을 쏟지 않았다. 80년 광주 사태를 모르고 지냈을 정도니 내 젊음에서 그 일 년은 정말 무서운 휴면기였다. 7만5천 원의 등록금을 벌어 내가 다시 대학에 들어갔을 때 나를 되게 좋아한 선배에게 전두환이 누구냐고 물은 적이 있었다. 이념 서클의 리더였던 그 선배는 나를 학사주점이란 데로 자주 데리고 갔다. 거기에는 쇠젓가락이 모두 울쿵불쿵 휘어져 있었다. 학생들이 울화가 치밀 때마다 젓가락을 휘었기 때문이라고 했다. 그 선배가 말했다. 여기서 큰 소리로 전두환이가 누구냐고 물어보시지! 나는 선배의 이글거리는 눈을 통해 단 며칠 만에 세상을 다 알아 버렸다. 그 선배는 나를 투사로 키우겠다고 장담했다. 지금까지 찾고 있던 가장 이상적인 투사형이 바로 나라고 부추겼다. 나는 그 사상이 나를 잡아먹을 것 같아 두려워 도망쳤다.

또 다른 반란은 학교 교사 발령을 받고 얼마 되지 않아 의욕상실증에 걸린 일이다. 나는 그 3년 정도의 시간을 죽음의 시간이라고 생각한다. 무기력이었다. 무기력이 심해지면 무감각해진다. 나는 의사한테 말했다. 손가락이 부러져도 아프지 않을 것 같아요.

혼기를 놓쳤다면 바로 그런 무기력한 상태로 칩거한 시간 때문이었을 것이다. 아, 또 한 가지 이유가 있다. 어머니가 내 혼사에 적극적이 아니었다는 것. 얘는 아무하고나 결혼하면 안 돼요. 어머니만큼 나를 잘 아는 사람은 없을 것이다. 다른 어머니들의 그 맹목적인 이해와 사랑이 아니었다. 어머니는 내가 남과 달리 드센 운명을 타고났다고 믿고 있었다.

내가 하고 싶은 것을 마음대로 못하고 억제해 온 것을 알기 때문에 어머니는 늘 안타까운 눈으로 나를 멀리서 바라보곤 했다.

내 무기력이 극에 이르렀을 때 우연히 만난 스님 한 분은 나를 만나 얘기한 지 5분도 안 돼 '한번 크게 일탈을 해보시지요' 했다. 나는 그 스님의 말을 '바람을 맘껏 피워 보라'는 뜻으로 해석했다. 그러나 나는 일탈할 수 없었다. 내가 아버지에게서 받은 교육에는, 일탈에는 책임이 따라야 했기 때문이다. 나는 그 일탈에 따르는 여러 가지 책임과 그에 따른 복잡한 것이 싫어 아예 일탈 같은 건 꿈도 꾸지 않고 지냈다.

하리는 열정을 애써 감추고 있습니다.

유정이 나한테 갖는 유감이 그랬다. 내가 항상 사물로부터 거리를 두어 물러선 자리에서 상황을 내려다보고 있기 때문에 어떤 일이고 깊이 몰입하지 못한다는 것이다. 감정 표현에 인색하다는 불만이기도 하다. 그러나 모르는 소리다.

내가 유정을 만나는 일. 이보다 더 뜨거운 열정의 일탈을 생각할 수 있겠는가. '실수!' 하고 무너져 내리는 내 일탈만큼은 신이 아름답게 보아 줄 수도 있으리란 생각이다. 지금까지 내가 걸어온 그 무기력의 정직한 길을 신만은 알고 있을 것이기 때문에 그런 용서가 가능하지 않을까.

유정을 만나는 일. 그것이 바로 또 하나의 반란이었다. 분별 없이 아무 때나 유정을 향해 질주한 그 정신없는 시간의 시작이 하리의 가장 큰 반란이었음을 유정은 모르고 있는 거다.

그렇다면 유정은 내 열정의 완벽한 대상인가? 그렇지 않다.

물론 나는 그를 향해 겁 없이 달려왔다. 그러나 그가 내 열정의 전부가 아닌 것은 분명하다. 물론 유정이 내 모든 것이라 생각하고 싶은 유혹을 느낀다. 때로 그런 착각을 한 것도 사실이다. 그러나 그러한 착각으로 해서 모든 것을 잃을 수도 있다는 것을 모르지 않기 때문에 나는 항상 자제해 왔다.

그러나 유정은 하리를 만나는 일 하나로도 충분히 행복하다고 쉽게 말한다. 그런 유정의 확신이 겁난다.

우리가 남들처럼 밝은 데서 만날 수 있는 확률이 높지 않은 이 상황에서 우리는 결국 남남이다. 내가 굳이 흔들리지 않으려는 것도 그 때문이다. 복잡한 것은 질색이다. 나는 이제 유정을 만나지 않을 것이다.

이것이 내 머리에서 내린 결론이다. 그러나 내 가슴 그 밑바닥에서 뭔가 뽀그락거린다. 제길.

나는 김정문 선생에게 〈흥부가〉 한 바탕을 스무이틀에 다 배우고 서울로 돌아왔다. 차에서 내려 집에 닿은 때가 이른 아침이었다. 문을 열어달라고 할멈을 불렀더니 할멈이 "아유, 아씨 일찍 오십니다" 하며 문을 열어 주고는 벌벌 떨고 있었다. 나는 불길한 생각이 들어서 "할멈이 왜 이리 떠나" 하고 마루문을 열어젖혔다.

건넌방에서 웬 젊은 여자가 "아이고 아이고" 하며 양말을 신는데 제대로 발을 꿰지를 못해 쩔쩔매고 있었다. 나중에 알아보니 어느 여학교 선생이라고 했다. 하였든 그때에 내 눈에는 아무것도 보이지 않았다. 마당에서 떨고 선 할멈에게 "저건 어디 갈보냐!" 하고 소리를 치고는 마루로 쫓아 올라가 안방 문을 열었다. 신 씨는 침대에서 세상모르고 잠들어 있었다. 나는 건넌방으로 뛰어 들어가 우선 그 여자의 따귀를 후려갈겼다.

배신이란 쓰디쓴 잔이 내 입가에 와닿을 줄 뉘 알았으랴. 나는 이 일로 해서 내가 버린 남 씨를 생각했다. 내가 지어서 내가 받은 벌이 아니냐.

그해 가을에 나는 자살을 결심했다. 그때에 내가 거느린 가솔이 모두 스물이나 되었다. 아버지는 아버지대로 왜 나를 괴롭히는 일만 하는지. 어쨌거나 나는 가족과의 사이에 말 못 할 사정이 생겨서 죽기로 마음을 굳혀 먹었다.

아는 분들이 창경원 구경을 간다기에 따라나서서는 그곳에서 위스키를 병째로 들이마시고 잔뜩 취해서 집으로 돌아왔다. 그 길로 모아 두었던 수면제 서른여섯 알을 모두 삼키고 긴 잠에 떨어졌다. 사람의 목숨이란 하늘에 달린 것이 분명하다. 나는 죽고 싶어도 죽지 못하고 가족들의 손으로 병원에 실려 가서 스물네 시간 만에 깨어났다.

눈을 뜨니 머리맡에 김유정이 앉았고 신 씨와 남 씨도 와 있었다. 나는 유정에게 왜 왔느냐고 물었다. 그랬더니 나를 장사 지내러 왔노라고 대답했다.

이 말을 듣고 원산 남씨는 낄낄대고 웃으며 "세 동서가 함께 모였군" 했다. 나는 누운 자리에서 얼굴을 붉히며 아무 말도 못했다.

—박록주, 〈여보, 도련님, 날 데려가오〉(《뿌리깊은 나무》, 1976. 6.)

신을 가진 자는 살 수 있다. 우상을 가진 자도 살 수 있다. 적을 가진 자도 살 수 있다. 벗을 가진 자도 살 수 있다. 그 모든 것들이 없어도 관객을 가진 자는 살 수 있다.

자신의 모습을 신뢰하고 사랑하기 위해 얼마나 많은 타인이 필요한가!

얼마 전 나는 유정의 구애를 거절했다. 그것이 옳았다는 생각에는 지금도 변함이 없다. 그러나 유정을 이해시키지 못했다는 절망감은 그대로 남아 있다. 그때 유정은 '하리는 정말 타인인가?' 그렇게 절규하듯 물었다. 나는 서슴없이 대답했다. "그래요, 우린 서로 남이에요."

유정이 글 하나를 보내왔다. 그가 시를 쓴다는 것인가.

우리 서로 소중한 사람 되어
나는 그대 향한 빛
그대 나를 위한 소리였을 때
그대가 처음으로 나를 '타인'이라 불렀다

오오, 세상은 순간 빛과 소리로 부딪쳤고
나는 나를 반역하고 그대는 그대를 반역했다

쉴 새 없이 서로가 서로에게 물었고
땅과 하늘이 새 빛으로 충전되어
세상이 우리 향해 대답의 눈 떴을 때
나는 다시 온통 그대, 그대는 온통 나였다

나 그대 눈앞에 타인 되어 쓰러졌을 때
내 빛들은 거꾸로 내리꽂혀 세상은 어두워졌고
허물처럼 떨어져 버린 그대의 언어들,
그대 옷깃에도 닿지 못한 내 빛은
두려움으로 알몸 드러낸 채
절망 깊은 그대 보았다

미친 눈 휘몰아 와 머리 위에 내리고
차갑고 긴 겨울이 다시 봄을 덮더니
창밖 눈 녹은 물소리 새로이 들려올 때
그대 돌아오는 길이 내 빛 속에 드러나고
그대 온전한 타인으로 내 앞에 선다
그대의 말이 내 빛이요
그대의 빛이 내 소리임을 알 수 있어
이제 그대 새로이 맞이하여
빛과 소리로 그대의 이름 빚는다

나는 그대의 다른 그대, 그대는 온전한 나의 타인.

그 당장 나도 글을 썼다. 시는 아니지만 유정의 글에 화답하는 형식에 시적 운율을 훔쳤다.

그대를 온통 분해한 뒤에도 첫 입맞춤처럼 온전히 미지수로 남는 사람, 홍수처럼 넘치는 사람, 그대 내 영혼 위에 소나기로 쏟아져 쇄락하게 몸 적신 뒤 어느덧 가만히 물가로 밀어 놓고 저만큼 고요히 호수로 찰랑이는 사람, 만날 때마다 그대를 완전히 번역하고 그대 모습 입력시키지만 화면 가득히 파랗게 지워지는 사람, 거듭거듭 그대 정리에 밤샘하지만 언제나 내 프로그램의 디스크는 비어 있어 원점으로 돌아가는 희한한 즐거움, 풀지 못하는 그리움, 온전한 그리움 하나로 달려와서 그대의 물가에 가슴 떨며 서 있을 때 눈앞에서 지워지는 그대, 무한대의 확대로 커지며 사라지는 그대.

그러나 이 글은 유정에게 가지 못하고 내 일기 한 부분으로 채워졌다.

내가 돌아온 것을 어떻게 알았던지 그다음 날 바로 김유정을 만났다. 심부름꾼이 와서 집 부근에 있는 복향원이란 중국집서 손님이 나를 기다린다고 알려줬다. 그 중국집은 원산 남씨와 자주 가는 곳으로 원산의 친지들이 자주 와서 나를 만나는 곳이다. 무심코 그곳에 갔더니 가슴이 철렁하게도 김유정이 앉아 있는 것이 아닌가.

늑막염을 앓는다는 소문 때문인지 몹시 수척해 있었다. 목소리도 차분히 가라앉아 있었다.

"나와 줘서 고맙소. 정말 오랜만이오. 어딜 갔다 왔소?"

나는 몸이 좋지 않아 휴양 갔다 왔다고 대답했다. 가까이 앉으라면서 나를 지그시 쳐다봤다. 음식을 먹으라고 자꾸 조르기도 했다. 풀기 없는 눈초리의 김유정은 술을 석 잔이나 벌컥벌컥 마시더니 "지금은 좀 어떠냐"고 내 건강에 대해 걱정해 줬다.

"괜찮습니다."

"다행이오. 삼방의 약수가 좋다지요. 나는 아직 가보지 못했지만, 언젠가 한번 나도 가보고 싶소"

그는 두 달 동안 하루도 빼지 않고 내 집 앞을 오락거렸다고 했다. 그러면서 결혼 문제를 결정짓자고 잘라 말했다. 나는 말을 완곡하게 해서 그의 요구를 거절했다. 창백하던 그의 얼굴은 무섭게 일그러지더니 "도대체 네가 사람이냐?" 하고 소리쳤다. 나는 아무 말도 하지 않았다. 한참 동안 침묵을 지키던 김유정은 죽어 들어가는 목소리로 "내가 너무 큰소리를 쳐서 미안해" 하고 사과했다.

이윽고 나는 갈 곳이 있어 자리를 떠야 하겠다고 말했다. 그는 30분만 더 있다 가라고 했다. 우리는 아무 소리도 하지 않고 30분을 앉아 있었다. 그는 연거푸 술잔만 기울였다. 내가 방을 나오는데도 쳐다보지 않고 술만 들었다.

그것이 김유정과 마지막의 만남이었다.

—박록주, 〈나의 이력서〉 ⑰ (한국일보, 1974. 1. 30.)

김유정과의 마지막 만남을 박록주는 다른 글에서는 다른 상황으로 이야기하고 있다.

　이듬해 여름이었다. 외출을 했다가 돌아오니 할멈이 손님이 기다린다고 했다. 무심코 방문을 열었는데 침대 한 귀퉁이에 김유정이 걸터앉아 있었다. 나는 할멈에게 나으리가 오시면 어쩌려고 저 사람을 들였느냐고 호통을 쳤다. 이 말을 듣고 앉았던 김유정이 빙긋이 웃으며 "그 사람과 못 살면 내가 살기로 하고 왔소"라고 말했다. 나는 벌써부터 그가 윽박질러서는 듣지 않는 사람인 줄 알고 있었다.
　얼마를 타일렀는지 모른다. 지금은 학생이 아니냐, 열심히 공부하여 훌륭한 사람이 되어라, 지금 이 사람과도 곧 헤어질 터이니 그때에 가서 당신과 혼인을 하마, 이처럼 온갖 말을 다 했다. 그 무렵 김유정은 늑막염을 앓고 있었다. 그 때문인지 얼굴이 몹시 수척했다. 나는 그와 함께 청계천의 수표교까지 걸어 내려가며 줄곧 이야기를 했다. 김유정과 그렇게 오랫동안 얘기를 한 것은 처음이었다.
　어둠이 깔려 오는 청계천 변에는 마침 야시장이 서고 있었다. 김유정은 고개를 떨구고 길바닥에 벌여 놓은 야시장의 물건에만 눈을 주고 있을 뿐 내 말은 별로 듣는 것 같지 않았다. 나는 어쩐지 김유정이 다시는 나를 찾아오지 않으리란 생각이 들었다.
　"학생이 이러면 나도 가슴이 아프오. 공부를 끝내면 다시 나를 찾아 주오."

나는 이렇게밖엔 할 말이 없었다. 김유정은 아무런 대꾸도 없이 얼마 동안 나를 지켜보고 섰다가 돌아갔다. 그러고는 다시 김유정을 보지 못했다. 지금도 야시장의 불빛 사이로 기운 없이 멀어져 가던 그의 뒷모습이 눈에 선하다.

—박록주, 〈여보, 도련님, 날 데려가오〉(《뿌리깊은 나무》, 1976. 6.)

신나게 빨래를 했다. 내가 아직 세탁기를 사지 않은 이유는 간단하다. 나는 빨래하는 일을 즐긴다. 이부자리 홑청을 뜯어 빨 때 나는 온몸으로 빨래를 한다. 밟고 들추고 문지르고 뒤집고…… 맨발로 타일 바닥에서 논다. 즐긴다. 재생산적이고 어떤 잡념도 껴들 게 없는, 그야말로 단순 노동. 빨래를 즐긴다는 게 우습기는 하지만 나는 수도꼭지에서 철철 쏟아지는 물소리를 들으며 두 팔을 힘껏 움직여 엉덩이까지 들썩이는 그 힘찬 노동을 즐긴다. 시골길을 지나갈 때 징검다리가 있는 그 옆에 비닐로 막을 쳐 놓은 마을 빨래터를 볼 때도 신이 난다. 아낙네들의 갖은 험담이 그득히 담겨 나와 세척되는 그 빨래터의 신명으로 나는 늘 내 좁은 아파트의 세면실에서 시간을 보낼 때 자유를 느낀다.

빨래를 즐기는 일과는 달리 나는 방의 물건들을 제대로 진열하지 않는다. 내 방에는 부피가 큰 물건은 하나도 찾아볼 수 없다. 옷장도 침대도 부피가 부담스러워 갖춰 놓지 않았다. 하다못해 책상 하나도 들여놓지 않고 산다. 그러나 방은 항상 구저분한 물건들로 가득하다. 내가 정돈을 잘 하지 않기 때문이다. 나는 한 번 놓인 물건은 잘 움직이지 않는다. 그것을 움직일 때 생기는 먼지가 싫기 때문이다. 나는 먼지가 질색이다. 좀처럼 비질을 하지 않고 걸레질만 하는 것도 먼지가 싫기 때문이다. 학교 다닐 때 청소 시간이면 나는 되도록 숨을 쉬지 않고 있다가 밖에 나가 한꺼번에 숨을 몰아쉬곤 했다. 매연, 탁한 공기를 잘 견뎌내지 못한다. 그래서 내가 있는 공간은 항상 텅텅 비어 있거나 맑은 공기가 들랑거려야 하고 되도록 음식 냄새나 향수 같은 것이 방 안에 배지 않도록 신경을 쓴다. 도시의 혼탁한 소음만큼이나 나는 담배 냄새도 싫어한다.

이런 내가 담배를 피운다면 누가 믿겠는가. 내가 담배를 피운다고 했을 때 유정은 믿지 않았다. 하리한테서 담배 냄새를 맡지 못했다는 것이다. 나는 굳이 내 흡연법을 얘기했다. 5년 전쯤부터 담배를 피웠다. 하루에 한 갑. 그러나 그 한 갑을 여러 번에 나누어 피는 게 아니다. 집에 돌아와 갑자기 부딪치는 빈 공간, 숨이 칵 막힌다. 가슴이 답답. 그걸 외로움이라고 해 두자. 그렇게 혼자 있는 시간에 담배를 피운다. 담배 서너 개비를 한꺼번에 빼어 놓고 한 개비가 거의 끝나면 곧장 불을 댕겨 다시 빨아댄다. 담배 길이가 너무 짧다는 생각을 하며 힘껏 들이마신다. 폐부 그 밑바닥까지 연기를 밀어 넣는다.

내 폐활량은 놀랍지만 담배 세 개비를 피우는 동안 내 폐는 느닷없이 기침을 토해 낸다. 그러나 담배를 피우고 나면 나는 편안하다. 그것뿐이다. 옆에 마약이 있다면 나는 기꺼이 그것도 사용할는지 모른다. 마음이 맑아지고 편안해질 수 있다면 나는 무슨 일이라도 할 것 같다. 어떻든 그렇게 담배 서너 개비를 빨아

댄 다음 나는 양치질을 오래오래 한다. 주방 환기통에다 대고 피웠지만 혹시나 집에 냄새가 남았을 것이 겁이 나 환기를 한다. 담배 피울 때 입었던 옷은 아예 벗어 물속에 담가 버린다. 내가 담배를 피운다는 것을 아는 사람이 없는 것도 당연한 것이 이처럼 집에서, 그것도 단 몇 분 동안에 집중적으로 여러 개비를 피우기 때문이다. 기관지가 나빠져 어느 땐가는 그런 비정상적인 담배 피우기를 끊은 적도 있었는데 그럴 때 내 손톱이 수난을 당했다. 손톱을 모두 이로 물어뜯었기 때문이다. 담배를 피우는 일은 뭔가 빤다는 그런 의미를 갖는다. 욕구불만이다. 혹은 외로움이다. 나는 유정을 만난 날은 담배를 피우지 않는다. 잘 모르긴 하지만 유정은 남자로서 능력이 있다. 혼자 있을 때는 전혀 철저하게 무감각한 나를 깊은 즐거움으로 끌고 들어가 한없이 편안하게 만들어 주기 때문이다.

내가 산을 자주 찾는 이유는 마음껏 숨쉬기 위해서다. 이번 겨울 산행은 고작 다섯 번에 그쳤다. 유정도 바쁘고 나도 많이 바빴다. 습관은 참 무섭다. 이제 혼자서 자연을 본다는 일이 힘들어졌다.

봄이 되면 나는 한 그루 나무처럼 예민해진다. 몸에서 뭔가 움트는 느낌으로 어지럽고 미열을 느낀다. 또 꽃샘추위에 떨며 늘 목말랐고 황사바람에 시달리는 것이 힘들었다. 그런데 이 봄도 그럴 것인가. 어쩐지 가장 견디기 힘든 봄이 될 것 같은 예감으로 시달린다. 그것은 한 그루 나무가 되어 나무를 바라보고 한 송이 풀꽃이 되어 꽃을 바라보는, 자연 읽기의 온전한 즐거움을 다시는 찾을 수 없을 것 같은 그런 예감이다.

함께 보고 함께 느낄 수 없다는 절망이다. 유정과 일정한 거리만 계속 지킬 수 있다면 우리의 만남은 더 오래갈 것이다. 나는 영원을 믿지 않는다. 모든 것은 변한다. 변하기 때문에 우리들의 이 만남이 더 가치가 있다고 믿는다. 그런데 나는 유정으로부터 도망치려 하고 있다. 이건 모순이다. 이 봄, 모순의 밭에서 피어나는 장미의 아픔을 그대는 아는가.

"교장 선생님의 후의는 평생 잊지 않겠습니다."
서울에 안주할 수 있는 그 고등학교 교사 자리를 사양하기 위해 여자 교장 선생을 찾아갔다. 정말 고마웠다. 잘난 것이 하나도 없는 인간을 필요로 하는 사람이 있었다는 사실, 그 자체 하나만으로 나는 얼마나 감동했던가. 그러나 나는 이제 그러한 감동으로부터도 벗어나고 싶었다. 어떠한 것에도 묶이고 싶지 않았다. 나는 정말 자유롭게 내 일을 찾아 열중하고 싶었다. 그러한 열정이 나로서는 정말 어려운 결단을 내리게 만든 것이다. 지금의 나를 버리고 새로 태어나고 싶었다. 그것은 서울을 떠나고 싶다는 구체적인 열망으로 나타났다.

그러나 강원도 산골의 그 중학교에 갈 수 있다고 보장이 돼 있는 것도 아니었다. 이력서를 보내긴 했지만 그 학교에서는 이렇다 할 연락이 없었기 때문이다. 그렇다고 꼭 그 학교에 가야 한다는 계획도 없었다. 어쩌면 나는 강원도의 그 자리마저 포기하게 될는지도 모른다. 어쩌면 이 나라를 떠나기 위한 또 한 번의 반란을 일으킬는지 모른다. 나는 요즘 그처럼 불안정한 상태로 시간을 죽이고 있다.

지나간 시간을 돌아보는 때가 많아졌다. 안 하던 짓이다. 어제는 관악산 산행 중 산속에도 무수한 길이 뚫려 있다는 사실에 새삼 놀라워했다. 산속으로 얼기설기 뚫린 그 길을 보면서 그동안 유정과 함께 쏘다닌 길을 되돌아보았다. 유정과 하리가 가는 길은 누구도 예측할 수 없었다. 우리들 자신도 우리의 길에 대해 잘 알지 못했다. 포오와 이드도 그네들 주인이 만드는 길에 대해 속수무책이었을 것이다.

우리는 만날 때마다 낯선 길을 달렸다. 낯설기 때문에 그 길은 항상 새로웠다. 우리가 달려가는 길은 아쉽게도 아주 잠깐 그 모습을 보일 뿐이다. 아주 짧게 보여 준 뒤 사라진다. 우리들의 길은 섣불리 예측하지 못한다. 아무리 준비성 좋은 하리라도, 아무리 예감 정통한 유정이라도 우리들 미래의 길, 현재 시시각각으로 바뀌는 그 길을 예측하지 못한다. 어느새 하리도 유정의 즉석 길 만들기 연쇄반응에 길들여졌다. 우리들의 그 길은 언제고 느닷없이 나타나지만 항상 편안하고 설렘 가득한 자연으로 통해 있다.

자연으로 통하는 그 길의 통과증을 가지고 있는 유정. 우리는 가끔 길을 뒤에 두고 돌아서는 것이 아쉬워 돌아보곤 한다.

남겨 둔 길이다. 우리의 길은 지도상에 없듯이 우리의 만남도 범상인들의 그런 역사 위에는 없다. 이런! 돌아보는 얘기가 슬며시 현재형으로 바뀌고 있잖은가.

나는 떠날 것이다. 게으르고 아무 일도 못하면서 안정을 잃어간다고 생각할 때 나는 떠날 준비를 한다. 솔직히 말해 이기적이다. 사회라는 것이 사람 만나고 사랑하고 싸우고 헤어지고 다시 만나고…… 자질구레한 일도 함께 겪어 내야 하는 것인데 나는 항상 나 개인만 생각하기 때문에 일이 조금만 불편하게 꼬여도 지레 떠날 준비부터 한다.

어딘가 나는 새로운 세계에 던져질 것이다. 그 새로운 세계는 한결 불편하고 이미 거기 있던 무수한 눈길에 갇혀 고문당하는 것이라는 사실을 알면서도 나는 항상 새로운 세계를 꿈꾸며 떠날 준비를 한다. 중요한 것은 그 새로운 세계에서 어쩌면 내가 신명을 낼 일이 찾아질는지 모른다는 기대로 가슴이 설렌다는 것이다. 이를테면 그림을 그리고 싶다는 설렘 같은 것.

떠날 준비를 하면서 나는 봄을 기다린다. 기다리는 일에 서툰 내가 무엇을 기다린다는 것이 아무래도 수상쩍다. 이 봄에 뭔가 저지를 것 같은 설렘이다. 내 여행은 길고 칠칠할 것이다. 또 다른 사람을 만난다? 꼭 유정이 아니라도 좋다. 나는 사람을 사랑하게 되리라. 유정보다 나은 사람이 그리 흔치는 않을 것이다. 그러나 나는 유정을 떠나야 한다. 독립하기 위해서다. 슬프다. 그러나 사람을 사랑하는 일이 자연을 사랑하는 일에 앞선다는 것을 유정이 가르쳐 주었다.

　우리는 결국 끝인가.

　유정이 편지에서 그렇게 부르짖었다. 나는 답장 대신 일기에
이렇게 썼다.

　우리는 처음부터 끝에 있었다. 그렇기 때문에 우리는 항상 시
작할 수 있다. 우리는 희망을 가지고 출발한 것이 아니었지만 이
제 희망을 갖게 되었다. 자연을 혼자 보는 것이 힘들 정도로 사
랑하게 되었고 봄을 기다리고…… 기다림은 시작이지 결코 끝
이 아니다.

　얼마 후.

　나는 측근에 의해 유정이 죽었다는 소식을 들었다. 어떤 이는
폐병으로 죽었다고 했고 어떤 이는 한강에 빠져서 자살했다고
했다. 내 생각에도 그가 술을 너무 마시니 건강이 나빠졌음을
짐작은 했지만, 그렇게 일찍 죽을 줄 알았으면 한 마디 말이라
도 좀 다정히 하여 줄 걸 하고 후회스럽기조차 했다.

　6·25 피난지에서 나는 친구 동생을 통해서 《동백꽃》이란 소설
집을 처음 대하였고 그가 그런 소설가가 되었다는 것을 처음
알았다. 가슴이 뭉클해지면서 그에게 너무 쌀쌀히 대한 것이
새삼 죄스럽게 느껴졌다.

　　　　　　　　—박록주, 〈록주, 나 너를 사랑한다〉(《문학사상》, 1973. 4.)

3월 10일. 유정은 서울 근교에 있는 우리말연구소에 출근한다고 했다. 그의 목소리에 뭔가 겸연쩍음이 느껴졌다. 직장인이 되었다는 것이 그처럼 쑥스러운 것일까. 그는 자신과 타협한 것인가. 물론 그것은 그의 선택이었다. 그러나 그는 그 길이 자신에게 잘 맞지 않는다는 생각으로 시달리고 있는 것은 아닐는지. 그의 목소리가 어둡다.

"만나고 싶다."

밤이면 그는 전화로 애원한다.

"아니요. 우리 다음에 만나요."

내 대답은 한결같았다. 유정의 상경은 내게 엄청난 유혹이었다. 당장 달려가 만나고 싶었다. 만나서 쏟아 놓고 싶은 말이 술렁거렸다. 우린 그동안 말에 너무 굶주렸다. 속의 것을 모두 내불고 싶은 충동. 그럴 때 나는 담배를 피웠다.

"하리, 우린 만나야 해!"

"아니요."

때로 그의 말은 한껏 무례하다.

"할 얘기가 있다. 너도 할 얘기가 있을 거다."

"아니요. 전혀……."

나는 가라앉는다. 나는 항상 우리들 사이에 할 말이 없어지면 어쩌나 하는 두려움을 갖고 있었다. 두려웠다. 말이 고갈된다는 것은 관계의 단절이며 무관심으로의 추락을 의미한다. 내가 서울에서의 만남을 겁내는 것도 유정과 서울에서 만나는 순간 우리들의 말이 무엇엔가 갇혀 버릴 것 같은 위구심 때문이다.

어디로 갈까요? 무엇을 보러 가야 하지요? 숨이 막힐 것이다. 그리하여 말의 고갈을 겁낸 두 사람은 허겁지겁 말이 통할 수 있는 은밀한 밀실을 찾게 되리라. 밀실에서는 침묵 자체가 말이다. 쾌락의 시간. 쾌락은 짧은 것. 오래가지 않기 때문에 그것은 불행을 만드는 것이란 생각이 나를 지배해 왔다. 나는 짧은 쾌락보다는 도덕 지키기의 덕목으로 절제하는 일이 오랜 행복을 가져다준다는 것을 신봉하고 있다. 절제는 긴 행복이고 쾌락은 짧은 만큼 깊은 악이다.

전적으로 아버지의 교육 탓이다. 내가 택하려고 한 그림 그리기나 음악에 대한 열정은 아버지가 볼 때 덧없이 짧은 쾌락이요 악이었던 것이다. 아버지는 단호히 지식의 싹을 꺾으면서도 그것이 지식의 재능을 죽이는 사실이라는 것을 몰랐을 것이다. 자식이 평범하게 오래 살기를 원하는 것이 아버지의 뜻이란 것을 나역시 모르는 바 아니다. 아버지는, 자식을 키워 주기보다 자식이 제대로 자라 주기를 바랐던 것이다. 나는 아버지의 뜻을 잘 따랐다. 언니들은 아버지의 그 누름에 대해 이불을 뒤집어쓰고 저항했다. 그러나 나는 언제나 아버지 앞에서 공손했고 밥을 꾹꾹한 사발씩 다 먹었으며 밖에서 돌아오는 아버지를 마중 나가 "아버지 지금 돌아오십니까?" 그렇게 인사했다.

그런데 결과는 어떤가. 나는 아직 미혼이고 직장을 때려치우고 다시 새 직장을 찾아 떠나려 하고…… 나는 결코 아버지로부터 독립하지 못한 것이다.

9

  방황은 끝이 없었다. 그는 어느 한 가지에 진득이 붙박여 열중하지 못하는 자신에 대해 불만이 많았다. 몇 번씩 바꿔 온 전공, 다시 그 막바지길에서 관심의 방향을 김유정 쪽으로 쏟고 있다는 것부터가 그랬다.

  그는 김유정을 통해 한 작가의 외로움과 만나고 있었다. 일그러질 대로 일그러진 한 작가의 외로운 영혼이 죽음 그 직전에 창조적 에너지로 승화하는 열정의 그 현란한 빛깔을 본 것이다. 그가 얻은 결론은 비록 어둡고 무겁긴 했지만 김유정의 그 우울한 감성이야말로 차고 맑은 이지보다는 한결 창조적이었다는 것의 확인이었다.

  그 자신과 김유정의 동일시는 자연스럽게 이루어졌다.

  그는 외로웠다. 그러나 그 외로움이 하리를 향한 열정으로 바뀌면서 그의 내면은 더 높은 파고로 출렁거렸다. 그네를 사랑한다는 그 열정 속으로 깊숙이 도피해 보지만 후련하게 만져지는 것이 없었다. 항상 목이 말랐다. 그가 어느 한 가지에 끝까지 열중하지 못하고 방황하는 이유에 대해 하리가 단정을 내렸다.

"유정은 욕심이 많은 분이에요. 어떤 일을 시작하는 순간 그 방면에 성공한 사람을 떠올린 다음 그 사람을 넘어설 수 없는 절망부터 지레 앞세우는 분이잖아요. 그런 체념 상태에서는 하는 일에 신명을 낼 수가 없는 거 아니겠어요. 열정은 다소 무딘 의지를 만나야 제 빛을 내는 법이지요."

"그건 내 한계를 잘 알기 때문일 겁니다."

"그래요. 그 한계를 너무 예민하게 감지하는 데 문제가 있는 거예요."

"바닥이 보이지 않는 그런 일을 하고 싶은 거요."

"이제 실토를 하시는군요. 그래요. 유정은 열정을 보다 치열하게 쏟을 수 있는 일을 찾고 있는 거예요. 창조의 세계, 뭐 그런 거 아닐까요?"

"하리, 지금 자신의 얘길 하고 있는 거지요? 그림을 그리고 싶고 음악도 하고 싶은, 그런 미적 창조의 충동."

"그래요. 저는 항상 뮤즈의 딸을 꿈꾸어 왔어요."

그 순간 그는 하리의 눈에서 깊은 절망을 본 느낌이었다. 아하, 그랬었구나. 그는 황황히 자신의 문제로 돌아왔다.

그렇다. 나도 요즘……. 그는 요즘 자신이 소설을 쓰고 싶다는 욕구에 시달리고 있다는 것을 하리에게 고백하고 싶었다. 소설이 아니라도 좋았다. 그냥 글 쓰는 일로 자신의 속내를 모두 내불고 싶은 충동을 느꼈다. 그런 글쓰기를 생각하면 공연히 마음이 설레었다. 그는 자신이 반골 기질이기 때문에 항상 자신의 내면이 불만으로 들끓는다는 것을 알고 있었다. 거부와 단죄의 충동이 만들어 내는 상상의 세계 몰입이 바로 그의 방황이라고 할 수 있었다.

그는 요즘 자신의 끊임없는 방황과 그 외도에서 문득 자신을 돌아보는 시간을 갖고 싶었다. 혼자 금병산에 올랐다. 춘천 시내에서 바라보면 북향인 금병산 자락에는 늦은 봄까지 눈이 남아 있어 겨울 정취를 꽤 늦게까지 보여 준다.

겨울에서 봄으로 가는 금병산 자락을 바람이 흔들고 있었다. 낙엽송 성크름한 가지까지 흔들릴 정도의 거센 바람이었다. 가지에 아직 눈을 다 떨어 버리지 못한 소나무가 웅웅 울었다. 질펀하게 죽어 넘어진 설화목을 애도하는 울음소리였다. 주로 소나무인 그 설화목들은 나무의 중동이 쭉 째지거나 아예 뎅강 부러진 상태로 등산로를 얼기설기 가로막고 누워 있었다. 수십 년 풍상을 끄떡없이 넘긴 그 거오스러움을 어쩌고 저처럼 허망하게 부러질 수 있단 말인가. 산을 오르면서 본 설화목이 백 그루도 넘는 것 같았다. 멀쩡하던 장정이 픽픽 죽어 넘어지듯 이처럼 험한 꼴로 숱한 소나무가 부러졌는데도 산은 아무렇지도 않은 모습으로 묵묵히 바람을 맞고 있었다.

산등성으로 오를수록 눈이 무릎까지 차올랐다. 겨울산의 눈을 밟고 오르는 즐거움은 눈길을 걸어 본 사람만이 안다. 그는 지난여름 하리와 만났던 장소들을 눈여겨 찾았다. 그러나 계절에 따라 그 장소가 이처럼 낯설게 느껴진다는 것이 정말 신기했다. 그 여름 울울한 숲에 서 있던 그네의 모습이 쉽게 떠오르지 않았다.

금병산 정상에 서자 여름과 달리 시내가 한눈에 조망되었다. 고향, 저 봉의산에 기슭에서 태어나 소양강 물소리를 들으며 자랐다. 지금도 자신의 모든 것이 거기 존재했다. 서울에서 학교를 다닌 그 세월 말고는 고향을 떠나 본 적이 없었다. 그런데 지금 자신은 고향을 떠나려 하고 있는 것이다. 두렵지만 부딪쳐야 할 현실이었다.

배낭에서 귤을 꺼내 껍질을 벗기면서 그는 춘천 시내에 있는 자신의 집을 눈어림으로 찾고 있었다. 그 둥지를 떠나야 하는 것이다. 불현듯 가슴이 뻐근하게 저려 왔다.

1936년(28세) 폐결핵과 치질이 악화돼 정릉 골짜기의 암자에서 몇 달 요양하고 신당동에서 셋방살이하는 형수(형 유근의 처, 조카 영수의 모) 댁 단칸방에 동거하며 병고와 싸움.

〈심청〉〈봄과 따라지〉〈가을〉〈두꺼비〉〈봄밤〉〈이런 음악회〉〈야앵〉〈동백꽃〉〈옥토끼〉 등 9편의 단편소설과 수필 7편 발표.

박봉자에게 열렬히 구애했으나 반응이 없음. 김문집이 병고 작가 구조 운동을 벌여 모금.

1937년(29세) 병이 더욱 악화되어 경기도 광주군 중부면 상산 곡리에 있는 다섯째 누이 유흥(매형 유세준)의 집으로 옮김. 〈따라지〉〈땡볕〉〈연기〉〈정분〉 등 단편소설 4편과 번역동화《귀여운 소녀》, 번역탐정소설《잃어버린 보석》 등 2편, 수필 4편 발표.

사망하기 11일 전인 3월 18일 〈필승전〉이란 편지를 안회남에

385

게 보냄. 3월 29일 오전 6시 30분. 숨 거두다. 유해는 서대문 밖 홍제동 화장터에서 화장됨.

(사후 발표된 소설로 〈두포전〉 〈형〉 〈애기〉 등이 있음.)

김유정은 심리적·신체적으로도 안주할 가정을 갖지 못했다. 물론 어려서 어머니 아버지를 잃은 뒤에도 그에게 가족은 있었다. 그것은 시집가서 사는 누이들이나 남편한테 버림받고 혼자 자식들을 키우는 그의 형수와 조카들이었다. 그 외에도 의사였던 삼촌 등이 있었지만 그는 어떤 이유에서인지 그네들에 대해 단 한 마디도 언급하지 않음으로써 그 가족 관계가 많이 소원한 사이였다는 것을 느끼게 한다.

김유정은 자신이 가족 구성원으로서의 역할을 제대로 해내지 못한다는 열패감에 시달렸다. 어려서부터 손에 돈이 쥐어지면 흥청망청 낭비만 했지 그것을 생산적으로 쓰지 못한 데 대한 자책감도 없지 않았을 것이다. 게다가 장성해서까지 돈 한 푼 벌어들이지 못한 채 항상 남한테 얹혀산다는 심적 부담이 그를 더욱 우울하게 했다. 그가 자신의 소설 속에 무능한 남편을 자주 그려낸 일이나 가족의 결집이나 해체를 오직 생산적 기능과 먹고사는 일에 맞췄던 것도 그런 열등감과 무관하지 않을 것이다.

그해에 〈소낙비〉가 조선일보에 당선되자 오래간만에 그의 손에 돈이 들어왔읍니다. 장사를 한다지만 늘 끊기는 누이를 돕는 뜻에서 급전을 돌려주고 나니 약 살 돈이 모자랐읍니다. 그러나 희망에 찬 그는 가슴이 벅찼읍니다.

말인즉 약을 산다고 부지런히 원고를 썼으나 돈을 손에 쥐고 나면 그의 마음이 달라졌읍니다. 만나는 사람이 술을 사면 먹어야 했고 술이 취하고 보면 한 잔 사지 않고는 못 배기는 그였읍니다. ……생략……

이때 그는 〈숯밭〉(아마 숯밭이 아닐까)을 구상하기 시작했읍니다. 벽에 메모를 붙이고 긴긴 겨울밤을 상념에 잠기는 것이었읍니다. 그의 말에 의하면 세상이 깜짝 놀랄 만한 굉장히 크고 좋은 장편소설을 쓴다는 것이었읍니다. 늦어도 늦여름에는 시작할 것이라며 자기 병시중에 시달려 기진맥진한 형수를 위로하는 것이었읍니다.

"내가 이놈만 쓰면 아주머니께 기와집 한 채 사 드리구 진수하구 나하구는 일본으로 공부하러 갈 테니 그동안만 고생하세요."

—아주머니. 여태까지 서울에서 제가 아주머니께 불역하고 화낸 것은 잘못했으니 용서해 주십시오. 후회하고 다시 안 하기로 했읍니다. 병이 나아서 이번에 집에 가면 아주머니 고생 안 시켜드리겠읍니다.

—김영수, 〈김유정의 생애〉(《김유정전집》, 현대문학사, 1968.)

김유정의 생애에 괄호가 닫히는 마지막 한 달여의 시간은 참으로 암담한 정경으로 전해진다. 광주 매형 집으로 옮겨 왔지만 그는 서울 형수네 셋방에 대한 그리움으로 매일 서울 조카 영수가 안 오느냐고 진수한테 투정을 부리곤 했다.

"가슴이 아프셔요?"

"응—" 하고 그쪽으로 고개를 돌리니 나의 조카는 오랜만에 얼굴의 화색이 보인다. 고대 들려온 콧노래도, 아마 그의 기쁨인 양 싶다. 웬일인가고 어리둥절하야 아하, 오늘이 슬이로구나, 슬, 슬, 슬은 어릴 적의 모든 기쁨을 가저온다. 나도 가슴속에서 제법 들먹어리는 무엇이 있는 듯싶다. 오늘은 슬이라는 그것만으로 나의 생활에 변동이 있을 듯싶다.

조카가 먹여 주는 대로 눈을 감고 앉어서 그럭저럭 아츰을 치른다. 슬, 슬은 새해의 첫날이다. 지금 나에게는 새것이라는 그것이 여간 큰 매력을 갖지 않었다. 새것, 새것이 좋다. ……생략……

때때로 빰을 지내는 미풍이 곱기도 하다. 그런데 이 향기는, 분명히 이 향기는, 그러다, 나는 고만 가슴이 덜컥 나려앉고 만다. ……생략…… 갑작스리 치미는, 울적한 심사를 어쨰 볼 길이 없어, 장막을 가려치고 이불 속으로 꿈실꿈실 기어든다. 아무것도 보고 싶지가 않다. 이를 악물고 한평생의 햇빛과 굳게 작별한다.

—김유정, 〈네가 봄이런가〉(《여성》, 1937. 4.)

김유정은 죽고 싶지 않았다. 죽지 않기 위해 무엇엔가 매달려야 했다. 오한으로 몸을 떨며 허우적거리고 나면 온몸에 땀이 흘렀다. 그렇게 탈진한 상태의 어둠 속에서 뭔가 희미하게 떠오르는 것이 있었다.

겸허.

김유정이 머리맡에 써 붙인 말이다. 그 말이 죽음을 눈앞에 둔 그 상황에서 어떻게 좌우명으로 선택되었을까. 자신에게 주어진 운명을 겸허히 받아들이자는 그런 자기 위안 같은 것이었을까. 아니면 작가가 된 뒤에 선배 작가들의 말을 매도하며 방자하던 그 오만스러움에 대한 반성의 의미는 아니었는지. 아니면 갖가지 병으로 몸이 결딴나는데도 천 년은 끄떡없을 것처럼 몸을 혹사한 데 대한 후회 같은 것은 아니었는지.

어떻든 '겸허'를 머리맡에 써 붙인 것은 죽음에 승복하겠다는 것보다는 그것을 이겨 새로이 태어나고 싶은 간절한 기도 같은 것이라고 볼 수 있다. 그는 어둠 속에 누워 정말 겸허한 자세로 오직 한 가지만을 생각하고 있었다. 그것은 바로 그가 선택한 문학의 길이었다. 그가 죽음과 맞서 싸울 수 있는 힘도 자신이 선택한 그 길이 있었기 때문에 가능했던 것이다.

가만히 생각하면 나의 몸을 좌우할 수 있는 것은 다만 그 '길'이다. 그리고 그 '길'이래야 다만 나는 온순히 그 앞에 머리를 숙일 것이다.

요즘에 나는 헤매든 그 길을 바루 들었다. 다시 말하면 전일 잃은 줄로 알고 헤매고 잇든 나는 요즘에 이르러서야 비로소 나를 위하야 따로히 한 길이 옆에 놓여 있음을 알았다. 그 길이 얼

389

마나 멀는지 나는 그걸 모른다. 다만 한 가지 내가 그 길을 완전
히 겄고 날 그날까지는 나의 몸과 생명이 결코 꺽임이 없을 걸
굳게굳게 믿는 바이다.

—김유정, 〈길〉(《여성》, 1936. 8.)

자신을 위해 따로 놓여 있는 그 길을 포기하지 않기 위해 그
는 안간힘을 썼다. 소설 쓰기, 그 길만이 구원의 빛이었다. 병마
와 싸우는 고통을 잊기 위해서도 이를 악물고 글을 써야 했다.
글을 쓰는 동안 그는 죽음의 공포로부터 벗어날 수 있었다.

세상 사람들에게 잊히지 않기 위해서도 글을 써야 했다. 어떻
든 그는 죽기 며칠 전까지 글을 씀으로써 자신의 길을 외면하지
않았다. 항문이 흐치흐치 터져 변비가 조금만 생겨도 피가 흐르
는 데다 몸만 움직이면 숨이 막히도록 기침이 쏟아졌지만 그는
잠이 오지 않는 그 긴 밤의 불면 속에서 글을 썼다. 한 칸 한 칸
원고지를 채워 나가는 글쓰기의 열정으로 그는 꺼져 가는 생명
의 불꽃에 기름을 붓고 있었던 것이다.

그때 김유정의 글쓰기는 스물두 살 나이에 박록주에게 쏟았
던 그 열정이었고 바로 몇 달 전 다른 남자와 결혼한 박봉자에
대한 사랑, 혹은 그 증오였는지 모른다.

밤, 밤, 밤이 조타. 별이 존 것도 아니요 달이 존 것도 아니다. 그
믐칠야의 캄캄한 밤 그것만이 소용된다. 자정으로 석 점까지
그 시간에야 비로소 원고를 쓸 수 있는 것이 나의 버릇이엇다.

390

그때에는 주위의 모든 것이 잠이 들어 잇다. 두 주먹 외에 아무 것도 업고, 게다 몸에 병들어 건강마자 일흔 나에게도 이 시간만은 극히 귀중한 나의 소유였다. 자정을 넘어스며 비로소 정신을 어더 아직도 살아 있는 자신을 깨닷는다. 이만하면 원고를 써도 되겟지. 원고를 책상 아페 끌어다 노코 강제로 펜을 들린다. 홀홀히 부탁을 밧고, 멋 장 쓰다 두엇든 원고엿다. 한 서너 장 계속하야 쓰고 나면 두 어깨가 아프로 휘여든다. 그리고 가슴속에 가, 힘업시 먼지가 끼인 듯이 매캐하고 답답하야 들온다. 기침발작의 전고, 미리 예방하고자 펜을 가만히 노코 냉수를 마시어 본다. 심호흡을 하야 본다. 권연을 피어 본다. 그러다 황망히 터저 나오는 기침을 어쩔 수 업서, 쿨룩어리다가는, 결국에는 그 자리에 가루느러지고 만다. 어구머니 가슴이야, 이 가슴속에 무엇이 들엇는가. 날카로운 칼로 한번 뻐겨나 볼는지. 몸이 아프면 아플스록 나느니 어머니의 생각. 허나 업기를 다행이다. 그는 당신이 나아노은 자시기 이토록 못생기게스리 될 줄은 꿈에도 생각지 못하고 편히 잠드섯나. 만일에 나의 이 꼴을 보신다면 응당 그는 슬프려니. 하면 업기를 불행 중 다행이다. 한숨을 휘, 돌리고 눈에 고엿든 눈물을 씻을 때에는 기침에 욕을 볼대로 다 본 뒤엿다.

— 김유정, 〈병상영춘기〉(조선일보, 1937. 1. 29~2. 2, 4회 연재)

김유정은 자신의 절망스러운 상태를 여러 사람에게 알리려고 노력했다. 속수무책으로 죽어 가고 있다는 사실이 너무 억울했

391

던 것이다. 누군가 자신의 딱한 사정을 알면 달려와 그 죽음의 구렁으로부터 구원해 줄 것 같은 기대였다. 햇빛도 싫고 어둠도 싫었다. 오직 사람이 그리웠다. 머리맡에서 이마를 짚어 주며 자신의 꺼져 가는 생명을 안타까워해 줄 그런 손길. 그런 손길이 옆에 있었다. 그는 얼굴이 갸름하고 눈이 큰 진수의 옆모습을 바라보는 순간 이대로 죽을 수 없다는 격정에 휩싸인다. 일본에 건너가 공부하는 꿈으로 가득 차 있는 저 예쁜 애의 기대를 어찌 무너뜨릴 수 있단 말인가.

필승 전(前)
필승아.
나는 날로 몸이 꺼진다. 이제는 자리에서 일어나기조차 자유롭지 못하다. 밤에는 불면증으로 하여 괴로운 시간을 원망하고 누워 있다. 그리고 맹렬이다. 아무리 생각하여도 딱한 일이다. 이러다가는 안 되겠다. 달리 도리를 채리지 않으면 이 몸을 일으키기 어렵겠다.
필승아.
나는 참말로 일어나고 싶다. 지금 나는 병마와 최후 담판이다. 홍패가 이 고비에 달려 있음을 내가 잘 안다. 나에게는 돈이 시급히 필요하다. 그 돈이 없는 것이다.
필승아.
내가 돈 백 원을 만들어 볼 작정이다. 동무를 사랑하는 마음으로 네가 좀 조력하여 주기 바란다. 또다시 탐정소설을 번역하여

392

보고 싶다. 그 외에는 다른 길이 없는 것이다. 허니 네가 보던 중 아주 대중화되고 흥미 있는 걸로 한 뒤 권 보내 주기 바란다. 그러면 내 오십 일 이내로 번역해서 너의 손으로 가게 하여 주마. 허거든 네가 적극 주선하여 돈으로 바꿔서 보내다오.

필승아.

물론 이것이 무리임을 잘 안다. 무리를 하면 병을 더 친다. 그러나 그 병을 위하여 엎집어 무리를 하지 않으면 안 되는 나의 몸이다.

그 돈이 되면 우선 닭을 삼십 마리 고아 먹겠다. 그리고 땅군을 들여, 살모사 구렁이를 십여뭇 먹어 보겠다. 그래야 내가 다시 살아날 것이다. 그리고 궁둥이가 쏙쏙구리 돈을 잡아 먹는다. 돈, 돈, 슬픈 일이다.

필승아.

나는 지금 막다른 골목에 맞닥드렸다. 나로 하여금 너의 팔에 의지하게 광명을 찾게 하여다우.

나는 요즘 가끔 울고 누워 있다. 모두가 답답한 사정이다. 반가운 소식 전해다우. 기다리마.

3월 18일

김유정으로부터

─〈현대문학〉 제97호(1963. 1.)

이 편지는 그가 이 세상을 떠나기 11일 전 자신의 절박한 상황을 친구 안회남에게 전한 것이다. 이 편지 말고도 죽기 몇 시간 전까지도 그는 안회남에게 편지를 쓴 것으로 전해진다.

> 유정이 남기고 간 것, 많은 유고와 연애편지 쓰다 둔 것과 일기,
> 좌우명, 사진, 책 이런 것들을 전부 내가 맡아서 보관하여 가지
> 고 있는데, 한 가지 없어진 것이 있다. 그것은 다만 한 장 있든
> 그의 어머님 사진이다.
>
> ─안회남, 〈겸허〉(《문장》, 1939. 10.)

> 그의 집안은 영패(零敗)하였고 나는 건강하였건만 그는 병상에
> 눕게 되었다. 아니 나는 이렇게 살고 있는데 그는 작고한 지 이
> 미 오래다. 지금 나는 고우 유정의 작품이며 일기며 서간 등속
> 일체의 유묵(遺墨)을 보관하여 가지고 있는데 내가 결혼하던
> 날 당일의 유정 일기를 보면 그 일절에 자기는 행복된 생활이란
> 영원히 단념하고 오직 예술 그것과의 일생을 살겠다고 기록하
> 였다.
>
> ─안회남(조선일보, 1938. 6. 8.)

그러나 현재 김유정의 유품은 어느 것 하나 남아 있지 않다.
안회남의 월북과 함께 모두 사라진 것이다.
그런데 김유정의 유품을 안회남이 모두 보관하게 된 경위에
대해 조카 김영수는 매우 못마땅한 기억을 술회하고 있다.

> 삼촌이 돌아가시자 안회남이가 나를 찾아왔어요. 유고가 많을

테니 좀 보자는 거였지요. 전집을 내준다나요. 그때 내가 뭘 알았어야지요. 그래 모든 유고와 유품을 넘겨줬는데 그걸 영 안 돌려주는 거지 뭐요. 어느 날인가 내가 그 유고 문제를 놓고 얘길 꺼냈더니 임화(林和)하고 셋이 있는 자리였는데 뭔가 자꾸 우물거리면서 돌려주겠다는 얘길 안 하데요. 셋이서 술을 먹었는데 그때 내 느낌으로는 안회남이가 우리 삼촌 글 몇 개를 자기 이름으로다 발표를 하지 않았나 하는 의심까지 듭디다.

—김영수(80세, 광명시 하안동, 1993. 4. 7.)

어떻든 김유정은 자신의 병을 고칠 돈을 얻기 위해서도 죽음 직전까지 허겁지겁 글을 써야 했다. 수필 등 잡문은 물론 소설도 번역했다. 동화인 《귀여운 소녀》(1937. 4. 16 ~ 1937. 4. 21, 《매일신보》에 6회 연재)와 탐정소설 《잃어버린 보석》(1937. 6 ~ 11까지 《조광》에 6회 연재)을 번역한 것이 전해지고 있다.

김유정이 병마와 싸우고 있지만 돈이 없어 절망 상태에 빠져 있다는 것을 문단에서 알고 그의 구원 운동에 나선 것은 김문집에 의해서이다. 다소 자기 과시가 심한 김문집의 글에 그 과정이 자세히 나타나 있다. 그가 모금 운동을 결심하게 된 것은 1936년 10월 18일로 밝혀져 있다. 김문집은 김유정을 알게 된 지 불과 몇 달 만에 그를 돕기 위해 양복 두 벌과 새로 맞춘 구두까지 전당포에 맡긴 일까지 밝히고 있다.

부언하거니와 이 적은 돈을 모으기 위해 비경리가인 나는 이십

일 동안 칠십 원이란 엄청난 사재를 소비했다. 인쇄비니 엽서대
니 전차임(貨)이니 하는 십칠팔 원이다. ……생략…… 내 주위
에 있는 실업 청년 가운데서 두 사람, 때로는 세 사람씩을 택해
서 최저의 생활비를 공급하여 수족과 같이 구사하는 임시 비서
로 채용한 것이었으나 이십 일간의 그 비용이 상당한 총계에 올
랐다.

　　　　　　　　　—김문집, 〈병고 작가 원조 운동의 변〉(《조선문학》, 1937. 1.)

　김문집은 자신이 들인 비용에도 못 미치는 모금액에 큰 비애
를 느꼈던지 불우한 문인들을 위한 우리 문단의 냉대를 — 내가
본 조선문단은 너무나 살풍경이다. 내일모레 죽을 영양부족의
감화원 수용 아동 모양으로 밉고도 불쌍한 꼴 — 을 하고 있다
고 말하고 있다.
　김유정은 김문집이 모금한 돈을 건네받은 뒤 그것에 대한 감
사의 뜻을 글로 전한다.

　……재생의 길을 얻었압거늘 그 은혜 무얼로 다 말슴 드리올지
　감사무지에 황송한 마음 이를 데 없아와 금후로는 명심불망하
　옵고 다시 앓지 않기로 하겠사오니……

　　　　　　　　　　　　　—병자(1936) 10. 31. 김유정 재배

　김유정이 자신의 비참한 현실을 객관화·희화했다면 이상
(1910~1937)은 자의식의 과잉반응으로 급기야는 '일곱 가지 외국

어를 배워 가지고 오겠다'는 허황된 꿈을 안고 일본에 건너감으로써 자기 구원을 꿈꾼다.

이상은 어느 날 먹도미를 사 가지고 와 김유정과 술을 먹는 자리에서 함께 죽을 것을 슬며시 제의한다.

유정! 유정만 싫다지 않으면 나는 오늘 밤으로 처러 버리고 말 작정이었다. 한 개 요물에게 부상해서 죽는 것이 아니라 이십칠 세를 일기로 하는 불우의 천재가 되기 위해 죽는 것이다.

유정과 이상—이 신성불가침의 찬란한 정사(情死)—이 너무나 엄청난 거짓을 어떻게 주체를 할 작정인가.

"그렇지만 나는 임종할 때 유언까지도 거짓말을 해줄 결심입니다."

"이것 좀 보십시오." 하고 풀어 헤치는 유정의 젖가슴은 초롱보다도 앙상하다. 그 앙상한 가슴이 부풀었다 구겼다 하면서 단말마의 호흡이 서글프다.

"명일의 희망이 이글이글 끓습니다."

유정은 운다. 울 수 있는 외의 그는 온갖 표정을 다 망각하여 버렸기 때문이다.

　　　　　　　　　　　　　　　　—이상, 〈실화〉(《문장》, 1939. 3.)

어느 날 이상은 자기 부인(1936년 6월 이화여전 문과 재학 중인 김모(본명 : 변동림) 여인과 결혼)과 함께 김유정을 찾아와 자신이 일본으로 떠나게 되었다는 것을 알린다. 김유정에게 이상의 도일은 매우 충격적이었다. 같은 폐결핵 환자였다는 동병상련 같은 것에다 등단하면서 곧바로 세상 사람들의 주목을 받은 천재 작가의 명성을 거의 비슷하게 누리고 있던 위치였기 때문에 이상이 곁에서 사라진다는 것은 그 모든 것을 잃는 것 같았기 때문이다. 어떻든 김유정은 이상이 일본 동경으로 떠난 뒤 자신의 처지를 더욱 비참하게 생각하게 된다.

그해 가을 이상 부부가 그를 찾아왔읍니다. 검정 치마에 흰 저고리를 입은 이상의 부인은 그때 드물게 보는 단발머리를 하고 안경을 쓰고 있었읍니다.

"유정 형, 난 일본에 가겠소."

그는 놀랐읍니다. 친한 친구 한 사람이 곁에서 떠나가는 섭섭함도 있었지만 행동의 자유를 잃고 앉은 자신을 생각하고 훨훨 떠나는 이상을 부러워했던 것입니다.

"일본에 가서 더 배우고 쓰고 하겠소."

하는 말에 더 부러워했읍니다.

작별 인사를 하고 대문께로 나가는 이상의 뒷모습을 방문 안에서 내다보던 그는 울먹이고 있었읍니다.

—김영수, 〈김유정의 생애〉(《김유정전집》, 1968.)

※ 김영수가 쓴 〈김유정의 생애〉에는 이상이 김유정보다 먼저 죽은 것으로 기록돼 있으나 이 증언이 착오였다는 것을 김영수는 시인한다(1993. 2. 7. 광명시 자택에서). 김유정은 3월 29일(음 2월 16일)에 사망했고 이상은 일본에서 4월 17일(음 3월 7일)에 사망했다(필자 주.)

— 나에게 계시가 있을지어다!

　나에게 계시가! 이것은 김유정이 '겸허'란 좌우명 밑에 부연한 글귀였다. 그는 병마와 싸우면서 어떤 신앙처럼 봄을 기다렸다. 봄이 오면 모든 것이 잘되리란 기대였다. 얼었던 대지가 풀리고 초목이 싹을 틔우듯이 자신의 건강이 회복되리란 기대 속에서 그는 죽음을 생각지 않으려고 안간힘을 썼던 것이다. 병마와 싸우는 고통 속에서도 펜을 놓지 않은 것은 봄과 함께 찾아올 어떤 계시였다.

　간절히 기다린 만큼 그 절망도 크리란 것을 알면서도 그는 줄기차게 봄을 기다렸다.

　요즘에 나는 또 하나의 병이 늘었다. 지금 두 가지의 병을 앓으며 이렇게 철이 바뀌기만 무턱대고 기다리고 누어 있다. 나는 바뀌는 절서에 가끔 속았다.

　지난겨울만 하여도 얼른 봄이 되어주기를 그 얼마나 기달리었던가. 봄이 오면 날이 화창할 게고 보드라운 바람에 움이 트고 꽃도 피리라. 만물은 씩씩한 소생의 낙원으로 변할 것이다. 따라 나에게도 보드라운 그 무엇이 찾아와 무거운 이 우울을 씻쳐 줄 것만 같았다.

　"오냐! 봄만 되거라" "봄이 오면!"

　나는 이렇게 혼잣소리를 하며 뻗질 주먹을 굳게 쥐었다. 한번은 옆에 있든 한 동무가 수상스러워서 묻는 것이다.

"김형! 봄이 오면 뭐 큰수나 생기십니까?"

"그럼이요!"

……생략……

그러자 봄은 되었다. 갑자기 변하는 일기로 말미암아 그런지 나는 매일같이 혈담을 토하였다. 밤이면 불면증으로 시난고난 몸이 말랐다.

이렇게 병세가 악화되어 갈 제 그 동무는 나를 딱하게 쳐다본다.

"김형! 봄이 되었는데 어째."

"글쎄요!"

이때 나의 대답은 너머도 무색하였다. 그는 나를 데리고 술집으로 가드니

"인젠 그렇게 기다리지 마십시오. 그거 안 됩니다." 하고 넘겨집는 소리로 낯에 조소를 띠는 것이다. 허나 그는 설마 나를 비웃지는 않았으리라. 왜냐면 그도 또한 바뀌는 철만 기다리는 사람의 하나임을 나는 잘 안다. 그는 수재의 시인이었다. 거츠러진 나의 몸에서 그의 자신을 비로소 깨닫고 그리고 역정스리 웃었는지도 모른다.

……생략……

행복의 본질은 믿음에 있으리라. 속으면서도 믿는, 이것이 어쩌면 행복의 하날지 모른다. 사실인즉 나는 그 행복과 인연을 끊은 지 이미 오랬다. 지금에 내가 살고 있는 것은 결코 그것 때문이 아니다. 말하자면 행복과 등진 열정에서 삐쳐난 생활이라 하

400

는 게 옳을는지.

—김유정, 〈행복을 등진 정열〉(《여성》, 1936. 10.)

"올해는 철수가 한 달이나 일느군요—"

그리고 그 말이 봄 오길 그렇게 기다리드니 어떻게 되었느냐고.

오늘은 완전히 봄인데

"어떻게 좀 나가 보실 생각이 없습니까."

여기에 나는 무에라고 대답하여야 옳겠는가. 쓴 입맛만 다시고

우두커니 앉었다 겨우 입을 연 것이

"나는 나갈려는대 내보내줘야지요—" 하고, 불현듯 내솟느니

눈물이다.

—김유정, 〈네가 봄이런가〉(《여성》, 1937. 4.)

봄이 오면!

1937년 3월. 김유정이 줄기차게 기다리던 그 봄이 드디어 왔다. 그가 머물고 있는 경기도 광주군 중부면 상산곡리 100번지 과수원에도 봄은 왔다. 배나무, 복숭아나무, 사과나무에 팽팽 물오르고 들판으로는 씀바귀와 냉이, 달래 등 이른 봄풀들이 강인한 생명력을 과시하듯 새파랗게 돋아났다.

"작은아버지, 진달래 꺽어 왔에요."

장막을 둘러친 어둠 속으로만 기어드는 김유정에게 봄소식을 전해주는 것은 언제나 조카 진수였다.

"진달래가 벌써 꽃이 폈다는 거냐?"

김유정은 이불을 뒤집어쓴 채 시답잖은 반응을 보인다.

"아니에요. 꽃은 아직 멀었지만 꽃몽오리가 하두 이뻐서 꺾어 왔어요."

"진수, 너 산에 갔더냐?"

"예, 작은아버지가 말씀하시던 동백꽃을 꺾으러 갔었는데 그런 노란 꽃이 없어서 못 꺾어 왔어요."

그제서야 김유정은 뒤집어쓰고 있던 이불 속에서 얼굴을 내민다. 텁수룩한 수염, 퀭한 눈가에 말라붙은 눈곱, 몸에 살이라곤 보이지 않게 삐쩍 말랐다. 그러나 퀭하니 들어간 그 눈그늘 안쪽에 번쩍이는 빛이 있다.

"동백꽃? 여기두 동백나무가 있다더냐?"

"저두 잘 몰라서 작은아버지께서 늘 말씀하시던 대로 잎이 나기 전 노란 꽃이 피는 나무만 찾았는데 그런 게 없었어요."

"그 꽃이 필라면 아직 메칠 더 있어야 할 게다. 산수유나무두 동백처럼 노랗게 꽃을 피우지."

그의 퀭한 눈이 춘천 실레 마을의 금병산 자락을 헤매다간 어느 순간 댕기 딴 조카의 자그마한 어깨에 돌아와 적이 머문다. 그가 느닷없이 킁킁 울음소리를 낸다.

"진수야!"

"예, 작은아버지!"

"진수야, 우리 춘천에 갈까?"

"예, 작은아버지, 얼른 몸부터 나으셔야지요."

"춘천에 가면 우리 금병산부터 올라가자. 거기 올라가면 춘천

읍내가 한눈에 보인다."

"예, 작은아버지. 저도 실레집 뒷동산 왁박골에 올라가 작은 아버지하구 하모니카 불면서 노래하던 생각이 나요."

"진수야, 우리 만주에 가서 살까?"

"예, 몸부터 어서 나으셔요."

"진수야, 난 만주에 가서 마적이 될 거다."

"작은아버지, 마적은 나쁜 사람들이잖아요."

"그래두 마적들은 넓은 들판을 말을 타구 맘껏 달릴 수 있으니 그게 얼마나 좋으냐."

진수는 어느 날 밤 삼촌이 캄캄한 방 안에서 엉거주춤 베개를 타고 앉아 몸을 들썩이는 걸 보게 된다. 말 타는 흉내 같기도 한 것인데 그네가 놀란 것은 평소에 대소변을 볼 때도 조카한테 의지해야 할 정도로 몸을 가누지 못하던 이가 베개를 타고 앉아서는 전혀 다른 사람처럼 펄펄 뛰고 있었기 때문이다.

삼촌께선 밤에 잠이 잘 안 오거나 몸이 많이 편찮으실 땐 늘 저를 깨우셨에요. 말동무가 되어 달라는 거였지요. 소설 얘기도 많이 하셨는데 어떤 땐 저한테 소설 쓰는 걸 가르쳐 줄 테니 소설을 써 보란 말씀도 하셨에요.

그전에도 가끔 그러셨지만 돌아가시기 며칠 전 밤엔 저를 깨우시더니 노래를 불러 달라시데요. 하도 간절히 원하시는 거라 삼촌이 방학 때 춘천에 내려오셔서 저한테 가르쳐 준 노래를 두어 곡 불러 드렸에요. ……저녁 하늘 해 지고 날은 저물어 나그네의 갈 길이 아득하여요……

또 이런 노래도 있었어요.

……지나간 그 옛날에 꿈을 꾸던 그 시절이 언제이던가!

—김진수(74세, 서울 서초동, 1993. 4. 10.)

유정 : 진수야, 필승이한테 보내는 편지는 정말 부쳤느냐?

진수 : 예, 작은아버지, 제가 우체부 아저씨한테 직접 드리면서
　　　부탁을 했는걸요.

유정 : (잔뜩 의심하는 눈빛으로) 그런데 왜 아직 소식이 없지?

진수 : 직접 찾아오실려고 그러시나 봐요.

유정 : (얼굴에 이글이글 노기가 나타나기 시작한다) 그리고 네 오빠
　　　는 왜 안 오느냐?

진수 : 직장에 나가시느라 바쁘시다던데요.

유정 : (체념한 얼굴이 되며) 니 오빠, 그놈이 거짓말을 하는 거야.
　　　그놈이 장갈 가더니만 지 색시한테 푹 빠져서 삼촌이 이
　　　렇게 보구 싶어 하는데두 코빼기두 안 보이잖니. 어이 망
　　　할 놈.

진수 : (삼촌의 어깨를 주무르며) 오빠가 작은아버지를 얼마나 좋
　　　아하는데 그러세요. 오빠나 저한테는 작은아버지가 아버
　　　지셔요.

유정 : (쿨적쿨적 울기 시작한다) 진수야, 나 좀 살려줘.

　춘삼월 달은 밝아, 괴괴히 깊었는듸, 싸리문 밖 골목길에, 저

승사자 세 녀석이, 어정대는 즈음이것다.

설사하고 피 토하구, 쿨룩쿨룩 잦은 기침, 기진맥진 빠진 잠에 (아뿔싸 또 웬 발광!) 김유정 이 양반이, 버얼떡 일나는듸, 이마에는 진땀 번질, 눈구멍은 퀘엥한듸, 게게 다 풀렸구나.

얘, 진수야, 일라거라!

일갈하여 조카 불러, 이 양반 김유정이, 하는 수작 가관일세.

너 이놈, 진수야, 박록주가 누군지, 군말 없이 알렷다?

작은아버지, 작은아버지!

선대명창 뿐을 보아, 법제 더늠 이어받고, 주야장천 수련탁마, 여류 중의 으뜸 여류, 벽력같은 적벽가며, 간장에는 심청가로, 흥한마당 흥보가며, 어화둥둥 춘향가로 삼천리 방방곡곡, 일류 명창 박록주를, 모른다곤 못할래라.

진수, 이 말 듣고, 곰곰 가만 생각하니, 박록주란 기생한테, 유정 삼촌 얼이 빠져, 마셔대니 두견주요, 탕진하니 돈 냥이라, 뒷동산 두견 울면, 한숨 짓고 잠 못 자던, 그 세월 그 아픈 내력, 내려내려 들었어라. 박록주를 사모하다, 외짝사랑 설움 땜에, 유정 삼촌 맘 상한 일, 이 조카가 왜 모를까.

예, 예, 작은아버지!

김유정 이 양반 사진 한 장 내밀며 하는 말이.

얘, 진수야! 월궁항아 보려무나. 이리 보자 조리 보자. 잘도 났다 잘도 났어! 빵긋빵긋 웃는 양은 꽃 중의 꽃 모란화가 하룻밤 이슬비에 함초롬히 젖었구나! 사람은 사람이나, 분명한 선녀로다. 이리 보아도, 내 사랑, 저리 보아도 내 사랑 간간이로구나. 허

지만 하릴없네. 무산 선녀면 무얼 할꼬? 오작교는 어데 가고, 직
녀성은 어딨는고? 사랑아, 사랑아, 이 사진, 이 자태야, 일류 명
창 박록주야! 얘, 진수야, 이쁘지?

진수 아씨, 용왕 전 토끼 눈 되어, 사진 보며 한숨 쉬며, 우리
삼촌 유정 삼촌, 눈에 헛것 씌어 저 지경 저 꼴 되니, 큰일 났네,
큰일 났어.

적막강산 어둠 속에 호롱불 돋궈 놓고 어디 보자 다시 봐, 삼
촌 손에 들린 사진 들여 보니 한이로구나! 사시사철 머리맡에,
오매불망 두고 보던, 그 모습 그 사진일세. 긴 얼굴에 부리부리한
눈, 돌아가신 삼촌 엄니, 그 얼골, 그 사진일세.

작은아베 유정 삼촌! 녹주 사진 이 사진은, 돌아가신 우리 할
메, 작은 할메 사진이잖소?

그래그래 니 말대로, 니네 할메 사진이다. 그래그래 조선 명창
박록주지. 내 수중에 이 사진이 있는 내력 어찌 알리? 연희전문
제적당해, 울적하고 서러울 때, 녹주 녹주 찾아가니 청요리집 복
향원서, 가슴 박힐 이 사진을, 나한테만 품어 주며 꿈결같이 약
조터라. 사랑사랑 내 사랑이야, 끌어안고 돌아가다, 박록주가 하
는 말이,

험한 운명 유정이여, 무정 세월 흘러흘러 그대 모습 서른 되어
지체 말고 날 찾으면 낭군으로 모셔 들어, 원앙금침 깔아 놓고
백년해로 약조하옵니다. 그날부텀 내 운명은 녹주 녹주 녹주란
다.

작은아버지, 숱한 밤 밝힌 꿈에, 그분을 보셨나요?

꿈은 꿈인듸, 생시보다 밝은 대낮, 고운 뺨 분냄새에 마음 산란했어야. 녹주 내 손 잡아끌면서 스물아홉 넘었는듸, 왜 안 오나. 사랑 사랑 내 사랑, 이리 보아도 내 사랑, 조리 보아도 내 사랑, 어화둥둥 내 사랑, 덩실덩실 춤추면서, 어서 오라 재촉하데.

작은아버지! 또 기침이 나면 어쩌려구 그러셔요.

녹주 녹주 내 사랑, 당신 사랑 유정이가, 춘향전을 다시 써서 그댈 춘향 분장시켜, 동양극장 창극 마당, 수천 관중 갈채 속에, 방방곡곡 순회할 때, 경중경중 기뻐, 엉엉 우는 광대 있어, 그게 바로 유정일세.

작은아버지!

녹두 사랑 내 사랑, 그대 내 필생의 역작,《숱밭》소설 구상, 한번 들어보시겠나. 천심이 민심이고, 민심 중의 으뜸은, 땅 파먹고 사는 무지렁이 농심인겨. 농심으로 일궈내는 순박한 땅,《숱밭》으로 이름 붙여 숱밭에서 일어나는, 작은 얘기 큰 얘기, 결말에는 그대가, 유정이와 부부 되어 숱밭에서 아름다이, 천년만년 사는 얘기, 큰 사랑 얘기라네. 쓰게 되면 출판하여, 돈 벌어서 한양 진골, 구십구칸 내 집 찾아, 불쌍하신 우리 형수, 곱게곱게 모셔다가, 유정 조카 진수 아씨, 밝은 얼골 웃는 얼골, 보여 주고 싶더이다. 아―리랑 아리랑 아라리요 아―리랑 고개로 나를 넘겨 주오 ……타관객지 외로이 난 사람, 괄시를 마라. ……저녁 하늘 해는 지고 나그네의 갈 길이 아득하여요…….

작은아버지!

이 대목에서 김유정 이 양반, 두 손등 눈에 썩썩 문지르며, 너

름새 넣는 품이, 수상타 싶더니만, 어이쿠, 저걸 어째, 드디어 대성통곡하는구나.

슬퍼서 우는구나. 원통해서 우는구나. 저승사자 발짝소리, 무서워서 우는구나. 생전 잘못 생각하고 저리 슬피 우는구나. 어쩔거나. 재생하여 실레 마을 동백꽃, 알싸한 향기 속에, 폭 파묻힐 일 기뻐서, 저리 엉엉 우는구나!

그런듸, 대성통곡하던 김유정 이 양반이 갑작스레, 가슴팍을 쥐어뜯네. 쿨룩쿨룩, 어이쿠, 숨 넘어 가는 저 기침, 방바닥에 뒹굴면서, 데굴데굴 쿨룩쿨룩, 그런듸 어쩔거나, 더 가관은 다음이라. 김유정 이 양반이 이번에는 웬일인지 아랫배를 움켜쥐고, 설설설 기어기어,

애, 뒤! 뒤!

가런토다. 꽃다운 나이, 천사가 하강했나, 죽은 엄니 환생했나, 십팔세 진수 아씨, 삼촌 설사 받아 내려, 이리저리 요강 찾아, 허둥지둥 방문 열고 댓돌을 더듬을 제, 과수원 배꽃마다, 어서 빨리 피어라고, 춘삼월 보름달이, 하얗게 웃고 있네.

김유정은 며칠 뒤 한밤중에 다시 진수를 깨운다. 진수가 방에 신문지를 깐 그 위에 요강을 놓아두었지만 이제는 아예 거기에 올라앉을 기력도 없는지 그대로 땅바닥에 널브러진 채 된 신음만 토해 낸다. 입으로 피도 몇 차례 쏟아낸 뒤라 이제는 더 나올 것이 없는지 가끔 크게 숨만 몰아쉰다.

"작은아버지, 또 거기가 아프셔요?"

"아이구 어머니, 나 죽어요, 밑창이 다 빠져 내리네, 아이구, 진수야, 너 여기 좀 봐 주라."

김유정이 애원하는 눈으로 자신의 엉덩이를 가리킨다.

"진수야, 어서!"

"아이구, 작은아버지, 전 그건 못해요."

진수는 방문을 열며 밖으로 도망칠 준비부터 한다. 삼촌이 병이 든 이래 지금까지 주사 놓는 일부터 배워 하루에 한 번씩 칼슘 주사를 놓는 등 한방에서 함께 살며 그 궂은 병시중을 다 들었어도 삼촌의 항문을 들여다보는 일만은 다 큰 처녀가 할 일이 아니란 생각이 든 것이다.

"어서 좀 봐 줘라, 진수야, 넌 삼촌이 죽어두 좋단 말이야?"

지금까지 한방에 함께 기거하면서도 전혀 안 하던 짓을 삼촌이 하고 있는 것이다. 더럭 겁이 났다. 지금 삼촌이 제정신이 아니란 생각이 들었다. 자신을 쳐다보며 밑창이 다 빠져나가는 것 같으니 좀 봐달라고 애원하는 삼촌의 눈에 죽음의 그림자가 얼핏 스친다.

진수가 더 참지 못하고 방문을 열고 대뜰로 내려선다. 오싹 소름이 끼쳤다. 안채로 가기 위해 마당을 가로지르고 있는데 삼촌의 신음소리가 휘영청 밝은 달빛 속에 애처로이 부서진다.

"고모, 고모, 작은아버지가 아무래도 이상하세요."

깊이 잠들었던 고모와 고모부가 바깥채로 달려 나온다. 김유정은 누님을 보자 항문에 무슨 쇠꼬창이가 박힌 것 같다며 봐달라고 한다. 그의 항문은 차마 눈뜨고 못 볼만치 헐어 있었다.

가까스로 몸을 뒤채던 그가 다시 한번 크게 숨을 몰아쉬었다. 울컥 마지막 피를 토해 냈다.

유세준이 진수에게 다른 방에 가 있으라고 손짓을 한다. 이미 광주에 올 때부터 아픈 몸이었지만 삼촌 병시중을 하느라 그런 내색도 못하고 있었는데 삼촌이 숨을 거둘 무렵 해서 갑자기 온몸에 기운이 빠져 혼곤해진다. 진수가 고모네 방에 가 잠깐 눈을 부쳤을까 할 때 고모가 그네를 깨웠다.

삼촌이 진수를 찾는다는 것이다.

그날 저녁이었에요. 어휴, 애 진수야. 어이구, 이렇게 아플 수가 있니. 나는 못 살 것 같다, 못 살 것 같다. 자꾸 그러세요. 진수 야. 어떡하면 좋으냐. 그래서 주사를 또 한 번 놔 드렸에요. 그랬 는데두 더 뭐 그냥 아파서 그날 저녁은 그냥 꼬박 새우셨에요. 새벽 나절엔 치질을 절보구 보라고 하시네요. 아무리 그동안 수 족같이 모셨어두 전 열여덟 어린 여자앤데 도저히 그렇게는 못 해 드린대두 화를 내시구, 그럼 넌 삼촌이 죽어두 좋냐구, 그러 시면서 떼를 쓰시는 거예요. 그래서 고모를 오시게 하려구 문 을 여니까 삼촌이 고모 불러오지 말구 네가 봐달라시는 거엣에 요. 그런데 왜 그렇게 삼촌이 무서웠는지 모르겠에요. 아마 돌 아가실 때 정 뗀다는 게 그런 건지. 고모 모시러 밖으로 나갈 려구 하는데 밖에서 뭐가 잡아땡기는 것같이 더럭 무서웠에요. 그래서 그냥 방문턱에 앉아 막 울었에요. 그런데두 삼춘은 죽 겠다구 막 야단이면서 고모 불러오지 말구 네가 봐달라시는 거예요. 그래, 안 되겠다 싶어 용기를 내서 밖으로 나가 안채에 있는 고모를 불렀지요.

고모 내외분을 불러다 놓구 나니까 여태 참아 왔던 병이 덜컥 나는 거예요. 고모부가(그렇지요 유세준 씨가 맞으세요) 넌 몸이 아프니까 고모 방에 가서 있으라고 하세요. 그래 고모 방에 좀 누워 앓고 있는데 고모가 오셔서 삼촌이 지금 자꾸 너를 찾고 있으니 빨리 가 보란 거엣에요. 그래서 아픈 걸 억지루 참구 달려가 보니까 삼촌이 눈을 감은 채 내 손을 잡으시더니, 응, 진수!

그러시면서 빙긋 웃는 거 같으셨는데 그게 운명하시는 거였다는군요. 그땐 날이 훤하게 밝아 가지고 아마……

　　　　　　　　　　—김진수(74세, 서울 서초동, 1993. 4. 10.)

저승길 떠나는 김유정에겐 진수가 조카가 아니었다.

그처럼 보고 싶었던 어머니가 저만큼에서 웃고 있었다.

편지를 전해 주러 문을 열고 선 형수님의 웃는 얼굴이 보였다.

다섯 누님들의 애증 엇갈리는 얼굴들이 허공에서 부산히 움직였다.

실성해 죽은 불쌍한 누이가 킬킬 웃으며 손을 내밀었다.

그가 혈서 뿌리며 맘껏 짝사랑한 박록주와 박봉자가 저만큼서 사분사분 걸어오는 것이 보였다.

갓난것 하나씩 데분 들병이 아낙네들이 젖가슴 풀어 헤친 채

411

실실 웃고 있었다.

조카 진수의 손을 잡고 빙긋 웃는 것을 마지막으로 김유정은 그의 짧은 생애에 괄호를 닫았다. 아침 6시 30분.
그가 세상에 나와 누린 나이 만 스물아홉.

1937년 3월 29일 아침 6시 30분. 어둠이 걷혀짐과 함께 그가 짊어졌던 멍에는 벗겨진 것입니다.
슬프고 괴로웠을망정 누구보다 깨끗한 생애를 살다 간 그였습니다.
유해는 가족(그의 형 부자)에 의해 광주에서 서울 서대문 밖 화장터로 진행하여 초라하나마 조용한 장례를 치렀던 것입니다.

—김영수, 〈김유정의 생애〉(《김유정전집》, 1968.)

하루 그의 글을 받아보고, 그때 정양을 가 있는 광주로 가서 보려고 대문 밖을 나서는데, 마악 현덕 씨가 들어오며 아무 소리도 않고 나의 손을 꼭 쥐었다. 유정이 영원히 눈을 감고 그의 조카 영수 군이 바로 서울로 모시어다 화장을 하고 유골은 곱게 빻아 한강에다 띄워 버렸다는 것이다.

—안회남, 〈겸허〉(《문장》, 1939. 10.)

굶긴 유정을 울면서 나는 그를 부러워한다.
……생략……

유정은 아깝게 그리고 불쌍하게 굳겼다. 나 같은 명색 없는 문단꾼이면 여남은 갖다주고 물러오고 싶다.

—채만식, 〈유정과 나〉(《조광》, 1937. 4.)

1993년 3월 29일. 오전 11시 30분. 춘천 의암댐 호수 절벽 국도변에 세워진 〈김유정 문인비〉(1968년 건립) 앞에서는 김유정의 타계 55주년을 기념하는 조촐한 추모식이 있었다. 김유정기념사업회 주관으로 열리는 이 추모식에는 그 생애와 문학을 깊이 천착하여 김유정을 이 고장의 자랑으로 세간에 널리 알리는 게 크게 기여한 〈강원일보〉의 김영기 문학평론가, 〈김유정의 소설 공간〉으로 학위를 받은 강원대의 유인순 교수가 올해도 학생들을 데리고 참석하는 등 이 행사에 관심 있는 사람들이 10여 명 모이긴 했지만 세월이 흐를수록 썰렁해진다는 느낌은 어쩔 수 없었다.

그동안 꾸준히 지역의 문인들 모임에서 해오던 〈김유정 추모 문학의 밤〉 행사도 근래에는 이런저런 사정으로 치러지지 못해 향토 작가 김유정에 대한 관심은 점점 그 빛이 바래고 있었다.

밤 8시. 춘천 시내 조양동 소재의 카페 '오페라'에 이 고장 예술인들 몇이 생맥주를 마시며 김유정 문학을 기리는 기념사업의 필요성에 대해 의견들을 나누고 있었다. 우선 이 지방 문화인들부터 향토의 작고 예술인들에 대한 관심 환기와 그 인식을 달리할 필요가 있다는 쪽으로 얘기가 모아졌다.

"김유정만큼 우리 강원도 사람들 풍습을 리얼하게 그려낸 작가도 없을 겁니다. 감자바위 체취가 작품 구석구석에 물씬 배어 있잖습니까? 그 생동감 있는 문체로 구사한 속어와 사투리만으로도 말 그대로 향토문학의 진수라고 할 수 있지요."

"문제는 이 고장 사람들이 그런 작가를 가졌다는 긍지를 가지는 일인데 대부분 잘 모르고 있거나 안다고 해도 그 관심이 시큰둥하더라구."

"그런 긍지를 주기 위해선 우선 이 고장 사람들의 문화의식부터 고양시켜야 할 겁니다. 문화인들 스스로 자존심을 갖고 자기 향토에 대한 관심을 가져야 하겠지요."

"저는 대학문화와 지방문화의 보다 적극적인 접맥이 필요하다고 생각합니다. 향토문화의 전통성과 그 열정에다 대학의 지적·인적 자원이 서로 보완적으로 만날 수 있을 때 향토문화가 올바로 발전할 수 있다는 겁니다. 춘천에만 해도 대학이 넷이나 있지 않습니까."

지방신문의 문화부 이 기자가 취재수첩을 접으며 꺼렸다.

"저는 말입니다. 이 고장에는 현재 문단에서 작품 활동을 열심히 하고 있는 작가들이 다른 지방보다 많다는 걸 여기 분들이 널리 자랑해도 좋다고 봅니다. 오정희, 이외수, 최수철, 전상국 씨 등이 현재 여기서 작품 활동을 하고 있는가 하면 한수산, 이순원도 여기 출신인 데다가 요즘 젊은 작가들 몇이 춘천에 이주해 살고 있는 일만 해도 김유정과 무관하지 않다는 생각입니다."

시인 하나가 그 말을 우스갯소리로 받았다.

"이봐유, 이 기자. 요즘 소설가들 중엔 메뚜기두 한철이라면서

414

원고 매수를 거시기 돈 세듯 허며 돈 될 만한 얘기만 얼렁뚱땅 써내는 사람들이 많다데. 그러니까 그런 양반들 얘긴 그냥 내버려 두구 우리 수향의 시인들 얘기나 좀 잘 써 주시어. 누가 뭐래두 여긴 시인들의 고향이야!"

작가의 말
―1993년 4월 11일 : 〈작가노트〉에서―

4월 7일(수) 12시. 광명시 하안동 김영수(金永壽, 80세) 님 방문.
4월 10일(토) 오후 4시. 서초동 김진수(金珍壽, 74세) 님 방문.

영수, 진수. 김유정이 이 세상에서 가장 가까이 지냈던 사람들이다.
김유정의 형 김유근은 6·25 때 실종(가족들은 그가, 1950년 사망했을 것으로 추정).
그의 부인 대구 서씨(김유정의 형수)는 1974년 84세로 경기도 양평에서 사망. 그네의 유일한 희망이었던 영수·진수 남매가 김유정이 한방에서 얼굴 맞대고 산 가족 중 유일하게 생존한 사람들인 것이다.
다섯 명 누님들이나 손아래 누이 부흥은 이미 오래전에 모두 작고함.

김유정의 가계

부 : 김춘식 →	유근 →	영수(남) → 진웅 → 기호·규호
모 : (청송 심씨) →	(대구 서씨) →	**진수(여) → 석진철 등 3남 2녀**
	유달	
	유형	
	유경	
	유관	
	유흥	
	유정	
	부흥	

　작품을 구상할 때나 집필하는 과정에서 가장 컸던 유혹은 김유정의 생애를 곁에서 지켜본 그 가족들을 먼저 만나보고 싶은 것이었다. 그러나 나는 그 줄기찬 유혹을 물리쳤다.

　가족을 먼저 만나게 되면 그네들이 터부시하는 가문의 명예, 개인의 프라이버시 침해라는 덫에 치여 상상이 고갈된 상태에서 가족들이 보여 주는 사실 그 이외의 사실에 전연 접근할 수 없을 것이란 우려였던 것이다.

　그네들을 만나는 순간 내 상상력이 크게 위축되거나 아예 작품 만드는 신명을 잃게 되는지도 모른다는 두려움도 컸다. 그리하여 우선 지금까지 나와 있는 자료들을 바탕으로 한 작가의 생애를 더듬어 보는 일에 충실하기로 했다. 그렇게 하는 것이 비교적 객관적인 처지에서 한 작가의 지나친 미화를 피하고 불필요한 선입견이나 어떤 편견에 묶이지 않은 상태에서 상상력이 펼쳐질 수 있으리란 믿음 때문이었다.

그러나 김유정의 생애가 마감되는 장면까지 쓰고 나자 나는 서둘러 그 가족들을 만나기로 했다. 그것은 내가 좋아하는 선배 작가에 대한 또 다른 관심이며 내 상상력에 대한 신뢰 확인이라고 할 수 있었다. 어쩌면 김유정의 유일한 가족이 아직 우리 곁에 생존해 있다는 사실에 대한 경외심 같은 것이기도 했다. 또한 항간에 잘못 알려진 사실들을 바로잡을 수 있을는지 모른다는 기대도 없지 않았다.

4월 7일

버스, 전철, 택시 등을 번갈아 갈아타며 광명시 하안동에 있는 김영수 씨를 찾았다. 자그마한 아파트에 일가 여섯 식구가 살고 있었다. 영수 씨의 아드님 진웅 씨가 반가이 맞았다. 진웅 씨는 한때 사업을 크게 벌였다가 실패한 뒤 아직 형편이 잘 피진 못했어도 부친 영수 씨가 고생하며 살아온 지난날을 교훈 삼아 나름대로 열심히 산다고 했다.

김유정이 살아 있다면 저런 모습일까. 김영수 씨가 거동이 약간 어려운 몸을 이끌고 안방으로 나왔을 때 나는 넙죽 절부터 했다. 젊어서는 더 대단해 보였을 훤칠한 체구에 혈색이 좋아 보이는 얼굴. 팔십 나이답지 않게 귀도 밝고 말씨도 분명했다.

이분이 바로 김유정과의 숙질간이지만 그 촌수를 넘어 형제처럼 친구처럼 우애 깊게 지내던 사람이구나. 더구나 이분은 육십 년대에 〈김유정의 생애〉(현대문학사에서 출간한 《김유정전집》에 수록)를 직접 서술했는데 그것이 비록 2백 자 원고지 150여 장에 불과했지만 김유정의 생애를 후세에 전하는 가장 확실한 자료적 가치와 함께 당시의 상황 등을 리얼하게 그려 놓은 명문장으로, 김유정 연구는 대부분 이 기록으로부터 시작됐다고 해도 지나친 말이 아닐 것이다.

영수 씨는 춘천중학에 재학할 당시 조명희와 함께 시작한 실레 마을의 야학운동을 〈김유정의 생애〉를 통해 모두 삼촌의 공으로 돌리기도 했다. 부친 김유근이 방탕한 생활로 재산을 탕진하는 과정에 그에 대한 반발로 중국을 두 번씩이나 다녀왔다고 했다. 버려진 어머니와 함께 두 남매가 기생방 심부름까지 하며 어렵게 생활한 그 애증의 세월을 회고하는 노옹의 얼굴에서 나는 김유정의 그 염인증과 열정을 함께 읽고 있었다.

평생 술과 담배를 입에 대지 않은 채 근엄하게 살아 온 분답게 영수 씨는 말수가 적고 진중했다.

그러나 영수 씨는 안회남에 대해 별로 안 좋은 생각을 가지고 있었다. 학창시절 그렇게 친했던 친구가 병마와 싸우고 있는데도 한 번 제대로 찾아보지도 않다가 삼촌이 죽자 그 전집을 내주겠다며 삼촌이 남긴 유고·유품들을 깡그리 챙겨 간 뒤 끝까지 돌려주지 않았다는 데 대한 유감이었다.

영수 씨의 외아들 진웅 씨는 할아버지(김유근)가 억수로 많던 그 재산을 깡그리 처분하는 과정에서 누락되었거나 억울하게 빼앗긴 것이 많았다는 것을 근래 확인했다고 말했다. 그는 그런 것의 일부라도 되찾아 김유정 기념사업으로 내놓고 싶지만 대부분 시효가 지난 것이라 그 성사가 쉽지 않다는 안타까움을 털어놓았다. 그러나 아들만 둘인 진웅 씨는 지금 고등학생인 막내를 언제고 김유정 할아버지의 양자로 입적시켜 그 제사만이라도 지낼 수 있게 하자는 데 가족들의 의견이 모아졌다는 얘기도 했다.

김영수 옹이 소설을 쓰다! 장편소설《신뱃녕》!

찾아간 사람이 소설가라는 것을 확인하자 영수 씨는 그 불편한 몸으로 어디선가 원고 보따리를 찾아 내놓곤 노옹답지 않는 열정으로 작품 얘기를 시작했다. 삼촌이 죽고 나자 갑자기 당신도 소설을 쓰고 싶어, 삼촌 생전의 그 열정으로 피난지인 부산에서 소설을 몇 편 썼으나 몇 년 전 장마 때 모두 분실되어 그 일로 울화병이 생겼는데, 다행히 1963년에 집필하던 작품이 하나 남아 있어 지금 그것을 다시 원고지에 옮겨 정리하는 중이라고 했다. 앞으로 2년은 더 살 것이고 그 2년 안으로 그 작품을 완성시킨다는 얘기였다. 백지에 펜촉으로 쓴 것이나 다시 원고지에 옮겨 적은 것이 모두 필체가 좋았다. 얼핏 엿본 첫 장. 비록 구체이긴 해도 강원도 방언 구사 등이 퍽 돋보이는 문장이었다.

삼촌 소설하고 내 소설은 문체가 다르지요. 그렇게 말하는 노옹의 얼굴에서 나는 숨 거두기 며칠 전까지 원고지와 씨름하던 김유정의 자기 작품에 대한 긍지와 그 열정을 직접 확인하는 느낌이었다. 팔십 노옹의 소설 쓰기. 건필을 진심으로 빈다.

4월 10일

　서울 서초동의 김진수 님을 만나기 위해 집을 나선 날은 광명시로 영수 씨를 찾아가던 날부터 시작된 꽃샘추위가 이젠 황사 바람에 비까지 몰아와 몹시 을씨년스러웠다. 진수 님이 얼마 전 교통사고로 몸이 불편한 데다 삼촌 일로 사람들이 찾아오는 일을 달가워하지 않는다는 것을, 큰아드님(석진철. 50세. 회사 경영) 내외의 도움으로 어렵게 시간을 얻었다.

　김유정의 임종 자리까지 지켜본 그 조카, 진수 님이 모습을 나타냈다. 일흔넷 그 나이보다 한결 젊어 보이는 진수 님은 아담한 몸매에 눈이 크고 맑아 젊어서는 미인이란 말을 많이 들었을 그런 얼굴이었다.

　찾아온다는 사람한테 무슨 얘기를 들려줘야 할까 많이 고심했다며 잔잔하게 이야기를 풀어 가는 진수 님의 표정에서 나는 깨끗하게 늙은 여인네의 진솔한 아름다움을 보고 있었다. 또한 자상하고 친절하며 부끄럼까지 타는 그 모습이 어느 순간 55년 전 삼촌의 간병을 자진해 맡아 임종까지 지켜본 열여덟 처녀로 바뀌어 보이기도 했다.

　서울 토박이 말씨를 사근사근 구사하는 진수 님께 출생지를 물었다.

　"경기도 양평에서 났어요. 어머니 친정이 양평이라 거기 가서 절 나셨대요."

　"어린 시절은 주로 어디서 사셨습니까?"

　"서울이지요. 동대문 숭인동에서 많이 살았어요."

"그럼 고향은 어디라고 생각하십니까?"

"춘천이지요."

"춘천에 얼마나 사셨는데요?"

"국민학교 2학년 땐가 그리로 이살 가 열다섯 살 때까지 살았 에요."

"김유정 선생은 언제 춘천에 오시던가요?"

"방학 때면 꼭 내려오셨어요. 내려오실 때마다 우리 또래들을 데리고 왁박골에 올라가 아코디언을 연주하면서 노래를 가르쳐 주셨어요."

"아무리 삼촌이라곤 하지만 그런 간병은 쉽지 않았을 텐데 요."

"어머니가 시동생한테 참 잘하셨어요. 어릴 때부터 그 투정 다 받아가며 키우신 데다 품팔이를 한 돈으로 삼촌 약값을 대 셨으니까요. 그러니까 우리 자식들도 삼촌한테 그렇게 하는 것 이 당연하다고 생각할 수밖에요. 더구나 삼촌이 어릴 때부터 유 달리 절 귀여워하셨어요. 병이 드셔서는 더욱 저를 곁에 두고 싶 어 하셨어요. 나도 결혼하지 않을 거니 너도 결혼하지 말고 일본 에 같이 가서 네가 하고 싶은 공부를 마음대로 하라는 바람에 그런 병시중을 어려운 줄 모르고 했어요. 그땐 공부가 그렇게 하 고 싶었어요."

"돌아가신 어머님을 어떻게 생각하십니까? 어느 땐 한집에 여 러 여자가 함께 살았다는 말도 전해지던데요."

"그랬어요. ……어머닌 성인이셨어요."

"아버님께선 평소 왕래를 하셨던가요?"

"아니에요. 6·25 직전인가 우리가 강릉에 살 때 딱 한 번 다녀가신 거 외엔 발길을 안 하셨어요."

"김유정 선생은 돌아가시기 며칠 전까지 글을 쓰셨다고 하던데요."

"그러셨어요. 제 기억엔 돌아가시기 열흘 전까지 쓰셨어요. 많이는 못 쓰고 하루에 조금씩 이렇게 책상 앞에 발을 뻗고 앉아서 쓰셨어요. 그럼요. 꼭 펜촉으로 잉크를 찍어 쓰셨어요. 제가 삼촌 심부름으로 편지도 많이 부치러 다니고 동아일보사나 잡지사 같은 데 원고 갖다주고 그랬어요."

"안회남 씨가 경기도 광주까지 문병을 왔습니까?"

"아니에요. 안 왔어요. 서울에 있을 때도 온 기억이 없는걸요. 그렇게 자주 찾아오던 현덕 씨 형제분도 광주엔 안 오셨어요. 삼촌께선 친구들 얼굴을 못 본 채 돌아가셨어요."

"조카가 본 김유정 선생은 어떤 분이셨나요? 그 성품이나……"

"우리 식구들은 문학을 하는 분들은 무조건 존경했어요. 더욱이 삼촌은 종교를 안 가지셨는데두 제가 볼 때 신앙심이 아주 깊으신 것처럼 느껴졌어요."

김유정의 생애 중 몇 가지 의문점에 대해 영수 씨와 진수 님을 통해 확인해 보았다.

— 김유정의 출생지

김영수 씨는 육십 년대 〈김유정의 생애〉를 쓰면서 김유정의 출생지를 춘천으로 기록한 분이라 그 확인이 조심스러울 수밖에. 그러나 의외에도 영수 씨는 삼촌의 출생지에 대해서는 잘 모른다는 말로 김유정이 서울에서 태어났다는 고모들(김유정의 누님들)의 말을 간접적으로 시인했다.

진수 님은 삼촌이 춘천에서 태어났다는 기록들은 잘못된 것이라며 그 출생지가 서울이 분명하다는 것을 몇 번씩 강조했다.

— 김유정은 결혼한 적이 있었던가?

안회남의 〈겸허〉나 그 누님 중 한 분이 밝힌 바에 의하면 김유정은 연안 이씨와 혼인했다가 며칠 못 가 소박 놓았다는 이야기가 있다. 이 문제에 대해 영수 씨 남매는 '소박 놓았다'라는 말을 좀 안 좋은 일로 생각하는 눈치였지만 당시 고모네들과 왕래가 별로 없었던 때라 잘 모르겠다는 것을 전제로, 그네들이 동생을 강제로 결혼시켰을 가능성이 아주 없지 않다는 의견을 조심스레 비쳤다.

— 김유정이 서자인가 하는 문제

김유정은 정말 일부 마을 노인들이 말하는 것처럼 적자가 아니고 후실, 혹은 첩실의 자식이었는가. 그렇다면 김유정은 그의 형 김유근과 배다른 형제가 되기 때문이다.

이 문제에 대해 영수 씨나 진수 님은 모두 그럴 리가 없다며 강력히 부인했다. 특히 영수 씨의 아드님 진웅 씨는 족보까지 꺼내 보이며 서자설은 있을 수 없다고 못 박았다.

그네들이 그렇게 부인하지 않아도 김유정이 서자가 아닐 것이란 심증은 얼마든지 있다. 불과 44세에 죽은 김유정의 부친 김춘식이 그 아들 유근과는 달리 매우 근엄했던 사람으로 알려진 사실도 그렇거니와 마을 노인들이 김유근이 한 집에 여자를 몇씩 거느리고 사는 것을 보고 그 선친도 그랬을 것이라고 넘겨짚었거나 김유근과 그 부친을 착각했을 가능성이 없지 않기 때문이다. 또한 그 당시로는 김유정의 어머니가 44세에 죽기까지 여덟 명의 자식을 낳는 일이 그렇게 드문 일은 아니라고 생각되기 때문이다.

3월 29일 밤 10시. 백진우가 친구들과의 술자리에서 빠져나와 그의 사촌 동생과 함께 술을 마시고 있었다.

"형, 이거 자꾸 축하하구 싶어 야단났네."

"야, 쑥스럽다. 그만해 둬라."

"정말 오늘 그 소식을 들은 거유?"

"대학 일이야 발령장 받기 전까지는 발설할 게 못 되기 때문에 말하지 않았던 거다."

"그럼 오늘 발령장을 받은 거유?"

"아직 받진 않았지만 오늘 연구소에 나갔다가 정식으로 통고를 받곤 곧장 내려왔지. 서류도 뗄 게 있고 해서."

정말 뜻밖이었다. 그는 서울 위성도시에 있는 어느 사립대학의 전임강사로 채용이 된 것이다. 40이 가까운 나이에 얻은 전임 자리지만 그로서는 정말 꿈도 꾸지 않은 일이었다. 3년 안에 학위를 취득해야 하고 학위 취득 전까지는 교양강의에 국한할 수 있다는 단서가 붙어 있긴 해도 그것은 파격적인 일이었다. 전적으로 그의 지도교수 역량이었다. 학계에서나 학교에서 고집 세기로 이름난 그 지도교수는 어느 면에서나 그만한 인정을 받고 있었다. 자기가 주관하는 연구소 일을 도와달라며 이력서를 제출하라고 했을 때부터 뭔가 낌새가 이상타 싶긴 했지만 정말 너무 뜻밖의 일이라 그는 그 일이 한동안 실감나지 않았다. 그가 부임하게 되는 그 대학의 학과 교수들이 대부분 그 지도교수와 어떤 인연이든 맺고 있다는 것이 일이 쉽게 풀리는 데 도움이 됐던 것이다.

자넨 인덕이 있는 걸세. 학위를 가지고도 줄줄이 늘어서 있는 판국에 전임 자리를 얻어 주고도 전혀 공치사를 하지 않는 지도교수 앞에 그는 정말 할 말을 찾지 못했다.

"소설 같으면 어떤 복선이라두 있는 법인데 형은 그런 것두 없이 대학교수가 되다니 이거 도대체 어떻게 된 거유?"

"나두 아직까지 어리둥절한 상태다."

"형, 능청 떨지 말아요. 지금 생각하니 저번에 만났을 때 형이 들떠 뭔가 나한테 열심히 얘기하던 거 수상쩍긴 했지요."

"그날 너한테 했던 얘기에 대해선 변명하고 싶지 않다."

"지금도 그 여자 만나요?"

"요즘 얼마 동안 못 만났다."

"앞으로도 계속이우?"

"영원한 건 없다."

그는 하리의 말을 빌려 말했다. 그네는 시작과 끝은 항상 분명한 것이 좋다고 했다. 미련을 떨고 질질 끄는 것은 좋았던 그 시작과 과정을 누더기로 만들 뿐이라고. 모든 것은, 특히 사람의 감정은 변하게 마련이라고. 아직 좋은 상태일 때 아름답게 정리하는 것이 좋다는 뜻의 말을 자주 함으로써 그네는 그와의 거리를 분명히 하려 했다. 어떻든 그네는 달라지고 있었다.

"형, 지금 이 시점에서 형의 방황이 끝났다고 보면 되겠군요."

"제발 그랬으면 좋겠는데 예감이 심상찮다."

"건 또 뭔 얘기유?"

"백진태 선생! 내가 소설을 쓰고 싶다면 놀랄 건가?"

"이건 또 웬 바람이유?"

"죽어 있던 내 감성의 정체를 하리가 일깨워 줬다."

"또 그 여자 얘기로군요."

"나는 내 속에서 솟는 어떤 에너지를 느낀다. 글 쓰는 일에 그 열정을 쏟고 싶은 충동이다."

"형이 김유정한테 미쳐 있는 게 뭔가 심상치 않다 싶더니. 드디어 김유정 혼이 덧씌인 거유? 더구나 오늘이 김유정 죽은 날인데 이거 아무래도 이상하구먼. 형, 대학교수가 된 양반이 학문 연구할 생각은 안 하구 정말 이래구 되는 거유?"

"이제부터 새로 시작하고 싶다."

"그럴 거유. 이제부터 소설을 쓰고 싶은데 재능이 없는 모양이라구 절망하면서 헤매는, 그런 본격적인 방황이 시작되겠지요. 도 대체 형이 쓰고 싶은 얘기가 뭐유? 설마 사랑 얘긴 아니겠지요?"

"아직은 막연하지만 뭔가 쓰지 않고는 못 견디게 절실한 것이 있을 것만 같다. 얼마나 좋으냐. 하고 싶은 일에 모든 열정을 쏟을 수 있다니!"

"형이 드디어 춘천, 아니 큰아버지 곁을 떠나는군요."

"이제 항문기가 겨우 끝났다는 느낌이다. 경제적으로도 완전히 독립할 거다."

"형이 갖고 있는 모든 환상으로부터도 독립했으면 좋겠어요."

"그러나 하리가 다시 돌아온다는 환상만은 버리지 못한다."

"그건 또 무슨 얘기유?"

"나도 잘 모른다. 하리가 전력을 다해 나한테서 도망치구 있다는 것뿐."

"형이 이제 그걸 원할 때두 되지 않았수?"

"하긴, 예전의 나 같으면. 그러나 우린 결국 다시 돌아온다."

"지금 보니, 형 얼굴에 번뇌가 역력해요. 형은 대학 전임이 된 사건보다 그 여자 문제에 더 집착하고 있다는 느낌이에요."

"내 믿음 부족이다."

"열정의 번뇌, 형이 요즘 그런 고행을 하고 있는 거 같아요."

"고행……? 뽀그락이다."

"그건 무슨 소리유?"

"'심각해 봤자'라는 뜻이지. ㅎㅎ."

10

또 한 번의 반란. 정말 엉뚱하다니까! 나는 무엇에 떠다밀리듯 그 일을 결정해 버렸다. 강원도 오지 산골 마을에 있는 팔렬중학교를 충동적으로 찾아 들어가 그 학교 교사가 되고 싶다고 말했던 일부터가 어디 보통 일이었던가.

문 선생님, 잘 생각해서 결정하셔야 합니다.

팔렬중학교 교장 선생이 직접 전화를 걸어왔을 때만 해도 내가 그런 부탁을 했었고, 얼마 전 이력서까지 써 보냈다는 사실조차 까맣게 잊고 있었다.

그러나 결단은 생각보단 쉬웠다. 봄이었던 것이다. 내 반란은 거의 봄에 일어났다. 나는 봄을 좋아하지 않는다.

봄이 되면 나는 한 그루 나무가 된다. 새싹을 틔우느라 어지럽고 항상 미열에 시달린다. 꽃샘추위는 또 얼마나 견디기 힘든 것인가. 한 그루 나무인 나는 늘 목마르고 황사바람에 질식당한다. 나무의 처지로 서면 봄은 온통 비애로 가득하다. 어쩌면 그것은 두려움 같은 것이다. 봄의 한가운데서, 봄비가 내릴 때도 나는 그것이 도로 겨울로 돌아가는 조짐만 같거나 권태로운 여름으로 성큼 넘어서는 느낌이어서 불안해진다. 한 그루 나무인 나는 봄을 맞아 화사하게 차려입고 나서는 사람들의 얼굴에서 슬픔을 본다. 아우성치듯 무르익는 자연의 봄단장 그 초록빛 속에서 오열을 듣는다. 봄은 뭔가 술렁이면서 반란을 꿈꾸며 떠나가기 위해 바쁠 뿐 죽음을 생각하고 있는 내게는 항상 무관심하기 때문이다. 자살을 꿈꾸고 있을 만큼 어두워진 나를 거들떠보지도 않는다니, 망할 놈의 화사한 봄!

나는 봄에 자살을 생각한다. 그러나 죽음이란 말만큼 내게 친숙하지 않은 말도 없을 것이다. 살아 있는 사람들 속에서 죽음이란 말을 사용하는 것은 죄악이다. 내 기록인 일기에서조차 나는 그 말을 쓰지 않았다. 항상 생각하는 그 말을 일기에 쓰지 못하는 것은 나는 일기에서조차 자유롭지 못하다고 느끼고 있기 때문이다. 그리하여 내 일기는 시 같은, 잠언 같은, 설문지에 답하는 동문서답 같은 것이 되어 남에게 읽혀도 좋은 그런 것이 되고 말았다.

그러나 봄이 되면 일기에도 쓰지 못했던 죄악의 말인 '죽음'이 매혹적인 얼굴로 나를 충동질한다. 그러나 죽지 않기 위해 나는 떠난다. 이것이 내 반란이다.

대학 다닐 때 학교를 떠났던 것도 죽음의 유혹이 무서워 일으킨 반란이었고 독일 언니로부터 초청받기 위해 자존심까지 다 버리면서 안간힘 썼던 것도 그해 봄 느닷없이 친숙한 얼굴로 다가선 죽음으로부터의 유혹 때문이었다. 별로 큰 이유 없이 공립학교를 그만둔 것도 새 학기가 시작되면서였으니 내게 있어서 봄은 단순히 무력감을 넘어 죽음 그 자체다.

봄에 절실해지는 죽음에 대한 유혹은 지난번 세상을 떠들썩하게 했던 휴거에 대한 기대 같은 것이다. 내가 황산 99퍼센트로 완벽한 죽음을 예행연습 하고 있을 때 증발 혹은 휴거라는 이상적인 죽음의 방법이 나를 유혹했다. 지금까지 지구상에서 의문의 증발을 한, 이를테면 우주인들의 UFO 소동이나 대구 개구리 소년들의 실종도 일종의 그런 것으로 보고 싶은 것이다.

나는 종교적 휴거를 믿지 않는다. 그러나 몹시 믿고 싶다. 이 지구 위에서 모든 관계로부터 흔적 없이 사라지는 방법치곤 얼마나 근사한가. 내게 있어서 죽음은 자유의 의미이며 신으로부터 선택받지 못한 데 대한 도전이다. 그러나 그 완벽한 자유에 대한 희원과 도전은 끝내 무산되고 말리란 절망이 나에게 반란을 충동질하는 것이다. 한 군데 주저앉아 지리멸렬하게 미련 떨고 있는 것보다 훌쩍 버리고 떠나는 일, 그것마저 할 수 없다면 나는 무슨 신명으로 살랴. 나는 지금 서울 탈출에 대해 변명을 하고 있다. 누구한테 하는 얘기지? 이제 서울 생활을 시작한 유정은 내게 무슨 변명을 하고 싶은 것일까?

학원을 그만두고 강원도 시골 산골짜기 사립중학교 선생으로 옮기고 싶다는 뜻을 아버지한테 얘기했다. 다 결정하고 나서 통고하는 식의 그런 의논에 대해 아버지는 한 번도 불만을 드러내지 않았다.

자식의 슬럼프를 다 알고 있는 아버지.

그래, 한번 서울을 떠나 보는 것도 괜찮을 게다.

아버지는 내가 성년이 된 뒤에 단 한 번도 내 뜻에 반대한 적이 없었다. 물론 다른 부모들이 자식에게 보이는 그런 정도의 세심한 우려도 잊지 않는 아버지다. 시골 생활이 결코 낭만이 아닐 거라는 것, 낯선 도시 사람에 대한 시골 사람들의 그 관심에 너무 예민하게 반응하면 안 된다는 것도 찬찬하게 조언하는 것을 잊지 않았다. 마지막으로 아버지가 물었다.

결혼은 포기한 거냐.

나는 조금 망설이다가 분명하게 대답했다.

아닙니다, 아버지.

이제 모든 것은 내가 알아서 하면 된다. 그러나 아버지는 어느 날 내가 부임한 시골 중학교로 찾아와 교장 선생님께 정중히 인사를 드리고 갈 것이다. 그뿐인가. 아버지는 내가 나가던 학원까지 찾아와 원장을 만나 그동안 변변치 못한 딸자식을 돌봐 주느라 수고가 많으셨단 인사도 할 양반이다. 내가 공립학교를 그만둔 뒤에도 그 학교에 찾아가 인사를 했을 정도니 아버지는 정말 대단하다. 어머니 역시 내가 누구에겐가 조금이라도 신세를 지면 반드시 그 빚을 갚고야 마는 분이다.

아버지의 허락을 받은 그날 밤, 아버지가 다시 전화를 걸어왔다.

네가 지금 쓰고 있는 집은 어쩔 셈이냐.

그건 제 것이 아닙니다. 아버지……

팔지 말고 그냥 두도록 해라. 저쪽 강원도에 갈 때 돈이 필요

431

하다면 내가 조금 융통해서 보내 주도록 하겠다.

알겠습니다. 그리고 돈은 걱정 안 하셔도 됩니다.

분명한 것은 내가 아버지 의견에 한 번도 맞서 본 적이 없다는 것이다. 그 13평 아파트는 독일에 가서 사는 언니의 것이었지만 지금은 아버지에 의해 내 명의로 돼 있었다. 그러나 나는 이 기회에 그 아파트와도 완전히 결별할 생각이었다. 이드, 차 트렁크에 실을 수 있는 서너 개의 가방, 그것이 내 전 재산이다.

4월 1일

나는 팔렬중학교 수학 교사로 부임했다.

동창 마을에서 있었던 기미년의 만세운동을 기리기 위해 1952년에 팔렬재단이 설립, 개교한 학교로 강원도에서는 최초의 사립중학교라고 했다. 1961년 5·16 군사쿠데타 때 부실 학교로 지목돼 폐교 조치되었다가 1963년 서울의 이화여고재단에 의해 다시 문을 연 이래 오늘까지 시골 오지라는 불리한 여건 속에서도 다른 데에 있는 큰 학교들보다 알찬 교육을 해 왔다는 자부심을 가지고 있었다. 팔십 년대 중반에는 학생수가 2백 명이 넘었지만 극심한 이농현상에다 그나마 남아 있는 농촌 총각들이 장가를 못 가 인근 초등학교 학생수가 날로 줄어들어 지금은 90여 명에 불과하다고 했다. 교장 선생과 교감, 그리고 교사 8명, 서무과 직원까지 모두 14명이 학교에서 일하고 있었다. 그러나 지금은 전액 국고보조를 받고 있기 때문에 재정적 어려움은 별로 없다고 했다.

"먼저 계시던 수학 선생님은 참 훌륭하신 분이었지요. 그런데 전라도 고향으로 갑자기 내려가시게 됐습니다. 새학기라 좀 난감했지만 마침 지난번 문 선생님이 보내 주신 이력서가 있어 이렇게 빨리 모실 수 있게 된 거죠."

교장 선생은 대충 학교 현황을 얘기한 끝에 내가 부임하게 된 경위를 그런 식으로 얘기했다.

"생각보다 어려움이 많으실 거요. 허지만 문 선생님, 우리 교육 한번 같이 재밌게 해봅시다."

교육을 재미있게 해보자는 교장 선생의 눈에서 나는 어떤 신뢰를 본 느낌이었다. 지난가을 어느 날 유정과 함께 찾아갔던 금병산 자락 산국농장 김 회장의 얼굴이 교장 선생과 잠시 겹쳐졌다. 온후해 뵈는 교장 선생의 인품 탓인가. 다른 교직원들도 그렇게 요란스럽지 않은 환대로 나를 맞았다. 편했다. 가족 같은 그런 분위기가 나그네인 나를 그처럼 편하게 해주었던 모양이다.

"혼자 오시는 겁니까?"

국어를 담당하고 있다는 나이 지긋한 선생님이 물었다.

"네, 독신입니다."

나도 놀랐다. 미혼이란 말 대신 처음으로 써 본 말인데 생각보다 어색하지 않았던 것이다.

나는 학교 사택에 방 하나를 얻어 들었다. 언덕에 있는 학교라 앞으로 강이 내려다보이고 강 건너 나지막한 남산이 평온한 느낌으로 들어왔다. 공립학교와는 달리 인사권이 재단에 있기 때문에 교장이 재단에 재청을 했던 모양이고 별 이의 없이 발령이 났다는 것도 나중에 서무과에서 알았다. 이제 내가 또다시 반란을 시도하지 않는 이상, 나는 이 시골에서 오래오래 살 수 있으리라. 이상하다. 이 낯선 땅, 이 낯선 세계에 대해 나는 왜 이처럼 덧셈적 사고로 대응하고 있는 것인가.

물론 나는 이 좁은 시골 마을에서 여자가 혼자 산다는 일이 얼마나 어려운 일인가를 모르지 않는다. 벌거벗은 상태로 그네들 앞에 놓여졌다는 것, 그리하여 내 몸가짐 하나, 아무렇게 던진 말 한 마디가 일으킬 파문을 잘 알고 있었다. 자칫하면 나는 이곳에서 주홍글씨를 가슴팍에 매단 채 고행하듯 살아야 할는지 모른다. 여자라는 것, 특히 혼자 사는 여자이기 때문에 나는 영원히 그네들 속에 적응하지 못한 채 외롭게 살지 않으면 안 될는지도. 나도 이제부터 시골 사람들의 눈에 갇혀 살 것이다. 그것이 내가 원한 바이다. 유정과 정신없이 만났던 일 년 동안의 그 일탈에 대한 두려움으로 내가 내릴 수 있는 최선의 단죄였다.

단죄라고? 내가 뭘 잘못했는데? 입 닥쳐! 중학교 선생인 내가 눈을 부라린다. 시골 사람들에게 잘 보이기 위해서는 그네들 속에 들어가야 한다. 직원들에게는 여자가 아닌 동료로, 학생들에게도 여자 아닌 스승으로 비쳐져야 한다. 이런 것들을 유배생활의 신조로 삼기로 했다. 나는 자신이 있었다. 그네들 잔치판에도 뛰어들고 밭일도 거들 것이다. 이것은 혁명이다. 문민시대의—. 하하. 부딪쳐 볼 일이다.

이제부터 내 염인증 혹은 인류애는 어떤 불특정 대중이 아니라 엄격히 선별해서 그 개체를 미워하거나 사랑하게 되리라. 어쩌면 나는 많지 않은 사람들 속에서 그네들을 모두 포용하게 될는지도 모른다. 도시적 내 감성이 그네들에게 거부감을 주지 않도록 노력하는 일이 중요하다는 생각도 한다.

물론 김유정의 소설 속 농촌 사람들을 이곳에서 만나리란 기대는 하지 않는다. 세상은 변했다. 다만 김유정이 본 농촌 사람들의 그 농심만은 찾을 수 있을 것이란 기대는 버리지 않기로 한다. 김유정이 2년 동안 시골에 머물며 그네들 생활 습속을 읽을 수 있었던 것은 그네들 삶을 객관적으로 읽을 수 있는 마음의 여유를 가졌기 때문일 것이다.

유정. 불현듯 백진우의 얼굴이 떠올랐지만 황황히 지웠다. 그러자 무슨 그림자가 썰렁 덮쳐 오는 느낌이다.

나는 내 방 창문을 빠끔히 열어 사택 주위를 살핀 다음 담배를 피운다. 그 연기를 폐부 깊숙이 빨아들인 다음 연기는 열린 창으로 내뿜는다. 거듭 세 개비를 그렇게 피운다. 다 피운 담배 꽁초는 물 담긴 컵에 넣어 불기를 죽인 다음 비닐 주머니에 집어넣는다. 입에서 담배 냄새를 없애기 위해 양치질을 하면서 담배 피울 때만 입는 옷을 벗어 빨래통에 넣고 물을 붓는다. 마음이 차분하게 가라앉는다.

밤이 점점 깊어진다. 나는 이제 어둠 속 깊이 발을 들여놓았다. 이 시골 생활이 밝음이라고는 전혀 생각지 않는다. 그러나 나를 항상 괴롭혀 온 죽음에 대한 유혹보다는 덜 어둡다는 자위로 나는 스스로 이 어둠과 친숙하기로 한다.

짐을 풀고 잠자리에 누운 그 첫 밤, 나는 유정의 꿈을 꾸었다.

나는 유정에게 내 생활이 바뀐다는 것을 알리지 않았다. 이것은 나를 시험하기 위한 나와의 싸움이다. 미련 떨지 말고 버려야 한다. 그와 가졌던 시간들이 소중하기 때문에 더욱 그렇다. 유정과 가졌던 그런 시간들보다 더 좋은 시간을 갖게 되리란 기대는 하지 않는다. 그렇다고 지난 시간을 돌아보며 연연해하는 일은 더 질색이다.

내가 이곳으로 떠나오기 바로 전날까지도 유정은 전화를 걸어왔다. 대학 전임이 됐다는 소식을 담담히 전했다. 정말 축하할 일이다. 내 일처럼 기뻤다. 너무 기뻤기 때문에 나는 하마터면 내가 유정의 고향인 강원도로 간다는 사실을 실토할 뻔했다. 그러나 나는 이제 유정의 전화를 받을 수 없다는 것을 분명히 밝혀 두었다.

"하리, 지금 무슨 얘길 하는 거요?"

유정은 허둥거리고 있었다. 나는 그가 놀라는 것이 마음 아팠지만 눈을 딱 감았다.

"제 사정이 그렇게 됐어요. 우린 당분간 만날 수 없을 거예요."

"정말 당분간입니까?"

"그럼요. 건강하세요."

"하리, 내가 뭘 잘못했는지 가르쳐 줘요."

"아니요. 유정이 잘못하신 게 뭐 있겠어요."

"제발 목소리라도 듣게 해줘요!"

"유정, 하리 생각을 날려 버리세요."

"안 돼. 우린 만나야 한다구!"

"그동안 참 좋았어요. 함께 한 산행, 함께 본 것들, 모두요."

"하리, 우리 오늘 만나요. 그래서 나를 설득해 보라구. 나는 하리한테 설득당하고 싶다구."

"만나도 할 얘기가 없어요."

마음을 다져 먹자 나는 잔인해졌다.

"하리가 언젠가 걱정하던 그건가? 만나서 할 얘기가 바닥나면 어쩌나 걱정하던 일."

"잘 모르겠어요. 어쨌든 만나기 싫어요."

유정은 말을 잃고 있었다.

"유정, 분명한 건 제가 어떤 환경 속에서 살든지 유정의 자리는 항상 비워 놓고 있다는 거예요."

진심이었다. 나는 체념은 쉽게 하지만 일단 선택한 것을 가볍게 버리지 못한다. 한 번 가치를 두었던 것에 대해 생각을 바꿔 본 적이 별로 없다. 더구나 유정과의 만남은 내게 쉽지 않은 인연이다. 나는 그를 끝까지 버리지 못하게 되리라. 지금 그를 떠나는 것은……. 그러나 나는 요즘의 내 슬럼프와 반란을 유정에게 설명할 자신이 없었다.

"하리, 결혼하는 거요?"

"아니요, 아직은 아니에요. 그러나 언제고 결혼해 아이도 낳을 거예요."

"제발 전화만이라도……."

"아, 아니요!"

"왜 안 되는 거요?"

"흔들리는 게 싫어서예요."

"하리, 나는…… 너무 힘들어요."

"그래도 저보다는 유정이 한결 나은 위치에 있다는 걸 아셔야 해요. 유정은 지금부터 하실 일도 많을 거고 그리고……."

"그리고, 뭐요?"

"가까이 있는 사람들을 많이 사랑하세요. 사랑을 많이 하는 사람만이 참 인생을 사는 거라잖아요."

"하리!"

"유정이 소설을 쓰신다고 한 말, 잊지 않고 있어요. 좋은 독자가 될 거예요."

"하리, 하린 지금 대중 통속소설의 한 장면을 연출하고 있는 거라구."

나는 그만 쿡, 웃었다. 유정의 말대로 내가 멜로드라마 한 장면의 대사를 외고 있는 것 같았기 때문이다. 더구나 유정이 언젠가 술기운을 빌려 자기 속을 슬쩍 내분 얘기를 들추어내어 그의 자존심에 상처를 낸 것 같아 조금 쑥스러웠다. 그날 유정이 소설을 쓰고 싶다는 말을 했을 때 나 역시 자연의 혼을 백지 위에 이미지로 연출하고 싶다는 말을 내비친 적이 있었던 것이다.

유정은 시외전화를 여러 번 걸어왔다. 카페 '오페라'에서 친구들과 대학 전임이 된 축하 술을 먹는다고 했다.

"문 선생님, 요즘엔 왜 춘천에 안 내려오십니까?"

'오페라' 주인 이철준 씨가 유정의 전화를 잡아챈 모양이었다. 그는 지금 유정이 울고 있다는 말도 했다. 벌써 여러 차례 시외

438

전화를 건 유정이 그의 호기심을 발동시켰을 것이다. 속수무책이었다. 내가 겁내는 것이 바로 이런 거다. 유정의 그 겁 없는 질주, 나는 자신이 없다.

새벽 1시에도 전화가 왔다. 춘천에서 12시 넘어 술을 마실 수 있는 곳이 공지천 포장마차이기 때문에 그곳으로 장소를 바꿔 소주를 마신다고 했다. 그는 대학 전임이 된 일과 하리를 잃었다는 두 가지 일이 겹친 감정의 높은 파고로 인하여 몹시 흥분하고 있는 상태였다.

유정, 기다려요. 제가 지금 그리로 달려갈 거예요.

새벽 1시 반에 전화 코드를 뽑는 용기로 나는 내 속에 충동처럼 고이는 그 말을 사살해 버렸다. 이불을 뒤집어썼다. 그러나 생각보다 슬픔은 크지 않았다. 나는 내 영혼의 휴거를 위해 가장 소중하고 아름다운 것을 그렇게 훌훌 버렸다. 이제 나는 자유롭다.

다음 날 아침 전화를 반납했다. 완벽한 서울 탈출이었다.

마음이 아득히 깊고 싸늘한 물속으로 가라앉는 느낌이다.

불을 끄고 누워 새삼 그를 생각한다. 나는 그를 통해 잃은 것이 없다. 그는 내게 변함없이 덧셈이다. 만나지 않는 앞으로의 그 덧셈을 나는 알고 있다. 그렇다. 어떤 괴로움이 있고 갈등이 있어도, 덧셈 위에서 생겨나는 일이다. 유정이 없다고 나의 어둠이 사라지는 것은 아니다. 유정이 이 세상에 있다는 사실만으로도 나는 힘을 얻을 것이다. 유정은 내 감정의 분출구다. 문제는 모두 내게 있다. 자학이 아니다. 잘난 것이 하나도 없는데 나는 왜 남보다 유별나게 살아야 하나. 뭔가 특별한 사람인 양, 신에게 선택받지 못했다는 불만으로 절망하면서 세상을 힘들게 살기를 선택하는 이 오만. 이제 내 스스로 선택한 어둠 속에서 뭔가 더 분석하고 파헤쳐 볼 일이다. 이제까지 교묘히 피해 온 내 허점, 그러나 뭣 하랴. 기막히게 자신을 잘 안다고 해서 모든 사람들이 다 자기를 고쳐, 바람직한 방향으로 변화될 수는 없잖은가 말이다. 내 무능과 나태함과 소극적이고 수동적인 성격(남들은 이와는 정반대로 나를 본다), 그리고 남에게 의지하는 습관. 자명하지 않은가.

내 삶은 본의 아니게 타의로 흘러갈 가능성이 높다. 그것이 무서워 유정으로부터 도망치지 않았던가. 머리로는 여성해방을 외치면서 가슴은 이미 노예가 돼 버린 이 허약한 하리를 유정은 알고 있는가. 나는 발버둥 치며 속을 끓일 뿐, 빠져나오지 못하거나 그대로 주저앉아 버릴지 모른다. 그러다가 엉뚱하게 별로 색다르지 않은 세계에 껑충 뛰어들어 다른 사람들을 당황케 할 것이고 지금 이 시골에 온 것처럼 나는 또 다른 세계로 날아가기 위해 또다시 반란을 준비하게 되리라. 제발 날개야 돋지 마라. 편안하게, 식물성의 잠을 자고 싶다.

새벽 첫닭 우는 소리가 들린다. 고요한 새벽, 역시 시골은 조용하구나.

나는 지금 편안하다. 내가 바라는 것이 안정이라는 그 말은 사춘기를 막 지날 무렵 떠올린 말이지만 지금도 여전히 유효하다. 그러나 그 안정을 위해서 나는 별달리 준비하기는커녕 겨우 귀나 틀어막고 눈을 감으면서 슬쩍슬쩍 위태로운 일들을 피해 왔을 뿐이다. 사람들은 내가 욕심이 많아 작은 일에 무관심하다 고 역습을 한다.

나는 정말 욕심이 많은가. 내 욕심은 무엇인가. 구체적으로 내 가 바라는 것은 무엇인가. 내가 갖지 못한 것은 무엇인가.

그러나 나는 처음부터 어떤 목적을 위해 살지 않았다. 문제는 그것이다. 무엇이 되고 싶다는 생각을 애써 피해 왔다. 아버지의 영향이라고 할 수 있다. 아버지는 어떤 목적을 위해 개처럼 막 사는 삶을 가장 천한 삶이라고 자식들에게 교육했다. 그런 유별 난 아버지 밑에서 자란 우리 형제자매들은 어떤 목적을 위해 아 등바등 사는 사람들을 경멸했다. 경멸하는 만큼 그것을 선망했 으니 그게 문제!

대학을 나와 아버지의 그늘을 벗어난 뒤에도 나는 아버지의 교육 영향권에서 결코 벗어날 수가 없었다. 무엇이 되기 위해서 치열하게 열중하는 사람들이 우습게 보였다. 그리하여 그 어떤 일에도 신명을 내지 못했다.

나는 늘 가볍게 들떠 흥분하고 어떤 희망과 기대로 설레는 사 람들을 보면 존경스러워진다. 나도 그들처럼 가볍게 살고 싶은 것이다. 내 바람은 경박한 여자, 야한 여자가 되는 것. 오이 마사 지를 하고 누워 팝송을 듣고 미장원에 앉아 연예인들의 스캔들 에 열을 올린 뒤 남편과 초대받은 자리에서 적당히 천박한 대화 로 쾌락의 잠자리를 위한 전희를 하는 그런 가벼운 여자. 남는 시간이면 전화통을 붙들고 앉았거나 시장바구니를 들고 찾아가는 카바레의 그 관능적 흐느적거림. 고스톱 판이 벌어지면 아픈 허리를 쳐 가며 몇 시간이고 노닥거릴 그런 잡기에도 능하고 싶은 것이다.

그런데 그것이 불가능하다는 생각으로 나는 늘 혼자가 된다. 그래서 외롭다. 도대체 어떤 일에도 열중할 수가 없는 것이다.

한 번은 열중했다. 아니 지금도 열중하고 있다. 유정과의 만남이다. 유정을 만나면서 나는 무섭게 들떠 올랐고 경박한 몸짓, 아양까지 부리면서 거침없이 열중하지 않았던가. 오오, 어떻게 그런 일이 나에게 일어났다는 말인가. 당돌하고 충동적인 것에 비해 남자에 대해 어떤 결벽증을 가지고 있던 내가 그런 식으로 무너졌다는 것은 아무래도 믿어지지 않는다.

어떻든 유정과 만나게 되면서 나는 열중했다. 산을 열심히 올랐고, 남들이 보면 아무것도 아닌 풀들을 열심히 들여다보았으며, 바쁘게 산을 올라가고 다시 열심히 산을 내려왔다. 그런 산행 중에도 문득 마주 서면 시간이 어떻게 되든 이야기에 열중했다. 열심히 말하고 상대의 말 또한 열심히 들었다. 할 얘기가 너무 많았고 들으면 취했다. 누가 우리들을 지켜보았으면 정말 우스웠을 것이다. 무슨 일을 하는지 도무지 모르지만 저 사람들은 참 열심이구나. 그런 생각들을 하게 됐을 테니까.

유정을 만나면, 그는 별 힘들이지 않고 나를 슬럼프에서 간단히 건져 올린다. 내가 그의 떠도는 영혼, 그 그늘을 사랑했듯 유정도 내 그늘을 쉽게 어루만져 나를 가벼이 밝은 데로 띄워 올렸다. 그런데 이제 나는 혼자서 열심히 빠져들 수 있는 일을 찾아야 하리라. 유정과 함께 산행을 하던 그 신명으로 살고 싶다. 밤이면 뭔가 열심히 쓰게 될 것이고 보관하기 좋은 내 백지 위에는 자연들이 스케치될 것이다. 나는 선을 아끼는 대신 자연의 생명 리듬과 그 움직임을 환상적으로 화폭 위에 옮기고 싶은 충동을 느낀다.

세월이 흐르고 그의 기억이 추억으로 바뀌어 가면서 박정했던 후회가 실타래처럼 이어지곤 했다.

—박록주, 〈나의 이력서〉 ⑰(한국일보, 1974. 1. 30.)

"백발이 섧고 섧다. 나도 어제 청춘이어늘 오늘 백발 한심하다……." 이따금 제자들을 앉혀놓고 이 〈백발가〉를 부른다. 나는 본디 무대에 서면 우선 단가 한마디를 불러서 청중을 내게로 끌어들인 다음 판소리를 했다. 그때마다 즐겨 불렀던 단가가 이 〈백발가〉이다. 젊을 때는 그저 뜻 모르고 불렀던 것이 이제 나이 칠순 고개를 넘어 '백발이 섧고 섧다' 하고 소리를 시작하면 그만 목이 메인다.

인생 백 년은 덧없고 가슴에 남은 한은 크다. 염주알을 굴리며 '허망하다, 허망하다' 해보건만 사람의 정이 어찌 이리도 끈질기냐. 내 살아서 못 한 말은 부처님 앞에나 가 털어놓으리라.

—박록주, 〈여보, 도련님, 날 데려가오〉(《뿌리깊은 나무》, 1976. 6.)

문득 그 여자, 김선화 생각이 난다. 그네가 남 같지 않다. 그네가 만든 어둠이 나를 끌고 다닌다. 지난 1월 나는 김선화의 전화를 받았다. 그 삼각형 사내가 무례하기 짝 없는 전화를 걸어온 지 서너 달 뒤였다. 울지는 않았지만 횡설수설하는, 너무 크게 무너져 있다는 느낌이었다. 처음 만났을 때보다 열 살은 더 나이 든 것처럼 들리는 목소리였다. 가슴이 답답했다.

"문 선생님, 만나고 싶어요!"

나는 요즘 몹시 바쁘다고 말했다. 실제로 나는 유정과 만나는 일만 해도 벅찼다. 내가 먼저 물었다.

그분하고는 잘돼 가나요?

누구 말이에요?

춘천 청평사에 같이 왔던 그 사람 말이지요.

그 사람하곤 벌써 그때 다 끝났는걸요.

끝났다니요?

제가 결단을 내렸어요. 질질 끌어 봐야 별 수 없을 것 같아 제가 먼저 차 버렸어요.

잘한 일이에요.

마지못해 나는 그렇게 중얼거렸다.

문 선생님, 저 결혼했던 거 모르시죠? (결혼했던?)

결혼이오? 누구하구요?

그 사람은 아니었어요. 빨리 잊기 위해 서둘러 했던 결혼이에요. (했던?)

집안이 안 좋아 그만두었다던 그 사람인가요?

444

아니요. 그 사람은 저보다 먼저 결혼한걸요. 그렇지만 별로 행복하지 못하단 얘길 들었어요. 바보같이!

그럼 누구랑 결혼했단 말이에요?

저를 무지무지 좋아하던 교회 선배가 있었어요.

선화 씨를 좋아하는 남자와 결혼했으니 잘됐네요, 뭐.

잘되긴요. 우린 헤어졌어요. 신혼여행 갔다 와서 금방 헤어졌다니까요.

이건 또 무슨 소린가. 어떻게 이런 식으로 막 말할 수 있는가.

도대체 어떻게 된 일이에요?

제가 속았어요. 남자란 믿을 게 못 된다는 걸 이제야 확실히 알았다니까요.

그 사람한테 다른 여자가 있었나요?

아니에요. 그런 게 아니라 제가 신혼여행 가서 그 남자를 믿고 죄다 얘기했걸랑요. 그렇지 않아요? 비밀을 숨겨 가지고 어떻게 살아요. 나는 그 사람이 나를 이해해 줄 줄 알았거든요.

무슨 얘길 죄다 했다는 거예요?

춘천에서 있었던 일이지요. 뭐, 문 선생님이 그까짓 거 칼에 찔린 거하구 다를 게 없다구 하셨잖아요. 그래서 …… 말했던 건데…….

빌어므르!

네?

아니에요. 그 얘길 정말 신혼여행 때 했다는 거예요?

하면 안 되나요?

445

안 돼요!

당한 사람은 아무 죄가 없다고 했잖아요. 죄가 없는데 왜 그 얘길 하면 안 된다는 거예요? (오오, 맙소사!)

선생님, 전 죽고 싶어요. 지금 심정 같아선 선생님처럼 결혼 안 하고 깨끗하게 살고 싶어요. (결혼 안 하고 깨끗하게? ㅎㅎ.)

그건 말도 안 돼요. 기회가 있으면 결혼하세요. 그땐 그런 얘 길 다시 할 필요가 없을 거예요.

그래요. 이젠 그런 얘기 못 할 거예요. 아니, 안 할 거예요. 더 러워서도 안 해요!

4월 4일 일요일

구절산(해발 750미터) 산행.

강원도 홍천군 내촌면 주민이 되어 처음 하는 산행을 굳이 춘 천 근처로 잡은 것은 여자 혼자 산을 돌아다니는 처량한 꼴을 마을 사람들한테 들키고 싶지 않았기 때문이다. 지난여름 유정 과 함께 연엽산을 올랐을 때 동남쪽으로 건너다보이던 구절산 이 인상 깊게 남아 있었기 때문이란 말이 더 맞는지도 모르겠 다. 유정은 그때 한 시간이 넘게 걸리는 구절산의 하산길 잣나무 밭이 좋다는 말을 꽤 여러 번 강조한 바 있었다. 춘천 근처에서 생강나무가 유난히 많은 산이란 말도 했던 것으로 기억된다.

이드가 나를 싣고 꽁무니를 할미새처럼 깝작이며 달렸다. 홍 천 읍내를 거쳐 춘천이 가까워질수록 이드는 더욱 까불거렸다. 하아, 요것이!

그러나 이드는 내가 길가 휴게소 공중전화 부스를 무심히 지나칠 적마다 입을 실룩거렸다. 춘천을 고개 하나 너머에 둔 춘천군 동산면에서 구절산이 있는 봉명리 쪽으로 꺾어져 들어가면서부터는 아주 노골적으로 툴툴거렸다.

왜 나는 포오를 만날 수 없는 거예요?

이드, 미련을 버려! 다 부질없는 거야.

포오가 보고 싶어요.

포오는 이미 폐차장에 들어갔을 거다.

그래요. 전화를 걸 이유는 충분하네요. 포오가 어떻게 됐는지 그게 알고 싶어 전화를 걸었다고 하면 되잖아요. (요런, 망할 것!)

자연을 만나러 가는 것만큼 큰 즐거움은 없는 거야, 이드.

'사람을 만나기 위해 떠난 길만큼 큰 행복은 없다'고 말할 때는 언제구요.

봉명리 정자나무 앞 두어 채 민가 앞에서 산행은 시작된다. 완연한 봄기운이 냇물소리에 실려 반짝거렸다. 아직 메마른 산 위로 햇살이 부드럽게 퍼지면서 숨죽이고 있는 바람과 정분이 나고 있었다. 냇가에는 갯버들이 실팍하니 물이 올랐다. 길바닥으로는 양지꽃 새순이 뾰족하게 솟아나고 묵밭에는 꽃다지와 냉이가 싹을 틔우고 있었다. 구슬붕이, 솜나물, 떡쑥, 봄맞이꽃에다 갖가지 현호색과 제비꽃이 연초록으로 다투어 입을 피웠다.

이제서야 묵은 잎을 다 털어 버린 낙엽송 밭을 지나면서 본격적인 산행이 시작되었다. 낙엽송숲 옆으로 무덤 하나를 지나자

가파른 산길이 나선다.

그날 구절산 입구에서 처음 만난 봄의 전령은 산수유나무였다. 봄산에서 아직 잎이 피기 전 가장 먼저 볼 수 있는 꽃이 산수유다. 얼핏 보면 생강나무꽃과 비슷하다. 그러나 생강나무꽃은 꽃대가 없이 나무줄기에 그대로 붙어 십여 개의 꽃자루가 퍼져 있다면 산수유나무꽃은 같은 선형꽃차례긴 해도 자잘한 꽃자루 이삼십여 개가 조닥조닥 붙어 있어 생강나무꽃보다는 화려하다.

생강나무, 김유정의 동백꽃을 본 것은 비탈진 산길의 돌밭이었다. 꽤 여러 그루가 군집해 있었다. 아직 꽃은 피지 않은 채 옥수수 알맹이보다 조금 큰 연두색 꽃몽오리가 톡톡 터지면서 꼭 튀밥처럼 노리끼리한 꽃술을 내보이고 있었다. 이제 이것들은 4, 5일 뒤면 샛노랗게 만개하리라.

잎보다 꽃을 먼저 보이는 나무들의 속셈은 뭐지? 뭔가 그런 나무들의 생태는 불순해 보인다. 나는 꽃몽오리가 터지기 시작한 생강나무 작은 가지 하나를 꺾어 이빨로 잘근잘근 씹은 다음 냄새를 맡았다. 알싸하니 생강 냄새가 짙다. 나는 김유정이 그랬듯 왜 여기 강원도 사람들처럼 이 나무를 동백이라고 부르지 못하는가.

나는 문득 김유정의 연보에서 본, 그가 죽은 날을 기억해 낸다. 별걸 다 기억해 내는군. 3월 29일. 내가 서울을 떠나기 바로 전날이고 그날 밤 유정은 새벽까지 시외전화로 내게 질주해 왔다.

김유정은 정말 죽었는가. 그런데 왜 그는 유아의식에 머문 그런 어벙한 모습으로 내 머릿속에 살아 있는가. 나는 그의 손위 누이고 그는 뭔가 잔뜩 겁먹은 얼굴로 슬금슬금 내 눈치를 살피고 있다. 울컥 그에 대한 연민이 솟구친다. 나는 두 손을 뻗쳐 그의 핼쑥한 볼을 어루만진다. 손에 물기가 묻어난다. 나도 그를 따라 흐느낀다. 손에 꺾어 든 동백꽃이 샛노랗게 터진다.

김유정은 사랑을 몰랐다. 자꾸 그런 결론이 내려진다. 강원도 여성에 대해 작품에서는 잘 아는 듯이 써 놓았지만 그가 정말 여인을 사랑할 줄 알았다는 생각이 안 드니 이상하다. 그는 어디까지나 부유한 집 자식이었고 서울토박이였으며 예술적 재능이 많았고 생긴 것도 꽤나 핸섬했던 것으로 알려졌다. 물론 생의 말기에 가서 비참하게 산 것은 사실이지만 대부분의 작품에 그려진 시골 사람들의 가난 묘사는 지독한 엄살로 느껴질 정도다.

김유정은 짝사랑의 명수다. 그것은 제대로 된 사랑은 아니다. 그가 만약 제대로 된 사랑을 할 수 있었다면? 어쩌면 너무 많은 요구, 너무 잦은 변덕이 여자들을 질리게 했을 것이다. 낱낱이 벗길 줄은 알아도 포근히 감싸 줄 줄은 몰랐을 테니까. 여성 동료로 살로메나 사르트르의 애인 보봐르, 혹은 우리의 전혜린 같으면 몰라도. 그는 연애→애정→결혼→원만한 생활로 이어지는, 그런 보통 사랑은 몰랐을 것 같다. 불쌍한 사람.

김유정은 연애론, 여성론은 쓸 수 있을는지 몰라도 스스로 연애에 빠지는 일은 못했을 터. (내가 너무했나.) 김유정이 박록주를 짝사랑한 것은 여성의 한 모형으로 그 기녀가 어쩌다 선택되었기 때문일 것이다. 그것도 껍질만 차용한. 훗날 그가 편지를 많이 보냈다는 박봉자란 신여성도 마찬가지였으리라. 상대를 제대로 만나지 못한 채 편지만 쓰고, 그리하여 끝내 이루어지지 않으면 그의 사랑은 지속될 수 있으리란 가정이 성립된다. 그것은 김유정이 정상적인 사랑과는 거리가 먼 병적 열정으로 자신을 소모했다는 결론에 이르게 된다.

결론적으로 김유정은 불우했다. 그의 불우한 모습을 나는 사랑했다. (이런! 하리가 사랑한 것도 결국은 유정의 어둠이었나?)

불과 4년여에 30여 편의 소설을 쓴 작가 김유정의 그 열정을 나는 존경한다. 그 가난과 병고에서 어떻게 그런 능청스러운 작품들을 쓸 수 있었는가. 특히 고향과 교접한 그 짧은 세월 속에서 향토를 그렇게 리얼하게 그려낼 수 있었다니! 그 속어, 그 사투리, 게다가 그 걸쩍한 욕설.

다시 김유정의 문학적 성과에 감탄한다. 또한 그의 비극적 사랑을 안타까워하면서, 그의 만 스물아홉 살 단명을 아쉬워한다.

구절산은 아홉 개의 가파른 절리가 산의 형상을 이룬다. 봉명리를 내려다보는 지점에서 오른쪽으로 수십 길 절벽을 끼고 오르면 드디어 구절산 정상에 이르게 된다.

구절산 정상에 서면 북서쪽으로 연엽산이 한눈에 건너다보인다. 연엽산 뒤로 춘천 분지를 이루는 대룡산도 보인다. 하산을 시작해서 십여 분 내려오다 보니, 갈림길이 나타난다. 지도에는 오른쪽 길이 홍천 북방면 쪽이고 왼편 계곡길이 다시 봉명리로 내려가는 길이다. 아름드리 잣나무숲이 울울하게 우거져 터널을 이룬 그 왼쪽 길이야말로 하산길로는 그만이었다.

냅다 춘천으로 내닫고 싶어 하는 이드를 토닥여 홍천읍 시장에서 생필품을 산 다음 물걸리 동창 마을로 돌아왔다.

4월 25일 일요일

춘천 금병산 자락의 산국농장.

진달래는 한의 정서이며 비애미의 극치다. 특히 중부 이북의 봄볕 늦은 갈색 메마른 산을 뒤덮는 진달래 연분홍 불길은 무더기무더기 울음처럼 타올라 그 한이 하늘에 닿는 느낌이다. 멀리서 바라보는 것과는 달리 진달래는 가까이 다가서면 온통 요염한 작부의 웃음으로 반긴다. 그러나 산빛이 푸르러지면서 진달래 대신 산철쭉이 홍자색으로 바위 틈새에 피어난다.

물걸리 홍천강 상류를 끼고 흐르는 내촌천 산기슭에도 철쭉이 대단했다.

토요일엔 학교 선생님들과 내면 내린천 상류의 철쭉을 구경하러 갔었다. 지난해 유정이 올봄에 보여 주겠다고 약속한 정선 숙암계곡의 철쭉이 어떨지는 몰라도 나는 내린천 상류의 그 철쭉을 보는 순간 잠이 왔다. 차를 달리다 동화처럼 어느 곳에 내린 순간 와아, 철쭉이다! 함께 간 선생님들이 내지르는 탄성이 공기의 매질을 타고 울리는 것 같았다. 정작 미사여구는 다 날아가 버린 채, 그 바위철쭉꽃을 본 순간 졸음이 쏟아졌던 것이다. 몸이 나른해서가 아니라 정신이 일시에 안온해져 긴장이 풀리며 스르르 최면 상태가 되었던 것. 하하. 감동이 졸음이라니! 가끔 선경에서 아주 게을러터진 노옹이 느슨한 의상을 걸치고 비

451

스듬히 바위에 앉아 있거나 누워 있는 그런 풍경 속에 내가 있었다. 선경에서는 인간이 평온해져서 아메바처럼 신경이 죄다 풀리고 그렇게 자연화되는 것. 그것이 바로 자연에 대한 감동인지 모른다. 내가 원하는 식물성의 잠도 바로 그런 게 아닐까. 달콤, 아늑, 새콤, 오 딸기!

학교 온상에서 키운 딸기를 선생님들이 흐르는 물에 씻어 내놓았다. 철쭉꽃 바위 아래서 딸기를 먹었다. 문득 지난여름 연엽산에서 유정과 함께 먹던 딸기. 바로 그 맛이다. 해묵은 바위와 물에 비친 철쭉꽃. 연하디 연한 그 꽃 이파리. 이걸 사진으로? 아니지, 그냥 말로? 그러다가 내 욕심이 스러져서 마음을 다 비워야 이 격한 감동이 평온해질 것 같아 게으름을 피우며 철쭉을 천천히 아주 무심한 척 바라본다. 나중엔 철쭉이 나를 구경하도록 아주 느릿느릿 걸었다.

춘천으로 가는 길. 이드가 겅둥겅둥 신명나게 달렸다.

신동면 증리, 신남역 역전 광장에 이드를 주차시켰다. 혼자 남겨진 이드는 포오와의 극적인 조우라고 기대하는 듯 수줍게 얼굴을 돌렸다.

산국농장으로 오르면서 본 김유정의 고향집 터(박동근 씨 집 옆 빈터) 울타리 안에는 자귀나무가 봄을 기지개하고 박태기나무 가지에는 묵은 깍지가 아직 그대로 붙어 있었다. 홍천에서 오면서 본 개천가나 산자락의 조팝나무꽃이 금병산 자락에도 피어나기 시작했다. 산자락으로 오르는 길가에 괭이눈, 양지꽃, 별꽃에다 각시붓꽃 여러 포기가 어쩐지 애절한 모습으로 피어 있었다.

잣나무숲 쇠여물통에는 여전히 물이 철철 넘치고 있었고 마리아상 앞에는 꽃다발이 두어 다발 놓였다.

오오, 금병이와 그 가족들!

금병산에서 낳았다고 해서 금병이, 꿩을 잘 잡는다는 외눈이, 툭하면 바람이 나 아랫마을로 내려 뛴다는 검둥이, 진돗개 피가 섞였다는 나도진도리, 금병산 토끼덫에 치여 다리를 다친 잘룩이 등 다섯 마리의 개들이 설렁설렁 낯선 방문객인 나를 향해 서서히 거리를 좁혀 들었다. 그런데 이상했다. 그 야생하는 개들은 왜 나를 향해 그전처럼 그악스레 짖어 대지 않는가. 이미 지난번 왔을 때 낯을 익혀 뒀기 때문일까. 어쩌면 자신들이 판단할 때 내가 전혀 위험한 존재로 여겨지지 않기 때문일는지도. 또는 짖어 봤자 그 충정을 알아줄 주인이 없어서일까.

그러나 금병이들은 짖어 대는 대신 일정한 거리를 두고 나를 따라 다니면서 내 행동거지를 낱낱이 감시하는 것처럼 보였다.

소형 포클레인 한 대와 폐차된 코란도 한 대가 구석에 서 있을 뿐 산국농장 주인이 타고 다니는 봉고차는 어디에도 보이지 않았다. 유정이 지난 가을 무려 열한 개의 네잎클로버를 찾던 그 풀밭에 서서 나는 아직 어린 토끼 풀잎을 소리로 보았다. 따, 따안 따. 창고 겸 농장 관리실로 쓰는 목조건물 양철판 문짝에 백묵으로 뭔가 적혀 있었다.

—오늘(일요일)은 산에 없습니다. 산지기.

김 회장이 썼으리라. 유정과 왔을 땐 복숭아밭에서 일하고 있으니 그리로 오라는 글이 적혀 있었다. 일요일이라 김 회장이 없을 것이란 내 예상이 맞았다. 종교란 남을 위해 봉사하는 것이란 신앙을 가지고 살고 있는 김 회장이니까. 그는 지금쯤 성당 교우들 일로 바쁘리라. 농장 주인의 부재가 다소 섭섭하긴 했지만 정말 잘된 일이라 후우 안도의 숨이 나왔다. 농장 어디에고 인기척은 없었다. 이제부터 금병산은 내 주관하에 놓일 터.

관리실 부근 사과밭에는 이제 발긋발긋 꽃몽오리가 잡히고 있었다. 사과밭 너머 배밭으로는 이미 만개했던 배꽃이 시들시들 이우는 모습을 보였다. 실과나무의 꽃은 그 전성기가 길어야 닷새, 며칠 후면 그것들은 흔적도 없이 사라진다. 배꽃이 가장 먼저 피고 그것이 질 무렵에 복숭아꽃이 피기 시작한다. 복숭아꽃이 대엿새 흐드러진 뒤에야 비로소 사과나무가 꽃을 피우던가.

나는 금병이들을 거느리고 느릿느릿 복숭아밭이 있는 과수원 위쪽으로 걸었다. 아직 노리끼리하게 꽃이 남아 있는 산수유나무와 생강나무가 몇 그루 보였다. 반세기 전 김유정이 본 그 나무 그루터기에서 다시 싹이 튼 것일까. 김유정의 그 시간을 넘어 같은 장소에서 나는 다시 그 꽃을 보고 있다. 그런데 저 생강나무 밑을 뛰고 있는 금병이와 외눈이는…… 문득 윤회전생이란 불자들이 쓰는 말이 떠오르면서 몸에 으쓱 한기 같은 게 끼친다. 내 몸에서 내가 빠져나가면서 나 아닌 내가 무수히 내 몸을 채운다. 그런데 그 채워짐이 '모든 것이 비어 있다'는 '텅 빔'으로, 혹은 '자아 없음'으로 느껴지니 이상도 해라. 봄날 햇볕 아래서의 이 경련 같은 터득은 무엇인가. 긍정과 부정, 현세와 내세, 있음

454

과 없음, 불멸과 소멸 사이의 한 가운데 똑바로 서 있다는 느낌의 이 '비어 있음'을 어떻게 설명할 수 있단 말인가. 나는 무아의 환상으로 화사한 봄 속으로 천천히 걸었다.

사과나무밭을 지나면서 밤나무 단지가 야트막한 능선을 따라 드넓게 펼쳐졌다. 농장 주인이 직접 포클레인으로 낸 길이 그 밤나무 단지로 운치 있게 이어지고 있었다. 옛날 어느 땐가 절이 있었다는 절골 골짜기를 지나 시야가 조금씩 트이는 언덕에 올라서자 춘천의 봉의산과 서쪽의 삼악산이 한눈에 조망되었다. 봄 햇볕이 만들어 내는 이내 속에 춘천 시내가 자오록이 떠올랐다.

그러다가 나는 아, 하는 탄성을 내지를 뻔했다. 현란한 분홍빛 하늘, 금병산 자락의 도원향(桃源鄕).

그 '비어 있음'의 느낌 때문에 더욱 그랬을 것이다. 복숭아밭을 보는 순간 나는 어지러웠다. 숨이 탁 막힌다는 표현이 맞을는지도 모르겠다. 눈앞이 온통 복사꽃이었다. 오른쪽으로 드넓게 터진 금병산 자락이 흰빛과 담홍빛으로 어우러져 구름밭이 되면서 산 위로 그 붉은 기운들이 화사하게 퍼져 오르고 있었던 것이다. 정말 장관이었다.

금병이와 외눈이들도 어느 순간 뜀질을 멈춘 채 내 눈길이 닿는 복숭아밭을 멍청히 쳐다보고 있었다. 모든 것이 정지된 상태의 풍경, 금병이들이 꽃을 보는가, 내가 꽃을 보는가, 꽃이 나를 보는가, 내가 나를 보는가, 그 순간 그것은 분명 '둘이 아님'이었다. 깊은 감동은 사물의 이원성을 버렸음이라! 저 있음은 더 이상 없음과 나눠질 수 없을 터!

455

나는 후우 한숨을 몰아쉬었다. 우선 누구의 눈에 띄지 않은 채 이 엄청난 복숭아꽃을 혼자서 바라볼 수 있다는 것이 현실 같지가 않았던 것이다.

이태백은 죽고 싶지 않았다! 왜 느닷없이 달 아래 혼자 술 마시던 이태백이 떠오른 것일까. 이렇게 살아서 자연을 황홀히 볼 수 있다는 이 벅찬 실존. 식물성의 잠으로 오는 이 깊은 감동. 혼자 보는 이 고통. 나는 무량수의 생명력으로 가벼이 떠오르고 있었다.

나는 그 복숭아밭 한가운데로 넓게 뚫린 언덕길을 천천히 걸어 올라갔다. 서른한 해를 살면서 지금까지 철저하게 죽였던 감성들이 오늘 이 순간 일시에 꽃으로 터져 오르는 느낌이었다.

금병의 도원, 그 언덕길 끝은 산자락이었다. 그 산자락 자잘한 소나무 사이에 자리를 잡고서야 나는 비로소 내가 걸어온 길을 뒤돌아보았다. 춘천 시내가 더 분명히 떠오르고 그 춘천 분지를 둘러싼 산들이 우줄우줄 그 위용을 드러냈다. 높은 데서 보는 복숭아밭은 더 대단했다. 그 복숭아밭으로 떼판을 이뤄 핀 꽃다지와 제비꽃을 짓밟으며 금병이들이 신명난 뜀질을 하고 있었다. 보이는 것뿐이 아니었다. 소리. 우선 춘천 외곽도로를 질주하는 자동차 소리가 들렸다. 그리고 김유정의 고향 실레 마을에서 나는 잡다한 소리들이 바람으로, 꽃잎으로 흩날렸다. 식물성의 잠에 취한 나는 소리를 보는 것인지 꽃을 듣는 것인지. 소리가 빛이 되고 그 빛이 소리가 되어 울렸다. 둥 둥 둥. 비어 있음 속에 있음의 형상이 없음을 향해 소리로 소멸하고 있다?

둥 둥 둥.

과—ㅇ. 과—ㅇ. 꽹매깨갱. 꽹매깨갱. 과—ㅇ.

과—ㅇ.

뎅 뎅 뎅.

지잉 지잉 지잉.

그것은 농자천하지대본—펄럭이는 농기를 앞세운 농악대의 길군악 꽹과리, 징, 장고, 큰북, 작은북이 한꺼번에 어우러져 내는 소리였다. 어쩌면 그것은 신내림하는 한판 굿판의 신명 솟구치는 소리 같기도 했다. 그러나 어느 순간 그 소리는 깊은 절간의 법고와 범종 울리는 고즈넉한 여운으로 가라앉았다. 그 사이사이 아랫마을 교회 종소리도 섞여 올라왔다.

소리에 취해 눈이 감겼고 그 소리에 의해 눈을 떴다. 사실은 눈을 뜨고 있었는데 다시 눈이 트인 것이다. 트인 눈에 심상찮은 움직임이 잡힌다. 약간의 바람, 그리고 …… 노을.

삼악산 좌봉을 향해 기운다 싶던 해가 어느새 낮과 밤을 가르는 노을에 휩싸인 채 금병도원 한가운데 흰 바지저고리 입은 한 사내의 허신으로 일렁인다. 노을빛이 점차 흐려지면서 그 허상 둘레로 잿빛 장삼으로 전신을 두른 한 줄기 무희들이 바라를 허공으로 곧추세우며 탑돌이로 돌아간다. 무념무상의 안정으로 부처님께 예 올리는 혐족배례는 무한으로 장엄해 스스로이 무너져 내리는 바라를 접은 상반신이 발밑으로 숨는다.

장강처럼 흐르는 검은 선율을 타고 하늘 끝에선 노을이 잠긴다. 나무아미타불. 나무아미타불. 바라가 일렁인다. 바라가 춤을 춘다. 무희들의 눈빛이 반짝, 장삼자락이 출렁인다. 장삼자락에 묻어나는 춤바람에 복사꽃이 나부낀다. 꽃 향이 일렁인다. 자앙, 자앙, 자앙, 큰북이 운다. 노을이 어스름으로 내린다. 무희들이 나부끼듯 북을 친다. 북 치는 자태가 노을에 감겨 길게 길게 그리매로 휘어진다. 금병도원으로 가득히 울리는 머언 북소리가 덩, 덩, 덩. 이내 눈빛을 모은 무희의 가는 손끝에 바람이 인다. 장삼소매가 요동친다. 초혼소리가 요동친다. 일순, 따닥따닥 허공에 북채를 한 곳에 모으던 무희들의 전신이 장삼에 덮여 버린다. 어둠이 깔리고 서쪽 하늘에 그믐달이 걸린다. 적막, 거짓말같이 무대가 비어진다. 텅 빈 금병도원에 복사꽃 이파리만 어지럽다.

　적멸. 열반. 색즉시공, 공즉시색. 어허, 어허─. 한 줄기 한을 비운 청아한 목소리가 적막을 가른다. 진양조의 가락이 무진 간장을 애끓으며 하염없이 허공으로 이어진다. 한 사내의 허신 앞에 소복의 여인이 엎드려 어깨를 들먹인다. 전신이 운다. 섧고 설운 몸 울음에 처연한 선율이 빈 무대를 휘젓는다. 먹구름처럼 길게 여울지는 명주 수건 자락이 무희의 눈시울 속에서 정혼을 불사른다. 가느다란 긴 팔과 파리한 눈매는 하늘 끝으로 이어지고, 옥비녀 쪽머리 너머론 흰 명주 수건이 중머리 가락에 따라 가새질러 나부낀다. 허공에 떠 있는 듯 추켜세운 발목에서 이어진 등허리의 율동이 쪽머리까지 하현처럼 휘어지며, 굿거리 가락에 바람 일듯 뿌려지던 명주 수건이 하얀 치맛자락에 감긴다. 악기 소리가 운다. 소리가 흐느낀다. 허공에 기대여 제 그림자 밟는 듯

한 외씨버선 발 추임새로 청상의 몸매가 한을 태운다. 춤을 춘다. 한을 춘다. 한결 짙어진 악기소리가 자진모리 가락으로 타오른다. 박록주가 한을 태운다. 춤이 무희를 이끈다. 흰 치맛자락이 망혼을 먹는다. 춤을 잊은 무희가 선율에 묻힌다. 사랑사랑사랑사랑. 두 영혼이 휘모리장단에 휩싸인다. 망자의 허신이 보인다. 혼을 머금은 춤바람이 인다. 치맛바람이 소용돌이친다. 허신이 춤을 춘다. 무희가 허신을 쫓는다. 금병도원의 원혼이 소복을 입는다. 혼을 불러 하나 된 박록주가 무아의 살내림을 춘다. 두 영혼은 그믐의 달빛 속으로 사라지고 소복과 명주 수건만이 펄렁인다. 격정의 장단이 숨 내린다. 흰 명주 자락이 두 영혼을 싸안고 무너져 내린다. 적막강산, 금병도원, 공즉시색, 색즉시공.

그믐의 달빛, 무녀의 마음. 살아 있는 망자여, 춤을 추자, 살풀이! 미희의 은장도, 허신을 가르네. 죽어 버린 생자여, 춤을 추자, 한풀이! 무희의 칼자루 망혼을 가르네. 도원의 달빛, 무녀의 속삭임.

뱀처럼 살아 있는 무녀의 눈빛이 금병도원의 머언 하늘가에 꽂힌다. 일순, 방울소리가 자지러진다. 화랭이가 땅, 따당, 땅, 땅. 장구를 친다. 제금소리가 가파라지고 제풀에 징소리도 숨 가쁘다. 오색기가 나풀거리고, 신칼이 번뜩인다. 물러가라, 잡귀. 물러가라! 허공을 헤매는 원귀와 널뛰기하는 양, 무녀의 장삼 자락이 펄럭인다. 원을 그리는 신칼 돌림이 한결 거칠어진다. 신기가 휘둘린다. 원귀여, 망혼의 혼백이여, 여기 이 혼도를 따라 터를 잡으소서, 이렇게 내 몸뚱어리를 따르소서, 내 품에 들으소서.

당—당, 당—다 당 당—. 굿거리장단에 무희가 서럽게 넋풀이를 한다.

험한 운명 유정이여, 무정 세월 흘러흘러, 그대 모습 서른 되어 지체 말고 날 찾으면, 낭군으로 모셔 들여, 원앙금침 깔아 놓고 백년해로 약조하오. 무녀가 녹주 되어, 녹주가 무녀 되어 살풀이 넋춤을 춘다. 녹주가 장삼을 풀어 헤치며 옥양목 속적삼으로 혼백을 부여안고 어화둥둥 돌아간다. 일월선이 허신을 휩싸안고 돌아간다. 칠성선이 혼백을 맞아 돌아간다. 화랭이가 뛰어 돈다. 꽹과리 소리가 자진모리로 날아든다. 무녀의 신바람에 신칼이 운다. 장구, 바라, 제파리, 징, 온갖 신방울 소리에 오색기, 신기가 사시나무 떨 듯 제멋대로 흔들거린다. 도원의 복사꽃도 제풀에 나부끼며 떨어진다. 무(巫)— 무녀, 망혼, 혼백, 녹주, 청상, 원귀, 미희, 기생, 진수 아씨, 들병네들, 유정, 봉자, 이쁜이, 춘호 처, 점순이, 아끼꼬, 영애…… 모조리 모조리 난장판으로 돌고 돈다. 금병도원이 돌고 돈다.

돌고 도는 난장판에 온갖 춤이 세상사로 돌고 돈다. 세상사로 돌고 도니, 한 맺힌 듯 얼쑤얼쑤, 혼 나간 듯 얼쑤얼쑤, 익은 얼굴 눈에 든다.

녹주 그 뒤로 박봉자의 매몰찬 얼굴 보인다. 병든 남편 부축하여 물방앗간 떠나는 산골 나그네의 조붓한 어깨가 씰룩, 산골의 이쁜이가 배시시, 땟국 절은 무명적삼 벗어, 허리춤에 꾹 찌르고, 알몸 두른 치맛자락, 너펄대며 이 원 돈 얻기 위해, 이주사와 배 맞추러, 소나기 속 뛰어가는 춘호 처에, 동백꽃의 점순이

460

가, 향긋한 몸냄새로, 왼정신 아찔하니, 회오리바람으로 돌고, 젖 먹이 어린것에, 젖가슴 질펀하니 내밀긴 채, 술 따르는 들병네들 보인다 돈다 비잉빙 얼쑤 잘도 돈다. 따라지의 아끼꼬와 영애가 깔깔, 이화여고 다니다, 큰오빠한테 바람났다 트집 잡혀, 실레집 광 속에 갇혀, 미쳐 죽은, 유정의 누이가 히죽히죽, 피복공장 다니는 히스테리 그 누님, 두발돋움으로 껑충껑충…… (잠시 정적)

큰 보살 자비의 웃음으로 부처님께 예하고 일어서는 유정 형수님, 지심귀명례(至心歸命禮) 온갖 번뇌 이겨 내고 거듭나는 상생의 그 춤가락 그 어디쯤서 웃음소리, 날개소리. 천사 날개 사분사분, 열여덟 살 진수 아씨, 수줍은 그 자태로, 묵주 두른 뽀얀 가슴, 성호 긋고 무릎 꿇는, 진수 아씨 웃는 얼굴, 보이네 들리네.

한마당 굿판이었다. 희로애락 인생사가 화해로 소멸하여 비어 있음의 무아로, 색즉시공 그 희열로 솟구치는 춤판. 일체의 춤사위가 제도를 벗어나 작위를 버리고 본능의 즉흥으로 어우러지는 한바탕 춤판. 들판의 딸, 하리의 얼이 그 춤사위를 타고 금병도원 위로 너울너울 날았다.

금병도원의 그 환상 즉흥 춤판을 스케치북 이십여 장에 크로키할 동안 내 열정 그 신명이 예감처럼 터지고 있었다.

에필로그

"하리!"

4교시 수업을 끝내고 교무실로 들어서고 있을 때 전화가 왔다. 너무 뜻밖이라 하마터면 전화를 끊을 뻔했다.

"하리를 찾는 데 오늘까지 꼭 이틀 모자라는 백 일이 걸렸어요."

나는 침묵한다. 앞산 낙엽송이 어느새 담록색으로 옷을 바꿔 입었다.

"그동안 내가 무슨 생각만 하고 살았는지 알아요? 하리는 정말 엉뚱하던가? 그거였다구요. 엉뚱 (하하) 뭔 얘긴지 알지요?"

"어디예요?" (실수!)

"하리, 돌아오는 일요일에 공작산에 갑시다. 오전 11시, 홍천 수타사 주차장에서 포오가 이드를 기다릴 거요."

유정은 여전하다. 그리고 포오가 건재하다는 소식.

그러나 나는 침묵하기로 한다. 유정도 침묵한다. 시간이 그대로 굳은 듯 아득히 멀다. 불쑥…… 유정이 먼저다.

"뽀그락."

보고 싶다는 말이다.

그러나 나는 할 말을 못 찾는다.

"하리!"

"……."

"ㅂ, ㄱ, ㅅ, ㄷ!"

"……."

나는 오늘 일기 첫머리에 잠언 하나를 만들어 적는다.

—사랑은 진행형일 때만 아름답다.

<끝>